Bibliothek der
phantastischen Abenteuer
Herausgegeben von
V. C. Harksen

Über dieses Buch Eine Wölfin rettet dem norwegischen Wikinger Thorolf im Kampf gegen seinen König das Leben. Ihrer Tochter, Wölfin und Zauberin auch sie, begegnet Jahre später Thorolfs Sohn Atli. Und deren Tochter wiederum, die aber nicht die seine ist, wird er eines Tages heiraten: Schwanhild, die Hexe von Orkney. Schön ist das Mädchen, aber eine Zauberin, eine Giftmischerin, eine Totenbeschwörerin, die zudem nicht Atli liebt, sondern den jungen Isländer Erik, den sie nicht vergessen kann. Schwanhilds seltsame Ehe mit Atli, ihr Sieg über ihre Rivalin Auga, ihr Liebesverhältnis zu einem Seehundsmann, der nachts in Eriks Gestalt ihr Lager teilt, ihre kühne Fahrt zu der Insel der Toten und zuletzt ihre einzige Nacht mit dem Geliebten, das alles wird mit großer Eindringlichkeit und atemberaubender Spannung berichtet. Schwanhilds Geschichte ist die notwendige Ergänzung zu Erik Hellauges Abenteuern, und wer sie liest, begreift, warum die unselige Schöne keine Ruhe findet, ehe sie nicht als einzige Lebendige mit Eriks Totenschiff aufs Meer hinaussegelt.

Über den Autor Sigfridur Skaldaspillir ist ein so zurückgezogener Autor, daß ein direkter Kontakt mit ihm selbst für den Originalverlag nicht möglich war, sondern über eine Gewährsfrau erfolgen mußte.
Skaldaspillir wurde kurz vor dem Zweiten Weltkrieg in Island geboren. Nach dem Krieg emigrierte die Familie nach Saskatchewan/Kanada und betrieb dort eine Kresse-Farm.
Skaldaspillir ging nach der Schule nach Hollywood, Kalifornien/USA. Dort beschäftigte er sich damit, für die Filmindustrie Reptilien zu züchten und zu dressieren.
Inzwischen lebt er in einer Kommune in Eugene, Oregon/USA. Er ist geschieden und hat eine Tochter.
Als aktives Mitglied gehört er den ›Willamette Valley Raiders‹, einem Motorradclub, an und gibt die kleine Literaturzeitschrift ›Stimme der Schildkröte‹ heraus. Er spricht acht Sprachen und interessiert sich für das Okkulte.

Sigfridur Skaldaspillir
Die Hexe von Orkney

Roman

Aus dem Amerikanischen von
Sylvia Brecht-Pukallus

Fischer Taschenbuch Verlag

Deutsche Erstausgabe
Veröffentlicht im Fischer Taschenbuch Verlag GmbH,
Frankfurt am Main, April 1986

Die amerikanische Originalausgabe erschien 1979 unter dem Titel
›Eric Brighteyes – A Witch's Welcome‹
bei Kensington Publishing Corporation, New York

Umschlaggestaltung: die Titelillustration von Claus-Dietrich Hentschel, Konstanz,
zeigt einen Ausschnitt seines Acrylbildes
›In memoriam Jane S II‹ (1977; 45 x 36,5 cm);
die Typographie besorgte Manfred Walch, Frankfurt am Main.
Gesamtherstellung: Clausen & Bosse, Leck
Printed in Germany
980-ISBN-3-596-22708-9

Die Hauptpersonen

Schwanhild die Vaterlose	verstoßene Tochter Asmunds des Priesters und seiner Geliebten Groa, Atlis Gemahlin, eine schöne, unselige Hexe
Asmund	Priester der Götter, früherer Wikinger, jetzt ein reicher Grundherr in Island
Gudruda die Sanfte	seine Frau
Gudruda die Schöne	seine Tochter, die Braut Erik Hellauges
Björn	sein Sohn
Groa die Finnin	Asmunds Buhle, eine Zauberin
Jarl Atli von den Orkneys	Asmunds Jugendfreund, einst Wikinger, jetzt Herr über die Orkney-Inseln
Hildigunn	seine erste Gattin
Auga	seine Haushälterin und zeitweilige Geliebte, eine Hexe, Giftmischerin und Mörderin
Der Selkie	ihr Liebhaber, ein Mann aus dem Meer
Der junge Selkie	ihr Sohn, später Schwanhilds Verführer
Erik Hellauge	ein junger Isländer, Wikinger und Krieger, von Schwanhild heiß, aber vergeblich geliebt
Skallagrim Lämmerschwanz	ein Berserker, Eriks Freund und Waffengefährte
Fatima	eine reizvolle Araberin, von Erik geliebt und verlassen
Conn der Schreiber	ihr Freund, Eriks Todfeind
Elfrida	eine Edelfrau am englischen Hof

Ospakar Schwarzzahn	ein Schurke, Bewerber um Gudrudas der Schönen Hand
Thorgunna	seine Buhle, Skallagrims Frau
Koll der Narr	Groas verbrecherischer Knecht

I

Wie Schwanhild auf Middalhof aufwuchs

Zu der Zeit, da auf Island noch nicht das Christentum gepredigt wurde, lebte dort ein Mann namens Erik Hellauge, der Sohn von Thorgrimur Eisenzehe und Saevuna der Schweigsamen. Zwei Frauen liebten ihn: Gudruda die Schöne und Schwanhild die Vaterlose. Und es begab sich, daß er der beiden Untergang werden sollte und sie der seine.

Vieles über Eriks tapfere Taten, über das unablässige Bemühen der beiden Frauen, Erik für sich zu gewinnen, und darüber, wie Erik, Gudruda, Schwanhild und alle ihre Angehörigen das Schicksal ereilte, wurde bereits an anderer Stelle erzählt. Jedoch wurde weder die ganze Begebenheit berichtet noch die Rolle eines jeden einzelnen darin; denn jeder Geschichtenerzähler muß eine Auswahl treffen und sich entscheiden.

In der Nähe der Westmänner-Inseln wohnte ein Mann, ein gewisser Asmund Asmundson, der Priester zu Middalhof war. Er hatte einen Sohn, Björn. Seine Ehefrau Gudruda die Sanfte starb bei der Geburt ihres zweiten Kindes, einer Tochter, der Asmund ebenfalls den Namen Gudruda gab. In späteren Jahren sollten die Männer sie Gudruda die Schöne nennen.

Am selben Tage, da Asmunds Frau verschied, gebar Groa die Hexe, die in ihrer Nähe wohnte, eine Tochter, obgleich sie keinen Gemahl hatte. Sie war eine Finnin, die Asmund einst am Ufer gefunden hatte, nachdem ihr Schiff bei einem Unwetter untergegangen war. Alle an Bord waren umgekommen bis auf sie. Man flüsterte, ihr Kind wäre von Asmund gezeugt, doch der schwieg zu dieser Sache. Das Mädchen wurde Schwanhild die Vaterlose genannt. Asmund war es, der sie auf Groas Bitte hin abnabelte und ihr den Namen gab.

Obgleich sie also am selben Tag geboren waren und – wie manche sagten – denselben Vater hatten, unterschieden sie sich äußerlich sehr. Gudruda war hellhaarig mit dunklen Augen, während Schwanhilds Locken braun und ihre Augen blau wie das Meer waren.

Bald nach dem Tode von Asmunds Frau zog Groa bei ihm ein und brachte ihre Tochter mit. So wuchs Schwanhild im gleichen Haus wie Gudruda auf, und sie nannte Asmund »Pflegevater«. Obgleich Groa Asmunds Haus führte und sein Bett teilte, heiratete er sie niemals, denn so hatte er es seiner sterbenden Frau versprochen. Gudruda die Schöne hatte große Ähnlichkeit mit ihrer Mutter, und Asmund konnte sein Gelübde nicht vergessen.

So wuchs Gudruda ohne Mutter auf. Von Groa wollte sie sich nicht leiten lassen, denn, so sagte sie, warum sollte sie eine Haushälterin achten, die keine vermählte Ehefrau war? Schwanhild spürte den Hohn, mit dem die Tochter des Hauses ihre Mutter behandelte, und fühlte sich beschämt. Sie wußte wohl, daß kein Mann die Vaterschaft über sie anerkannte, und ihre Mutter wollte ihr niemals verraten, wer ihr Vater war. Doch Asmund behandelte seine Pflegetochter freundlich, und sie ging niemals hungrig oder schlecht gekleidet.

Keine Stunde zu Pferd entfernt von Middalhof lag Kaltrücken. Auf einem Hof oben auf diesem Berg wohnte Thorgrimur Eisenzehe, seine Frau Saevuna und ihrer beider Sohn Erik. Sie nannten dieses Kind Hellauge, weil seine blauen Augen wie Sterne funkelten. Sobald der Junge alt genug war, ritt er jedes Julfest mit seinem Vater zur Feier auf Middalhof. Gudruda und Schwanhild waren fünf Jahre jünger als er. Björn, Gudrudas Bruder, war ungefähr in Eriks Alter. Die Kinder spielten dann zusammen in der Halle. Erik besiegte Björn häufig beim Ringkampf, dann stürzte Björn stets wütend davon. Beide Mädchen hatten Erik gern; er erfand Geschichten für sie und immer ein Spiel. Nur eines erzürnte ihn, wenn nämlich Schwanhild und Gudruda sich stritten. So lernten sie, sich in Eriks Gegenwart zu vertragen, auch wenn sie sonst häufig barsch zueinander waren.

Von früher Kindheit an war Schwanhild ein ruhiges Kind, das durch die Wälder streifte und oft bis spät in die Nacht wach lag. Das Hausgesinde mochte sie und ihre Mutter nicht. Es sprach vor dem Kind Dinge aus, die es nicht gewagt hätte, der Frau zu sagen. Schwanhild lernte bald, den Mund zu halten, doch sie vergaß kein Wort.
Sie bemerkte ebenfalls, daß Erik, wenn er zum Julfest oder bei anderen Gelegenheiten nach Middalhof kam – denn er war inzwischen ein Jüngling, der alleine reiten konnte –, seine Zeit am liebsten mit Gudruda verbrachte. Sie lachten und redeten viel zusammen, verstummten jedoch, sobald Schwanhild in die Nähe kam.
Beide Mädchen waren vierzehn Jahre alt und beide sehr hübsch, wobei Schwanhild zierlich und Gudruda großgewachsen war. Nun erschien Erik Schwanhild weniger als Spielgefährte, und sie betrachtete ihn eher als gutaussehenden jungen Mann.
In jenem Winter waren die Julfeierlichkeiten auf Middalhof derb wie gewöhnlich. Schwanhild und Gudruda bedienten die Männer, sorgten dafür, daß die Trinkhörner stets gefüllt waren und die Tische sich unter den Speisen bogen. Asmund hielt ein waches Auge auf seine Gäste, daß keiner eines der beiden Mädchen belästigte, denn von den anderen Bauernmädchen, die bedienten, wurde schon hin und wieder eine auf den Schoß gezerrt oder in eine Ecke gedrängt. Schwanhild beobachtete dies und auch, daß Erik, wenn Gudruda sein Horn auffüllte, ihr zulächelte und ihre Finger einander streiften. War sie an der Reihe, für ihn einzuschenken, sah er sie kalt an, obgleich auch sie lächelte.
Neben Asmund saß Snorri Ketilson, der schon reichlich getrunken hatte. Mit dröhnender Stimme fragte er: »He, Asmund, wann wirst du deine Trauer beenden und eine neue Frau nehmen?«
Asmunds Antwort klang leise. »Noch nicht.«
Snorri schlug auf den Tisch. »Brauchst du auch gar nicht – bei deiner hexischen Haushälterin, was? Sie ist ein finsteres Weib – bei dem Blick, den sie mir zuwarf, als ich hereinkam, kann einem das Blut in den Adern gerinnen! Warum behältst du sie? Sie wird alt.«

»Wie wir alle«, antwortete Asmund, und damit wurde nicht mehr darüber gesprochen.
Schwanhild hatte alles mit angehört und sah auch, wie Erik Gudruda zulächelte. Sie schlüpfte aus der Halle und suchte ihre Mutter Groa in der Küche auf. Asmunds Buhle saß nicht an seiner Seite, wenn man vornehme Gäste empfing, denn viele betrachteten sie voller Mißtrauen und nannten sie eine Hexe.
Groa hockte zusammengekauert neben dem Herd und rührte in einem eisernen Kessel. Schwanhild blieb schweigsam hinter ihrer Mutter stehen und hörte sie murmeln: »Zipperlein und Lungenfäulnis, Wasser ins Gedärme. Kampfgewühl und ...« Dann ließ sie etwas in den Topf fallen. Es brodelte. Als sie sich umdrehte, wurde sie ihrer Tochter gewahr. »Du schleichst herum wie ein Mäuschen.«
Die Jahre hatten Groa gezeichnet. Ihr braunes Haar war an den Schläfen grau geworden, und ihre strahlenden, blauen Augen lagen tief in runzliger Haut. Sie starrten das hübsche, junge Mädchen an. »Was willst du?«
»Sag mir Mutter, was zieht einen Mann zu einer Frau hin?«
Groa lachte. »Die Begierde, die den Bullen zur Kuh und den Hund zur Hündin treibt. Und in Frauen lodert die gleiche Lust wie in Männern.«
»Das weiß ich wohl«, meinte Schwanhild, »aber warum wendet sich ein Mann einer bestimmten Frau zu und nicht einer anderen, die ebenso schön ist?«
»Ach«, sagte ihre Mutter, »da haben wir ein echtes Rätsel. Warum solches Interesse?«
Schwanhild errötete und schwieg zu der Frage.
»Sollte es sein, daß der junge Erik Gudruda mehr zugetan ist als dir? Sie ist hübsch. Aber du bist schöner als diese pralle strohhaarige Bauernmaid. Doch ihr Vater Asmund ist ein vermögender Mann. Männer streben nach Geld und Macht, wenn ihre Lust erst einmal befriedigt ist, nach etwas, das sie Ehre nennen.«
»Ich habe keinen Vater«, sagte Schwanhild.
Ihre Mutter lachte wieder. »Keinen, der es wagt, die Vaterschaft

über dich anzuerkennen. Doch wenn du nach Macht strebst, so gibt es andere Mittel, sie zu erringen, als Reichtümer zusammenzutragen.«

»Ich weiß, daß die Leute dich eine Hexe nennen.«

»Recht so, und sie tun gut daran, mich zu fürchten.« Groa rührte den Inhalt des Kessels. »Das hier enthält den Tod eines Menschen innerhalb eines Jahres. Snorri Ketilson spricht in Asmunds Anwesenheit und, was noch unklüger ist, in der meinen schlecht über mich. Aber diese Geschäfte sind für die finstere Zeit um Jul und nichts für die Augen eines jungen Mädchens. Komm wieder, wenn die Blumen blühen, dann werde ich dich einfachere Zauberei lehren.«

Schwanhild beobachtete Schnorri Ketilson in jener Nacht. Er trank viel und scherzte mit den Dienstmägden. Doch es dauerte keinen Monat, daß er bettlägerig wurde, um nie wieder aufzustehen. Und als die Blumen blühten, ruhten seine Gebeine unter einem Grabhügel. Schwanhild erinnerte sich an die Julnacht und kehrte zu Groa zurück, um von ihr die Zauberei zu erlernen. Sie studierte gründlich, was ihre Mutter sie lehrte, und so verstrich die Zeit auf Middalhof.

II

Wie Thorgrimur Eisenzehe zu seinem Namen kam

Als Thorgrimur Eisenzehe, Eriks Vater, ein junger Mann gewesen war, kannte man ihn unter dem Namen Thorgrimur Siguroarson. Zu jener Zeit ging er wie jeder andere Mann auf zwei Beinen.
Er fuhr niemals zu Wikingzügen mit dem Schiff hinaus, denn das entsprach nicht seiner Natur. Eines Tages sollte er den Hof seines Vaters erben, und er wollte lernen, wie der zu führen wäre. Er war jedoch groß und kräftig und zeichnete sich im Kämpfen und Ringen aus. Einmal bezwang und zähmte er einen wilden Hengst, der stets die Stuten der Gegend überfiel. Diesem Roß gab er den Namen Sausewind. Es war kohlrabenschwarz und riesig groß: Kein andrer außer Thorgrimur konnte es reiten.
Thorgrimurs Eltern ermöglichten ihm eine Hochzeit mit einem Mädchen aus guter Familie. Sie hieß Saevuna die Schweigsame. Sie war von großem Verstand und geschickt in der Haushaltsführung. Darüber hinaus betrachtete sie Thorgrimur mit Wohlgefallen und war selbst von der Verbindung recht angetan; so fügte sich alles wohl.
Eines Tages ritten sie nicht weit vom Kaltrücken auf dem Heimweg von einem Besuch bei Verwandten. Sie waren seit einem Jahr verheiratet, und Saevuna war hochschwanger mit ihrem ersten Kind. Sie saß auf dem Rücken einer lammfrommen Stute. Ihr Gemahl ritt wie stets Sausewind.
Ihr Weg führte durch einen Gebirgspaß, eine schmale Schlucht, die von Sträuchern überwachsen und von Gestein überragt wurde. Es war wohl ein ungastlicher Ort, doch Thorgrimurs Sippe lebte in keiner Fehde, und sie hatten sich keine Feinde gemacht. So unterhielten er und Saevuna sich leise und lachten, während sie dahinritten.

Plötzlich sprangen hinter den Felsen bewaffnete Männer hervor. Es waren drei, von riesigem Wuchs, ein jeder größer als Thorgrimur. Sie hatten ihre Gesichter schwarz bemalt, und ihre Haare und Bärte waren zottig.

Thorgrimur setzte für einen Augenblick das Herz aus. Er hatte im fairen Kampf eine stattliche Anzahl von Männern getötet und handhabte die Streitaxt mit großem Geschick, aber nun war er allein mit seiner schwangeren Frau. Und diese Männer sahen wie Berserker aus. Solche Krieger steigern sich im Kampf in Raserei. Sie bekommen Schaum vor den Mund und beißen auf ihre Schilde. In ihrem Wüten fühlen sie nicht einmal ihre Verletzungen. Sie sind schwer zu besiegen, denn sie kämpfen mit großer Verbissenheit.

Diese Männer stammten nicht aus der Gegend, das wußte Thorgrimur. Wie es bei den Beserkern gewöhnlich ist, streiften sie mordend und plündernd durchs Land. Saevuna sah, wie ihr Blick auf sie fiel und schrie. Selbst in hochschwangerem Zustand sah sie noch anziehend aus, und sie wußte, wie Berserker mit Frauen verfuhren, ehe sie sie töteten.

Thorgrimur stieg ab und nahm seinen Schild vom Rücken, wie es auch seine Widersacher taten. Es fiel kein Wort. Einer der Männer, ein rotbärtiger Riese, stürzte sich axtschwingend nach vorn. Thorgrimur hob seinen Schild, um den Schlag abzuwehren, und das Eisen fraß sich tief in das lederbezogene Holz und blieb stecken. Ehe der Berserker seine Waffe herausziehen konnte, schlug Thorgrimur nach seinem Arm; Knochen krachten, und des Beserkers Rechte hing schlaff an der Haut. Er warf seinen Schild fort, packte seine Axt mit der Linken und riß sie heraus.

Derweil versuchte einer seiner Begleiter, Saevuna vom Pferd zu zerren. Die Stute scheute und trat ihn mit seinem Vorderhuf gegen die Brust. Wütend hob er sein Schwert und hieb nach den Beinen des Tieres. Das Pferd schrie auf und brach zusammen.

Der erste Berserker stürzte sich wieder auf Thorgrimur, doch ohne Schild war es nicht schwierig, ihn zu töten. Thorgrimur wich dem Schlag aus, und seine eigene Axt spaltete den Helm des anderen

und drang in dessen Schädel. Der Mann fiel tot zu Boden. »Der wird nicht mehr aufstehen«, sagte Thorgrimur und drehte sich um, den dritten abzuwehren.
Der war der größte. Seinem prunkvollen, goldenen Helm nach und der edlen Brünne – ein ungewöhnlicher Aufzug für Berserker, die Rüstungen sonst verachteten –, hielt Thorgrimur ihn für den Anführer. Hinter ihm sah er den zweiten Mann mit Saevuna.
Ihr Pferd lag am Boden, trat wild um sich und konnte sich nicht mehr erheben. Saevuna war heruntergesprungen, um nicht erdrückt zu werden, und der Berserker hatte sie bei der Kehle. Sie trat und kratzte, doch ihre Gegenwehr wurde schwächer, und der Mann kniete auf ihrem Bauch.
»Warte einen Augenblick, Freund«, sagte Thorgrimur zu dem dritten Mann. Er stürzte sich von hinten auf den Angreifer seiner Frau und hätte ihn mit einem Hieb in den Nacken fast enthauptet. Der Mann fiel nieder, und Blut schoß aus seiner Wunde. Saevuna richtete sich auf, blutbespritzt. »Ein prachtvolles Geschenk, Mann. Sieh dich vor.« Sie hob das Schwert des gefallenen Gegners auf.
Thorgrimur wirbelte herum; der dritte Berserker stand mit hocherhobener Axt vor ihm. Seine Augen funkelten irre, Schaum befleckte seinen schwarzen Bart. Thorgrimur griff an, und der Mann hielt inne, um den Schlag abzuwehren. Dann sauste des Berserkers Axt im Bogen nach vorn, die Klinge fuhr unter Thorgrimurs erhobenem Schild vorbei und grub sich in seinen Oberschenkel.
Thorgrimur fühlte den Hieb und kippte vornüber. Sein linkes Bein lag seltsam angewinkelt, der Knochen war zerschmettert, und helles Blut spritzte hervor. Sein Gegner trat hinzu, um ihn zu töten. »Erst du, und dann die Frau«, sagte er. Doch hinter ihm schwang Saevuna mit beiden Händen das Schwert und zog es ihm durch den Nacken; der Berserker fiel tot aufs Gesicht.
Saevuna war eine zierliche Frau; sie wankte unter dem Gewicht des Schwertes und ließ es fallen. »Besser als mein Dolch«, sprach sie. »Mann, du bist verwundet.«
»Das bin ich.« Und Thorgrimur fühlte, wie sein Leben zu Ende

ging. Nun denn, alle Menschen sterben irgendwann, und am besten war es, man starb in einem Kampf. Zu schade nur, von Saevuna zu gehen und das gemeinsame Kind niemals zu Gesicht zu bekommen! Die Welt wurde dunkel um Thorgrimur.
Saevuna legte ihren Umhang ab und drückte ihn auf die Wunde. Sie schüttelte den Kopf, schnallte ihren Gürtel los und schlang ihn fest um Thorgrimurs Oberschenkel. »Vielleicht mußt du doch noch nicht von uns gehen, Mann«, sagte sie, »obgleich dein Bein verloren ist, falls ich die Blutung stillen kann – ich brauche ein heißes Eisen.«
Thorgrimur hörte, wie sie sich irgendwo zu schaffen machte, doch es war dunkel um ihn her, und er konnte nicht sehen, was sie tat. Plötzlich empfand er einen heftigen Schmerz und verlor vollends die Besinnung. Als er wieder zu sich kam, hatte Saevuna ein kleines Feuer entfacht und die Klinge des Schwertes erhitzt. Dann schlug sie das nun nutzlose Bein ihres Mannes ab und versengte mit dem heißen Metall den Stumpf, um die Blutung zu stillen. Dann und erst dann tötete sie ihre klagende Stute.
Sie stand vor ihm und wischte sich die Hände am Kleid. »Eins nach dem anderen. Du hast ein Bein verloren, doch nicht unbedingt dein Leben.«
»Ich wünschte, ich wäre tot.« Thorgrimur dachte an die künftigen Jahre, die er als Krüppel zubringen mußte.
»Sag nicht so etwas. Du kannst noch arbeiten. Und schau, du hast wertvolle Beute gemacht.« Sie nahm dem toten Berserker den goldenen Helm ab und zerrte ihm die Brünne vom Leib. »Ich fürchte, sein Schwert habe ich beim Erhitzen verdorben«, sagte sie.
»Mit Waffen werde ich nicht mehr viel anfangen können«, sagte Thorgrimur.
»Vielleicht wird unser Kind ein Sohn.« Saevuna holte Sausewind, schaffte ihren Mann in den Sattel und führte ihn dann heim nach Kaltrücken. Einen Monat später gebar sie ihm einen Sohn – Erik, dem sie den Beinamen Hellauge gaben.
Thorgrimur lag lange mit hohem Fieber im Bett und lernte schließlich, mit einem eisenbeschlagenen Holzbein zu gehen. Er

bekam keine Wiedergutmachung für das verlorene Bein, mußte allerdings auch kein Blutgeld entrichten, denn die Berserker galten als geächtet. Saevunas Mann kam nie wieder ganz zu Kräften. Die meisten Rinder von Kaltrücken mußten geschlachtet oder verkauft werden – es bestand keine Möglichkeit, sie über den Winter zu bringen. Die Ernte in diesem Jahr war mager, denn Thorgrimur hatte nur wenig auf den Feldern arbeiten können.

Nach einiger Zeit jedoch war er froh, überlebt zu haben, denn sein Sohn Erik wuchs heran und wurde groß und kräftig. Sie bekamen keine Kinder mehr, aber Saevuna war eine gute Hausfrau und ihrem Mann in allen Dingen eine treue Gefährtin. Niemals verspottete sie ihn wegen seiner Lahmheit, und bis Erik zupacken konnte, leistete sie ein Großteil der schweren Arbeit selbst.

Die Rüstung des Berserkers hatten sie in eine Truhe gelegt, bis Erik sie brauchen könnte. Und so verstrichen die Jahre auf dem kleinen armen Gehöft nicht weit von Middalhof.

III

Was Thorgrimur Eisenzehe widerfuhr

Als Erik Hellauge, Thorgrimurs Sohn, das Mannesalter erreichte, wurde sein Vater gebrechlich und grau. So ist der Gang der Welt. Und Thorgrimur hatte auch häufig Schmerzen, doch sprach er nicht darüber.

Erik half, den Hof zu versorgen: Er war es, der im Frühjahr die Felder pflügte, säte und Leibeigene und das Gesinde beaufsichtigte. Kaltrücken mochte arm sein, aber selbst ein kärglicher Landbesitz benötigte rührige Arme. Also schlug man sich auf die eine oder andere Weise durch.

Es geschah eines Tages, daß Schafe gerissen wurden, und der Hirte wußte nicht, wie es geschehen war. Winter war es, und am Boden sah man eigentümliche Spuren; manchmal die eines Hundes, manchmal Abdrücke kleiner, menschlicher Füße. Der Hirte flüsterte voller Angst etwas von Gestaltwandlern und wollte nachts nicht mehr wachen. Er war nur ein Leibeigener, und sein Leben war ihm wichtiger als der Besitz seines Herrn.

Thorgrimur wurde wütend. Es ging nicht an, noch mehr Tiere zu verlieren. Hier war die Tatkraft eines freien Mannes gefordert! Er sagte nichts davon zu seiner Frau und seinem Sohn, denn Saevuna würde Erik ausschicken, und der Junge hätte ihr gefolgt. »Bin ich denn völlig nutzlos, nur weil ich alt bin?« brummte Thorgrimur.

Also nahm er in dieser Nacht seine Axt – dieselbe, mit der er den Berserker erschlagen hatte – und ging zum Pferch, um sich dort zu verstecken und zu beobachten, was geschehen würde. Er dachte auch, daß der Hirte die Schafe vielleicht um des Fleisches willen selbst tötete, denn der Mann war falsch und nicht viel wert. Aber Thorgrimur hatte zu wenig Hände am Hof, um auf ihn verzichten zu können.

Der Vollmond ließ ringsum die Landschaft fast taghell erscheinen. Schon von weitem würde man das Nahen eines Diebes bemerken. Thorgrimur setzte sich und wartete in der Kälte.
Neben dem Pferch floß ein Bach. Eis verkrustete seine Ufer, doch in der Mitte gurgelte das Wasser noch über die Steine. Thorgrimur, der tief im Schatten saß, konnte das Plätschern hören.
Und er hörte auch, wie Schritte durch den verharschten Schnee knirschten. Stahl also doch ein Mensch so nach und nach seine Herde. Nun denn, er würde es dem Dieb schon zeigen! Thorgrimur umspannte den Griff seiner Axt fester. Es war aber kein Mann, der aus dem Schatten trat, sondern eine zierliche, in einen grauen Pelzumhang gehüllte Frau. Rasch trat sie zum Pferch und öffnete das Gatter. Die Schafe sahen sie, drängten sich ängstlich in einer Ecke zusammen und blökten. Die Frau wählte ein junges Mutterschaf und zerrte es aus der Herde. Das Tier wehrte sich – vergebens.
Thorgrimur saß wie versteinert. Das war doch Schwanhild, Asmunds Pflegetochter! Was machte sie nur? Sie mußte verrückt sein! Und unter seinen Augen begannen ihre Formen zu zerfließen, veränderten sich und gewannen die Gestalt eines Hundes ... eines grauen Wolfes. Auf Island gab es aber keine Wölfe! Die Bestie fletschte die Zähne und schlug sie in die Kehle des Schafes. Das Muttertier blökte noch einmal jämmerlich und verendete.
Thorgrimur stand auf, hinkte nach vorn und schwang seine Axt. Schwanhild – oder vielmehr der Wolf, zu dem sie geworden war – duckte sich tief an die Erde und knurrte.
Thorgrimur hielt inne. Nach allem, was er soeben gesehen hatte, mußte er sie töten. Doch der Gestaltwandler kauerte wachsam am Boden und wartete auf seine Gelegenheit. Lange war es her, daß Thorgrimur die Axt geschwungen hatte, und als der Wolf zum Sprung ansetzte, holte er aus; die Bestie sprang jedoch zur Seite, so daß der Schlag ins Leere ging und Thorgrimur das Gleichgewicht verlor und stürzte. Seine Axt schlitterte über die vereiste Schneefläche. Der Wolf stand drohend über ihm. Thorgrimur versuchte aufzustehen. Die Formen zerflossen, und es war wieder

Schwanhild. »Du würdest erzählen, was du gesehen hast, und sie würden mich töten«, sagte sie und hob seine Axt auf.
Thorgrimur richtete sich halb auf und versuchte, sich mit dem hölzernen Bein vom Boden abzustemmen, doch er fand auf der Schneedecke keinen Halt.
Schwanhild hielt die Axt am Blatt und holte aus. Der Stiel traf Thorgrimur an der Schläfe. »Es tut mir leid, daß ich das tun muß, Eriks Vater«, sagte sie, »aber mir bleibt nichts anderes übrig.« Sie zerrte den Bewußtlosen zum Bach und schob ihn mit dem Gesicht nach unten ins Wasser.
Erik fand die Leiche seines Vaters am nächsten Morgen, nachdem er aufgewacht war und festgestellt hatte, daß Thorgrimur verschwunden war. Die Leute meinten, er wäre durch sein Holzbein gestrauchelt, mit dem Kopf auf einen Stein gestürzt und ertrunken.
»Hätte er doch sein Leben im Kampf gelassen«, sagte Erik, »denn mein Vater war ein tapferer Mann.« Saevuna und Erik trauerten lange. Aber das Leben geht weiter, und die Toten haben ihr eigenes Reich.
Erik übernahm die Leitung des Hofes. Nun hatte er noch weniger Zeit, Middalhof und Gudruda zu besuchen, denn auf seinen Schultern lastete die Arbeit von zwei Männern. Das machte ihn hart: Er wurde in kurzer Zeit erwachsen.
Seine Mutter Saevuna blieb fortan die meiste Zeit über im Haus. Sie sagte, ihre Sehkraft lasse nach durch all die Tränen, die sie hatte weinen müssen, Hoffnung habe sie keine mehr. So fiel noch mehr Arbeit auf Erik, und er brachte seine Tage unter großer Mühsal zu. Andere Burschen der Gegend zogen als Wikinger aus, kehrten im Herbst mit Gold und Sklaven wieder und verspotteten Erik, nannten ihn einen tatenlosen Mann und einen Bauern. Es kam zu Ringkämpfen, und Erik bezwang sie alle; dabei achtete er darauf, kein Blut zu vergießen, denn er hätte nichts gehabt, das Blutgeld zu zahlen.
Er beneidete sie ihres Goldes wegen; doch als Thrain Thorgeirrson und Hrapp Ljotson weinende Leibeigenenfrauen nach Hause

schleppten, hielt er das für eine Missetat. Einige Mädchen waren so jung wie Gudruda und wären vielleicht ebenso hübsch gewesen, hätte man sie nicht geschlagen, vergewaltigt und hungern lassen, bis sie fast von Sinnen waren.

»Am tapfersten seid ihr gegen Frauen«, gab er Thrain und Hrapp zurück, als sie ihn verhöhnten. »Wenn das der Weg zu Ruhm und Ehre ist, mögt ihr ihn allein beschreiten.«

Sie machten sich davon, denn sie wußten, daß niemand Eriks Kraft gewachsen war. Doch seine Worte gärten in ihnen, begriffen sie doch, daß er die Wahrheit gesagt hatte.

Erik war 24 Jahre alt und brachte die wenige Zeit, die ihm blieb, auf Middalhof in Gudrudas Nähe zu. Er liebte sie und wollte sie heiraten. Wie aber sollte er sich ihren Vater geneigt machen – und welches Leben hätte sie an der Seite eines armen Freibauern? Es war nicht recht, Thorgrimurs Sohn zu verhöhnen! Zwar hatte Erik bislang noch keine Taten vollbracht – wie auch, ohne seine Mutter dem Hungertode preiszugeben, wenn er Ruhm und Schätze suchte? –, aber vielleicht würde das Schicksal doch noch etwas für ihn bereithalten; bis dahin war reichlich Arbeit zu erledigen.

IV

Über Thrain Thorgeirrson und Hrapp Ljotson

Als die Zeit verging und Erik Middalhof so oft besuchte, wie er nur konnte, entbrannte Schwanhild immer leidenschaftlicher für ihn. Sie beobachtete die beiden aus der Ferne und wußte, Erik wollte nur Gudruda.

Unter Groas Anleitung vertiefte sie sich immer mehr in die Magie, obwohl manches sie erschreckte. Letztendlich übertraf sie ihre Mutter noch. Nach der Begegnung mit Thorgrimur nahm sie jedoch keine Wolfsgestalt mehr an. Es hatte gutgetan, durch die Berge zu streifen, schnellfüßig über den Schnee zu huschen, den Mond anzuheulen, an warmen, pulsierenden Kehlen zu reißen und salziges Blut zu schmecken. All dies hatte ihre Kraft gesteigert; nun konnte sie sich mit den Tieren unterhalten. Aber Schwanhild wußte, daß sie sterben mußte, wenn man sie entdeckte. Eriks Vater hatte sie nicht töten wollen. Es hatte Erik weh getan und ihm zusätzliche Arbeit aufgeladen. Er hatte kaum Gelegenheit, nach Middalhof zu kommen, so daß sie ihn sehr selten sah – genauso wie Erik Gudruda.

Nur wer aufhört, gibt auf, dachte Schwanhild bei sich. Doch soviel Mühe sie sich auch machte, Erik wollte sich ihr nicht zuwenden. Schwanhild flocht Blumenkränze, sang Lieder, praktizierte Mondmagie, braute Zaubertränke – alles war umsonst. Groa schalt sie eine Närrin. »Du vergeudest deine Zeit, nach diesem Tölpel zu schmachten«, sagte sie. »Du, die mehr als genug Männer haben könnte. Schade, daß ich dich jemals das Zaubern gelehrt habe.«

»Ich weiß, was ich will, Mutter«, sagte Schwanhild, »und auf die eine oder andere Art werde ich es auch bekommen.« Nach diesem Streit wurde das Verhältnis der beiden Frauen zueinander merklich kühler; Schwanhild aber gab das Zaubern nicht auf. Es

stimmte durchaus, daß viele junge Männer der Gegend sich zu ihr hingezogen fühlten. Sie wetteiferten miteinander in Kraftproben, doch Erik besiegte sie alle. Schwanhild hoffte, Eriks Eifersucht zu wecken, indem sie dem einen oder anderen Burschen ihre Gunst schenkte – doch er bemerkte es nicht einmal.
Schwanhild hatte wenig Spaß an der Gesellschaft der jungen Männer, foppte sie aber gerne. Mit einem Blick hier und einem Wort da brachte sie sie dazu, miteinander zu kämpfen, war sie doch reizvoll genug. Häufig kam es zu Blutvergießen, und die Familien forderten voneinander Genugtuung. Schwanhild lachte nur.
So sehr die jungen Männer auch versuchten, Schwanhild in den Wald oder in die Nebengebäude zu locken, wo sie ihren Vorteil nutzen konnten, niemals ging sie mit einem allein, sondern betörte mindestens noch einen Konkurrenten, mitzukommen.
Im Frühjahr, als Schwanhild und Gudruda neunzehn wurden, geschah es, daß zwei junge Männer aus der Gegend, Thrain Thorgeirrson und Hrapp Ljotson, viel Zeit auf dem Middalhof verbrachten. Thrain war zwei Sommer lang auf Wikingerfahrt gewesen und hatte reiche Beute mitgebracht. Sein Freund Hrapp hatte sich ihm vergangenes Jahr angeschlossen. Beide würden einst nichts erben. Thrain hatte drei ältere Brüder; Hrapps Vater war gestorben und seine Mutter wieder verheiratet. So hatten sie den Westen Irlands überfallen und goldene Kelche, edelsteinbesetzte Buchumschläge und Sklaven mitgebracht. Thrain und Hrapp waren harte Herren.
Man dachte, der eine oder der andere – denn sie waren wie Brüder stets zusammen – käme Gudrudas wegen, jene aber wollte nichts mit ihnen zu schaffen haben. Und wann immer die Burschen zu Besuch kamen, pflegte sie in ihrer Laube zu bleiben und zu nähen. Tatsächlich mochte Asmund der Priester Thrain und Hrapp auch nicht besonders, obgleich er mit beiden Vätern befreundet gewesen war; Schwanhild jedoch tändelte und scherzte mit ihnen.
Eines Tages, als der Wind vom Meer her mild genug war, daß man sagen konnte, der Winter sei endgültig vorüber, gingen Schwanhild, Hrapp und Thrain an den Klippen Eier sammeln. Die jungen

Leute baten Gudruda, doch mitzukommen, aber Erik war an diesem Tag zu Besuch. Schwanhild tat so, als bemerke sie Eriks Anwesenheit nicht und brach mit den beiden auf.
Der Tag war warm, und sie schlenderten an den Klippen entlang. Thrain und Hrapp ließen sich an Seilen hinab, um Vogeleier zu sammeln, während Schwanhild auf den Wiesen Blumen pflückte und die gefundenen Eier in einen mit Gras gepolsterten Korb legte. Man scherzte miteinander, obgleich Schwanhild das Herz schwerer und schwerer wurde, wenn sie daran dachte, daß Erik bei Gudruda war. Die Sonne schien ihr fahl und kalt. Man ging immer weiter an den Klippen entlang, bis Middalhof hinter ihnen lag und nicht mehr zu sehen war.
Schwanhild hatte Brot, Käse und Bier mitgenommen. Die drei setzten sich ins Gras, aßen und schauten auf das funkelnde Meer hinüber zu den Westmänner-Inseln.
»Wirst du diesen Sommer wieder auf Fahrt gehen, Thrain?« fragte Hrapp mit vollem Mund.
»Vielleicht«, antwortete Thrain und trank einen Schluck. »Es ist noch zu früh im Jahr, um das zu entscheiden. Vielleicht nicht, wenn ich eine junge Frau zur Gemahlin hätte.«
»Oder eine willige Magd«, sagte Hrapp. »Aber du hast alle Mägde bis auf eine verkauft.«
»Sie waren bereits alle willig. Außerdem erzielte ich mit ihnen einen guten Preis.«
»So ein Mädchen wie Schwanhild hier würde mehr bringen«, bemerkte Hrapp. Schwanhild zuckte zusammen.
»Ich würde für Gudruda mehr bezahlen«, sagte Thrain. »Sie ist größer und stärker. Schwanhild würde für schwere Arbeit nicht viel taugen, doch sie könnte einem Mann das Bett anwärmen. Fragt sich bloß, wie geschickt sie dabei ist.«
Schwanhild schwieg. Sie stand auf und wollte gehen. Doch Thrain packte sie beim Handgelenk. »Nicht so schnell, mein Vögelchen. Den ganzen Winter über hast du mit uns gespielt, jetzt sind wir an der Reihe.«
»Ihr würdet nicht wagen...«, hob Schwanhild an.

»Willst du zu deinem Vater laufen? Den mußt du erst mal finden. Oder glaubst du etwa, wir haben Angst vor deiner Mutter, der Hexe?« Hrapp lachte und stieß Schwanhild ins Gras zurück. Sie zerrten ihr das Kleid hoch und fielen gierig über sie her. Bei all dem biß sich Schwanhild wieder und wieder die Lippen blutig und schwieg.

Erst als sie genug hatten, ließen sie von ihr ab.

Schwanhild lag im Gras, bis die Sonne unterging. Dann ordnete sie ihre Kleider und machte sich auf nach Hause. An einem Bach hielt sie an und wusch sich die Tränen ab und das Blut.

Erik fand Schwanhild, als sie durch die Dunkelheit stolperte. Er war zusammen mit einigen von Asmunds Männern aufgebrochen, sie zu suchen. Er stieg ab, setzte Schwanhild auf sein Pferd und brachte sie nach Hause. Dieses eine Mal war Erik freundlich zu ihr.

Schwanhild erzählte niemandem, was geschehen war, auch nicht ihrer Mutter. Sie sagte, sie hätte sich verirrt und wäre gestürzt. Erik sollte es niemals erfahren. Sie würde sich selbst rächen können.

Es dauerte keinen Monat, bis Schwanhild Thrain und Hrapp in See stechen sah, an einem klaren Tag mit frischen Winden. Doch als sie an den Westmänner-Inseln vorübergesegelt waren, wurde der Himmel schwarz. Ein fürchterlicher Sturm kam auf und schleuderte das Schiff gegen die Felsen, so daß es zerbarst. Thrain und Hrapp und die gesamte Mannschaft ertranken. Nie zuvor hatte man auf Island einen solchen Sturm gesehen, außer jenem, der Groa die Hexe vor vielen Jahren ans Ufer spülte.

Schwanhild stand im Wind und lachte, und einigen, die es hörten, lief es kalt über den Rücken.

V

Wie Thorolf, Atlis Vater, nach Island kam

Jahre bevor Erik, Gudruda und Schwanhild geboren wurden, lebte ein Mann namens Thorolf Bardson in Norwegen. Es war die Zeit, da König Harald sich bemühte, das Land unter einem Herrscher zu vereinen. Dieser König Harald hatte geschworen, sein Haar nicht mehr zu schneiden und zu kämmen, bis er Herr der Insel wäre, und so nannten ihn seine Männer bis zu diesem Zeitpunkt Harald den Zottigen.

Es waren viele, Freie und rivalisierende Fürsten, die sich Harald nicht bedingungslos unterstellen mochten. Unter ihnen befanden sich auch Thorolf und sein Halbbruder Armod. Diese kämpften in der Schlacht von More an der Seite ihres eigenen Königs Audbjörn.

Die Omen kündeten an diesem Tag vom bevorstehenden Tod der Fürsten. Haralds Streitmacht war um vieles größer; sie hackte und hieb in ihre Gegner, bis der Boden mit Toten und Verwundeten übersät war. Thorolf sah König Audbjörn fallen, dem eine Axt den Schädel gespalten hatte. Dann stürzte sich einer von Haralds Berserkern auf Thorolf. Sein Halbbruder Armod rief jenem eine Warnung zu, so daß Thorolf herumfuhr und den Dolch noch rechtzeitig sah.

Doch sein Fuß glitt aus, und er fiel. Armod stürzte sich mit einem Schrei auf den Berserker, der ihn mit einem einzigen Hieb tötete und sich dann wieder Thorolf zuwandte. Thorolf sah das grinsende Gesicht und die gefletschten Zähne hinter dem struppigen, roten Schnurrbart. Er stemmte sich hoch, zückte sein Schwert und schwang es blindlings. Schmerz überfiel ihn, dann wurde ihm schwarz vor Augen.

Thorolf erwachte auf einem totenstillen Schlachtfeld. Ein grauer

Wolf stand da und beobachtete alles. Über ihm kreisten Raben; etwas weiter weg hackten andere Armod die Augen aus. Der Berserker, so sah er nun, war auch gefallen. Der Kopf war ihm halb vom Rumpf getrennt. In seinen Augen stand ein starrer Blick, und die Zähne bleckten himmelwärts.
Der Wolf stand drohend über ihm.

> Wolf, willst du mich zerreißen,
> Wonach starke Männer vergeblich gestrebt?
> Komm näher! Bald wird sich weisen,
> Wer von uns als der Klügere lebt.

Ein Schwerthieb hatte Thorolf Seite und Schenkel gespalten, und er hatte viel Blut verloren, doch er mühte sich auf die Knie. Am besten war es, wie ein Mann zu sterben. Er wollte aufstehen und hielt noch immer sein Schwert umklammert. »Komm näher, Wolf!«
Die Abenddämmerung brach herein. Bis auf das Krächzen der Raben und ein Schluchzen in der Ferne herrschte Ruhe auf dem Feld. Der Wolf trat zurück und starrte Thorolf aus strahlend grünen Augen an. »Feigling«, sagte er. »Du willst warten, bis ich tot bin.«
Der Wolf setzte sich hin wie ein Hund und hechelte. Thorolf sah nun, daß es eine Wölfin war, und den geschwollenen Zitzen nach hatte sie Junge in ihrem Bau. Er lachte. »Du würdest mich wohl gerne an deine Kinder verfüttern, wie? Nicht ohne Kampf.« Er versuchte, sich nach vorn zu zerren, aber er war zu schwach. Er ließ sein Schwert fallen.
Die Wölfin kauerte sich an die Erde und leckte ihre blutigen Pfoten. Blut strömte aus Thorolfs Wunde. Die Dunkelheit kam schneller als gewöhnlich. Er versuchte noch einmal aufzustehen. »Du bist doch die Klügere, Wölfin. Deiner Familie möge es wohlergehen.« Dann verlor er das Bewußtsein.
Als er in dieser Nacht daniederlag, kam die Wölfin heran und leckte seine Wunden; sie schmiegte sich an ihn und hielt ihn warm. Beim ersten Tageslicht erhob sie sich, und Thorolf er-

wachte. Er glaubte, die graugekleidete Gestalt einer Frau im Nebel davonhinken zu sehen, doch als er sie rief, erhielt er keine Antwort. Die Wunde an seiner Seite war verheilt, doch sein Bein sollte ihm für den Rest seines Lebens Schmerzen bereiten, und die Menschen nannten ihn Thorolf den Lahmen.

Die meisten seiner Angehörigen lagen von Haralds Hand erschlagen. Thorolf hatte dem Tod nah genug ins Auge geblickt, um die Zukunft zu sehen, und er wußte, daß Harald obsiegen würde, und Norwegen keine gesunde Gegend mehr wäre.

Er steckte sein Schwert in die Scheide und schlug sich nach Island durch. Dort arbeitete er schwer, bis er auf eigenem Land einen Hof errichten konnte. Als die Zeit gekommen war, heiratete er Helga, ein Mädchen aus der Gegend von Reykjanes. Helga war auf Island geboren. Der Hof wuchs und gedieh. Helga und Thorolf hatten fünf Kinder. Einen ihrer Söhne nannten sie Atli, und er spielt in dieser Geschichte eine Rolle.

VI

Wie Atli und Asmund zusammen eine Reise antraten

Atli Thorolfson war ein kräftiger, fröhlicher, temperamentvoller Bursche. Seine Haare und später auch sein Bart waren braun und lockig. Er war ein ruheloser Mensch. Sobald er alt genug war – siebzehn Jahre –, ging er mit einem Freund gleichen Alters, Asmund Asmundson, auf Wikingerfahrt. Sie nahmen Atlis Schiff, die *Wölfin*. Sein Vater Thorolf hatte sie ihm einst geschenkt. Die übrige Mannschaft bestand auch aus jungen Männern, die selbst gerade erwachsen geworden waren.

Es kam Atli in den Sinn, daß er gerne Norwegen, die Heimat seines Vaters, sehen würde. Dort herrschte König Harald, inzwischen alt geworden. Die jungen Männer glaubten, sie könnten es nun gefahrlos besuchen, insbesondere, wenn sie Atlis Herkunft nicht erwähnten. Asmunds eigener Vater war insgeheim aus Norwegen geflohen und hatte seinen Hof zurückgelassen, den Harald sodann beschlagnahmte und getreuen Verwaltern übergab. So setzten sie beherzt nach Mitsommer die Segel.

Auf ihrer Reise steuerten sie die Färöer-Inseln, die Orkneys und die Shetland-Inseln an, manchmal in freundlicher Absicht, manchmal zu Raubzügen, obgleich es auf diesen windgepeitschten Inseln bis auf die wenige Habe winziger Kirchen kaum etwas zu holen gab. Aber es gab Mädchen und Schafe zu stehlen.

Die jungen Leute erreichten die Küste Norwegens und erkundigten sich nach Nioaros am Trondheim-Fjord, einer lebhaften, lauten Siedlung, weit größer, als einer der Burschen jemals eine gesehen hatte, mit Weinläden, Gerbern und Schuhmachern, Straßenhändlern und drängenden Menschen in den Gassen. Sie waren sehr aufgeregt und lernten die Macht des Geldes kennen.

Sie hörten, König Harald sei in diesem Sommer nach Norden gezogen. Das Alter machte ihm zu schaffen, und ihm blieben nicht mehr viele Jahre vergönnt. Sein Sohn, ein gewisser Eirik, trage bereits den Beinamen Blutaxt und scheine in des Vaters blutige Fußstapfen zu treten.
Die Einheimischen betrachteten die jungen Isländer voller Mißtrauen. Sie wußten wohl, wie viele Unzufriedene vor ihrem König geflohen waren und sich dort niedergelassen hatten. Diese also könnten ihre Söhne sein. Kamen sie etwa, um ihre Familien zu rächen? Nur wenige wollten aus Angst vor dem König und seinen Leuten etwas mit ihnen zu tun haben, nachdem sie ihr Geld erst einmal ausgegeben hatten.
Asmund, Atli und die Mannschaft verließen Nioaros. Asmund zog zum Hof seines Vaters, der ihn ihm oft geschildert hatte. Doch die Entfernung vergoldet die Erinnerung. Was Asmund sah, war lediglich ein kleiner Hof, der viel zu eng zwischen seinen Nachbarn gekauert lag. »Zu Hause haben wir es besser«, meinte er, »viel größer und freier.« Er wußte, wie hart die Winter in Norwegen waren. Monatelang konnte der tiefe Schnee Familien in ihre Häuser zwingen. »Sie haben sich zusammengeschart wie Ratten. Das wäre kein Leben für mich.«
Sie segelten weiter, die Küste hinauf. Atli fand, was vom Anwesen seines Vaters noch übrig war, obgleich den Hof schon vor langer Zeit Fremde übernommen hatten. Seine Verwandten waren tot oder verbannt, hatten sie doch alle König Harald Widerstand geleistet.
»Asmund«, sagte Atli, »ich möchte gerne den König sehen, der so viele beherrscht... den König, *der meinen Vater in die Flucht schlug.*«
Nordwärts reisten sie, vorbei an hochragenden Bergen und tiefen, blauen Fjorden, bis sie das Land der Lappen erreichten. Unterwegs schonten sie das Land, um keine Aufmerksamkeit auf sich zu ziehen. Die Norweger hielten sich, auch wenn sie anderswo plünderten, zu Hause an die Gesetze.
Nach einiger Zeit segelten sie an Hammerfest vorbei und gingen in

Alta an Land, wo König Harald sich mit Familie und Gefolgsleuten im Haus des Mannes aufhielt, der in Lappland die Steuern eintrieb. Sich selbst nennen die Lappen Samek; vor diesem Volk fürchten sich die anderen Menschen, da jeder von ihnen etwas von Zauberei und dunklen Künsten versteht. Sie sind von kleinerem Wuchs als ihre Nachbarn im Süden und werden schnell dick.

Asmund konnte sich im Haus des Königs einen Platz verschaffen und versuchte, soviel wie möglich in Erfahrung zu bringen. Doch als Atli den Mann sah, der seinen Vater vertrieben hatte, wandte er sich zum Gehen. »Diese Sache bringt nichts Gutes«, sagte er. »Wenn ich eines Abends zu viel trinke, würde ich womöglich ihn oder einen seiner Leute erschlagen und damit mein eigenes Leben verwirken. Er hat mir und den Meinen genug angetan. Ich mag es nicht, an seinem Tisch zu sitzen.«

»Aber ich würde gerne etwas mehr über diesen König erfahren«, sagte Asmund, »und seine Männer, die er um sich schart, stehen in hohem Ansehen. Doch die *Wölfin* gehört schließlich dir. Was hast du vor?«

»Ich werde zu Fuß weiter landeinwärts ziehen«, gab Atli zur Antwort. »Ich habe gehört, daß die Lappländer Rentiere halten. Ich würde gerne einmal welche sehen. Nach dem ersten Schneefall bin ich wieder zurück. Paß gut auf das Schiff auf, und hüte deine Zunge.« So brach Atli zu Fuß und alleine auf, und Asmund fand einen Platz unter den Leuten des Königs. Er wurde nicht den niedrigsten zugeordnet, denn er war groß und kräftig und bewies sich bald in Gefechten. König Harald schätzte ihn, und Prinz Eirik Blutaxt war von seiner Gesellschaft höchst angetan.

Atli war froh, alleine zu sein. Er war der Mannschaft und selbst seines Freundes überdrüssig geworden. Um ihn her summten Schmeißfliegen und Stechmücken, und der Boden war sumpfig unter seinen Füßen, aber er war zufrieden.

Atli fand bald eine Familie, deren Vater vor einem Jahr durchs Eis gebrochen und umgekommen war, so daß ihnen zwei neue Hände willkommen waren. Sie boten ihm Gastfreundschaft. Er lernte ihre Sprache, so gut er konnte – sie unterschied sich sehr von sei-

ner eigenen und war auch dem Norwegischen und Finnischen nicht ähnlich –, und blieb für etwa einen Monat bis zum ersten Schnee bei ihnen.
Die Familie züchtete Rentiere und fütterte sie selbst. Atli lachte über die häßlichen Tiere, aber sie waren recht zutraulich, und nach einer Weile lernte er, eines zu reiten. Bald war er darin so geschickt, daß die Töchter des Hauses nicht mehr kicherten. Tura, die älteste, war Atli besonders zugetan; er sah immer wieder, wie sie ihn schüchtern beobachtete, während sie Bänder wob oder Tücher bestickte. Sie war winzig klein, reichte ihm nicht weiter als bis zur Brust und hatte kohlrabenschwarzes Haar. Sobald er genug von ihrer Sprache gelernt hatte, erzählte Tura ihm Geschichten von eigentümlichen Tieren, die durch die nächtlichen Wälder streiften – Bestien, die nicht nur Tiere, sondern böse Geister waren wie der *Stallo*, der Menschen frißt.
Ihre Brüder beschwerten sich voller Ingrimm über die von König Harald auferlegten Steuern. Die Steuereintreiber, so sagten sie, wären die wahren Waldungeheuer.
Atli sah wohl, daß Tura ihn liebgewonnen hatte, und dachte daran, sie unter dem Sommerhimmel zu überwältigen. Doch dies wäre eine niederträchtige Tat gewesen, ein Verrat an der Gastfreundschaft. Und was sollte ihm eine Lappin als Ehefrau? Also zog er sich von Tura zurück, und es fiel ihm nicht leicht.
Nach den ersten leichten Schneefällen war es an der Zeit, die Rentiere zusammenzutreiben, die neugeborenen Kälber mit Brandzeichen zu versehen und die Zugelaufenen auszusondern. Das war der Anlaß für ein großes Fest (und, wie die Brüder murrten, auch zur Steuereinziehung). Die Familie legte ihre besten Kleidungsstücke aus rotpaspeliertem, schwarzem Filz an, die farbenfroh mit Knöpfen und Stickerei verziert waren, und ritt auf den gezähmten Rentieren hinaus zu den halbwilden Herden.
Dort wurden die langen Lederschlingen geschwungen, man jauchzte, warf die um sich tretenden Tiere nieder zum Zeichnen oder um Einkerbungen in die Ohren zu schneiden; man trank und scherzte; und am Abend, als die Arbeit getan war, wurde gesun-

gen; und junge Frauen warfen Atli Blicke zu... Turas Brüder vereinbarten für sie eine Heirat mit einem Nachbarn; sie seufzte, schenkte Atli einen letzten Blick und ging mit dem Mann. Atli nahm sich seinen Spaß, wo er sich bot. Einigen der Mädchen war es wie ihm, und mit ihnen wälzte er sich in mancher dunklen Ecke und in manchem Fellhaufen.

Schließlich war der Zusammentrieb zu Ende. Und es kam die Zeit, nach Hause zu gehen und die Vorbereitungen für den Winter zu treffen. Täglich fiel der Schnee dichter. Atli verabschiedete sich, obgleich Turas Familie ihn zum Bleiben einlud, und machte sich wieder auf den Weg nach Alta, um Asmund wiederzutreffen. Sie würden bald in See stechen müssen, oder aber den Winter in Norwegen verbringen.

Die Familie entließ ihn mit Geschenken: Fuchs-, Marder- und Rentierfelle, denn Atli hatte in diesem Sommer gut gearbeitet.

VII

Asmund zieht mit Eirik Blutaxt auf Wikingerfahrt

Asmund aber gelangte zu der Überzeugung, daß es nützlich sein könnte, sich mit Prinz Eirik anzufreunden. Aus einer der Kirchen auf Shetland hatte er einen fein gearbeiteten Silberkelch erbeutet, der mit Kristallen geschmückt und mit feinen Goldeinlagen verziert war. In Nioaros hatte er ihn selbst dann in seiner Schiffstruhe liegen lassen, als sein Beutel leer war und er keinen Wein mehr kaufen konnte.
Diesen Kelch schenkte er nun dem Prinzen. Eirik war sehr gerührt; er drehte ihn immer wieder in den Händen, beobachtete, wie sich das Licht in dem Gold und in den Steinen fing und konnte doch wenig sagen. Er war zwar ein Prinz, aber erst sechzehn Jahre alt, und bislang hatte man ihm nur wenig Kostbares geschenkt.
Eirik bat Asmund, ihm von dem Raubzug zu erzählen. Und wie es junge Männer gern tun, stellte Asmund das Unternehmen gefährlicher dar, als es gewesen war. In Wahrheit hatten Atli und er die Kirche in der Nacht verlassen vorgefunden und nur einen alten Priester angetroffen, der sich vor den Altar geworfen hatte. Ihn töteten sie nicht, sondern ließen ihn gefesselt liegen. Für den Prinzen jedoch erfand Asmund Horden bewaffneter Männer, ein niedergebranntes Dorf, vergewaltigte Frauen und noch manche der üblichen Großtaten.
Eirik war den ganzen Sommer voller Unruhe gewesen. Und hier in Lappland wurde er wild vor Abenteuerlust. So setzte er es sich in den Kopf, mit Asmund und der *Wölfin* auf Wikingerfahrt zu gehen.
Asmund aber hielt das für keine gute Idee. Das Schiff gehörte Atli und nicht ihm, und er bezweifelte, daß sein Freund es dem

Sohn König Haralds leihen würde. Aber Atli war nirgends zu finden. Er hatte nur gesagt, daß er zu den Lappen ziehen und beim ersten Schneefall zurückkehren würde. Außerdem war es besser, Atli und dessen Herkunft in diesen Kreisen nicht zu nennen.

Asmund beriet sich mit der Mannschaft. Onund Silberzunge, ein kräftiger, junger Mann, etwa ein Jahr älter als Asmund, sagte, sie sollten eine solche Reise nicht unternehmen. Schließlich gehörte die *Wölfin* Atli.

Harek Einohr, der schon früher Wikingerzüge mitgemacht hatte, obgleich er ein Jahr jünger als Asmund war, brannte darauf zu fahren. »Dieses ruhige Leben ist nicht nach meinem Geschmack«, erklärte er. »Und hier hast du die Gelegenheit, die Freundschaft eines Prinzen zu gewinnen.«

»Oder anders herum«, meinte Asmund, »wenn ich ihn nicht ausfahre, werde ich mir seine Feindschaft einhandeln. Eirik fragt mich schon, ob ich ihn für einen schlechten Seemann halte. Täglich drängt er auf eine Antwort. Ich kann aber doch nicht einfach von hier fort, nachdem Atli in die Wälder gezogen ist.«

»Am besten läßt man sich gar nicht erst mit Prinzen ein«, sagte Onund. »Aber da es nun bereits geschehen ist, läßt sich wenig daran ändern. Diese Reise will mir nicht gefallen.«

Sie nahmen die Mannschaft an Bord – bis auf jene, die nicht wollten, ergänzten ihre Zahl mit Eiriks Männern und segelten davon.

Lappland war eine arme Gegend, wo sich wenig Reichtum finden ließ. Außerdem konnte Eirik schlecht die Untertanen seines Vaters berauben. Also nahmen sie Kurs auf Schottland. Man hatte guten Wind im Rücken und segelte Tag und Nacht. Asmund hatte es eilig, diese Reise hinter sich zu bringen. In ihm glomm große Furcht, Atli würde zurückkehren und feststellen müssen, daß sein Schiff fort war.

Onund Silberzunge entwickelte rasch eine Abneigung gegen Prinz Eirik. Auf einem Drachenschiff war es schwierig, einander auszuweichen, also hielt er seinen Mund, so gut es ging.

Eirik war glücklich, großspurig und laut; die anderen duldeten

ihn, doch die Mannschaft warf Asmund immer häufiger finstere Blicke zu. Selbst Harek Einohr zeigte ein mürrisches Gesicht.
Sie segelten an der Küste Norwegens entlang und konnten durch Eirik überall, wo sie wollten, Vorräte zuladen. Doch dann kam der Zeitpunkt, da es hinausging aufs offene Meer. Hier gab es nichts als Wind, Wellen und Möwen, bis sie bei Unst, der nördlichsten der Shetland-Inseln, an Land gingen. Man hielt sich dort nicht lange auf, sondern schaffte nur neue Vorräte heran und vertrat sich die Beine. Auch dieses Land stand unter der Schirmherrschaft König Haralds.
So passierten sie auch die Orkneys, obwohl es eher aus Vorsicht denn aus Achtung gegenüber den Gesetzen geschah. Andere Plünderer hielten sich zwischen diesen Inseln versteckt, Männer, denen Asmund und die Mannschaft nicht in die Quere kommen wollten.
Sie gelangten schließlich zum schottischen Festland, in eine Gegend, die Harek kannte; dort befand sich in der Nähe einer Siedlung ein Kloster. Er hatte hier schon einmal geplündert und glaubte, daß die Mönche noch über weitere Schätze verfügten.
Die *Wölfin* segelte in die Bucht hinein – die Schotten nannten sie *Firth,* Förde, erklärte Harek. Auf einem Hügel drängten sich Häuser und Steinkirchen dicht zusammen, und unten am Strand erstreckte sich der Ort.
»Zuerst das Kloster«, sagte Eirik. »Ich würde gerne selbst einen Kelch erbeuten.«
Sie setzten die *Wölfin* auf den Sand; die Bewohner der Küste sahen sie und liefen in allen Richtungen davon. An Deck ließ man nur einen Wachposten zurück, und alle anderen stürmten schreiend den Berg hinauf. »Priester kämpfen nicht«, sagte Harek. »Sie sitzen in ihrer Kapelle und zittern vor Angst.« Und so war es auch. Manche der jüngeren Mönche leisteten schwachen Widerstand, und nur ein stämmiger Priester mittleren Alters schwenkte einen bronzenen Kerzenleuchter und fällte Onund mit einem Schlag gegen die Schläfe. Asmund traf ihn mit seiner Axt. Der Hieb grub sich tief in die Schulter. Man eroberte die Kirche. Ein alter Mönch,

vielleicht der Abt, stellte sich vor den Altar und schwang das Kreuz des Christentums. Es war schweres Metall, wie Asmund sah, und mochte eine taugliche Waffe abgeben, da es auf einem langen Stab steckte.

Der alte Mann murmelte etwas in seiner Sprache, als erwarte er, die Plünderer mit Worten aufzuhalten. Eirik trat hervor, eine reichverzierte Axt in Händen, um die Asmund ihn beneidete, und lachte; mit einem Hieb schlug er dem alten Mann die Beine unterm Leib weg. Im Sturz schwenkte der Mönch das Kreuz, das Harek Einohr traf und ihn bewußtlos schlug. Der Mönch lag blutend auf dem Steinboden und fing an zu schreien.

Eirik stand vor ihm und sah schier endlos mit einem schwachen Lächeln auf ihn herunter. Asmund konnte es nicht länger ertragen und schlug dem alten Mann den Schädel ein.

Mit verzerrtem Gesicht fuhr Eirik herum und wiegte die blutige Axt. »Das war mein Mann.«

»Es ist nicht recht, einen gefallenen Gegner leiden zu lassen«, erklärte Asmund und wich kein Stück zurück. Eirik wandte den Blick ab. Er wühlte auf dem Altar herum, fand jedoch wenig, was ihm hätte gefallen können. »Ein elender Ort hier«, schrie er und nahm das große Gesangbuch, blätterte durch die Seiten, deren bunte Farben ihm entgegenleuchteten. »Dafür bin ich nicht hierhergekommen.« Er riß den goldenen Einband herunter und schleuderte den Rest in die Blutlache. »Versuchen wir unser Glück in den Häusern.«

Asmund und ein anderer der Mannschaft trugen den bewußtlosen Harek den Berg hinunter. Zwei weitere Männer folgten mit Onunds Leichnam.

Auch die Häuser hatten wenig Wertvolles zu bieten. Die Bewohner waren in die Berge geflüchtet und hatten mitgenommen, was sie tragen konnten. Asmund vermutete, daß alles übrige versteckt worden war, wollte aber nicht den ganzen Ort einer sinnlosen Suche wegen verwüsten. Immerhin fand man Wein, Bier und geräuchertes Fleisch im Übermaß – und im Vorratshaus eine junge Frau, die sich im Dachgeschoß versteckt hatte...

Später brachten sie für Onund Silberzunge ein Opfer dar und töteten zu seinen Ehren ein Pferd. Sie brieten es, aßen viel und betranken sich und waren doch die ganze Zeit über bedrückter Stimmung. Am Morgen legten sie Onund mit seiner spärlichen Habe ins Grab.
Asmund blickte auf den Leichnam, der in der Grube hockte. Onunds Schwert war alt und hatte viele Scharten; er hatte es von seinem Vater bekommen und selber noch kein neues erworben. Eine klägliche Waffe für einen Krieger, der nach Walhalla ziehen sollte. Außer Kleidern zum Wechseln, seinem Trinkhorn und einem Holzteller hatte Onund nur wenig besessen.

Traurig, unseren Bruder
Zerlumpt zu den Helden zu schicken,
Mit krummer, zerschrammter Klinge
Und einem Bettlerteller.

Asmund nahm seinen eigenen, guten Wollumhang und gab ihn dem Toten. Andere legten mehr in das Grab – ein metallgefaßtes Trinkhorn, einen Spieß, einen Dolch mit Silbereinlage am Griff; nur Eirik stand spöttisch daneben. Seine Hände umfaßten die goldverzierte Axt, und an seinen Armen funkelten Reifen. Er gab nichts.
»Seid ihr fertig?« fragte er. »Decken wir die Erde über ihn und setzen die Segel zu neuen Taten.«
Niemand von der Mannschaft wollte den Prinzen begleiten, und klar und deutlich erklärte man ihm, daß man nun lange genug unterwegs gewesen war; die Heimreise würde weit sein. Schließlich stimmte Eirik ihnen zu. Er war der einzige an Bord, der glücklich nach Hause segelte.
Auf der Rückfahrt hatten sie ungünstige Winde. Heftige Stürme hielten sie mehrere Tage lang fest im Griff, und sie brauchten fast zwei Wochen, ehe sie Hammerfest erreichten. Harek Einohr erholte sich von seiner Kopfverletzung, wenngleich nicht völlig; von nun blieb seine rechte Körperhälfte schwach, und die Worte kamen ihm nur schleppend von den Lippen.

Asmund fürchtete sich, Atli gegenüberzutreten. Schon bald würde der erste Schnee einsetzen, und Onund Silberzunge war Atlis besonderer Freund gewesen. Um die Wahrheit zu sagen: Asmund schämte sich ein wenig, denn es bedurfte keines großen Mutes, wehrlose Männer zu erschlagen oder eine Frau zu überwältigen. *Eirik wird ein harter König werden,* dachte er. *Für die Freundschaft eines solchen Menschen habe ich vielleicht Atlis Freundschaft verwirkt.*
Nach ihrer Rückkehr wies Eirik Asmund in der Halle den Platz zu seiner Rechten zu und prahlte mit Geschichten seiner Verwegenheit. Die Mannschaft der *Wölfin* saß unterdessen schweigend und bedrückt herum, auch wenn es beim Trinken immer wieder zu Streitigkeiten kam. Harald lächelte seinem Sohn zu. Der König war im Geist mit wichtigeren Dingen beschäftigt.
Der erste Schnee fiel, und Asmund wartete auf Atlis Rückkehr. Das Herz ward ihm schwer, und er trank Abend für Abend reichlich Bier. War seine Herkunft vielleicht ans Licht gekommen? Hatte man ihn gar erschlagen? Die Tage vergingen ohne ein Zeichen. Der Schnee fiel dichter und dichter. Und Atli kam noch immer nicht.

VIII

Atli begegnet einem grauen Wolf

Nachdem die Rentiere zusammengetrieben waren, wurde Atli klar, daß er lange genug bei den Samek verweilt hatte. Er wurde in Alta bald nach dem ersten Schnee erwartet und hatte einen weiten Weg vor sich. Also sagte er Lebewohl und brach zu Fuß in die Wälder auf.

Der Schnee war tief – tiefer als auf Island, und Atli kam nur langsam voran, da er kein Reittier hatte. Die Samek kannten nur Rentiere, keine Pferde, und Atli hätte keines aus dem Besitz der Familie zurückgeben können. Er wünschte nun, er hätte den Gebrauch von Skiern erlernt.

Doch Wünsche machen Reisen auch nicht kürzer. Also schleppte sich Atli durch den knietiefen Schnee und dachte an den *Stallo*, das furchterregende, menschenfressende Wesen des Waldes. Im Zwielicht des späten Nachmittags erschien es ihm weniger Fabeltier als echte Gefahr.

Weiter vorn – hinter den Bäumen... zum Teufel mit diesem dichten Wald! Warum konnte die Gegend nicht so leergefegt sein wie zu Hause auf Island? Weiter vorn sah er, wie sich etwas bewegte. Vielleicht ein Wolf... sein Vater hatte von ihnen gesprochen. Wenigstens war Atli bewaffnet und nicht ungeübt im Umgang mit dem Schwert; wenn ihn nur nicht ein ganzes Rudel verfolgte und zu Tode hetzte. Er zog sein Schwert und stapfte weiter. Irgendwie tröstete ihn das.

Die Dunkelheit brach schnell herein. Er spürte es, eine Gestalt schlich hinter ihm her. Wenn er aber herumfuhr, um sich ihr zu stellen, verschwand sie wieder. Atli wagte nicht, sich hinzulegen. Er stolperte vor Müdigkeit, als er in weiter Ferne Licht zwischen den Ästen sah. Zuflucht! Rettung! Verbissen ging er weiter darauf zu. Es war ein kleines Bauernhaus. Gelber Kerzenschein sickerte durch die geölte Lederbespannung des Fensters. »Heh«, rief er. »Heh, da drinnen!«

Die Tür tat sich auf; Wärme und Küchendüfte schlugen ihm entgegen. »Komm herein, Fremder«, sagte eine tiefe, melodische Frauenstimme. Die Bäuerin trat beiseite, und Atli trat ein.

Das Haus war sehr klein und vollgestopft mit allerlei merkwürdigen Gegenständen. An der Wand war ein Wolfsfell gespannt. Der Pelz funkelte von frischem Schnee. Dann drehte sich Atli zum Feuer um und sah die junge Frau.

Sie war klein und dunkelhaarig, wie die meisten vom Lappenvolk, aber weniger stämmig und zierlicher gebaut. Sie lächelte ihm zu. Die ältere Frau, die die Tür geöffnet hatte, sagte: »Ich bin Sigrid, und das ist meine Tochter Groa.«

Atli faßte sich wieder und sprach: »Ich bin Atli Thorolfson von Island, und ich danke euch für eure Gastfreundschaft. Ich glaube, ein Wolf...«

Sigrid lachte. »Die Wölfe hier in der Gegend sind harmlos.« Feuerschein blitzte auf dem Wolfspelz. Atli sah, daß die Schuhe der Frau naß und ihre Hände von Kälte gerötet waren.

Das Mädchen erhob sich von seinem Platz neben dem Kamin. »Du mußt hungrig sein und frieren. Setz dich ans Feuer, um dich aufzuwärmen und iß und trink. Wir bekommen hier selten Fremde zu Gesicht.« Sie schenkte ihrer Mutter ein eigentümliches Lächeln und ging, einen Teller und ein Horn zu holen.

Atli aß, und das Mädchen sorgte dafür, daß das gute Bier in seinem Horn nicht ausging, bis er schläfrig und fröhlich wurde. »Erzähl uns, wie du herkamst«, bat sie ihn.«

»An Bord meines Schiffes, der *Wölfin*«, erklärte er. »Mein Vater Thorolf hat es mir geschenkt.«

»*Wölfin*?« fiel Sigrid ihm ins Wort.

Atli zuckte mit den Schultern. »Mein Vater hat mir niemals erzählt, warum es diesen Namen trägt. Er lebte früher einmal in Norwegen, wurde aber in der Schlacht von More schwer verwundet. Die Leute nennen ihn Thorolf den Lahmen.«

»Wirklich?« Die Mutter leckte sich über die Lippen und lächelte. »Sieht er dir sehr ähnlich?«

»Nicht mehr, er wird allmählich grau. Aber Mutter sagt, ich sähe aus wie er in seiner Jugend.«

Sigrid reckte sich. »Ich muß mich hinlegen. Es war ein harter Tag. Groa, sorg dafür, daß das Feuer nicht ausgeht.« Sie stand auf und kletterte die Leiter zum Dachgeschoß hinauf. Groa nahm ein neues Horn Bier und setzte sich auf den Boden, daß sie ihren Kopf auf Atlis Knie legen konnte. »Deine Schuhe sind naß«, bemerkte sie. »Laß sie dir ausziehen.«

»Das ist wahr«, antwortete Atli. »Der Schnee liegt ziemlich hoch.« Er streckte die Beine aus, und sie nestelte seine Schuhe auf und stellte sie neben das Feuer.

»Du hast also diesen Sommer in Norwegen das Abenteuer gesucht?« fragte sie.

Atli zuckte mit den Schultern. »Vielleicht weniger das Abenteuer gesucht als Neuland entdeckt... Unterwegs gab es ein paar Raubzüge und ein paar prächtige Kämpfe – wenn die Siedlungen auch ziemlich arm waren –, aber ich habe bei den Lappen gelebt, weil ich nicht an König Haralds Hof verweilen wollte.«

»Weshalb nicht?« fragte Groa.

»Wegen alldem, was er meinem Vater Thorolf und den Seinen angetan hat, die erschlagen oder von ihrem Land vertrieben wurden.«

»Mein eigenes Volk ist auf Harald auch nicht gut zu sprechen«, erklärte Groa. »Er ist ein harter, habgieriger Herr.« Sie holte ein neues Horn Bier. Es schmeckte bitter. »Deine Kleider sind auch feucht. Du wirst dich erkälten. Ich werde dir eine Decke holen.«

Das erschien Atli ziemlich vernünftig, so daß er seine Kleider auszog und sie von Groa vor dem Feuer ausbreiten ließ.

Sie schaute Atli an, der im Feuerschein groß und kräftig wirkte, und ein Lächeln verzog ihre Lippen. »Wo möchtest du heute nacht schlafen?«

Das Bier hatte Atli kühn gemacht. »Neben dir.«

»Wenn du willst.« Und sie nahm ihn mit in ihr Bett.

Sigrid fand die beiden so am Morgen und lächelte nur. Atli blieb mehrere Tage. Die Schneedecke wurde immer höher, und Atli fürchtete, daß er die Küste niemals erreichen würde. Schließlich sagte er und rechnete dabei schon mit Groas Einspruch: »Heute muß ich los.«

Sie senkte den Kopf und schaute ihn dann mit funkelnden Augen an. Es standen keine Tränen darin. »Nun gut. Wir haben unser Vergnügen gehabt und werden uns auf die eine oder andere Weise wiedertreffen.«

Atli fragte sich zwar, was sie wohl damit meinte, aber er gab ihr etliche Felle als Abschiedsgeschenk und hatte sie bald vergessen.

Durch den tiefen Schnee schlug er sich zur Küste durch und traf einen höchst besorgten Asmund, der ihm berichtete, was geschehen war. Manche unter der Mannschaft behaupteten, Asmund hätte falsch gehandelt, aber Atli sagte: »Wir sind als Brüder in See gestochen, und ich ließ die *Wölfin* in seiner Obhut zurück. Er hat getan, was er mußte.«

Dennoch beherrschte alle die ganze Heimreise über ein Gefühl des Unbehagens. Sie wurden von schweren Stürmen geprüft, kehrten aber wohlbehalten nach Island zurück. Dort hatte man schon gefürchtet, sie wären auf ewig verschollen.

So kam es, daß die Mannschaft auseinanderlief und Asmund und Atli sich als Freunde trennten, aber nie wieder gemeinsam auf Wikingerfahrt gingen.

In den folgenden Jahren gelangten Gerüchte nach Island, Prinz Eirik Blutaxt herrsche nun als König über einige Teile Norwegens. Dann wurde er zum Nachfolger seines Vaters ausgerufen und heiratete eine seltsame Frau namens Gunhild, der man Hexenkunst nachsagte.

Asmund dachte, daß ihm da recht geschehen wäre. Eirik gegenüber empfand er immer noch Groll. Asmund hatte inzwischen ein ansehnliches Vermögen zusammengetragen; seine Familie fand eine hübsche junge Frau für ihn, die Gudruda die Sanfte genannt wurde. Beide heirateten und ließen sich auf Middalhof an der Küste in der Nähe der Westmänner-Inseln nieder. Asmund baute dort eine Kirche und wurde als Asmund der Priester bekannt.

Atli dagegen war immer noch von Unruhe beherrscht. Er stellte eine neue Mannschaft zusammen – viele von den früheren Gefährten hatten sich inzwischen fest niedergelassen oder waren bei Raubzügen getötet worden –, nahm die *Wölfin* und segelte nach Orkney.

Diese Inseln wurden vor allem von armen Fischersleuten bewohnt, so daß man sich dort Land nehmen konnte. Er steuerte die Nordküste von Straumey an, die südlichste der Inseln; dort gab es einen kleinen Hafen und einen Strand. Atli beanspruchte das Land als sein Eigentum. Da keiner der einheimischen Männer sich dem zu widersetzen wagte, konnte er seine Forderung durchsetzen. Im Laufe des folgenden Jahres baute Atli ein Gehöft und ließ sich nieder, um den Hof zu bewirtschaften.

Er hielt nicht allzuviel von Grausamkeiten und wurde von den Leuten bald als vernünftiger Herrscher anerkannt. Im Laufe der Jahre errang er Weisheit, und häufig kamen die Leute zu ihm, damit er ihre Streitigkeiten schlichtete. Und das tat er sehr gerecht.

Mit der Zeit wurde klar, daß Atli eine Frau brauchte. Zu Hause in Island hatte er ein Mädchen, Hildigunn mit Namen, kennengelernt, die recht anmutig und in allen fraulichen Aufgaben sehr geschickt war. Ihre beiden Familien einigten sich, und sobald sie verheiratet waren, führte Atli Hildigunn nach Straumey.

Asmund Asmundson kam zur Hochzeitsfeier und hatte seinen Spaß, doch dann sahen sich die Männer viele Jahre lang nicht wieder.

IX

Wie Atli auf Straumey lebte

Als Hildigunn mit Atli zu Schiff ihr neues Heim erreichte, sah sie voller Unbehagen das kleine Anwesen: ein strohgedecktes Wohnhaus, ein paar Nebengebäude und hier und da Kuhställe. Weit weniger, als sie zu Hause zurückgelassen hatte. Mit Mühe verbarg sie ihre Enttäuschung. *Ich werde meinen Teil leisten, daraus ein prächtiges Gut zu machen, und Atli soll in dieser Gegend ein großer Herrscher werden.* Hildigunn war ihrem Manne zugetan und in der Haushaltsführung wohl geübt. Ihr Vater hatte in Island viele Werbungen um ihre Hand erhalten, aber Atli war der tapferste der jungen Männer; er zahlte einen guten Brautpreis, und Hildigunn gab ihm den Vorzug. Ihr Vater hörte auf die Wünsche seiner Tochter; so brachte Hildigunn eine beachtliche Mitgift und eine Menge guten Willens mit in die Ehe.

Zuerst machte Hildigunn sich mit den Menschen ihrer neuen Heimat vertraut: Die Männer von Straumey waren etwas kleiner gebaut, aber ebenfalls hellhaarig und helläugig. Sie wirkten stolz, waren Atli aber offenbar zugetan. Sie sprachen eine fremde, keltische Sprache. Einige von ihnen folgten bereits dem Weißen Christus, andere klammerten sich noch an die alten Glaubenslehren. Da Hildigunn entschlossen war, ihre Untergebenen gut zu kennen, stellte sie hier und dort immer wieder Fragen. Sie nahm eine gewisse Auga in ihre Dienste, die Tochter eines straumeyschen Fischers, und machte sie zu ihrer Magd. Wenn sie die Frau eines großen Herrschers sein wollte, mußte sie einen Haushalt aufbauen.

Auga war zierlich und für schwere Arbeiten nicht besonders tauglich, aber sehr hübsch. Sie hatte hellbraunes Haar und dunkelblaue Augen und bekam im Sommer Sommersprossen. Sie lernte schnell. Bald sprach sie die Sprache ihrer Herrin ebenso fließend wie ihre eigene. Und das war gut so, denn sie hatte noch eine Menge zu lernen.

Unter Hildigunns Leitung entwickelte sich Atlis Anwesen zu einem großen Haushalt. Das Wohnhaus wurde um einen Raum mit vielen Betten und um ein Gemach für Atli und Hildigunn vergrößert; drumherum wuchsen weitere Nebengebäude. Fette Schafe und Rinder weideten auf den Wiesen, die Lagerräume wurden niemals leer, nicht einmal gegen Ende des Winters. Die Ehe gedieh in jeder Hinsicht, nur gebar Hildigunn keine Kinder. Sie sorgte dafür, daß genügend eingelagert wurde an Salzfleisch, Fisch und Getreide, um den Hof das Jahr über zu ernähren und im Frühling ein Festmahl zu veranstalten, und sie lehrte Auga, feine Tücher für Atlis Gefolge zu sticken und wie man bei Tisch bedient; sie brachte in Erfahrung, wer von der Dienerschaft diebisch war und wer andere beaufsichtigen konnte, und sagte es Auga. Hildigunn brachte ihr bei, wie man Bier braute, Salben anrührte und Streitigkeiten der Männer scherzhaft beendete, damit die Feiern nicht durch blutige Auseinandersetzungen verdorben würden.

All das lernte Auga von ihrer Herrin und beobachtete gleichzeitig Atli, der inzwischen als Fürst Atli oder Atli der Gütige bekannt war. Ihre Gedanken behielt sie für sich, sagte sich aber, wenn seine Frau nicht wäre, Atli sie vielleicht mit Wohlgefallen betrachten würde.

Gelegentlich fuhr Atli mit der *Wölfin* auf Wikingerfahrt, allerdings nicht mehr oft, denn er besaß eine Frau und eigenes Land. Trotzdem brachte er Sklavinnen mit zurück, die er auf der Reise auch gebrauchte, doch sobald das Schiff in Sichtweite Straumeys kam, wollte er nichts mehr mit ihnen zu schaffen haben. Immer wenn Hildigunn in der Nähe war, hatte Atli nur Augen für sie. Er liebte Hildigunn, und sie war sehr schön...

Auga gehörte dem Volk von Orkney, den Kelten an, die der See und den seltsamen Kräften dieses Elements verbunden waren. Als die Jahre verstrichen und Hildigunn kinderlos blieb, begann

Auga, sich Hoffnungen zu machen, Atli würde seiner Frau endlich überdrüssig und nähme sie als Buhle.
Oft fragte Hildigunn Auga, wenn diese das goldene Haar ihrer Herrin bürstete, warum sie nicht heiratete. »Viele Männer auf Straumey würden dich gerne zur Frau nehmen, und Atli und ich gäben dir eine gute Mitgift. Du hast uns die ganzen Jahre über gut gedient; du könntest einen eigenen Haushalt führen.«
Das werde ich auch, wenn ich Atli habe, dachte Auga. Laut sagte sie nichts dazu. Doch wenn sie des Nachts nicht schlafen konnte, saß sie am Strand, lauschte, wie die Wellen ans Ufer schlugen, und ließ den Wind durch ihre Haare fahren. Und das Salz auf ihren Wangen war nicht nur die Gischt des Meeres.
Eines Sommerabends saß Auga am Strand, und die Flut umspülte ihre Knöchel. Sie weinte, und ihre Tränen vermischten sich mit den Wellen. Eine Hand umfaßte ihre Schulter. Sie drehte sich um und sah einen fremden Mann. Sie kannte alle Leute aus der Gegend, und in den letzten Wochen war kein Schiff gelandet oder gestrandet.
Der Fremde war nicht wie die Männer von Orkney, und er wirkte auch nicht wie ein Nordländer. Seine Augen waren grün, und das lange, blonde Haar hing feucht herab.
»Faß mich noch einmal an, und ich hetze bewaffnete Männer auf dich«, sagte sie voller Wut. »Ich bin eine Magd auf Fürst Atlis Hof.« Und während sie sprach, schaute sie ihm in die Augen. Auga verstummte. Als die Flut zurückwich, lagen die beiden auf dem nassen, wasserbespülten Sand. Seine Berührung war kalt und voller Inbrunst, aber er gefiel ihr gut.
Nacht um Nacht ging Auga zum Strand, und stets erwartete sie ihr Liebhaber an der Stelle zwischen den Gezeiten. Er nannte keinen Namen, und nach ihren ersten, zornigen Worten sprach sie ihn nie wieder an.
Hildigunn bemerkte, daß Auga eigentümlich und verträumt wurde. Sie scherzte, daß wohl endlich ein Mann ihr Herz in Beschlag genommen habe; Auga lächelte nur.
Ihr Lächeln ließ auch nicht nach, als sie feststellte, daß sie schwan-

ger war. Gewiß würde ihr Liebhaber sie nun heiraten. Sie konnten zu seinem Volk ziehen, wo immer das war, ihre versprochene Mitgift mitnehmen und Atlis Haus vergessen.
Als Auga an jenem Abend an den Strand ging, sollte sie die ganze Nacht nur mit den Wellen und dem Wind als Begleiter sitzen. Ihren Liebhaber sah sie nie wieder.
Am nächsten Tag bemerkte Hildigunn, daß Auga geweint hatte und fragte sie nach dem Grund. Auga gab keine Antwort. Hildigunn, die eine gütige Frau war, wollte nicht in sie dringen.
Monate vergingen, und Auga wußte, daß ihr Geheimnis nun bald sichtbar würde. Daß sie außerhalb der Ehe empfangen hatte, war nicht schlimm; es lag keine Schande darin, wenn eine Frau sich als fruchtbar erwies. Die Schmach lag darin, den Vater nicht nennen zu können und verlassen worden zu sein. Sie wußte, Hildigunn würde Mitleid mit ihr haben, und Atli würde dafür Sorge tragen, daß ihr Kind großgezogen wurde. Aber was würde der Fürst von ihr denken? Er würde sie für eine Dirne halten...
Dann begab es sich, daß Atli spät im Jahr nach Shetland fahren mußte. Bald würden die Stürme einsetzen, so daß er den ganzen Winter über fort wäre. Auga erkannte die Gelegenheit, ihr Geheimnis zu wahren.
Sie sah zu, wie Atli seine Frau zum Abschied küßte. »Küsse sie nur fest, Herr«, flüsterte sie, »denn du wirst sie nicht wiedersehen.«
Hildigunn zeigte sich tapfer, bis die *Wölfin* außer Sicht war, dann erst weinte sie. Sie hatte immer Furcht, Rann, die Göttin des Meeres, würde ihren Mann hinab in die Fluten zerren. Auga tröstete ihre Herrin. Doch nach zwei Monaten magerte Hildigunn ab und ihre Kraft verging. Schließlich legte sie sich nieder und rief Auga.
»Ich fühle, daß ich sterben werde.«
»Sag' so etwas nicht, Herrin. Bald wirst du wieder bei Kräften sein.«
»Nein, meine Zeit ist gekommen, auch wenn ich nicht weiß, woran es mir gebricht. Es bekümmert mich, daß ich Atli keine Söhne geschenkt habe und nicht wußte, daß ich für immer von

ihm Abschied nahm. Sorge für ihn, Auga, und führe sein Haus, wie ich es dir gezeigt habe. Atli braucht eine Gefährtin, bis er eine neue Braut heimführen kann...«

»Ich werde mich um Atli kümmern, Herrin«, versprach Auga.

Hildigunn schloß die Augen und schwieg für immer.

Nachdem ihre Herrin gestorben war, führte Auga den Haushalt. Sie entließ die Bediensteten, denen sie nicht traute, und jene, die sich unverblümt wunderten, woran Hildigunn wohl gestorben war. Sie gebar ihr Kind heimlich in der Dunkelheit des Winters und gab es bei Kleinbauern in der Nähe in Pflege. Als es geboren war, erkannte sie die schwimmhautbesetzten Hände und Füße eines Seehundkindes, eines Sohnes des Meeresvolkes. In menschlicher Gestalt verführten diese Wesen häufig Menschenmädchen, doch ihre Kinder blieben von ihrer Herkunft gezeichnet. Später kehrten sie wieder, um ihre Söhne zu holen.

Als Atli in diesem Frühjahr wieder heimkehrte, begrüßte Auga ihn mit traurigem Gesicht und der Nachricht vom Tode seiner Frau. Sie berichtete von Hildigunns Anweisung, daß sie sich um Atli und den Haushalt kümmern sollte, fügte allerdings nicht die Einschränkung hinzu: »... bis er eine neue Braut heimführen kann.«

Darauf trauerte Atli schwer. Er hieß die *Wölfin* wieder in See stechen und fuhr auf Wikingerzug. Im Herbst kehrte er mit Kostbarkeiten und neuen Narben zurück. Auga führte in seiner Abwesenheit das Haus. Atli fand eine reiche Ernte vor, wohlgenährte Kühe und volle Lagerräume. Das Julfest wurde in diesem Jahr auf Straumey nicht weniger üppig gefeiert als in vergangenen Jahren.

In dieser Nacht holte er Auga in sein Bett, obgleich niemals die Rede von einer Heirat zwischen ihnen aufkam. So gingen die Jahre dahin, und Atli wurde alt.

Die Winter bleichten sein Haar, doch ansonsten war er körperlich so kräftig und geistig so rege wie ein Mann von der Hälfte seines Alters. Die Menschen liebten ihn. Auga lebte zufrieden mit ihm zusammen, auch wenn sie nicht seine Frau war, und sie gebar ihm keine Kinder.

Sie brachte denen, die ihren Seehundsohn großzogen, Nahrung und Geschenke, bis der Junge in einer stürmischen Nacht verschwand, und keiner wußte zu sagen wohin.
Wie das Schicksal es wollte, erhielt Atli eines Tages die Nachricht, daß er sich um das Anwesen kümmern mußte, das seine Mutter Helga ihm auf Island hinterlassen hatte. Jene, die es verwalteten, waren inzwischen selber alt geworden, und die Dinge standen nicht zum Besten. Nach der Erntefeier brachte er seine Ländereien in Ordnung und rief Auga zu sich.
Sie stand in der großen Halle vor dem wuchtigen Sessel. Das Holzwerk strahlte frisch poliert, frische Binsen waren auf den Boden gestreut, an den Wänden hing nicht ein Spinngewebe; ja, sie hatte alles gut versorgt. Atli schaute auf seine Haushälterin. »Ich muß wieder aufbrechen«, erklärte er, »und da es schon spät im Jahr ist, werde ich den Winter bei meinen Verwandten auf Island zubringen, wenn ich meine Geschäfte erledigt habe. Du wirst hier in meinem Namen herrschen.«
»Ich werde mein Bestes tun, Herr«, versprach Auga, obgleich sie Angst vor seiner Reise hatte. »Gute Fahrt!« Sie griff nach dem Schlüsselbund an ihrem Gürtel. *Die Frau des Hauses in jeder Hinsicht, nur nicht dem Namen nach. Und ich bin älter geworden; fast zu alt für eine Schwangerschaft. Was geschieht, wenn Atli einer jüngeren Frau begegnet?* Sie betrachtete Atlis weißes Kopf- und Barthaar und verwarf den Gedanken.
Am nächsten Tag stand sie am Ufer und schaute der *Wölfin* nach, die am Horizont verschwand.

X

Wie Atli nach Middalhof kam

Atli setzte neue Leute zur Bewirtschaftung seines isländischen Besitzes ein; er hatte nur wenig Zeit gebraucht, einen zuverlässigen Mann zu finden, da er Verwandte in der Gegend hatte – Familienangehörige seiner Mutter. Bei ihnen in Reykjanes brachte er den Winter zu und lauschte den Neuigkeiten aus der Familie.

Auf Island gab es viele heiße Quellen. Atli badete gerne in ihnen, denn seine Glieder schmerzten oft aufgrund des kalten Winters und wurden steif. Die Zeit verging ihm auf recht angenehme Weise, doch er brannte darauf, nach Straumey zurückzukehren und zu sehen, wie sein Anwesen gedieh.

Sobald das Wetter im Frühjahr besser wurde, segelte er mit der *Wölfin* und seiner Mannschaft wieder los. Doch als sie an der Südküste entlangfuhren, kam ein Sturm auf, und es schien, als wollte der Winter schlimmer als je zuvor zurückkehren. Die Strömungen waren hier tückisch und Klippen und Untiefen das Grab vieler Schiffe.

»Wir sind zu früh in See gestochen«, sagte Atli zu seinen Leuten, »und müssen jetzt eine Zuflucht suchen. Dort vor uns liegen die Westmänner-Inseln, die uns Schutz gegen die Winde bieten. Nehmt Kurs aufs Festland!«

So hielten sie es, und als man gelandet war, ging Atli, für alle eine Unterkunft zu suchen, denn Wind und Regen waren heftig. Er fand ein Gehöft und bat um Aufnahme.

Die Bauern fühlten sich geehrt, ihm ihre Gastfreundschaft anzubieten, waren jedoch froh, als er sich nach reichen Landbesitzern in der näheren Umgebung erkundigte. Atli hatte viele Männer, und die Vorratskammern der Bauern waren fast leer. Es war ein später, kalter Frühling.

»Asmund Asmundson führt ein großes Haus auf Middalhof«, sagten sie.
»Asmund? Um so besser«, rief Atli. »Er und ich waren Jugendfreunde. Es wäre schön, ihn jetzt im Alter wiederzusehen.« Er ließ sich den Weg weisen und brach mit seinen Männern auf.
Atlis Herz tat einen Sprung, als er Middalhof am Fuß der Goldenen Fälle liegen sah. Rauch quoll aus den Dachöffnungen eines stattlichen und gut besorgten Wohnhauses; in nahen Ställen blökten Lämmer; Bedienstete erledigten geschäftig ihre Pflichten. Sein alter Freund hatte etwas im Leben erreicht und würde seinen Söhnen große Reichtümer hinterlassen.
Atli wurde mit großer Freude aufgenommen. Er, Asmund und Björn Asmundson saßen lange über ihren Gläsern im großen Saal. Draußen heulten die Frühjahrsstürme und zerrten an dem Reetdach. Sie berichteten einander von den Jahren, die dahingeflossen waren. Björn aber schwieg die meiste Zeit; er konnte nicht mit großen Taten aufwarten.
»Hildigunn, meine Frau, ist gestorben. Wir hatten keine Kinder«, sagte Atli.
»Gudruda, meine Frau, ist auch gestorben«, sagte Asmund und starrte in seinen Becher. »Ich habe meinen Sohn Björn und eine Tochter. Sie heißt auch Gudruda.«
Atli schaute das blonde Mädchen an, daß ihre Becher auffüllte. »Und wer ist das andere Mädchen? Es sieht ihr irgendwie ähnlich.«
»Das ist Schwanhild.« Asmund schwieg für eine Weile.
Atli betrachtete Schwanhild. Sie war zierlich, und braune Locken fielen um ihr zartes Gesicht. Eine Erinnerung aus Jugendtagen stieg in Atli auf – aber da waren schließlich *so viele* Mädchen gewesen... Er trank reichlich, obgleich das Bier bitter schmeckte, und schwankte spät in der Nacht in sein Bett.
Aus der Dunkelheit beobachtete ihn Groa die Hexe und lächelte. Atli konnte sich natürlich nicht an sie erinnern; zu viele Jahre waren seit der gemeinsamen Zeit in Lappland verstrichen. Doch Groa hatte gesehen, wie er Schwanhild, ihre Tochter, ansah; also

hatte Atli auch sie nicht ganz vergessen. Vielleicht ließe sich daraus ein lustiges Garn spinnen...

Groa huschte zur Küche zurück. Wie gewöhnlich, wenn Asmund hohe Gäste bewirtete, saß sie nicht an seiner Seite. Und diesmal war es ihr willkommen.

Atli Thorolfson lebte also und war wohlhabend! Um so besser. Sein Bart war nun weiß, obgleich er kaum älter als Groa war, damals, als sie vor langer Zeit das Bett miteinander geteilt hatten. Aber Groa alterte langsamer als andere Frauen.

Welch Jammer, dachte Groa, daß sie Koll, ihrem Knecht, befohlen hatte, Gudrudas Schönheit Ospakar Schwarzzahn anzupreisen. Sie hatte das hauptsächlich getan, um Gudruda Schwanhilds wegen aus dem Weg zu räumen; als Ospakars Ehefrau und weitab von zu Hause würde sie Schwanhild Platz machen, die sich immer noch mühte, Erik Hellauge zu gewinnen. Darüber hinaus war Schwarzzahn grausam und herrschsüchtig, und Gudruda die Überhebliche verdiente einen solchen Mann, der sie erniedrigte.

Warum soll Schwanhild ihre Zeit mit einem Bauern aus der Nachbarschaft vertun? dachte Groa, denn Erik war ein Tölpel und Schwanhild eine liebeskranke Närrin. Groa kam zu dem Schluß, daß sich für ihre Tochter Besseres finden ließe: Schwanhild sollte einen Fürsten heiraten.

Alles sprach dafür, daß dies keine schlechte Verbindung wäre. Atli war alt (aus einer plötzlichen Begierde brachte sich Groa seine Umarmungen in Erinnerung) und ohne Erben. Atli würde seiner Braut reiche Güter hinterlassen. Und wenn diese strohköpfige Gudruda und der armselige Landbesteller Erik so wild aufeinander waren, wen kümmerte das? Es mochte sein, daß Schwarzzahn Gudruda trotzdem noch bekäme, wenn er Erik im Streit erschlüge – oder Erik konnte auf andere Weise den Tod finden; hatte der Narr nicht in seiner Trunkenheit geschworen, Skallagrim den Berserker zum Kampf zu fordern?

Groa spie aus, als sie an Erik dachte. »Ein Fluch über dich, Erik Hellauge, der mich stets voller Hohn betrachtet hat. Soll all meine Zauberkraft zu deinem Untergang führen!«

Sie nahm Kräuter, Pulver und Zaubertränke, mischte sie in einem Eisenkessel und suchte in der Ecke ein Spinngewebe. Die winzige Bewohnerin schlief noch darin. Groa brachte den Kessel zum Kochen und warf das Netz mitsamt der Spinne hinein. Sie sah zu, wie das kleine Lebewesen sich zusammenkrümmte und starb.

Netzweberin, bewirke den Spruch:
Verfluchtes sei gut, und Gutes werde Fluch.
Webe, daß nach meinem Schluß
Erik zur Hölle fahren muß!

Sie schnitt sich in den Finger, gab drei Tropfen Blut in das Gebräu und stellte dann die klebrige Masse zum Abkühlen ins Freie. Groa besorgte auf Middalhof die Küche.
In den folgenden Tagen fühlten Schwanhild und Atli sich einander sehr zugetan. Atli erzählte Schwanhild Geschichten aus seiner Jugend, von seinen Reisen nach Finnmark, wie sein Vater aus Norwegen geflohen war, vom Leben auf den Orkneys und dem fremdartigen keltischen Volk, das dort lebte; sie lauschte hingerissen, während er sich wunderte, daß diese hübsche, junge Frau sich Zeit für ihn nahm. Gudruda aber stand spöttisch und ein wenig neidisch daneben. *Ihr* Liebster war kein Fürst; Erik bestellte die Felder auf Kaltrücken. Doch was führte Schwanhild im Schild?
So entwickelten sich die Dinge auf Middalhof in jenem späten stürmischen Frühling.

XI

Wie Erik gegen Skallagrim auszog

Während Groa auf Middalhof ihre Fäden spann, sorgte sich Erik um Hof und Felder. Halbgefrorene Erdklumpen zerklangen unterm Pflug, als er den Ochsen für die letzte Furche wendete. Morgen konnten die Knechte das Saatgetreide ausbringen. Der Frühling kam spät in diesem Jahr. Der Winter hielt sich hartnäkkig mit Stürmen und eisigem, grauem Wind.
Wenn gesät war, wollte Erik gegen Skallagrim den Berserker ziehen, so hatte er es am Julfest gelobt. Jener hatte ihm im vergangenen Winter genügend Unheil zugefügt, nachdem ihm Eriks Gelübde zu Ohren gekommen war: Er hatte eines der ersten Lämmer getötet und Erik auf der Schwelle seines Hauses verhöhnt, war jedoch nicht geblieben, um sich einem Kampf zu stellen. Der Mann war von riesigem Wuchs. Es würde ein mächtiges Ringen werden.
Eriks Hände waren steif von den eisernen Griffen des Pflugs. Bald würden sie noch kälteres Metall umfassen: den goldenen Griff von Weißfeuer.
Erik brachte den Ochsen in den Stall und trat ins Haus. Bis auf ein paar Leibeigene war er der einzige Mann auf dem Hof. Thorgrimur Eisenzehe hatte keine weiteren Söhne gehabt. Saevuna, Eriks Mutter, kam ihm mit einem Horn Bier entgegen. Unna, seine Base, saß neben dem Kamin und nähte an ihrem Hochzeitskleid; sie sollte im Spätsommer Asmund Asmundson heiraten.
Unna stand auf. »Willkommen zu Hause, Erik, das Essen steht bereit.« Sie schöpfte ihm einen Teller Gerstenbrei und Fisch.
Erik setzte sich auf eine Bank und aß mit großem Hunger. Seine Mutter und seine Base sorgten dafür, daß sein Trinkhorn nicht leer wurde. »Mit dem Pflügen bin ich fertig«, sagte er. »Morgen

muß ich noch bleiben, um die Aussaat zu überwachen, dann breche ich zum Mosfell auf, um Skallagrim den Berserker zu fordern.«
Saevuna stürzte vor ihm in die Knie. »Sohn, warum mußt du das tun? Am Julfest sprach das Bier aus dir. Skallagrim ist jähzornig und stark. Er wird dich töten.«
Erik löffelte den Rest aus der Schüssel. »Wenn dem so ist, muß es geschehen, und ich werde in Walhalla zum Festschmaus geladen. Dort gibt es Fleisch. Aber ein tatenloser Mann kann Gudruda niemals erringen, und Ospakar Schwarzzahn stellt ihr immer noch nach. Mehr Bier, Unna.«
Seine Base schenkte ihm ein. »Du brauchst dich nicht zu sorgen, Unna, du bist mit Asmund nun verlobt«, sagte Erik. »Damals dachte ich allerdings, als er und seine Leute zur Eheabsprache kamen, sie wollten uns die Lager leer fressen. Für dich ist gut gesorgt; ich muß mir erst noch einen Namen machen und Reichtum erringen.«
»Deinen Tod wirst du ernten«, flüsterte Saevuna.
Erik stand auf und nahm Weißfeuer von der Wand, wo es seit dem Julfest gehangen hatte. Er zog das Schwert aus der Scheide. Die Runen, die Groa gelesen hatte, schimmerten noch immer auf der Klinge, und der goldene Griff mit den blauen Edelsteinen funkelte nach Monaten, in denen die Waffe unbenutzt geblieben war, nicht weniger prächtig. Das Schwert zuckte in seinen Händen. Er hielt es fest und sprach:

> Weißfeuer brennt, meine Gegner zu spalten.
> Warum sonst sollte ein Sterblicher
> eine solche Waffe erhalten?

Für Ospakar mußte es schlimm gewesen sein, ein Schwert zu verlieren, auf dessen Klinge die Runen besagten, daß es einst Odin gehört hatte. Erik dachte, daß, wenn dies stimme, es vielleicht Unglück nach sich zöge, und trank.
Saevuna schüttelte den Kopf. So tollkühn war auch Thorgrimur als junger Mann gewesen, ehe der Berserker ihn zum Krüppel ge-

schlagen hatte. Männer stürzen ihrem Schicksal entgegen, was immer die Frauen auch unternehmen.
»Mir scheint«, sagte Erik, »daß Weißfeuer nicht das Blut des Berserkers trinken, sondern einen anderen Gegner niederstrecken will, der schon lange auf der Lauer liegt.« Mit diesen Worten steckte er das Schwert in die Scheide zurück, hängte es wieder an die Wand und legte sich ins Bett.
In seinen Träumen dieser Nacht lachte ihn ein einäugiger Mann aus, auf dessen Schultern ein Rabe krächzte.
Ein anderer* hat schon berichtet, wie Erik des Morgens gegen den Berserker Skallagrim zu Felde zog. Erik ritt über Middalhof zum Mosfell, wo Skallagrim lebte. In jüngster Zeit hatte er wenig Gelegenheit gehabt, Gudruda zu besuchen; er verbrachte dort die Nacht und lernte Fürst Atli kennen.
Atli mochte Erik gut leiden. Der junge Mann erinnerte ihn daran, wie er selbst einmal gewesen war. Er unterhielt sich lange mit ihm und gab ihm Ratschläge, wie am besten gegen einen Berserker zu kämpfen war; denn Atli hatte im Lauf der Jahre großes Geschick im Umgang mit dem Schwert erworben.
Während die Männer sich unterhielten, ging Schwanhild herum und füllte ihre Hörner auf. Sie fragte sich, warum ihr Blick ebenso oft zu Atli wie zu Erik wanderte. Sie liebte doch Erik, oder nicht?
Am nächsten Morgen stand Gudruda früh auf, um bei Eriks Aufbruch dabeizusein. Sie küßte ihn zum Abschied und weinte, nachdem er und sein Knecht Jon dem, wie sie überzeugt war, sicheren Untergang entgegenritten.
Als die beiden Männer auf dem Berg an eine Stelle gelangten, wo man die Pferde tränken und weiden lassen konnte, ließ Erik seinen Diener mit ihren Reittieren zurück und eilte weiter. Mit goldenem Helm, Brünne und Weißfeuer am Gürtel erklomm er den Bergpfad, was einen Großteil des Tages in Anspruch nahm. Der Weg war steil und wenig benutzt. Als Erik bei Skallagrims Höhle anlangte, fand er den Berserker schlafend vor. Doch dessen Begleiter

* Henry Rider Haggard: Erik Hellauge

erwachte plötzlich und stürzte sich auf Erik. Weißfeuer leuchtete hell, fuhr dem Gegner in den Hals und trennte ihm den Kopf vom Rumpf. Es war das erste Mal, daß Erik einen Menschen erschlug.

Den Leichnam warf er über die Klippe, doch der abgetrennte Kopf begann zu sprechen und verkündete Eriks Untergang. Da jener nichts mehr hören wollte, warf er den Kopf ins Innere der Höhle, um Skallagrim wecken zu lassen. Mit lautem Gebrüll sprang der Berserker auf. Einen heftigeren Kampf als den, der dann folgte, haben Menschen selten miterlebt. Weißfeuer zerhieb den Stiel von Skallagrims Streitaxt, und Erik packte, dessen eingedenk, daß es ruhmlos war, einen unbewaffneten Mann zu erschlagen, seinen Gegner zum Ringkampf um den Leib, nachdem er sein eigenes Schwert beiseite geworfen hatte. Im hitzigsten Kampf wären beide beinahe über die Klippe gestürzt, und als schließlich die Raserei in Skallagrim nachließ, bat jener um Frieden. Erik aber schonte sein Leben, und Skallagrim schwor ihm Treue und Ergebenheit. In ihrem weiteren Leben sollten sich die beiden nicht mehr trennen. Skallagrim lud Erik in seine Höhle ein.

An jenem Abend, als sie reichlich dem Bier zusprachen, erzählte Skallagrim, wie er zum Berserker wurde, als ihm Ospakar Schwarzzahn seine Frau, die damit einverstanden war, entführte. Nie wieder, so sagte er, traue er einem Weibe. Und Erik erzählte ihm, wie Ospakar Gudruda, seiner Verlobten, nachstellte. Als es schon spät in der Nacht war, das Bier zu Ende ging und beide müde wurden, schliefen sie ein.

Jon, Eriks Knecht, wartete die ganze Nacht bei den Pferden. Gegen Morgen war er überzeugt, daß sein Herr tot sei und der Berserker bald kommen würde, um auch ihn zu töten. Also nahm er die Pferde und flüchtete mit trauriger Kunde nach Middalhof. Oben auf dem Berg sah Skallagrim ihn davonreiten und sagte es Erik. Sogleich fingen die beiden Skallagrims halbwildes Reittier, sattelten es und machten sich rasch nach Middalhof auf, damit Erik nicht betrauert und Gudruda der Verzweiflung anheimfallen würde.

Unterwegs, bei den Pferdekopfhöhen, stießen sie auf Bewaffnete, etwa zwanzig Männer: Ospakar Schwarzzahn, seine Söhne Gizur und Mord sowie weitere Begleiter. Ospakar verlangte ihre Namen zu wissen, und als er sie vernahm, verhöhnte er sie lautstark. Erik kündigte er an, ihn umzubringen, Middalhof in Brand zu stecken und Gudruda zu verschleppen. Skallagrim entbot er die besten Grüße seiner Frau und schleuderte einen Speer nach ihm. Der Berserker fing die Waffe mitten aus der Luft und warf sie zurück. Sie durchstieß Ospakars Brünne und verletzte ihn schwer.
Dann verhöhnte Skallagrim Ospakar und sagte, Schwarzzahn sollte nach Hause gehen und sich von seiner Buhle die Brust geben lassen.
Ospakars Männer stürzten sich auf die beiden, die sich Rücken an Rücken der Übermacht erwehrten; Erik tötete drei Männer – darunter Mord Ospakarson – und verwundete einen weiteren schwer. Skallagrim erschlug deren vier. Als er dem letzten ans Leder ging – der bereits verwundete Mann versuchte, sich auf sein Pferd zu ziehen –, hatte die Raserei wieder von Skallagrim Besitz ergriffen; den Berserker kümmerte weder die eigene noch Eriks Deckung, und sein tödlicher Schlag stieß durch Mann und Pferd gleichermaßen.
Als die Überlebenden sich aus dem Staube machten, war Erik wütend auf Skallagrim und sagte ihm schroff, er solle gehen.
Skallagrim trat traurig zu seinem Pferd und wußte, daß er seinen Schwur gebrochen hatte, sich nie wieder von der Raserei übermannen zu lassen. Aber Erik wurde anderen Sinnes und hieß ihn zu bleiben, brauchte er doch, jetzt mehr denn je, einen starken Freund: Gewiß würde beim Allthing diesen Sommer eine Klage gegen ihn vorgebracht. Ospakar war einflußreich und wohlhabend und hatte viele Anhänger, und Erik hatte seinen Sohn getötet. Des Vaters Klage mochte durchaus Erfolg haben; und dann stünde Erik die Ächtung bevor. Dann mußte er von Island fort und – Gudruda zurücklassen, so daß Ospakar unbehelligt um sie werben konnte. Traurig ritt Erik auf Middalhof zu.

XII

Wie Schwanhild mit Atli verlobt wurde

Voller Sorge erwartete Gudruda auf Middalhof Eriks Rückkehr. Skallagrim der Berserker besaß einen schrecklichen Ruf und hatte in der Gegend schon viel Unheil angerichtet.

Endlich sah sie in der Ferne einen Reiter. Am Helm erkannte sie jedoch, daß es nicht Erik, sondern Jon, sein Knecht, war, der Hellauges Pferd mit sich führte.

Jon berichtete den Leuten auf Middalhof, Erik liege erschlagen am Berg. Gudruda wäre beinahe ohnmächtig geworden, Schwanhild aber, die ebenfalls gewartet hatte, trat dicht vor den Mann hin, starrte ihn böse an und sprach:

> Besäße ich Männerkraft, gewiß
> Wäre ich bei Erik geblieben,
> An seiner Seite im Kampf
> Und beim Einzug in Walhalla.
> Nicht wäre ich krötengleich nach Hause gekrochen
> Zu zeigen, wie sehr ich mich fürchtete.

Nun sah sie Gudruda aus der Halle wanken. Tränen standen in Schwanhilds Augen. Erik war tot! Sie hob ihren zierlichen Arm und schlug Jon quer übers Gesicht. »Du hast einen besseren Mann tot zurückgelassen, als du oder ein anderer jemals werden könnte!« Dann lief sie hinter ihrer Pflegeschwester her.

Fürst Atli sah alles und wunderte sich, welche starken Gefühle Schwanhild Erik entgegenbrachte.

Schwanhild stürzte fort vom Middalhof. Alles war zu Ende! Niemand – weder sie noch Gudruda – sollte Erik jemals bekommen. Leblos lag er am Mosfell. Und Gudruda tat ihr leid; auch ihre

Pflegeschwester hatte Erik geliebt. Sie brauchten keine Rivalinnen mehr zu sein.
Schwanhild folgte ihr den gewundenen Weg zu den Goldenen Fällen hinauf. Dort sah sie Gudruda im Gras weinen, näherte sich ihr mit liebevollen Worten und streckte ihr freundlich die Hand entgegen. Doch Gudruda antwortete ihr voller Hohn und verwies sie des Platzes. Und Schwanhild zog sich zurück, um alleine zu trauern. Es war nicht ihre Art, unter den Augen anderer zu weinen.
Gudruda schlief über ihrem Weinen ein, und sie träumte, daß Odin zu ihr sprach, als sie am Tor Walhallas wartete, ob Erik vorüberkäme; der Allvater war bereit, Gudruda einige Zeit mit Erik zuzugestehen, wenn sie dafür mit ihrem Leben zahle. Und sie stimmte freudig zu. Als Gudruda erwachte, stand Erik blutbesudelt vor ihr. Seine Schulter war verletzt, seine Brünne zerrissen, doch er war am Leben.
Schwanhild hörte den Hufschlag eines Pferdes, drehte sich um und sah, wie Gudruda schluchzend in Eriks Arme fiel. Wie froh war sie, daß Erik am Leben war, allerdings nicht um Gudrudas willen! Schwanhild konnte das Bild nicht länger ertragen, wie sich die beiden küßten, und wandte sich ab.
Die Hexenkunst, die Groa, ihre Mutter, sie gelehrt hatte, verstand sich auch auf das Befragen der Tiere. Schwanhild nagte auf ihren Fingerknöcheln, bis Blut floß, und wiegte sich vor und zurück, und es trottete aus dem Wald der graue Wolf, ihr Vertrauter.
Seine grünen Augen blitzten, und hechelnd hockte er sich vor sie hin; er leckte sich die wunden Pfoten. Das Fell um seine Schnauze war weiß. Schwanhild streckte die Hand aus, und der Wolf leckte das Blut ab. »Grauer Wolf, was soll ich tun?«
Der Wolf sagte es ihr und lachte dann.
»Ich habe nicht die Kraft dazu.« Schwanhild schaute auf ihre schmalen weißen Arme. »Gudruda ist zu stark, als daß ich sie erschlagen könnte.«
Wieder lachte der Wolf mit rosiger Zunge und verschwand.

Schwanhild stand auf und kehrte ans Gestade der Goldenen Fälle zurück. Dort sang Gudruda voller Freude und Siegesgewißheit. Erik war am Leben! Erik gehörte ihr!
Von anderer Seite wurde berichtet*, wie Schwanhild Gudruda nun über den Rand der Klippen stieß, jene sich aber noch rechtzeitig festklammern konnte; und die Rivalin dann versuchte, einen Stein auf sie zu werfen. Erik aber, durch Skallagrim gewarnt, eine andere Frau lauere Gudruda in der Nähe der Goldenen Fälle auf, war rechtzeitig zurückgekommen, um Schwanhild wegzustoßen. Dann warf er sich auf die Klippe, packte Gudruda an den Händen, rettete so seine Liebste und trug sie nach Hause. Erik, Gudruda und Skallagrim berichteten Asmund, aber sonst niemandem, was Schwanhild getan hatte. Asmund beschloß, daß Schwanhild Middalhof verlassen sollte. Atli hatte am selben Tag um ihre Hand angehalten, und Straumey lag weit genug weg, Schwanhild von weiteren Übeltaten abzuhalten. Wenn sie nicht gehen wollte, so verkündete Asmund, müsse sie sterben.
Asmund tat es leid um seinen alten Freund Atli, denn nun wußte er, wie schlecht Schwanhild war; der Fürst würde eine Hexe freien!
Es mochte eine Möglichkeit geben, daß die Dinge sich zum Guten wendeten: Schwanhild war hübsch, Atli hatte sie gern und irgend etwas, das sah Asmund, zog sie zu dem Fürsten hin.

* Rider Haggard, Erik Hellauge

XIII

Schwanhilds Hochzeit mit Atli

Während all dies geschah, saß Atli ahnungslos in der Halle von Middalhof und betrauerte Eriks frühen Tod. Dieser junge Mann, der sein Sohn hätte sein können – mußte gegen einen Berserker ausziehen und ohne Ruhm getötet werden! Nun, wenn ihm dieses Schicksal bestimmt war, so hatte Erik es wenigstens wie ein Mann getragen.

Atli freute es sehr, als Schwanhild in die Halle gelaufen kam und ihm berichtete, daß Erik lebte. Sie warf Jon einen bösen Blick zu, setzte sich einen Augenblick lang neben Atli, stand dann aber wieder voller Unrast auf. Ihr Gesicht war bleich, und ihre Hände zitterten. Und Atli wunderte sich darüber. Liebte sie etwa Erik? Hätte er letzten Endes doch nicht mit Asmund sprechen sollen? Vielleicht war er doch nur ein törichter, alter Mann...

Als Erik in die Halle trat, Gudruda stützend und von dem hünenhaften Berserker Skallagrim begleitet, begrüßte Atli ihn begeistert. Und als er die Geschichte hörte, wie Erik einen Berserker erschlagen, einen zweiten als Eigenmann gewonnen und Ospakars Männer in die Flucht geschlagen hatte, erhob sich der alte Mann und legte eine goldene Kette um seinen Hals. »Komm als Sohn mit mir nach Straumey.«

In diesem Augenblick betrat Schwanhild wieder die Halle. Erik schaute zu ihr hinüber und schüttelte den Kopf. »Das sollte ich besser nicht tun, Herr«, sagte er. »Es wäre mein sicherer Untergang.« Atli aber wunderte sich und schwieg.

Die Männer tranken auf Eriks Sieg. Gudruda setzte sich auf eine Bank und war so weiß wie ein Laken. Schwanhild verschwand in der Küche und half nicht beim Auftragen.

Björn, Gudrudas Bruder, stierte finster über sein Bier hinweg die

Wand an und brummte etwas über Kleinbauer, Großmaul oder so ähnlich. Er war in höchstem Maße eifersüchtig auf Erik und jenem übel gesonnen, selber noch ein Jüngling und bisher ohne große Taten, weil er ein Feigling war.
Skallagrim betrank sich. Asmunds Männer, die seit Jahren unter ihm gelitten hatten, foppten ihn, und er würde sich auf einen Kampf mit ihnen eingelassen haben, hätte Erik die Kampfhähne nicht mit Gewalt getrennt. Er hieß den Berserker voller Grimm, sich in Asmunds Haus friedlich zu betragen.
Bald darauf ging Atli zu Bett.
In jener Nacht begab sich Asmund in Schwanhilds Zimmer – sie lag noch wach – und sprach in aller Offenheit mit ihr. Er wisse, sagte er, daß sie versucht habe, ihre Schwester umzubringen, und es gebe Zeugen dafür. Entweder müsse sie als Atlis Braut Middalhof verlassen oder aber für ihr Verbrechen sterben. Und er sagte ihr auch, daß sie seine nichteheliche Tochter sei.
Zuerst tobte Schwanhild. Dann bedachte sie Atlis Alter und Reichtum. Schließlich erklärte sie sich einverstanden, den Fürsten zu heiraten.
Als der Morgen anbrach, weckte Asmund Atli mit den Worten: »Schwanhild wird deine Frau.«
Atli setzte sich auf. »Hat sie das gesagt?«
»Das hat sie, gestern nacht, aber ich muß dich vor ein paar Dingen warnen, ehe du sie wirklich nimmst«, erklärte Asmund. »Sie befaßt sich mit Hexerei und ist von zügellosem Wesen. Ihre Mutter ist Finnin, vielleicht sogar aus Lappland.«
»Wer ist ihre Mutter?« fragte Atli. »Ich dachte, sie wäre eine Waise.«
»Ihre Mutter ist Groa die Hexe.«
»Groa?« Eine Erinnerung regte sich in Atli, und der Fürst sank entsetzt zurück. *Das konnte doch nicht sein!*
»Gewiß, Groa, meine Haushälterin. Sie ist eine Frau aus Finnmark, die vor vielen Jahren ein Sturm hier an Land gespült hat.« Asmund schöpfte Atem. »Sie war schon meine Buhlin, während Gudruda die Sanfte noch lebte. Ich schäme mich, es zuzugeben, aber es ist die Wahrheit.«

»Groa, eine Hexe aus Finnmark?« Atli suchte in seinem Gedächtnis nach einem Bild dieser Frau. Konnte sie die Groa aus seiner Jugend sein, diese leidenschaftliche, junge Frau, mit der er vor so langer Zeit in jener Hütte im Wald geschlafen hatte? Und wenn dem so war... »Wann ist Schwanhild geboren?«

»Am selben Tag wie meine Tochter Gudruda. Vor zwanzig Jahren.«

Atli seufzte erleichtert. Zwanzig Jahre – dann lag genügend Zeit dazwischen. Schwanhild stammte demnach nicht von ihm.

»Kennst du ihren Vater?«

»Ich trage seine Schuhe.« Asmunds Stimme klang bitter.

»Wohl denn! Dann kommt sie aus gutem Stall. Wenn sie mich will, ich will sie gerne. Die Sorge um den Haushalt wird sie bald von ihrer Zauberei ablenken, und sie wird Bier brauen, anstatt Sprüche zu klopfen, und Tuch weben, anstatt Ränke zu spinnen.«

»Ich hoffe es, um deinetwillen.«

»Gleich nach der Heirat werden wir in See stechen«, sagte Atli, »das Frühjahr ist schon weit vorangeschritten, und ich muß mich um meine Ländereien kümmern. Die Reise dorthin ist nicht zu unterschätzen.« Einen Augenblick lang dachte der Fürst an Auga, die auf Straumey in seinem Namen herrschte, und machte sich Gedanken; doch schob er sie schnell beiseite. Auga war schließlich seine Haushälterin; und ein Mann brauchte eine Ehefrau. Eine junge Frau wie Schwanhild würde ein Haus mit Söhnen füllen.

Die beiden Männer setzten den Brautpreis und die Mitgift fest und besiegelten die Übereinkunft mit einem Horn Bier. In drei Tagen würde Schwanhild verheiratet sein und am selben Abend als Atlis Frau an Bord der *Wölfin* gehen.

Schwanhild bereitete sich auf ihre Hochzeit mit Atli vor. Nun, da sie verpflichtet war, seine Frau zu werden, schwieg ihr Herz ihm gegenüber. Was hatte sie nur jemals zu dem alten Fürsten hingezogen?

Groa half ihrer Tochter. Sie lächelte dabei, sagte aber nicht warum.

Groa faltete ein Nachtgewand, legte es in die Truhe und sagte:

»Schwanhild, du weißt, wie die Tiere es halten und wie Mann und Frau miteinander umgehen. Hast du noch irgendwelche Fragen?«
»Ich weiß mehr als genug, Mutter«, antwortete Schwanhild. *Aber Liebe werde ich niemals erfahren.* Ihre Wangen brannten, und sie richtete die Dinge, die sie mitnehmen wollte: Den hochglänzenden Messingspiegel, Eigentum von Gudrudas Mutter, den sie jener einst gestohlen hatte. Gestohlen war auch die Hälfte eines Goldstücks, das Gudruda gehörte. Erik hatte es vor Jahren am Strand gefunden und als Liebesbeweis zweigeteilt.
Dann packte sie die Dinge für ihre Hexenkunst ein: Einen Wolfspelz, ein Rattenfell, die schlaffe, fahle Haut einer Kröte und genügend Pulver und Kräuter, mit denen sie sich Jahre hinaus betäuben konnte. Als letztes, als ihre Mutter es nicht sehen konnte, verstaute Schwanhild ganz unten in der Truhe ein weiteres Päckchen: Eriks ausgediente Kampfschuhe. Damals, beim letzten Julfest, hatte Groa ihren Knecht Koll angewiesen, sie einzufetten, damit Erik beim Ringkampf von Ospakar Schwarzzahn bezwungen und sein rechtes Auge verlieren würde. Die List war mißglückt, und Schwanhild hatte keine Ahnung davon, sonst hätte sie ihre Mutter vielleicht erschlagen. Sie hatte die Schuhe an sich genommen, um eine Erinnerung an Erik zu besitzen, und die packte sie nun in ihre Brauttruhe.
Dann setzte sie sich ans Fenster und stickte an ihrem Hochzeitshemd. Der Abend brach herein, und der abnehmende Mond war eine schmale Sichel. Schwanhild legte ihre Nadelarbeit beiseite und ging zu Atli in die Halle. Ehe sie den Raum verließ, trank sie ein Betäubungsmittel.
Erik saß mit Asmund, Björn, Atli, Hall von Lithdal und anderen von Asmunds und Björns Männern beim Bier. Schwanhild ging auf und ab, schenkte nach, lächelte gesenkten Blicks und sprach milde und freundlich. Atli beobachtete sie und war glücklich. Er hatte eine feine Frau gefunden.
Gudruda saß erschöpft am Feuer, erhob sich nur ein-, zweimal, um zu helfen, und Erik saß bei ihr.

Hall von Lithdal kam torkelnd auf die Beine. »Ich trinke auf die Hochzeit«, rief er. »Schwanhild bekommt einen besseren Mann als den, den sie sich erhofft hat!«
Die Männer hielten das für üble Rede und brummten ungehalten. Atli lief scharlachrot an. Erik wollte aufspringen, aber Gudruda hielt ihn zurück. »Überstürze nichts, Geliebter! Er ist betrunken und voller Neid gegen dich. Er wollte Schwanhild selber haben. Sie bekommt eine reiche Mitgift.«
»Noch zwei Tage, und sie sind weit weg!« sagte Erik. Er lächelte Gudruda über den Rand des Trinkhorns zu. Doch die Angst blieb hartnäckig in seiner Brust; Ospakar Schwarzzahn würde auf jeden Fall seine Klage beim Allthing vorbringen, und er, Erik, würde wenigstens zur Verbannung verurteilt – *drei Jahre*.
Drei Jahre ohne Gudruda? Erik beugte sich dicht zu ihr hinunter.
»Ja, küsse sie vor aller Augen«, grölte der betrunkene Skallagrim. Der Mann mit der schwarzen Mähne schwankte und schwang sein Horn. »Frauen bringen nur Verderben, und die Männer stürzen sich blindlings hinein.«
Erik erhob sich. »Ich muß mich um meinen Mann kümmern«, flüsterte er Gudruda zu.
Inzwischen war Skallagrim die Tischreihe hinuntergewankt und stand vor Hall von Lithdal. »He, du, mit deinem Geschwätz über meinen Herrn...« Er packte Hall beim Kragen und zerrte ihn auf die Beine. »Ich würde sie dich fressen lassen, wenn es in Stein gehauene Runen wären.« Skallagrim schwang seine kräftige Linke, Hall zu schlagen, als Erik von hinten an ihn herantrat und seinen Arm umfaßte.
Der Berserker ließ Hall los und wirbelte herum, um sich seinem neuen Gegner zu stellen. Er stolperte. »Wer wagt es, Hand an Skallagrim den Berserker zu legen...?«
»Skallagrim Lämmerschwanz, meinst du«, donnerte Erik. »Du hast mir einst das Recht gegeben, dich so zu nennen, wenn ich dich besiege. Erinnerst du dich daran?«
»Gewiß.« Skallagrim blickte zu Boden und rieb sich die Hände an seinem zerlumpten Mantel.

»Schon zum zweitenmal hast du deinen Eid gebrochen. Ich frage mich, was für einen lumpigen Lügner ich zum Freunde habe.«

Erik schob seinen Gefährten aus Asmunds Festsaal; er kam an der Bank vorüber, auf der Gudruda saß, nickte ihr aber nur kurz zu.

»Hinaus in die Kälte, alter Trunkenbold!« knurrte er und stieß ihn durch die Tür. Skallagrim torkelte und spie in den Schnee. »Wenn du zu Ende gespuckt hast, hol unsere Pferde. Wir reiten noch heute abend nach Kaltrücken, damit es hier auf Middalhof nicht noch ein Blutvergießen gibt. Ich hab genug!«

Betrunken, traurig und verängstigt tat Skallagrim, wie ihm geheißen. Sie erreichten Kaltrücken bei Morgengrauen, immer wieder aufgehalten, weil Skallagrim sich erbrechen mußte.

Am Abend vor Schwanhilds Hochzeit legten Saevuna und Unna ihre besten Gewänder an und ritten nach Middalhof, um rechtzeitig vor dem Fest am nächsten Tag dort zu sein. Auch sie freuten sich, Schwanhild abreisen zu sehen.

Erik blieb zurück; des Schafhirten wegen, sagte er, und er käme dann am nächsten Morgen; in Wirklichkeit wollte Erik sicherstellen, das Skallagrim nicht zur Hochzeit kommen konnte. Dort würde er doch nur Unheil bringen.

So saß er mit Skallagrim bis tief in die Nacht und trank mit ihm. Und wenn Erik ein Horn geleert hatte, war Skallagrim schon bei seinem dritten. Endlich fiel der Berserker von seinem Stuhl. Erik brach früh am nächsten Morgen auf, während Skallagrim noch laut vor sich hinschnarchte. »Lieber ist er hier betrunken, wo es keinen gibt, den er umbringen kann. Mir nachzureiten, ist er bestimmt nicht in der Lage, und Atlis Hochzeit wird durch keinen Kampf entehrt. Bis zum Abend wird Schwanhild sicher schon an Bord sein.«

Erik sattelte sein Pferd und ritt singend davon. Der Morgennebel hob sich, und die Sonnenstrahlen fielen auf die grünende Erde.

Gudruda, Gudruda sang er und gab seinem Pferd die Sporen. Als Middalhof in Sicht kam, hielt Erik verwundert an. Schwanhild stand wartend am Weg.

Sie trat ihm entgegen und ergriff die Zügel seines Pferdes. »Hör mich an, Erik«, bat sie, und ihr Gesicht wirkte traurig.
»Nicht doch, sprich lieber mit deinem künftigen Gemahl.« Erik tat, als wolle er weiterreiten, und erwartete Schwanhilds Schreien und Toben.
Doch sie trat zur Seite und senkte den Kopf. Erik schaute auf Schwanhild hinab, die so schmal in ihrem grauen Umhang wirkte. *Nur noch einen Tag*. Er stieg ab.
»Ich bedauere all das Böse, das ich tat, Erik«, sagte sie. »Fast alles geschah aus Liebe zu dir. Ich weiß, daß du mich niemals geliebt hast und daß du Gudruda liebst. Nun gehe ich als Atlis Braut. Ich habe dich geliebt und werde dich immer lieben und keinen anderen. Das ist mein Schicksal. Also, Lebe wohl.«
Nach diesen Worten küßte Erik sie. Er war kein hartherziger Mann, und Schwanhild war sehr schön.
Auch Gudruda war früh aufgestanden, um Erik zu erwarten, und sie sah alles mit an. Voller Eifersucht stürzte sie zurück nach Middalhof und schloß sich ein. Noch Tage später wollte sie nicht mit Erik reden, obgleich er ihr versicherte, Schwanhild aus Mitleid und nicht aus Liebe geküßt zu haben. Auch würde er sie niemals wiedersehen.
An jenem Tag wurden Atli und Schwanhild getraut. Der Brautpreis war entrichtet; die beiden Familien und die Nachbarn waren zusammengekommen, und das Festmahl konnte beginnen.
Groa bediente die Ehrentafel. Seit Tagen war sie leise und unauffällig durchs Haus gegangen. Auf den Ehrensitzen saßen Atli und Schwanhild. Neben Asmund saß Unna, seine Verlobte. Groa war noch immer für die Küche auf Middalhof verantwortlich, und so braute sie für Atli in ihren Zaubertöpfen eine lieblose Ehe zusammen, ohne Glück, aber mit Blut und Tränen.
Für Schwanhild braute sie Unglück und Vernichtung, hatte sich die Tochter doch allzusehr der Mutter entgegengestellt. Für Asmund, der sie mit Schwanhild geschwängert, aber niemals zu seiner Frau gemacht hatte, bewahrte Groa ihr bestes Zaubermittel bis zu dessen eigener Hochzeitsfeier auf.

Sobald sie aufgetragen hatte, floh Groa wieder in die Küche, wo sie sich zwischen Ruß, Töpfen und Schmutz zu schaffen machte. Alle Ecken suchte sie ab, doch keine Spinne ließ sich blicken.
Schwanhild saß an ihrem Platz und trank ihr Brautbier, das bitter schmeckte. Aber sie mußte Atli anschauen und lächeln, ob sie wollte oder nicht.
Dampfende Schweine- und Lammkeulen wurden aufgetragen; Mägde gingen mit Bier um die Tische herum und schenkten nach. Lockere Lieder wurden angestimmt; die Sänger verstummten jedoch bald wieder; keiner hatte den Mut, sie zu singen, nachdem Schwanhilds verächtlicher Blick auf ihn gefallen war.
»Die Flut kommt, mein Gebieter«, sagte sie zu Atli. »Wir sollten die Segel setzen lassen.«
»Da hast du wohl recht, Frau.« Der alte Fürst erhob sich und brachte einen Trinkspruch aus: »Auf Schwanhild, Atlis Frau!« Die Männer tranken ihnen zu, doch einige blickten betreten. Zuviel Gelage am frühen Morgen, und das Bier schmeckte bitter.
Die Hochzeitsgesellschaft verließ die Halle von Middalhof und nahm den Weg zum Hafen. Knechte trugen Schwanhilds Gepäck und Atlis Gefolge das seine. Schwanhild nahm nicht sehr viel mit, doch das wenige war ihr teuer.
Sie verhielt kurz am Strand, ehe sie ihren Fuß auf die *Wölfin* setzte. Groa, ihre Mutter, stand rußbeschmiert abseits der festlich gekleideten Gesellschaft. Schwanhild stürzte hin zu ihr. »Mutter, Mutter«, rief sie, »ich werde dich niemals wiedersehen!«
»Auch du weißt, was kommen wird.« Groa drückte Schwanhild ein Päckchen in die Hand. »Verwahr das sicher und trocken.« Die bucklige Frau schaute zu ihrer Tochter hoch, kicherte und trat zurück.
Schwanhild strich den Ruß von ihren Hochzeitskleidern und ging stolz an Bord der *Wölfin*. Die Leinen wurden losgemacht, das Schiff schwamm sich frei und stach in See. Schwanhild fühlte das Schaukeln, lauschte auf das Knirschen von Tauen, Segel und Mast und fühlte sich elend. Schnell schlang sie ihren Umhang fest um sich, während das Schiff in der Dünung schlingerte.

Die untergehende Sonne rötete das Segel der *Wölfin*, als das Schiff mit Atlis Braut an Bord bebend und knatternd heimwärts flog. Am Ufer bei Middalhof grinste ein grauer Wolf und leckte sich die salzverkrusteten Pfoten.

XIV

Wie Schwanhild nach Straumey kam

An Bord der *Wölfin* gab es nur zwei winzige abschließbare Kammern, die unter dem Vor- beziehungsweise Achterdeck lagen. Schwanhild wollte während der Reise nicht von Atli behelligt werden, was nicht schwer war, denn ihr Magen schlingerte wie das Schiff. Die Bordverpflegung – saure Milch und Schleimsuppe – bekam ihr überhaupt nicht.

Endlich verschwand die Küste Islands aus dem Blickfeld. Schwanhild seufzte tief. Die goldenen Strahlen der Sonne überglänzten die Wogen. Doch in Schwanhilds Augen war alles stumpf und grau.

Sie bemerkte, daß Atlis besorgter Blick auf ihr ruhte. Nur gut, daß er dachte, seine Frau wäre seekrank; und es stimmte auch, daß ihr vom Seegang übel wurde. Atli würde eine Zeitlang nicht begreifen, daß in ihrem Herzen nur Kummer und Verzweiflung waren.

Sie kroch unter eine Decke aus zusammengeknüpften Häuten und versuchte zu schlafen. Die Felle unter ihr stanken, und das Schiff schlingerte. Und doch sah sie immer nur Eriks Gesicht vor sich. *Erik, den ich nie wiedersehen werde!* Über ihr kreiste und lachte eine Möwe.

Zum Glück hatte sie den Spiegel mitgenommen. In den kommenden Jahren würde er ihr wenigstens zeigen, was Erik gerade machte. Das hieß, sofern sie überhaupt den Schmerz ertragen konnte, ihn zu sehen.

Atli hockte sich nieder und legte Schwanhild eine Hand auf die Schulter, um sie zu trösten, doch sie schauderte und zuckte zurück. *Darum* sich Gedanken zu machen, hatte sie noch genügend Zeit, wenn sie auf Straumey landeten.

Windschnittige schmale Drachenschiffe taugen nicht zu langen Hochseereisen, so daß man Land anlief, sobald es möglich war, um auszuruhen und Proviant an Bord zu nehmen; so dauerte die Fahrt nach Suouroy auf den Färöer-Inseln, den Schafsinseln, drei Tage. Atli kannte den dortigen Landesherrn.

Die Männer errichteten – das Wetter war schön – Zelte am Strand und hängten Kochkessel an dreibeinige Gestelle. Dann begannen sie, Atlis Bett aufzuschlagen, aber er hieß sie, es sein zu lassen. »Schwanhild und ich werden heute abend bei Eilif Scharfzunge sein. Einst war ich mit seinem Vater, Brand Böserede, auf Wikingerfahrt.« Atli zog die Stirn kraus; das war im Frühling – nach Hildigunns Tod – gewesen. »Eilif schien schon damals ein vielversprechender Bursche. Wie ich höre, hat er es mittlerweile zu Ruhm und Reichtum gebracht«, sagte er und lächelte Schwanhild zu. »Heute nacht werden wir in seinem Haus in einem Hochbett schlafen.«

Schwanhild schauderte.

Sie schickten einen Mann mit Grüßen zu Eilif und holten sich frische Kleider. Ein Bad, für ein Bad würde sie alles geben, dachte Schwanhild und packte ihre Sachen.

Der Bote kehrte mit einer herzlichen Einladung und Pferden zurück. Atli und Schwanhild ritten los.

Eilifs Hof lag an einem Wasserlauf, ein gedrungener, wohnlicher Holzbau, und Schwanhild dachte, sie habe noch nie etwas derartig Schönes gesehen, vor allem nach Tagen an Bord eines Schiffes. Hinter dem Anwesen ragten Berge empor. Schwanhild hatte das Gefühl, als ob die Landschaft schaukelte, selbst als sie bereits abgestiegen war. Die Herrin des Hauses, Halldora Dunkelsinn, begrüßte sie und winkte einem Diener, das Pferd wegzuführen. »Meine Arme«, sagte sie. »Euch muß es gewiß schlecht ergangen sein. Ihr seht schrecklich aus.«

Nicht so schrecklich wie du, dachte Schwanhild mit einem Anflug von Zorn. Aber sie war zu erschöpft, um wütend zu werden.

Halldora war entsetzlich dick, und Schwanhild bemerkte, daß die Hand, die die ihre umfaßte, weich und weiß war.

»Gewiß würdet Ihr gerne ein Bad nehmen und frische Kleider anlegen«, sagte Halldora, »falls Ihr noch welche dabei habt. So kommt doch mit.«
Die beiden Frauen saßen in der Sauna. Schwanhild nahm das verknotete Tuch von ihrem Kopf. Halldora kicherte. »Voller Salz. Wie schlimm. Männer nehmen eben keinerlei Rücksicht auf die Bequemlichkeit der Frauen.«
»Um ehrlich zu sein, es war eine schöne Reise«, sagte Schwanhild, »und die *Wölfin* ist ein schnelles Schiff.« Langsam wurde sie Halldoras Mitgefühl überdrüssig und zog den Rest ihrer salzwasserfleckigen Kleider aus.
Halldora schüttelte den Kopf. »Wahrscheinlich müßt Ihr nun nach Straumey. Ich kann mich erinnern, wie Atli zum erstenmal auf der *Wölfin* nach dem Tod seiner Frau Hildigunn herübergesegelt kam und meinen Schwiegervater auf Wikingerzug mitnahm. Brand ist inzwischen tot, was nur gut ist. Aber wer hätte gedacht, daß Atli so viele Jahre später eine neue Frau auf der *Wölfin* herüberbringt?«
Schwanhild schauderte, und sie fragte: »Wo starb eigentlich Atlis erste Frau?«
Halldora zog auch ihre Kleider aus. Sie war wirklich entsetzlich dick, mit schweren herabhängenden Brüsten und kugeligem Bauch. Schwanhild schaute weg. »Atli hat es nie gesagt; er kam voller Zorn angesegelt und schleppte Brand mit hinaus auf See. Oh, Brand war ganz wild darauf. Aber als er in jenem Herbst zurückkehrte, wollte er nie mehr auf Wikingerfahrt, und die Wunden, die man ihm auf dieser Reise schlug, haben ihm den Rest gegeben. Er starb noch im selben Winter.« Halldoras Lächeln war boshaft. »Er starb im Bett, wie er es immer befürchtet hat. So fiel der Hof schließlich Eilif zu.«
Dann kamen die Männer in die Sauna und setzten sich auf die Bänke. Halldora kippte einen Eimer Wasser auf heiße Steine. Die Hütte füllte sich mit Dampf. Schwanhild schaute Atli an. Groß war er und schlank. Seine Körperbehaarung war weiß und seine Haut an einigen Stellen runzlig, aber ansonsten hätte er ein junger Mann sein können.

Er ist zweifellos ebenso anziehend wie Erik, auch wenn er älter ist, dachte Schwanhild errötend und wandte den Blick ab. Irgendwie mußte sie ihm heute nacht entgehen. Später, auf Straumey, würden die Dinge sich schon finden.
Schwanhild fühlte seine Augen auf sich gerichtet und schaute ihn wieder an. Atlis Blick war leidenschaftlich. Sie sah seine wachsende Lust. Schnell sammelte sie ihre Kleider ein. »Ich gehe mir am besten die Haare waschen«, sagte sie.
Halldora lachte auf und warf ihrem Mann einen boshaften Blick zu. Eilif war kräftig und schwarzhaarig; er saß vornübergebeugt mit den Ellbogen auf den Knien und starrte zu Boden. »Die kleine Braut hat Angst vor ihrem Bräutigam«, sagte Halldora. »Ich erinnere mich noch, als ich einmal vor *dir* Angst hatte, Eilif.«
Schwanhild wusch ihr Haar und legte saubere Kleidung an. Sie roch geröstetes Lammfleisch und spürte zum erstenmal seit Tagen Hunger. Zumindest, mochte da kommen was wollte, schlief sie heute nacht in einem festen Bett.
Sie saßen an jenem Abend nicht lange bei Tisch; Atli trank wenig und schaute stets zu seiner Braut. Schwanhild aber wich seinem Blick aus, und mangels anderer Ablenkung unterhielt sie sich mit Halldora.
»Wie erstaunlich«, sagte Eilifs Frau, »daß Atli eine so junge Gemahlin heimführt. Vielleicht altern manche Männer langsamer als andere.« Sie blickte spöttisch zu ihrem Ehemann.
Silberfäden zogen sich durch Eilifs Haupthaar und Bart, und seine Haut war zerfurcht vom Sonnenwetter vieler Sommer, aber alt war er nicht.
Sie verhöhnt ihn, dachte Schwanhild. *Und mich nennen sie eine Hexe!*
Der Tisch wurde abgeräumt. Atli stand auf und nahm ihre Hand. »Gehen wir zu Bett, meine Liebe«, sagte er, und sein Blick ruhte voller Leidenschaft auf Schwanhild. »Wir müssen früh aufstehen.«
Halldora kicherte. »Ja, ihr habt viel zu tun. Ich für meinen Teil vergnüge mich dieser Tage wenig im Bett.« Und wieder blickte sie

zu Eilif, und wieder wandte dieser den Blick ab. Doch jetzt war sein Gesicht gerötet. »Ich werde den Jungvermählten zeigen, wo sie schlafen können«, sagte sie und ging voran.
Hinter der Tür ihrer Kammer drehte Atli sich zu Schwanhild um und breitete seine Arme aus, als wolle er sie umarmen. Sie wich zurück.
Atli war besorgt. »Was bekümmert dich, Schwanhild? Jetzt sind wir nicht mehr auf dem Schiff...«
Sie antwortete nicht, sondern zitterte nur und setzte einen Blick aus großen Augen auf.
Atli lächelte. »Du bist eine Jungfrau und deshalb ängstlich. Warte, ich werde noch ein Horn Bier holen. Trink und vergiß deine Ängste.« Er zog etwas über und ging zurück in die Halle.
Er wird für sich auch eins mitbringen, dachte Schwanhild. *Jetzt ist die Gelegenheit*. Sie wühlte in ihrer Habe, zog ein Päckchen Pulver heraus, sicher in Öltuch eingeschlagen, so daß das Meer ihm nichts hatte anhaben können, und verbarg es im Ärmel ihres Gewandes.
Als Atli mit zwei Hörnern Bier zurückkehrte, streute Schwanhild Pulver in das seine. Es war das gleiche Beruhigungsmittel, das sie zur Zeit benutzte, nur in größerer Menge gereicht.
Sie beobachtete, wie Atli das Horn leerte, setzte sich zu ihm aufs Bett und redete mit ihm, bis seine Sprache verklang und ihm die Augenlider zufielen; dann legte sie ihn vorsichtig zurück und zog die Decken über ihn.
Am nächsten Morgen achtete sie darauf, rechtzeitig wach zu sein. Und voller Bedauern schaute sie drein, als ihr Ehemann auf sie zutappte. »Schwanhild...«
Sie legte ihre schmale, weiße Hand auf seine Schulter. »Das Bier hat dich wohl überwältigt, Liebster. Aber auf Straumey werden wir genügend Zeit füreinander finden.« Schwanhild zwang sich zu einem Lächeln.
Atli und Eilif nahmen mit herzlichen Worten und Umarmungen voneinander Abschied, und die *Wölfin* segelte weiter mit Kurs auf die Orkneys.

Vom Rest der Reise ist wenig zu berichten, außer daß die *Wölfin* in Sule Skerry lange genug Halt machte, um dort eine warme Mahlzeit zuzubereiten. Schwanhild sah die großen, grauen Seehunde sich in der Sonne aalen und fühlte etwas Hexisches dabei. Doch schon bald wurde zusammengeräumt und alles wieder weggepackt. Sie segelten weiter.

Atli hatte es nun eilig, nach Hause zu kommen. Die *Wölfin* lag vor dem Wind – einer günstigen Brise, trotz aller Bemühungen Schwanhilds, die sich kaum auf die Zauberei konzentrieren konnte, bis sie wieder festen Boden unter den Füßen hatte.

Endlich kamen sie durch die Pentland-Förde. Sie war das Grab vieler Schiffe, die hier Opfer verborgener Felsen und trügerischer Strömungen wurden. Atli kannte den Weg, und das Wetter blieb gut. Schon war Straumey in Sicht.

Diese Insel lag wie ein kleiner, grüner Edelstein in blauer See. Die Sommersonne blitzte über das grasbedeckte Hügelland. Es gab keine Berge, doch ein Hügel erhob sich hinter dem anderen. Auf halber Höhe sah Schwanhild aufgehäufte graue Steine.

Gräber. Ihr Hexensinn sagte ihr, daß sie dort Weisheit finden könnte, wenn sie den Mut aufbrächte, die Toten aufzuwecken. Aber dieses später... Sie segelten am Swilkie Point auf die Sonne zu, vorbei an dem großen Malstrom, wo die Meere gegeneinander kämpften, vorbei an Klippen, deren Höhlen finster dem Meer entgegengähnten, und gelangten in Niedrigwasser, das über flaches Gestein spülte. Ein kurzer Pier ragte vom Ufer ins Meer.

»Wir sind zu Hause«, erklärte Atli und half seiner Braut vom Schiff.

Schwanhild blickte sich um. Das Hausgesinde hatte sich am Strand versammelt, als das Segel der *Wölfin* am Horizont erschienen war.

Unter den Bediensteten stand auch eine Frau mittleren Alters, und von ihrem Gürtel baumelte ein großer Schlüsselring herab. Sie und Schwanhild schauten einander an, und der Mund der älteren Frau zuckte.

Atli trat auf sie zu. »Auga«, sagte er, »nun habe ich meine Frau

heimgeführt. Zeig ihr, wo sich alles befindet, und händige ihr die Schlüssel aus.«
Augas Gesicht wurde bleich. »Und hier«, sagte Atli, »ist mein Geschenk für dich.« Er griff in seinen Beutel und gab ihr einen goldenen Reif.
Auga versuchte ein Lächeln. »Danke, Herr.« Sie streifte den Ring übers Handgelenk und nickte Schwanhild zu. »Willkommen auf Straumey, Herrin«, sagte sie, und aus ihrem Blick sprach der Tod.
Eine harte Frau, die mich haßt, dachte Schwanhild. *Ich ahne, wie Atlis erste Frau umgekommen ist. Aber ich weiß mich wenigstens zu schützen.* Sie lächelte Auga zu. »Danke, doch du mußt mich durch mein Haus führen. Ich bin sicher, daß du es gut verwaltet hast.« Sie schob ihre Hand unter Atlis Arm, und Knechte trugen ihr Gepäck vom Schiff.
Straumey schien Schwanhild kein schrecklicher Ort. Das Land hier hütete viele Erinnerungen, die sie erkunden konnte. Leichten Schrittes ging sie auf ihr neues Zuhause zu.

XV

Schwanhild lernt Auga kennen

Auga winkte Atli und Schwanhild in die große Halle. »Dein Heim erwartet dich, Herr«, sagte sie.

Das Paar trat ein. Schwanhild bemerkte die sauberen, spanbestreuten Böden und die polierten Waffen an den Wänden; nicht ein Spinngewebe zog sich über die Decke, und die Tische glänzten auf ihren Böcken – gewiß, diese Frau verstand etwas von ihrer Aufgabe. Es würde nicht leicht sein, mit ihr zurechtzukommen.

Schwanhild bemerkte Augas Blick und nickte. »Du hast das Haus wirklich gut in Ordnung gehalten.« Augas Lächeln war boshaft.

»Ich werde das Schlafzimmer meines Herrn herrichten«, sagte die Haushälterin, »und dann meiner Herrin das Haus zeigen.«

»Tu das«, sagte Atli.

Sie geht, ihre Sachen aus seinem Bett zu holen, wußte Schwanhild. Für einen Augenblick empfand sie fast so etwas wie Mitleid. So war ihre Mutter, Groa, behandelt worden, als Asmund beschloß, Eriks Base Unna zu heiraten.

Erik! Schwanhild schob den Gedanken von sich. Auga war eine großartige Gegnerin; doch zuerst mußte sie sich in ihr neues Leben finden, und zwar schnell, dachte sie und lächelte ihren Ehemann an. »Herr«, sagte sie, »solange Auga noch beschäftigt ist, könntest du mir das übrige Anwesen, seine Nebengebäude und Scheunen zeigen? Ich möchte alles gerne kennenlernen, über das ich herrschen werde.«

Schwanhild war so schön, als sie aus großen, blauen Augen zu Atli emporsah, daß sein Herz einen Sprung tat. Er richtete sich hoch auf und nahm seine Braut am Arm. »Gewiß«, sagte er, »und später kann Auga dich durch Haus, Vorratsräume und Spinnstuben führen.«

Schwanhild blickte voller Wohlgefallen auf den großen, gut geführten Hof. Auf Middalhof groß geworden, verstand sie etwas davon. Ihr gefiel auch das Benehmen der Bediensteten und Leibeigenen – sie wirkten stolz und doch respektvoll Atli gegenüber, und alle waren wohlgenährt und gut gekleidet. Einige wenige schauten sie furchtsam an, aber das, so vermutete sie, war Augas Einfluß. Schwanhild lächelte auf die liebreizendste Weise.
Sie standen auf einer der höhergelegenen Weiden; weiter oben am Hang bemerkte Schwanhild dieselben Steinhaufen, die sie vom Schiff aus gesehen hatte. »Was ist das, Herr?« fragte sie und deutete darauf.
»Grabhügel. Manche nennen sie auch Feenhügel, und die Einheimischen verbinden damit manchen Aberglauben. Ich denke, sogar einige meiner eigenen Leute schütten Milch und Getreide darauf für den Fall, daß Geister in ihnen wohnen, doch habe ich hier oben niemals etwas Merkwürdiges gesehen oder gar gehört.« Atli dachte an die hexischen Neigungen seiner Frau. »Nichts als dumpfe Unwissenheit«, schloß er schroff.
Schwanhild verharrte eine Zeitlang und betrachtete die Steinhaufen. Hier mochte sie einiges erfahren, wenn sie Wissenswertes suchte – doch im Augenblick schien Dringlicheres geboten. Sie mußte sich mit Auga auseinandersetzen.
Atli geleitete Schwanhild zur großen Halle zurück, ein langer Raum mit gewölbten Wänden und verrußter Decke, an dessen Eingangsseite sich die Küche mit Bänken fürs Gesinde befand. Atli sah Schwanhilds Blick. »Wir haben ein schönes Alkovenbett«, sagte er, »du kannst auch dein Gemach für dich bekommen, wenn du willst.«
Sie lächelte ihm zu. »Aber nicht heute abend, mein Gebieter.«
Atlis Gesicht strahlte. Da trat Auga aus der Dunkelheit. »Zeig deiner neuen Herrin das Haus und die Lagerräume«, sagte Atli, klatschte in die Hände, und eine Dienstmagd brachte Bier; er streckte sich auf einer Bank aus. »Schön, endlich wieder zu Hause zu sein«, sagte er und nahm einen tiefen Zug.
Auga und Schwanhild starrten einander an. Auga war alt gewor-

den; grau strähnte ihr dunkles Haar, ihre Figur wurde rundlich und Gesicht und Hände trugen Altersflecken. Doch Schwanhild sah, daß Auga einmal sehr schön gewesen war, und erkannte auch in ihr eine gewisse Hexenhaftigkeit.
Auga sah in Schwanhild nur die junge, schlanke und faltenlose Frau: Mit ihr würde sie in wenigen Wochen fertig werden.
Sie führte Schwanhild in der Halle herum, zeigte ihr an den Wänden die Schilde gefallener Krieger und die glänzenden Tische auf den Böcken; dann blieb sie stehen und stieß mit besitzergreifender Geste die Tür zu Atlis Alkovenbett auf.
»Mir scheint, als hättest du einen Pantoffel vergessen«, sagte Schwanhild, »als du deine Sachen geholt hast.« Auga lief scharlachrot an und hob ihren Schuh auf; doch die Führung ging weiter.
Die Küche interessierte Schwanhild am meisten; an einem solchen Ort hatte ihre Mutter Groa viel Zeit zugebracht. Sie schaute sich um. Die Töpfe waren blank geputzt, die Ecken ausgefegt, keine Käfer oder Maden an den Lebensmitteln – sie öffnete irdene Krüge und schnüffelte hinein. Salz, ein paar Gewürze, etwas reifende Butter – dann hob Schwanhild einen Deckel und lächelte. »Benutzt du *das*?« fragte sie Auga. »Ich selbst habe stets gefunden, daß sie nicht besonders wirksam ist.«
Es war eine Mixtur, die Liebe erwecken sollte. Auga wurde bleich und riß den Topf aus Schwanhilds Händen, der auf dem Steinboden zerschellte. Schwanhild lächelte wieder. »Und dabei sind die Zutaten so mühsam zu sammeln und so schwierig zu mischen, besonders der pulverisierte Aal. Aber jetzt würde ich gerne die Vorratskammern sehen.«
Nach geraumer Zeit stießen Schwanhild und Auga wieder in der Halle zu Atli. Er saß da, trank und hörte die Berichte der Hirten und Dienstaufseher an. Als er die beiden Frauen sah, brach er das Gespräch ab und stand auf. »Hast du der Herrin das Haus gezeigt?« fragte er Auga.
»Ja«, flüsterte sie.
»Dann möchte ich gerne meine Schlüssel wiederhaben.«
Wortlos löste Auga den Ring von ihrem Gürtel und übergab ihm

den Schlüsselbund. Atli wog ihn in der Hand und wandte sich an seine junge Frau. »Willkommen in deinem neuen Heim, Herrin«, sagte er und überreichte ihr die Schlüssel, und Schwanhild band sie sich an ihren Gürtel.

Auga, die schweigend dabeigestanden hatte, verneigte sich vor Schwanhild und sagte: »Irgendwelche Anweisungen für die Abendmahlzeit, Herrin? Ihr habt am Mittag gewiß nichts gegessen.«

Schwanhild dachte nach und lächelte. »Ja«, sagte sie. »Mach es bald und leicht. Mein Herr und ich haben heute abend anderes im Sinn als schweres Essen und Trinken.«

Haß stand in Augas Gesicht, als sie sich zum Gehen wandte.

XVI

Wie Schwanhild mit Atli zu Bett ging

Die Dämmerung trat spät an diesem Abend ein. Es war noch hell, als Schwanhild, Atli und etliche seiner Leute in der Halle saßen, Bier tranken und Brot und Käse aßen. Man langte kräftiger zu, als es sonst am Ende des Tages üblich war. Und dennoch nahmen Schwanhild und Atli nur wenig zu sich; sie aus Furcht, ihr könnte übel werden angesichts dessen, was vor ihr lag; er, damit das Bier ihn nicht wieder wie auf Färö übermannte.

Schwanhild lächelte beständig ihren Herrn an, um so mehr, wenn Auga sich blicken ließ. Sie mußte jede Waffe einsetzen, über die sie verfügte. Die ältere Frau haßte sie und war, wie Schwanhild nun wußte, ebenfalls eine Hexe.

Nach angemessener Zeit erhob sich Atli und reichte seiner Frau die Hand. »Es ist ein langer Tag gewesen«, sagte er, »und eine anstrengende Reise. Du möchtest vielleicht ein Bad nehmen, und wir müssen bald schlafen.«

»So bald nun auch wieder nicht«, flüsterte Schwanhild, daß nur er es hören konnte. Atli strahlte.

Sie ging zum Badehaus, blieb eine Weile im Dampf sitzen und ließ Salz und Erschöpfung von sich rinnen; dann kam Atli und warf seine Kleider von sich. Sie schrak zurück, schaute ihn aber an. »Du tust den Augen wohl, Mann«, sagte Schwanhild. Er setzte sich neben sie auf die Bank und schüttete Wasser auf die erhitzten Steine. Dampf behinderte ihre Sicht. Sie mußte sich alle Mühe geben, Atli zu gefallen und rückte näher.

»Du hast ein prächtiges Zuhause, Mann«, sagte sie. »Ich bin glücklich, mit dir gekommen zu sein.«

»Nicht glücklicher als ich, dich hier zu sehen«, sagte Atli. »Seit Hildigunns Tod...« Er schwieg.

»Deine erste Frau?« fragte Schwanhild ganz liebevoll. »Woran ist sie gestorben?«
»Ich weiß es nicht. Ich... ich war den Winter über fort, und man sagt, sie wäre krank und schwach geworden; als ich wiederkam, war sie schon lange tot. Die Unwetter, die mich ferngehalten hatten, hatten auch bewirkt, daß ich kein Wort davon erfuhr. Auga mußte für ihre Beerdigung sorgen.«
Wenn er in seinem fortgeschrittenen Alter traurig wird, wird er nicht viel mit mir anfangen können, wußte Schwanhild. Sie legte eine Hand auf sein Bein und zuckte zurück, wie es sich für eine Jungfrau ziemte. »Oh, Herr, entschuldige...«
Atli lächelte ihr zu. »Keine Angst, ich bin ein sanfter Mann und geduldig. Habe ich dich nicht die ganze Reise über liebgehalten und nicht belästigt? Aber jetzt sind wir zu Hause, können uns in unser eigenes Bett legen und am Morgen aufstehen, wann wir wollen. Komm, Frau.«
Sie spülten sich ab und zogen Überkleidung an. Schwanhild ging hinter ihm her in die Halle. Auga beobachtete, wie sie hereinkamen und ging dann in die Küche zurück. Atli führte Schwanhild zur Bettkammer – sie war klein, aber feiner als irgendeine auf Middalhof. Die Felle waren sauber, die gewebten Bettüberwürfe frisch gewaschen und der Alkovenvorhang roch süß. *Das hat Auga zur Begrüßung ihres Herrn vorbereitet.* Vorsichtig überprüfte Schwanhild das Bett, während sie so tat, als bewunderte sie seine Behaglichkeit. Aber es waren keine Zaubereien, kein Gift ausgelegt. Das war also nicht Augas Plan.
Sie setzte sich im Bett auf – diese Bauart ließ nicht zu, daß man sich ausstreckte – und schaute Atli an. Sie hatte große Augen vor Furcht, die diesmal nicht ganz gespielt war. »Kleiner Schwan«, sagte er, »ich würde dir niemals wehtun.« Er streichelte ihr Haar, strich die weichen, braunen Locken um ihr Gesicht, bis sie sich ein wenig entspannte und zu zittern aufhörte. Dann zog er sie an sich. Beide waren noch bekleidet, so daß Schwanhild sich getrost an ihn schmiegte. Seine Brust war so breit...
Atli hielt einen Arm um Schwanhilds schmale Schultern. Sie war

weit zierlicher, als Hildigunn es gewesen war, und mit ihrem dunklen Haar – plötzlich erinnerte er sich an das Hexenmädchen Groa. In späteren Jahren mochte Schwanhild alt und häßlich wie ihre Mutter werden, aber er wäre dann nicht mehr am Leben, um es mit anzusehen. Vorläufig war Schwanhild jung, sanft und willig, wenn auch schüchtern. Er hob ihr Kinn mit einer Hand, daß sie ihm in die Augen sehen mußte. Dann küßte er sie auf den Mund. Sie blieb ruhig sitzen, ohne zu reagieren.

»Kleiner Schwan«, sagte er, »nun bist du eine Ehefrau und im Bett mit deinem Mann bei dir zu Hause.« Atli löste den Halsverschluß ihres Gewandes, und widerspruchslos ließ sie es sich über den Kopf ziehen. Dann betrachtete er ihren schönen, jungen Körper.

Das mädchenhafte Gesicht umrahmte lockiges, braunes Haar, das über rosig knospende Brüste fiel, vorbei an einer schlanken Taille und einem flachen Bauch, um an ihren Hüften, in der Nähe eines anderen braunen Lockenbusches zu enden. Wohlgeformte Oberschenkel und Beine, schmale Fesseln – Atli zog ihr die winzigen Lederpantoffeln aus und küßte die zierlichen, weißen Füße. Dann warf er mit einer einzigen raschen Bewegung sein Gewand von sich.

Sie hatten einander schon einmal nackt im Bad gesehen, aber hier im Bett war das etwas anderes. So viel Mühe Schwanhild sich auch gab, nicht hinzusehen, ihr Blick wanderte immer wieder über Atlis Körper. Bis auf das weiße Haar hätte sie einen kräftigen jungen Mann vor sich haben können, und sie wußte, sie mußte ihm gefallen. Sie öffnete die Arme und lehnte sich zurück. »Komm zu mir, mein Gebieter.«

Schwanhild empfand keinen Schmerz, als er in sie eindrang, obgleich das niemand mehr getan hatte, seit Hrapp Ljotson und Thrain Thorgeirrson vor so vielen Jahren über sie hergefallen waren. Aber sie fühlte auch keine Lust, doch ertrug sie seine Zärtlichkeiten. Als Atli keuchte und stöhnte und sie umklammerte, dachte Schwanhild, sie hätte ihm weh getan, aber er entspannte sich und legte sich ruhig zurück. »Du bist wunderbar, Schwanhild«, sagte er. Dann rollte er sich zusammen und schnarchte.

Schwanhild lag wach, und noch immer herrschte Dämmerlicht. Sie wollte nicht in die Halle zurück, um keinen Anlaß für derbe Bemerkungen zu geben; schließlich schlief sie ein.
Sie träumte, Erik träte an ihr Bett und entblößte ihren Körper. Doch als Erik sie umfing, empfand sie nichts, sein Gesicht wurde zu Atlis Gesicht und sein Haar und sein Bart wurden weiß. Sie stieß ihn von sich und erwachte schluchzend.
Neben ihr rührte sich Atli, legte seinen Arm um seine Frau und schnarchte weiter.

XVII

Wie Schwanhild Auga entgegentrat

Am Morgen vernahm Schwanhild ein leises Pochen an der Wand und stützte sich neben ihrem schlafenden Ehemann auf die Ellbogen. »Ja?«
»Eine Erfrischung für dich und deinen Herrn.« Es war Augas Stimme.
»Komm herein.« Schwanhild wünschte, ihr Haar wäre nicht zerzaust. Auch fühlte sie sich übernächtigt, da sie nur wenig geschlafen hatte, und zog die Decken um ihre Schultern.
Auga brachte zwei Hörner würziges Bier. Atli rührte sich und setzte sich ebenfalls auf. Die Bettdecken fielen ihm bis zur Taille herab, doch Atli schien es nicht zu bemerken, und Auga machte auch kein großes Aufhebens darum. *Sie hat ihn oft genug nackt gesehen*, gärte es in Schwanhild.
Sie griff nach dem Horn, das ihr gereicht wurde. Mit der Linken nahm sie das andere; aber absichtlich und so, daß Auga es sehen mußte, reichte Schwanhild Atli jenes, das sie zuerst genommen hatte.
Das Gesicht der Haushälterin blieb ausdruckslos. *Entweder will sie uns beide umbringen, oder der Trank ist harmlos*. Schwanhild nippte an dem Gebräu. Es war gesüßt und gewürzt, doch sie konnte keinen bitteren Nachgeschmack, kein Brennen auf der Zunge, nichts, was auf Gift hingewiesen hätte, feststellen. Noch einmal nippte sie und lächelte. »Du mußt mir das Rezept geben«, sagte Schwanhild. »Es ist wirklich gut.«
»Die Hausherrin hat es mir beigetracht – die *erste* Hausherrin – Hildigunn.« Auga wollte damit Atli treffen. Der zuckte zusammen, daß das Bier aus seinem Horn über das Bett schwappte.
»Sie muß eine geschickte Frau gewesen sein«, sagte Schwanhild.

»Sie scheint dich in jeder Hinsicht hervorragend unterrichtet zu haben. Wenn wir aufgestanden sind, werde ich Hilfe beim Auspacken benötigen.«
»Natürlich, Herrin«, sagte Auga und zog sich zurück.
»Sie ist ruhiger, als ich erwartet hatte«, sagte Atli und leerte sein Horn. »Ich dachte, Auga wäre wütend, wenn ich eine neue Frau nach Hause brächte, denn sie herrschte hier oft an meiner Stelle. Auga hat mein Haus viele Jahre geführt.«
»Und dein Bett geteilt«, murmelte Schwanhild. Sie ließ die Dekken fallen.
Atli errötete. »Ein Mann muß irgendwie zurechtkommen.«
»Aber das verstehe ich, Mann. Heiraten muß bedacht werden. Und hättest du früher geheiratet, hätte ich dich nie errungen. Doch ein kräftiger Mann wie du konnte nicht völlig ohne eine Frau sein.« Aus Atlis Blick sprach Verwunderung. »Bist du nicht eifersüchtig?« fragte er.
»Warum sollte ich? Jetzt liege ich neben dir. Ich trage die Schlüssel am Gürtel, ich werde Ehefrau genannt. Auga hat dir treulich gedient. Sie hat deine Güter gut verwaltet, sie hat sich als äußerst dienstbar erwiesen. Warum sollte ich mich mit ihr zanken. Wenn schon Gefühle, dann könnte ich höchstens Mitleid mit ihr haben. Sie hat einen großartigen Mann verloren.«
»Schwanhild«, sagte Atli und griff nach ihrer Hand. »Asmund warnte mich vor deinem aufbrausenden Wesen, doch statt dessen bist du freundlich und verständnisvoll.« Er legte seinen Kopf an ihre Brust.
Schwanhild lächelte in die Ferne. Auga sollte ruhig alles versuchen; Schwanhild würde mit Sicherheit gewinnen.
Später an diesem Morgen packten Schwanhild und Auga im sonnendurchfluteten Webhaus Schwanhilds Sachen aus. Bedienstete hatten die Truhen von der *Wölfin* heraufgetragen. Die Kisten waren fleckig vom Salz. Manche Kleider mußten gewaschen werden, aber die in Ölhaut gewickelten Päckchen waren unversehrt.
Auga schüttelte ein besticktes Kleid aus. Salzkristalle rieselten zu Boden. »Du hast schöne Sachen mitgebracht.«

»Ja«, sagte Schwanhild. »Mein Vater ist Asmund Asmundson, Priester auf Middalhof. Er führt ein großes Haus und gebietet über viele Ländereien.« *Mein Vater,* dachte Schwanhild, *ihn nenne ich. Alles übrige geht hier keinen etwas an.*
»Tatsächlich? Und wer ist deine Mutter?«
Schwanhild lächelte. »Sie stammt von den Finnen«, sagte sie und zog das Päckchen hervor, das Groa ihr mitgegeben hatte. Auga wollte danach greifen, doch Schwanhild ließ es nicht zu. »Nein, dies sind meine ureigensten Dinge, die niemanden etwas angehen und sorgfältig unter Verschluß gehalten werden.« *Soll Auga sich ruhig Gedanken machen,* dachte sie.
Tatsächlich betrachtete Auga ihre junge Herrin mit größerer Achtung und mit nicht geringer Furcht. »Deine Mutter stammte von den Finnen?«
»Ja.« Schwanhild legte das Päckchen und noch ein paar andere in eine kleine Truhe, schloß sie ab und hängte den Schlüssel an ihren Gürtel. »Manche nannten sie eine Hexe. Durchaus zu Recht.« Schwanhild sah Auga voll ins Gesicht. »Sie hat mir vieles beigebracht, was man Hexen nennen könnte.«
Auga trat einen Schritt zurück. »Ich will dafür sorgen, daß diese Kleider gewaschen werden«, flüsterte sie und floh.
Schwanhild lachte. Nun würde die Alte vorsichtiger sein.
Endlich allein, schloß sie die Truhe auf und öffnete das Päckchen, das Groa ihr an jenem letzten Tag auf Middalhof in die Hand gedrückt hatte. Schwanhild starrte es ungläubig an. Es glich dem Geschlechtsorgan eines Mannes, braun und geschrumpelt. Mit dem Fingernagel fuhr sie darüber; es war trocken und hart wie Holz. Schwanhild packte es wieder ein und legte es in die Truhe zurück. Dann hob sie ihre eigenen Schätze ans Licht. Eriks ausgediente Kampfschuhe, die ihr zusammen mit ein paar Sprüchen helfen mochten, von ihm zu träumen. Schwanhild erinnerte sich an ihren Traum in der vorangegangenen Nacht, in dem Erik alt geworden war, und schauderte.
Ein weiterer Schatz war der Spiegel, der einst Gudruda der Sanften gehört hatte. Seine Silberauflage war beschlagen; sie mußte vor-

sichtig und mit angemessener Sorgfalt poliert werden. Die Rückseite war mit seltsamen, ineinander verschlungenen Tieren verziert, deren Augen bernsteinfarben und granatrot leuchteten. Eine große Kostbarkeit, und für jemanden, der die Hexerei beherrschte, bedeutete er große Macht.

Schwanhild packte den Rest aus und ging, Verschiedenes zu holen. Wenn sie schon den Spiegel benutzen konnte, sollte er bereit sein, ihr zu dienen. Vielleicht heute abend? Vielleicht auch nicht? Sie wollte warten. Atli würde sie bei sich haben wollen, und er mußte um alles in der Welt glücklich bleiben...

Schwanhild trat aus ihrem sonnenbeschienenen Gemach, hielt jedoch in der großen Halle inne, um Eriks Schuhe unter ihrer Seite des Ehebetts zu verstecken.

Dann ging sie zu den Hügeln hinauf, um sich die Steinhaufen anzusehen.

XVIII

Wie es Erik und Skallagrim nach Schwanhilds Hochzeit erging

Erik und Gudruda sahen zu, wie die *Wölfin* davonsegelte. Schwanhild stand mit wehenden Haaren am Heck. Endlich waren sie und das Schiff nur noch ein Punkt auf der endlosen Weite des Meeres.

Erik ergriff Gudrudas Hand. »Jetzt sind wir diese Hexe los«, sagte er. »Komm, gib mir einen Kuß.«

Gudruda wich zurück. »Heute morgen hast du *sie* geküßt.« Ihre Stimme klang eisig. Sie drehte sich um und ging mit gestrafften Schultern davon.

Skallagrim war sehr spät und mit blutunterlaufenen Augen zum Fest erschienen. Erik seufzte und schüttelte den Kopf. »Glaubst du, Skallagrim«, fragte er seinen Freund, »daß in allen Frauen eine Hexe steckt?«

Skallagrim lachte hinter seinem Bart. »Das weiß ich ganz gewiß. Wie zart und süß sie auch scheinen, sie spinnen immer irgendwelche Ränke, und in ihren Herzen sind sie bitter. Schwanhild war wenigstens eine aufrichtigere Hexe als die anderen.«

»Halt den Mund, Lämmerschwanz«, sagte Erik. »Schwanhild hat versucht, Gudruda umzubringen, und zur Strafe für dieses Verbrechen verheiratete man sie mit einem reichen Fürsten. Darin liegt wenig Gerechtigkeit.«

»Dieses Urteil war für Schwanhild fast so schlimm wie der Tod«, sagte Skallagrim. »Nicht, daß ich traurig wäre, wenn die Hexe nun ertränkt am Grunde des Sees am Fuß der Goldenen Fälle läge. So sollten alle Frauen liegen: Reglos und still. Sie sind ohnehin schon kalt.«

»Genug!« sagte Erik. Und sie sprachen nicht mehr darüber.

Der Tag zog sich dahin. Die Hochzeitsgesellschaft kehrte nach Middalhof zurück, und die Feier ging weiter, denn in Wahrheit waren die meisten Leute froh, daß Schwanhild fort war. Erik wollte nicht bleiben, denn Skallagrim würde wieder zu trinken beginnen und Schwierigkeiten heraufbeschwören, und am Abend würde es ein Trinkgelage geben. Außerdem wollte Gudruda nichts von ihm wissen. Erik ging zu seiner Mutter, fand Unna, seine Base, neben Asmund sitzen und verabschiedete sich.

Zu Asmund sagte er: »Ich muß zurück zum Kaltrücken, Herr. Allein die Götter mögen wissen, welche Dummheiten die Knechte in meiner Abwesenheit wieder begangen haben. Leider muß ich meine Base mit mir nehmen, obgleich Unna ungern von dir Abschied nehmen wird. Aber beide werdet ihr bald eure eigene Hochzeit feiern.«

»Das ist wahr«, sagte Asmund. »Schade, daß du so bald gehen mußt.«

Björn Asmundson spöttelte von seinem Platz aus in der Nähe seines Vaters. »Meine Schwester Gudruda ist wütend auf Erik. Unser Held flieht ihren Zorn.«

»Ich fliehe vor keinem Mann und keiner Frau, Björn«, sagte Erik. »Eines Tages kannst du mich herausfordern, wenn du den nötigen Mut aufbringst.« Erik blieb zwischen Skallagrim und dem Sohn seines Gastgebers stehen. »Lämmerschwanz, geh und sattle unsere Pferde.«

Der Berserker schritt aus der Halle, nachdem er Björn einen bösen Blick zugeworfen hatte.

Dann hob Björn sein Horn. »Ein Hoch auf Jarl Atli von den Orkneys, der im hohen Alter seine tapferste Tat vollbrachte – er hat uns Schwanhild abgenommen!« Darauf ertönte viel bitteres Gelächter. Sogar Erik mußte lächeln, dann drängte er seine Base und seine Mutter sanft in den Hof hinaus. »Es wird Nacht, ehe wir zu Hause sind«, sagte er, »und zwei Frauen sollten nicht alleine reisen. Wer weiß, welche Friedlosen diese Gegend unsicher machen.« Erik dachte vor allem an Ospakar Schwarzzahns Männer, die zwar nicht geächtet waren, aber ihm vielleicht übel wollten.

»Wenn du gerade von Friedlosen sprichst«, brummte Skallagrim, »wir beide werden dieses Los vielleicht bald teilen.«
Erik half den Frauen auf die Pferde und sprang auf sein eigenes. »Nur allzu wahr«, stimmte er zu, »und du, Skallagrim, bist bereits geächtet; ich kann dir keinen großen Schutz von nun an bis zu meiner Verhandlung vor dem Allthing bieten. Vielleicht ist es am besten, du versteckst dich in den Bergen, damit jene, die dich gerne tot sähen, keine Gelegenheit dazu bekommen.«
»Ich werde nicht wie ein Hund davonlaufen«, entgegnete Skallagrim.
»Schweig, Lämmerschwanz. Du hast versprochen, in allen Dingen auf mich zu hören. Welchen Sinn hätte es, wenn dich Schwarzzahns Speer oder eine Axt von einem seiner Leute durchbohrte? Und wer soll mich dann begleiten, wenn ich verbannt bin, was durchaus kommen kann?«
»Auch wahr«, sagte Skallagrim. Doch die Sache gefiel ihm nicht. Sie ritten nach Kaltrücken. Am Morgen brachen er und Erik auf und machten ein Versteck zurecht. Die alte Höhle am Mosfell konnten sie nicht benutzen, denn man wußte, wo sie lag, und die Leute würden ihn dort vielleicht überwältigen. Statt dessen suchten Skallagrim und Erik eine Felsgegend in den Bergen aus. Dort bauten sie eine derbe Hütte aus Torf und zogen Felle als Dach darüber. »Ich besuche dich, so oft ich kann«, versprach Erik, »und bringe dir zu essen und zu trinken. Geh nicht zu Raubzügen in die Umgebung. Du hast schon genügend Unheil angerichtet. Diese Leute sind meine Nachbarn. Die meisten sind ebenso arm wie ich.«
»Warum gibst du mir nicht gleich Frauenkleider und setzt mich in die Spinnstube?« brummte Skallagrim. Erik schlug dem Berserker leicht auf die Schulter, und keiner sprach mehr ein Wort.
Von der Hütte bis zum Kaltrücken war es noch eine ganze Strecke, so daß Erik die Nacht über blieb. Er verspürte wenig Lust, allein über schwieriges Gelände im Dunkeln nach Hause zu reiten. Es war nicht gut, sein einziges Pferd aufs Spiel zu setzen.

Früh am Morgen brach er auf. Skallagrim winkte zum Abschied von der Tür aus und schaute hinter ihm her, bis Erik außer Sicht war.
Hellauge ritt durch eine wilde und gebirgige Gegend, herumliegende Felsen, niedrige struppige Bäume, Klüfte und Klammen, wo jemand lauern konnte – Erik war wachsam geworden, ritt langsam und spähte nach allen Seiten. Endlich sah er Kaltrücken und kam auf gewohntes Gebiet.
Plötzlich überfielen ihn zwei Männer.
Sie hatten auf einem Felsen gelauert, an dem Erik dicht vorüberreiten mußte, und mußten ihre Pferde außer Sichtweite angebunden haben, denn bis einer sich auf Eriks Schultern fallen ließ und ihn von seinem Reittier warf, hatte sich Hellauge alleine in der Wildnis geglaubt. Erik fiel zur Seite und schlug mit dem Kopf hart auf den Boden. Er rollte herum, damit sein Schild seinen Rücken schützen sollte, sprang dann auf und zog Weißfeuer aus der Scheide, wirbelte herum und tat einen Satz zur Seite, um einem Axthieb auszuweichen; der andere Kerl griff von hinten an und schlug Erik eine klaffende Wunde in die Wade, so daß Weißfeuers erster Hieb sein Ziel verfehlte; es krachte auf den Schild des Gegners und zerspellte die obere Kante. Erik riß es heraus und griff mit der Linken nach seinem Schild; doch schon hatte der Mann hinter ihm die Axt erhoben. Erik zückte Weißfeuer, verlor jedoch das Gleichgewicht, als ihn der Schmerz in seinem Bein überraschte, und er streifte nur den linken Arm des Mannes. Und schon fraß sich die Axt in Eriks Schild. »Nur gut, daß ich es noch auf dem Rücken hatte«, sagte Erik und führte Weißfeuer mit voller Kraft im Bogen gegen den Mann, als er sich blitzschnell drehte; es prallte vom Schild des Gegners ab, doch die Spitze streifte seinen Schenkel, daß jener zu bluten begann.
Erik sah nun, was an den beiden eigentümlich war: Sie hatten ihre Gesichter verhüllt, so daß er sie nicht erkennen konnte. »Zwei gegen einen, kein Wunder, daß ihr euch schämt«, verhöhnte er sie. Er lehnte sich mit dem Rücken an den Felsen und löste endlich

seinen Schild vom Rücken. »Mit vieren solcher Flegel wie euch nehme ich es auf!«
Sie parierten, suchten eine Möglichkeit zum Angriff, aber jedesmal war Erik mit Schild und Schwert darauf vorbereitet, wehrte ihre Schläge ab und schlug selber kräftig zu. Seine Wunde blutete unablässig. Plötzlich machten die beiden kehrt und ergriffen die Flucht.
Erik stolperte hinterdrein; sie liefen davon und schwangen sich auf ihre Pferde, doch seine Verletzung behinderte ihn so sehr, daß er die beiden nicht einholen konnte. Als sie davonritten, rief Hellauge ihnen hinterher: »Lauft nach Hause zu euren Müttern! Es ist Zeit, daß ihr euch die Brust geben laßt!« Dann stützte er sich auf Weißfeuer und rang nach Luft. Blut aus der Wunde am Bein füllte seinen Schuh, was beim Gehen ein schmatzendes Geräusch hervorrief. Erik bemerkte einige Wunden an seinen Armen. »Ihre Äxte pfiffen entschieden zu dicht an mir vorbei«, sagte er und hinkte zu seinem Pferd. Es scheute, und Hellauge brauchte einige Zeit, bis er es schließlich eingefangen hatte. Erik ritt schlechter Stimmung nach Hause.
Seine Mutter Saevuna schrie auf, als sie die Beinverletzung sah. »Du wirst noch tot am Boden liegen, ehe sie dich ächten können! Wer war es? Schwarzzahns Männer?«
»Ich weiß es nicht«, sagte Erik. »Zwei Feiglinge, wer immer sie auch waren. Aber Weißfeuer hat sie gezeichnet.«
Er ließ sich von Saevuna seine Wunden verbinden und ruhte sich für den Rest des Tages aus. Das Bein schmerzte schlimmer, als er zugeben wollte. Und er fragte sich, wer ihm aufgelauert hatte.
Am nächsten Tag ritt Hellauge dennoch nach Middalhof und ließ auf dem Weg dorthin größte Vorsicht walten. Jon, sein Knecht, begleitete ihn, obgleich Erik wohl wußte, daß der Mann nicht sonderlich mutig war. Erik stieg ab und hinkte in die große Halle. Gudruda blickte hoch, erkannte ihn und wollte schon wütende Blicke schleudern, als sie bemerkte, daß Hellauge verwundet war. Tief erschrocken warf sie ihre Nadelarbeit beiseite, lief auf ihn zu und fragte: »Erik, Erik! Was ist geschehen?«

»Ich bin überfallen worden«, sagte er, mehr nicht, denn nun küßte sie ihn, und Erik wußte, daß ihm vergeben war.
So kam es, daß Gudruda zu erwähnen vergaß, daß auch ihr Bruder Björn und sein Gefolgsmann Hall verwundet waren – beim Üben mit der Streitaxt, wie sie sagten. Und zu jener Zeit hatte noch niemand Grund, ihre Worte in Zweifel zu ziehen.

XIX

Wie Thorgunna Ospakar Schwarzzahn empfing

Nach dem Kampf mit Erik und Skallagrim ritten Ospakar und seine Leute nach Hause, wo sie ihre Wunden versorgen und trauern würden, war doch Mord Ospakarson durch Eriks Hand gefallen.

Sie schwankten in den Innenhof von Schweineklamm, und Thorgunna trat ihnen entgegen. Sie lachte, als sie sah, daß man Ospakar, ihrem Gebieter, vom Pferd helfen mußte, und sagte: »Du hast mich meinem Ehemann geraubt und dir dann eine andere Braut gewählt; erwartest du etwa, daß ich jetzt deine Wunden pflege?«

Ospakar schlug ihr über den Mund, daß sie niederfiel. »Du wirst mich pflegen, Metze! Wenn ich schon keine Zuneigung erwarten kann, so doch Gehorsam«, schrie er und trat sie mit letzter Kraft.

Thorgunna erhob sich jammernd und half Ospakar ins Haus. Das Bett war ungemacht, die Binsen waren faul und die Tische weder abgeräumt noch beiseite gestellt. Sie legte Ospakar auf das Alkovenbett und zog eine schmutzige Decke um ihn. »Herr«, sagte sie und brachte ein Horn Bier, »du warst lange fort. Ich hörte soeben von deinen Taten.«

Ospakar trank und spie über seinen schwarzen Zahn, und Bier besudelte die Bettdecken. »Dein Mann läßt dich grüßen«, sagte er, packte Thorgunna bei ihren langen Haaren und zerrte sie zu sich heran. Er biß sie in den Mund, bis sie blutete.

»Du bist also wieder gegen Erik, den sie Hellauge nennen, gezogen, und dieser Bursche hat dich nun bezwungen.« Ihre Stimme war voller Spott. »Da wäre ich besser bei meinem Ehemann geblieben, anstatt mich von einem Neidhammel wie dir als Buhle entführen zu lassen. Du hast versucht, Gudruda zu freien und kommst verwundet wieder. Wie viele haben sich denn auf dich gestürzt? Zehn? Fünfzehn? Oder war man euch gar unterlegen, o großer Krieger. Waren es vielleicht nur zwei? Weißt du, auch Gerüchte haben schnelle Beine.«

Ospakar packte sie bei der Kehle. »Noch ein Wort, und ich bringe dich um.«

Thorgunna griff nach ihrem Dolch und keuchte: »Du würdest mich ohnehin umbringen, sobald du Gudruda hättest. So will jetzt lieber *ich* dich töten!« Sprach's und trieb ihr Messer in sein Schlüsselbein; Ospakar wehrte sie mit allen Kräften ab. Immer wieder stieß Thorgunna zu, lachte nur, versuchte seine Augen, sein Gesicht, seine Kehle zu treffen, denn sie wußte, daß sie sterben mußte.

Mit letzter Kraft warf sich Ospakar mit seinem ganzen Gewicht auf Thorgunna, packte erst ihr rechtes Handgelenk, dann das linke, preßte sie zusammen und hielt sie mit einer Hand umklammert. Dann richtete er sich auf, warf einen letzten Blick auf seine Buhle und schnitt ihr mit seinem Dolch die Kehle durch. Blut ergoß sich über das Bett.

Er taumelte davon. Andere mußten das Bett am Morgen säubern. Ospakar blieb einige Tage reglos liegen, Diener pflegten ihn, und seine Wunden begannen zu heilen.

XX

Wie Erik geächtet und angegriffen wurde

Es wurde Zeit für Erik, sich zum Allthing zu begeben. Dort würde man Ospakar Schwarzzahns Klage wegen Mordes gegen ihn anhören. Hellauge trat die Reise schweren Herzens an. Asmund begleitete ihn, um für seine Sache zu sprechen.

Skallagrim blieb zurück im Versteck; er stand bereits unter Acht und Bann, und hätte sein Leben verwirkt, wenn er sich hätte blikken lassen.

Als sie schließlich Thingvellir erreichten, bot sich ihnen ein prächtiger Anblick: steinerne Häuschen mit buntem Leinen überspannt, Männer, Frauen, Kinder, Pferde, Händler, Kauflustige, Priester – alles fröhlich durcheinander. Doch bald würde es ernst werden. In Erik kam bei dieser Aussicht keine Freude auf.

»Die kleine Ächtung werde ich dir nicht ersparen können«, erklärte ihm Asmund, »aber der großen wirst du wohl entgehen. Ich denke, daß ich dafür sorgen kann, daß du kein Blutgeld zahlen mußt.«

»Drei Jahre fernab von Gudruda, während dieser Schurke Ospakar in ihrer Nähe weilen kann! Das ist mehr, als ich freiwillig ertrage«, knurrte Erik.

»Schweig«, wies Asmund ihn zurecht. »Ein Mann muß nach dem leben, was das Schicksal ihm bestimmt.«

Sie trieben ihre Pferde an und ritten mitten in die Menge.

Asmunds Steingeviert war geräumig. Diener hatten die Plane darüber gespannt und saubergemacht; sie legten Bettzeug aus und stellten Kochgeräte auf. Nachbarn aus vorangegangenen Jahren – denn jeder bekam immer wieder die gleiche Unterkunft zugewiesen, auch wenn die Dachbespannungen abgenommen wurden –

riefen ihnen Grüße zu. Alle wußten von Eriks Heldentat und bedauerten seinen traurigen Fall.
Asmund und seine Leute gingen bei den anderen herum und sammelten Stimmen zu Eriks Verteidigung; Ospakar Schwarzzahn und seine Männer machten das gleiche für ihre Seite. Niemand hätte zu sagen vermocht, wie es ausgehen würde. Die meisten Leute mochten Ospakar nicht, aber er war mächtig und hatte schließlich seinen Sohn verloren.
Wenn Ospakar nach Thorgunna gefragt wurde, wandte jener sich ab. Nur seine Bediensteten wußten, daß er sie getötet hatte, und da Skallagrim, ihr Ehemann, friedlos war und ihre Sippe seit Jahren nichts mehr über ihren Aufenthalt gewußt hatte, gab es niemanden, der für ihren Tod hätte Genugtuung fordern können.
Schließlich versammelte man sich um den Gesetzesstein, damit der Fall vorgetragen und behandelt werden konnte. Gizur der Rechtshüter, Ospakars Sohn und Bruder des Erschlagenen, nannte Zeugen und trug gegen Erik Thogrimurson, genannt Hellauge, wegen unrechtmäßigen Übergriffs die Klage vor: Er hatte Mord Ospakarson tätlich angegriffen und ihm eine schwere Verletzung zugefügt, die seinen Tod zur Folge hatte. (Diese Formulierung war bei Prozessen um Tötungsdelikte üblich.) Gizur verlangte, Eriks geamte Habe solle beschlagnahmt und zur Hälfte an ihn, zur Hälfte an jene anderen Leute der Gegend verteilt werden, die einen rechtmäßigen Anspruch darauf hatten. Ferner schlug er vor, daß man die große Ächtung gegen Erik beantrage, wie Ospakar Schwarzzahn sie ihm zudachte.
Asmund trug zugunsten Eriks vor, daß jener aus Notwehr gehandelt hatte und Ospakar und seine Männer zuerst angegriffen hatten. Dem wurde entgegengehalten, daß Eriks Gefährte Skallagrim, selbst bereits ein Friedloser, als erster Blut beim Kampf vergossen hätte.
Das stimmte und ließ sich nicht widerlegen; trotzdem entschieden die Gesetzessprecher, daß Erik, als er Mord Ospakarson tötete, dies in größter Bedrängnis zu seiner eigenen Verteidigung getan hatte. Deshalb wurde kein Blutgeld festgesetzt, und Eriks Besitz wurde

auch nicht beschlagnahmt. Er mußte jedoch die kleine Ächtung auf sich nehmen: drei Jahre Verbannung von Island.

Bei diesem in seinen Augen zu milden Urteil wurde Ospakar zornig, hatte er doch gehofft, Eriks ganzen Besitz zu bekommen und Hellauge für immer los zu sein. Seine Anhänger waren gut bewaffnet, und sie versammelten sich nun gegen Asmunds Männer, denen sie zahlenmäßig weit überlegen waren.

Das Allthing war üblicherweise eine Zeit des Friedens, aber hin und wieder brachen durchaus Kämpfe aus, und dann ergaben sich Klagen und Gegenklagen, Blutfehden und viele Todesfälle.

Erik dachte, daß es zu nichts führen würde, wenn viele ihr Leben ließen, und schlug statt dessen vor, daß zwei von Ospakars Männern zum Holmgang gegen ihn antreten sollten.

Ein solcher Zweikampf wurde gewöhnlich auf einer Insel oder einer markierten Fläche ausgetragen, und wer als erster die Flucht ergriff oder die Umgrenzung übertrat, hatte verloren. Doch niemals zuvor waren gleichzeitig zwei Männer einem einzigen im Holmgang gegenübergetreten.

Mit zwei Booten ruderten Erik und zwei von Ospakars Besten zu der Insel, die sich aus einem nahegelegenen Fluß erhob. Erik ging als erster an Land und blieb mit goldenem Helm und Brünne auf Weißfeuer gestützt stehen, um die beiden anderen zu erwarten.

Die zwei landeten und besprachen, wie sie Erik schlagen wollten; einer würde von vorne, der andere von hinten angreifen. Erik aber vernahm ihren Plan, als sie näherkamen, stürzte mit Gebrüll auf sie los und schwang Weißfeuer über seinem Kopf.

Mit einem so plötzlichen Angriff hatten sie nicht gerechnet und blieben fassungslos stehen. Eriks Augen funkelten wie die eines Berserkers, und sein Schwert blitzte todbringend. Schleunigst kletterten die Männer in ihr Boot und ruderten davon, während die Zuschauer sie vom Ufer aus niederbrüllten.

Als sie bei Ospakar waren, ohrfeigte Schwarzzahn die beiden und trieb sie aus seiner Gefolgschaft; sie wurden in dieser Gegend nie wieder gesehen, so groß war ihre Schmach.

Erik aber ruderte langsam zurück, und die Leute jubelten ihm zu.

Noch ehe er ans Ufer gelangte, waren Ospakar und seine Männer abgezogen. Sie wagten aus Scham nicht, ihm gegenüberzutreten.
Viele Männer drängten sich um Erik und schlugen ihm anerkennend auf die Schulter. »Gut gemacht, Erik«, riefen sie. »Ein Jammer, daß du nun geächtet bist, aber du wirst große Taten vollbringen und in drei Jahren als reicher und ehrenvoller Mann zurückkehren.«
»Gewiß, wirklich reich und ehrenvoll«, sagte Erik traurig, als er an Gudruda dachte. »Ich hätte lieber in Frieden weitergelebt und meinen Hof auf Kaltrücken versorgt. Doch das Schicksal schlägt den, den es treffen will.«
Das Allthing war vorüber. Erik, Asmund und dessen Männer sattelten die Pferde. Hellauge war niedergeschlagen, obgleich er sich ein gewisses Hochgefühl nicht versagte, daß er zwei starke Männer ohne Kampf in die Flucht geschlagen hatte.
Aber nun war er zum Friedlosen geworden, drei lange Jahre.
Scharf paßte Erik auf während ihres Ritts zurück nach Middalhof. Man unterhielt sich wenig. Der erwartete Ausgang des Rechtsstreits hatte Asmund dennoch schwer zugesetzt, und er sorgte sich um seine Tochter. Wie würde Gudruda die folgenden drei Jahre überstehen?
Erik machte sich ähnliche Gedanken. Zumindest hatte er Sorge getragen, daß seine Mutter Saevuna auf Middalhof leben konnte und für den Hof auf Kaltrücken einen Verwalter gefunden. Saevuna war alt und fast blind und konnte nicht nur in der Gesellschaft von Bediensteten leben.
Weißfeuer hing schwer an seinem Gürtel. Es hatte ihm schon zu den seltsamsten Dingen verholfen, dieses Schwert mit dem goldenen Griff und den Edelsteinen, die so blau waren wie die Augen von Schwanhild... Bei diesem Gedanken trieb Erik sein Pferd zu schärferer Gangart an und galoppierte um eine Biegung des Bergpfades.
Dort erwarteten ihn drei Männer hoch zu Roß und schrien, als sie ihn sahen: »Erik der Friedlose.« Dann preschten sie auf ihn los.

Erik glaubte, einige von Ospakars Leuten zu erkennen, doch Schwarzzahn hatte eine so große Gefolgschaft, daß das schwer mit Bestimmtheit zu sagen war. Sei's drum, wer sie auch waren, höchste Eile war geboten, sich den Weg in Sicherheit zu schlagen und Asmund und seine Leute nicht in den Tod zu führen.
Erik brüllte: »Drei gegen einen! Das ist wirklich ehrenvoll!«, schwang sich von seinem Pferd und löste mit einer schnellen Bewegung seinen Schild vom Rücken. Dann zog er Weißfeuer, duckte sich und wartete und lachte hinter seinem goldenen Bart.
Die drei Angreifer saßen ebenfalls ab; einer hatte einen Speer, einer eine Axt und der dritte zog sein Schwert. Dann rückten sie gegen Erik vor von rechts, von links und von hinten.
Der Speerkämpfer schleuderte seine Waffe; Weißfeuer traf sie im Flug und spaltete den Schaft mit einem Streich. Der Axtkämpfer, der sich seitlich angeschlichen hatte, traf Erik unter dem erhobenen Arm, doch die goldene Brünne hielt die Schneide ab. Der Schwertkämpfer hinter ihm holte aus; Erik drehte sich um, parierte die Klinge mit seinem Schild und schlug mit Weißfeuer zu.
Der Mann fiel wie ein Baum, gespalten bis zum Brustbein.
Der Speerkämpfer wich zurück, doch der Mann mit der Axt zog mit seiner Waffe erneut einen funkelnden, tödlichen Bogen.
Erik sah schier versteinert zu, wie die Axt durch die Luft schnitt und auf seine Schulter zielte. Im letzten Augenblick hob er den Schild und machte einen Ausfallschritt, um die fürchterliche Wucht des Hiebes zu mildern. Dann griff Erik an; Weißfeuer zischte vor und fraß sich in das Bein des Gegners.
Blutend stürzte der Mann zu Boden und schrie. Erik schlug ihm die Kehle durch. »Quälerei bringt keine Ehre«, sagte er. In diesem Augenblick ritten Asmund und seine Männer um die Biegung; der Priester sah Erik blutend sich aufs Schwert stützen; er brachte sein Pferd zum Stehen und sprang ab. »Erik«, stammelte er, »was...«
»Ich wurde von drei Schurken überfallen«, sagte Erik. »Ich bin

schließlich geächtet, auch wenn ich noch eine Gnadenfrist habe. Am besten verlasse ich Island so schnell wie möglich.«
Erst dann bemerkte Hellauge, daß er kaum den Arm heben konnte – eine seiner Rippen war zerschmettert –, und in seinem linken Ellbogen stechende Schmerzen wüteten. Erik atmete mühsam ein.
»Wir kommen zwar bald zum Middalhof«, sagte er, »aber ich muß mir etwas um die Brust schlingen, ehe wir weiterreiten.« Asmund wickelte Erik in seinen Mantel und band ihm den linken Ellbogen an den Körper. Zwei seiner Leute halfen dem Verletzten aufs Pferd; so ritt man nach Middalhof zurück. Und jeder Schritt des Pferdes verursachte neue Schmerzen, doch Erik war zu stolz, um auch nur einen Ton der Klage vernehmen zu lassen.
Als Gudruda ihn sah, lief sie zu ihm und wartete, daß er vom Pferd spränge. Als Erik steif und unter Schmerzen heruntergerutscht war, starrte sie ihn entsetzt an. In der Halle nahm sie ihm Brünne und Helm ab, und als sie die gräßlichen Prellungen sah, weinte Gudruda und führte ihn zur Sauna.
Dort streckte er sich aus, während sie ihm Bier reichte und Salben auftrug, die Groa vorrätig hatte. Erik traute ihnen nicht. Als Gudruda einmal wegsah, strich er sie auf die heißen Steine, und ein scheußlicher Gestank ging von ihnen aus.
Sie flüsterten sich viele liebevolle Worte zu, während Erik dalag und Gudruda ihn umsorgte. Bald wäre es damit vorbei...
Plötzlich kam Björn ins Badehaus gestürmt und sah Gudruda und Erik nackt zusammen. Er sah auch, wie übel Erik zugerichtet war und daß nichts Unschickliches vorging. Aber Björn ärgerte sich; er stürzte wieder hinaus – insgeheim froh, daß er seine Kleider vorher nicht abgelegt –, sonst hätte Erik vielleicht die Wunde gesehen, die er von dessen Hand empfangen hatte, und berichtete seinem Vater, was er beobachtet hatte. Asmund gab ihm eine knappe Antwort: Erik verdiene diese glücklichen Augenblicke, ehe er in die Verbannung müsse. Und so fiel kein weiteres Wort über die Angelegenheit.

XXI

Eriks erster Kampf auf Wikingerfahrt

Hellauge verweilte noch einige Zeit auf Middalhof, denn der Sommer war herrlich, und er empfand keinerlei Wunsch, Gudruda zu verlassen und in See zu stechen. Asmund bat ihn zu bleiben, bis die Ernte eingebracht wäre, denn dann würde er Eriks Base Unna heiraten. Gudruda aber widersprach: Erik müsse drei Jahre in die Verbannung, und je eher er sie antrat, um so eher wären sie zu Ende. Und wenn er noch länger säumte, wäre sein Leben verwirkt.

Eines Abends saßen Erik und Gudruda noch spät im Frauengemach beisammen, während alle anderen sich in der großen Halle befanden. Asmund ließ es zu, denn er mochte Erik gerne und wußte, daß seine Tochter ihn liebte. Gudruda streichelte gerade Eriks Locken. »Wie lang dein Haar geworden ist«, sagte sie, »bei deinem unsteten Leben bist du nie lange genug irgendwo zu Hause, daß eine Frau es schneiden könnte.«

»Es ist wirklich lang geworden«, sagte Erik und schüttelte das schulterlange Haar.

»Wenn du auf See bist – und ich wünschte, du müßtest nicht – wird der Wind es zerzausen, die Sonne wird es austrocknen, und das Salz wird es verkrusten. Laß es mich abschneiden.«

»Mir soll es recht sein«, sagte Erik. Und so taten sie es. Die goldene Mähne wurde abgeschnitten.

Gudruda saß da und hielt eine Locke in der Hand, drehte sie in ihren Fingern und band ein Ende Garn darum. »Versprich's mir, Erik«, murmelte sie.

»Was soll es sein?«

»Daß niemand dir das Haar schneidet, bis wir uns wiedersehen.«

»Mit Freuden«, sagte Erik. »Ich schwöre es.« Gudruda küßte ihn, und sie dachten für den Rest der Nacht nicht mehr daran.
Ob Erik wollte oder nicht, Island mußte er nun bald verlassen, und Asmund stellte ihm sein bestes Drachenschiff zur Verfügung. »Ich selber brauche es nicht mehr«, sagte er, »aber du hast das Leben noch vor dir.«
Eriks Blicke ruhten auf dem schlanken, schwarzen Rumpf. Er hatte zugesehen, wie man das Schiff aus dem Bootshaus zog und zu Wasser ließ, wo es plötzlich lebendig zu werden schien. Nun schaukelte es in den Wellen und wartete darauf davonzusegeln.
Björn stand am Strand und spie auf die Steine. »Mußtest du ihm das gute Schiff geben, Vater? Ich hatte selbst darauf gehofft.«
Asmund schaute seinen Sohn an. »Du könntest es wohl kaum gebrauchen, nichtsnutziger Bursche! Wie du es jemals geschafft hast, dich verwunden zu lassen, wird mir ewig ein Rätsel bleiben. Erik ist ein Held; außerdem wird er deine Schwester heiraten, wenn er zurückkommt.«
Björn spuckte wieder aus und wandte den Blick zur Seite. »Erik hat keine Erfahrung zur See. Aber es stimmt schon, was du sagst: Er ist fast schon ein Mitglied unserer Familie. Ich sollte ihm einen meiner Männer als Gefährten mitgeben; Hall von Lithdal hat viele Reisen unternommen und kennt die Felsen und Untiefen wie kein zweiter.«
Sein Vater schlug ihm anerkennend auf den Rücken. »Wohl getan, mein Sohn«, sagte er. Aber Björn grinste insgeheim.
In den folgenden Tagen stellte Erik die übrige Mannschaft zusammen.
Von nahegelegenen Gehöften kamen junge Männer, denn Eriks Ruhm hatte sich herumgesprochen, und viele wollten gerne mit einem solchen Helden auf Wikingerfahrt ihr Glück machen. Außer Skallagrim heuerte Erik Hall von Lithdal, Leif Ljotson, Thogeir Thorgeirrson, Geir Njalson, Gizur den Kurzsichtigen, Eyjolf Schafdieb, Hjort Svartson, Hamund den Hastigen und vierzig weitere an, so daß die Schiffsbesatzung fünfzig Köpfe zählte.
Dann taufte er das Schiff um. Asmund hatte es *Seebär* genannt,

aber jetzt schien es angemessener, es *Gudruda* zu taufen, um der Frau willen, die er liebte und um deretwillen er geächtet worden war.
Asmund war damit einverstanden; schließlich war Gudruda auch der Name seiner verstorbenen Ehefrau. Also ward alles für Eriks Aufbruch vorbereitet, und am letzten Abend wurde auf Middalhof ein großes Festmahl angerichtet. Inzwischen hatte Erik seine Mutter Saevuna und seine Base von Kaltrücken zu Asmund gebracht und des Priesters Obhut anvertraut. Die Besatzung der *Gudruda*, Asmunds Männer und sein Sohn Björn saßen bis spät in die Nacht und tranken. Skallagrim kam erst, nachdem die Dunkelheit hereingebrochen war; nach seinem Aufenthalt in den Bergen sah der Berserker wild und verkommen aus. Er wollte Erik nicht alleine fahren lassen; doch keiner wollte in seiner Nähe sitzen, nicht nur aus Furcht vor Ungeziefer, sondern weil man seinen Jähzorn kannte.
Erik sagte Saevuna Lebewohl, die aus blinden Augen bitter weinte.
»Sohn«, sagte sie, »ich werde in diesem Leben nicht mehr mit dir sprechen. Das weiß ich gewiß.«
»Sag das nicht, Mutter«, widersprach Erik und küßte ihre runzligen Augenlider. Etliche aus seiner Mannschaft stießen einander mit Ellbogen und verspotteten ihn heimlich als Weichling und weibisch. Doch als Erik sich mit blitzenden Augen den Lästerzungen näherte, verstummten sie. »Du wirst hier sicher und behaglich leben, Mutter. Gudruda wird sich um dich kümmern, als wäre sie deine eigene Tochter. Und Unna wird bald Herrin dieses Hauses.«
»Und was ist mit Groa?« flüsterte Saevuna, aber Erik hörte es nicht, denn Skallagrim schlurfte gerade in den hinteren Teil der Halle und Erik wollte nicht, daß er einen Streit anzettelte. Er brüllte:
»Bald werden wir auf See sein, Lämmerschwanz, wo es nur bitteres Bier zu trinken gibt. Und mir soll es recht sein, wenn Ranns Tochter dir Salz zu trinken gibt. Ich trage keine Schuld daran!« sagte Erik und nahm Skallagrim das Horn weg. Der Berserker

wollte es sich wieder holen, doch Erik zerrte ihn am Kragen seiner Jacke hoch und schüttelte ihn wie der Hund eine Ratte. Skallagrim wackelte der Kopf, und er verdrehte die Augen, so daß Hellauge ihn wieder vorsichtig auf eine Bank gleiten ließ. »Du widersprichst mir, Lämmerschwanz?« murmelte er. »Denk daran, daß wir morgen auslaufen. Ob mit dir oder ohne dich. Sieh zu, daß du es schaffst dabeizusein.«

Skallagrim blieb mürrisch und vor leerem Horn sitzen; schließlich waren alle betrunken oder aus der Halle gegangen, so daß die Nachtruhe auf Middalhof einkehren konnte.

Am nächsten Morgen standen alle früh auf, um Erik Lebewohl zu sagen.

Gudruda half ihm unterdessen, die Brünne anzulegen und schnallte ihm den Schild auf den Rücken. »Solche Hast ist nicht vonnöten«, sagte Erik, »es ist noch Zeit... wir könnten...«

Gudruda wich zurück. »Nein! Du gehst in die Verbannung und würdest mich das Kind eines Friedlosen austragen lassen? Wer würde mich dann jemals heiraten?« Doch schon war ihre Beherrschung dahin, und sie zog Erik an sich. »Vielleicht kommst du niemals wieder, was soll ich dann tun, wie könnte ich weiterleben, wie jemals einen anderen heiraten als dich?«

Erik streichelte ihr goldenes Haar. »Ich werde zu dir zurückkehren, Gudruda, ganz gleichgültig, was geschieht, ich werde wiederkommen.«

Sie klammerte sich schluchzend an ihn. »Vergiß nicht«, sagte Gudruda, »du hast es mir geschworen...«, sie schluckte schwer, »dir niemals die Haare schneiden zu lassen, es sei denn später durch meine Hand.«

»Sonst magst du Schwarzzahn heiraten, und alle Gelübde sind hinfällig«, bekräftigte Erik.

Gudruda erstarrte und wich zurück. »Diesem Ungeheuer würdest du mich überlassen?«

»Nein, so habe ich es nicht gemeint...« Erik wollte sie wieder an sich ziehen, aber inzwischen hatten sich andere Mitglieder des Hauses in der Halle eingefunden, und so küßte er seine Liebste

zum Abschied und noch einmal am Strand, wo das Drachenschiff im seichten Wasser schaukelte.
Erik warf einen letzten Blick auf Island. Die Berge ragten majestätisch zum Himmel empor, die Wasserfälle schäumten weiß, die Sonne schien auf bestelltes Land, Rauchfahnen stiegen aus Kaminen auf –, er hob das Kinn, straffte die Schultern und rief mit einer Handbewegung seine Mannschaft.
Skallagrim trug Erik durchs flache Wasser, daß er trockenen Fußes das Schiff betreten konnte, und dann ruderten sie, bis man günstigeren Wind bekam.
Island lag grün und lieblich in der Ferne. Sie schauten nur einmal zurück und steuerten dann auf die aufragenden Felsen der Westmänner-Inseln zu.
Die *Gudruda* tanzte auf und ab, als man die Inseln umfuhr. Hall von Lithdahl hielt das Steuer. Er war ein erfahrener Seemann, und Erik freute die freundliche Geste Björns, ihn mitzuschicken. Leif Ljotson und Thorgeir Thorgeirrson wachten achtern, beobachteten die See und unterhielten sich dabei. Es waren zwei Burschen von Nachbarhöfen, auf Middalhof und Kaltrücken wohl bekannt: ihre älteren Brüder waren vor einigen Jahren in einem unerklärlichen Sturm umgekommen, und obwohl Leif und Thorgeir keine Schätze brauchten, hatten die Fahrten der Brüder die Lust am Abenteuer in ihnen geweckt.
Gizur der Kurzsichtige wickelte gerade ein Seil auf und beugte sich dabei weit hinunter; in der wirklichen Welt konnte er schlecht sehen, aber man flüsterte, er besäße das zweite Gesicht. Seine blauen Augen quollen eigentümlich aus den Höhlen.
Hamund der Hastige schnürte ein loses Schuhband, das er vergessen hatte und grinste. Eyjolf Schafdieb warf kummervolle Blicke in die Richtung, wo Island lag. Die restliche Mannschaft trotzte mit blanken Zähnen Wind und Sonne.
Sie umfuhren die Westmänner-Inseln und erblickten plötzlich weit heraus Drachenschiffe. »Ho, Erik!« rief Hamund. »Wikinger!«
»Nein, Ospakars Leute«, rief Erik zurück. Er kannte die Raben-

segel nur allzu gut; und das andere Schiff, das neben ihm fuhr, gehörte zweifellos auch Ospakar.

Die beiden Drachenschiffe nahmen Kurs auf die *Gudruda.* »Was jetzt?« wollte Hall von Lithdal wissen. Die Männer ließen ihre Ruder ruhen.

»Segel runter und rudern, Männer, rudern«, brüllte Erik. »Greift sie an, ehe sie uns angreifen!«

Mit Wind und Strömung schoß die *Gudruda* schneller dahin als der *Rabe.* Schwarzzahns Schiffe waren miteinander durch ein Tau verbunden, und Erik steuerte die *Gudruda* dazwischen. Als das Tau sich spannte, sprang er zum Drachenbug seines Schiffes und kappte es. Dann warf man auf der *Gudruda* die Enterhaken aus und stürmte auf den *Raben.* Mit Pfeilen, Steinschleudern und Speeren begann der Kampf auf beiden Seiten. Geir Njalson, einer von Eriks Leuten, wurde als erster verletzt. Im Eifer des Gefechts trampelten die Männer über ihn hinweg.

Die ganze Zeit über hielt niemand das Ruder, und die Schiffe trieben mit der Strömung auf die Westmänner-Inseln zu. Der *Rabe* lief auf Fels. Eriks Männer spürten den Aufprall, sprangen aufs eigene Schiff zurück und machten es los. Ospakars Schiff schlug leck und barst; schnell sprang die Besatzung über Bord ins seichte Wasser und schwamm unter höhnischen Zurufen an Land. Eriks Männer konnten sie nicht verfolgen, doch es blieb das andere Schiff. Als man dort sah, was geschehen war, machte man sich schleunigst auf und davon. Eriks Leute waren sehr erschöpft; auf der *Gudruda* lagen viele Tote – Ospakars Männer darunter – und viel zu viele aus den eigenen Reihen. Geir Njalson lag auf den Planken und hielt seinen Bauch umklammert. Sein Gesicht war grünlich-weiß, und seine Finger waren rot.

»Ein großartiges Gefecht«, sagte er, und von seinen Lippen schäumte Blut. »Ich hoffe, ich habe ein paar mitgenommen.« Er hustete; die Erschütterung des Hustenkrampfs trieb ihm die Eingeweide aus dem Leib, und er verlor die Besinnung. Erik stand über ihm. »Er hat es schon hinter sich. Leb wohl, Krieger! Auf daß wir uns in Walhalla wiedersehen.«

Nachdem das Deck von den Toten geräumt war, kam Wind auf, und die Dunkelheit zog sich auf offener See zu einem Unwetter zusammen. Die Männer der *Gudruda* waren so erschöpft, daß sie kaum noch etwas halten konnten, aber Erik bestand darauf, das Segel zu hissen.

Hall von Lithdal murrte, daß dieser Befehl Unsinn wäre, denn das Unwetter würde sie alle umbringen. Und tatsächlich donnerten schwarze Brecher über Bord, und ein schneidender Wind pfiff durch das Segel. Doch vor ihnen, kaum deutlich auszumachen, zog der Feind dahin, und Erik brüllte, ihn einzuholen.

Die Nacht brach herein, und der Seegang wurde immer heftiger; endlich hatte man es eingeholt, und die *Gudruda* ging längsseits. Dann wurden die Enterhaken ausgeworfen.

Die See tobte. Es war ein rasendes Gefecht. Die Männer kämpften sich von einem Schiff zum anderen. Und wie's der Zufall wollte, waren Skallagrim und Erik die letzten der *Gudruda*, die sich noch lebend auf dem gegnerischen Schiff befanden, als die Wogen plötzlich schier in den Himmel wuchsen und Hall von Lithdal vor Angst das Verbindungstau kappte.

Sogleich wurden die beiden Schiffe auseinandergetrieben, und die *Gudruda* raste vor dem Wind dahin. Erik und Skallagrim aber stellten sich der gegnerischen Übermacht, wurden schließlich überwältigt. Sie ließen sich binden, und man versprach, ihnen kein Haar zu krümmen, nahm ihnen alle Waffen ab und brachte sie unters Vorderdeck. Man gab ihnen zu essen und widerwillig auch zu trinken.

XXII

Wie Schwanhild nach Hoy fuhr

Während dieses mit Erik geschah, lebte Schwanhild ruhig und ahnungslos auf Straumey. Sie versuchte, nicht an ihre Liebe und ihr früheres Zuhause zu denken, und beschäftigte sich damit, die Führung ihres Hauses zu erlernen. Nun, da sie sich Augas Respekt erzwungen hatte, kamen die Frauen recht gut miteinander aus, zumindest nach außen hin. Schwanhild wußte, daß Auga sie bei jeder sich bietenden Gelegenheit hintergehen würde; doch nur ein einziges Mal erwischte sie Auga bei Kräuterzauberei, die gegen Atli gerichtet war.

Schwanhild hatte es sich zur Gewohnheit gemacht, Atlis Speisen und Getränke vorzukosten, »um zu prüfen, ob es ihm schmecken würde«, wie sie erklärte. In Wirklichkeit überprüfte sie, ob Auga kein Gift beimischte. An einem heißen Sommernachmittag nahm sie einen Löffel von Atlis Teller mit Eintopf und fand, daß er bitter schmeckte. Sie sagte nichts, vertauschte aber ihren Teller mit dem seinen und ging in die Küche. Auga, über den Herd gebeugt, drehte sich um und sah die junge Herrin. Ihr Gesicht, von der Hitze in der Küche hochgerötet, wurde kreideweiß.

Schwanhild trat zu der älteren Frau und ohrfeigte sie. »Ich befahl dir doch, deine Finger aus den Hexentöpfen zu lassen! Das also hast du meinem Mann geben wollen?« zischte sie und kippte Auga den Teller über den Kopf. Die Haushälterin blieb reglos stehen, während ihr die Soße über Gesicht und Kleidung lief.

»Es bedarf mehr als deiner Kräuter, Atli seiner Männlichkeit zu berauben.« Schwanhilds Stimme war nun leise und ausdruckslos. »Ich weiß, du neidest mir, was du willst und nicht bekommen kannst. Versuch es noch einmal, und ich stelle dich als Hexe bloß!« Mit diesen Worten schritt Schwanhild aus der Küche.

Sie kehrte in die Halle zurück und sagte fröhlich: »Das Essen ist wahrscheinlich angebrannt, Herr. Du mußt den bitteren Teil bekommen haben. Ich muß mich wirklich um alles kümmern.«
Atli betrachtete seine junge Frau voller Bewunderung. So jung und schon so kundig in der Küche und den häuslichen Dingen! Er trug Hemden, die Schwanhild gestickt hatte, und ihre Schlafkammer war hübsch und sauber. Sie waren aus dem Alkovenbett in der Halle auf Schwanhilds Bitten hin ausgezogen (sie sagte, ihr gefiele das Schnarchen der Männer auf den Bänken nicht und zöge die Abgeschiedenheit vor, wenn sie mit ihrem Herrn zu Bett gehe). Und Atli versuchte in dieser Sache wie in allen anderen Dingen, ihr zu gefallen.
Tatsächlich schien es in jüngster Zeit, als hätte sie ihm seine Jugend zurückgegeben. Schwanhild war wirklich eine kleine Hexe! Besäßen nur mehr Frauen solche Hexenkraft! Ihre Tage waren erfüllt von Sonnenschein und häuslichen Aufgaben und nicht von finsteren Machenschaften bei Nacht, wie Asmund ihm zugeflüstert hatte. Vielleicht hatte der Freund sich geschämt, sein uneheliches Kind neben seiner Tochter aufwachsen zu lassen. Schwanhild war soviel anmutiger als diese stramme, blonde Gudruda.
Schwanhild bemerkte Atlis liebevollen Blick und legte ihre zierliche, weiße Hand auf seinen Arm. »Mann«, sagte sie, »ich kenne die Küsten und Blumen von Straumey inzwischen gut, doch es gibt noch andere, größere Orkney-Inseln, und manche bieten einen eigentümlichen Anblick. Würdest du mich nicht ein wenig herumführen und mir auch diese zeigen, ehe die Herbststürme einsetzen?«
Tatsächlich hatte Schwanhild die kleine Insel gut kennengelernt, zu Fuß nach Kräutern abgesucht, die sie gebrauchen konnte, und auch einige Zeit bei den Steinhaufen zugebracht.
Dort herrschte nicht mehr viel Magie. Das Flüstern der Steine war schwach; sie verrieten ihr erst auf energisches Geheiß, daß Schwanhild Wissen beim Schattenstein auf Hoy oder in Maeshowe suchen könne. Hier lagen nur die einfachen Gräber armer Leute, die man mit ihren Nachbarn und Altvorderen zusammengelegt

hatte. Und in Schwanhild erwuchs ein großes Verlangen, die anderen Inseln zu besuchen.
»Die Wasser der Pentland-Förde sind trügerisch«, sagte Atli. »Es wäre klug, frühzeitig vor dem schlechten Wetter aufzubrechen. Ich habe einen alten Fahrensmann, Ingjald den Plünderer, der einen Hof bei Whaness auf der Insel Hoy betreibt. Dort können wir eine Weile bleiben. Er wird sich freuen, mich wiederzusehen und meine Frau kennenzulernen. Hoy ist viel größer als unsere kleine Insel Straumey. Es würde dir gefallen, meine alten Freunde kennenzulernen.«
Atli erteilte den Befehl, die *Wölfin* reisebereit zu machen, und sie schmiedeten Pläne für ihren Aufbruch. Ehe sie das Haus verließen, rief Schwanhild Auga in die große Halle. »Mein Gemahl Atli und ich werden eine Zeitlang fortbleiben«, sagte sie. »Während unserer Abwesenheit wirst du das Haus wie gewöhnlich führen.« Sie nestelte an ihrem Gürtel, um die Schlüssel zu lösen, bis Auga die Hand ausstreckte. Schwanhild lächelte und ließ sich viel Zeit, den Ring abzunehmen; und ehe sie ihn übergab, zog sie den Schlüssel zu ihrer Truhe herunter. In Augas Augen flackerte reiner Haß, doch sie nickte und sagte: »Danke, Herrin.«
»Sie ist eine hervorragende Haushälterin«, bemerkte Schwanhild so laut, daß Auga es hören konnte, als sie den Raum verließ. »Ich selbst hätte kaum eine bessere wählen können. Deine erste Frau muß eine kluge Frau gewesen sein.« *Und eine gutgläubige Närrin.*
Atli nickte. »Hildigunn war sehr klug«, sagte er und ergriff die Hand seiner Frau. »Machen wir uns fertig zur Abfahrt.«
Am nächsten Morgen brachen sie auf; die *Wölfin* jagte auf die unruhige See der Pentland-Förde zu. Schwanhild hatte nichts Hexisches mitgenommen – diese Dinge hielt sie sicher in ihrer Truhe verschlossen. Sorgenvoll blickte sie auf die unruhige See, aber Atli war ein kundiger Seefahrer. Er und seine Männer wußten, wo gefährliche Felsen lauerten, wo heimtückische Strömungen verliefen, die die Schiffe in den Untergang trieben. Schwanhilds Macht über das Meer brauchte nicht beschworen zu werden.

Es war auch gut so. Die Sonne strahlte hell, die Luft war warm und Schwanhild wurde nach der langen Reise von Island nicht mehr seekrank. Sie träumte vor sich hin und war fast glücklich.
Die *Wölfin* passierte die kleine Insel Süd-Ronaldsay; sie war so flach und grün wie Straumey, aber an der Westküste befanden sich viele Untiefen; eine einzige Schäre erhob sich aus den Fluten. Atli trat neben Schwanhild und deutete darauf: »Die Einheimischen nennen sie die Seehundschäre«, erklärte er, »wegen der grauen Seehunde, die sich hier in der Sonne aalen. Auf Orkney herrscht der Aberglaube, daß manche Seehunde sich in Menschen verwandeln und an Land kommen, um Frauen zu verführen.«
»Wie eigentümlich«, murmelte Schwanhild. Sie gähnte und wandte die Augen ab. Sie fühlte sich so ruhig. Schwanhild überlegte, ob sie möglicherweise schwanger war. Dann betrachtete sie Atli in seinen feinen Gewändern, das Segel, das sich in Gold und Scharlachrot über ihnen blähte, das funkelnde blaue Wasser und dachte, daß das Leben schön war – zumindest im Augenblick.
An diesem Abend liefen sie die Insel Süd-Walls an, um über Nacht zu bleiben. Um diese Jahreszeit war es ziemlich lange hell, aber warum, so meinte Atli, sollten sie sich mit einer langen Reise ermüden, wenn zwei kürzere angenehmer waren? Die Wasser im Sund waren lebhaft und tückisch. Frisch ausgeruht, waren sie besser zu bewältigen.
Am Ufer richteten die Männer Zeltgerüste auf, spannten Leinen und zurrten die Tücher fest. Atli und Schwanhild hatten ihr eigenes Zelt, in dem man das Reisebett aufgeschlagen hatte. Die Federmatratze war erstaunlich bequem, dachte Schwanhild schläfrig nach einem ausgiebigen Essen. Sie, die niemals hatte viel schlafen können, nickte in letzter Zeit mühelos ein. Sie träumte selten. Wenn sie wach war, fiel es ihr überraschend leicht, keinem düsteren Gedanken nachzuhängen, insbesondere, wenn sie sich auf unbedeutende, praktische Dinge konzentrierte. Schwanhild hatte sich gewandelt, seit sie Ehefrau geworden war.

XXIII

Was Schwanhild dem Schattenstein entlocken konnte

Bei Whaness segelte die *Wölfin* nahe ans Ufer. Dort stand vor noch höheren Bergen, als es sie auf Straumey oder Süd-Walls gab, ein Bauernhaus. Hoy war eine große Insel. Als sie an ihrer zerklüfteten Küste entlangfuhren, sah Schwanhild, wie das Land anstieg. Trotzdem war es mit den Bergen Islands nicht zu vergleichen.

Sie verdrängte den Gedanken an die Heimat und betrachtete die Landschaft. Diese Insel hatte irgend etwas ... ein Mann rief ihnen vom Ufer aus zu: »He da, wer seid ihr auf dem Schiff!« Er hob einen Bogen und wartete.

»Es ist die *Wölfin* mit dem Grafen Atli an Bord!« war die Antwort des Rudergängers. In jenen Tagen war nicht jeder Reisende ein Freund. Der Mann winkte und eilte mit der Nachricht zum Haus.

Die *Wölfin* hielt aufs Ufer zu. Bis sie festgemacht hatte, waren ein älterer Mann und eine Frau zum Strand heruntergekommen. Atli sprang mit der Kraft eines jungen Mannes an Land. »Ingjald!«

»Atli!« Die beiden Männer umfaßten einander bei den Unterarmen. »Wie ist es dir ergangen?« fragte ein jeder fast gleichzeitig.

Atli lachte. »Jahre ist's her, viel zu lange, seit ich alte Freunde besuchte. Rannveig, du siehst gut aus!« Letztere Worte galten der grauhaarigen Frau, die neben Ingjald stand.

Sie lächelte. »Nicht ganz so frisch wie du, Atli«, antwortete sie. »Wer ist das? Ich wußte nicht, daß du eine Tochter hast!«

Atli lachte. »Keine Tochter, das ist meine Ehefrau. Ingjald der Plünderer, Rannveig die Tiefsinnige, das ist Schwanhild, die ich im Frühjahr auf Island heiratete.«

Die beiden älteren Leute schauten verwundert erst die junge Frau, dann wieder Atli an. Rannveig trat vor. »Willkommen, meine Liebe«, sagte sie. »Unser Haus ist das eure. Hattet ihr eine anstrengende Reise?«

Schwanhild schüttelte den Kopf. »Nicht sehr. Weit angenehmer als die von Island.« Da, sie hatte den Namen ausgesprochen, und es gab ihr keinen Stich ins Herz. Rannveig geleitete sie Arm in Arm zum Haus hinauf. Die beiden Männer hinter ihnen schlugen sich gegenseitig auf den Rücken, lachten und unterhielten sich lautstark.

Rannveig lächelte. »Wie ein Hauch aus der Vergangenheit – als Ingjald jung war«, sagte sie. »Ich kann mich noch gut erinnern: Vor unserer Hochzeit und auch noch ein paarmal danach zogen er und Atli auf Wikingerfahrt und kamen dann im Herbst mit Schätzen und mit immer neuen Narben zurück. Damals dachte ich schon, ich würde Witwe, ehe ich Ehefrau wäre, oder später, daß ich unsere Kinder allein großziehen müßte. Schließlich handelte er sich eine Verletzung ein, durch die er seßhaft wurde. Es dauerte lange, bis er genas, und es brachte ihn um sein jugendliches Gemüt. Aber ich war froh, ihn sicher an Land zu haben.« Sie schaute zurück. »Ich gebe allerdings zu, daß es wohltut, das alte Feuer wiederzusehen.«

Schwanhild drehte sich ebenfalls um. Beide Männer waren weißhaarig, aber Ingjald hinkte beim Gehen – sein rechtes Knie war steif –, und sein Gesicht viel blasser und viel faltiger als das von Atli, der wie ein junger Mann ausschritt. »Das Alter muß nicht schwer auf einem Menschen lasten«, sagte sie, »wenn man es nicht will.«

»Oder wenn das Schicksal es einem so bestimmt.« Rannveig wurde schweigsam. Sie gelangten zur großen Halle. Sie war prachtvoll, größer als auf Straumey und mehr Nebengebäude scharten sich um das Wohnhaus. Bedienstete und Bauern gingen geschäftig umher; sie wußten, daß sie hochgestellten Besuch hatten und ein Festmahl vorzubereiten war. Rannveig erteilte ein paar Befehle, wenngleich nur wenige, denn ihre Leute kannten ihre Wünsche. »Wir können ausruhen und baden und heute abend erzählen«, sagte sie. »Du mußt müde sein, und die Männer werden sich die Neuigkeiten von Jahren zu berichten haben. Morgen werde ich dir ein paar Besonderheiten unserer Insel zeigen können. Atli auch, falls er möchte, aber er kennt die Insel noch gut von früher.«

»Ich bin noch niemals hier gewesen«, sagte Schwanhild. »Ich würde mir sehr gerne die Gegend ansehen.« Sie mochte diese Frau. Sie fühlte sich in ihrem Haus gut aufgenommen. Diese Menschen waren Atlis wirkliche Freunde und damit auch die ihren.

Nach dem Essen saßen sie in der Halle, die Frauen so nahe wie möglich an den Öllampen, denn Rannveig war mit Nähen beschäftigt; die Männer hockten noch an den Tischen und tranken. In der Mitte des Raumes flackerte ein niedriges Feuer, eher um des Lichtes und des hübschen Anblicks willen als der Wärme wegen. Von Zeit zu Zeit füllte Rannveig oder eines der nähenden Mädchen die Hörner der Männer auf.

»Es ist tatsächlich Jahre her, daß wir gemeinsam ausgefahren sind«, sagte Ingjald. »Ich erinnere mich noch an das erste Mal, als wir nach Norwegen und Finnmark segelten. Während du in den Wäldern warst, hat der junge Prinz Eirik Asmund gezwungen, ihn auf Wikingerfahrt zu nehmen – ach, das war eine verwünschte Reise!«

»Das habe ich gehört«, sagte Atli ruhig. »Aber ich habe Asmund keinen Vorwurf daraus gemacht; er hatte kaum eine andere Wahl. Sich einem Prinzen in dessen eigenem Land entgegenzustellen, ist eine kühne Tat.«

»Und jetzt ist Eirik König und genauso blutrünstig, wie wir das immer vermutet hatten.« Ingjald schüttelte den Kopf und trank. Rannveig füllte sein Horn auf. »Und mit Gunnhild der Hexe verheiratet.«

»Das habe ich gehört.« Atli vertiefte dieses Thema nicht weiter. Er wußte, daß Schwanhild sie hören konnte, und wollte nicht, daß aus Unwissenheit harte Worte gesagt wurden.

»Sie werden ihn noch aus Norwegen verjagen, denk an meine

Worte, und ich hoffe nur, daß er nicht über die Orkneys hinwegfegt, wenn es soweit ist.«

»Die Zeit wird es weisen«, sagte Atli. »Starke Männer werden sich ihm entgegenstellen.«

»Können sie es mit einem ganzen Heer aufnehmen?«

Atli zuckte die Schultern und trank. »Vielleicht kommt es nicht soweit.« Die Männer verstummten, starrten ins Feuer, und jeder hing seinen eigenen Gedanken nach.

Die Frauen unterhielten sich leise. »Ingjald und ich bekamen zehn Kinder«, berichtete Rannveig. »Sieben von ihnen wurden alt genug, um zu heiraten – vier Söhne und drei Töchter. Sie leben hier ganz in der Nähe. Ich werde sie morgen bitten, euch kennenzulernen. Sie sind eher in deinem Alter«, sagte sie und schüttelte den grauen Kopf, »als wir Tattergreise.« Dann schaute sie hoch. »Oh! Ich wollte nicht kränkend sein – mit Tattergreis habe ich nicht Atli gemeint –, die Jahre haben ihm weniger geschadet als Ingjald. Aber du könntest unsere Enkel kennenlernen...« Rannveig wurde nachdenklich. »Fünfzehn sind es, die heute noch am Leben sind. So viele sterben bei der Geburt oder im Laufe ihres ersten Winters... die armen Kleinen. Ich habe um meine drei auch getrauert.«

»Es kann sein«, berichtete Schwanhild, daß Atli und ich zu gegebener Zeit auch ein Kind bekommen.« Sie senkte den Blick. »Aber es ist noch zu früh, als daß ich es sagen könnte.«

Rannveig klatschte in die Hände. »Oh, ich hoffe, es wird ein Sohn! Wir werden ihm ein prachtvolles Patengeschenk geben. Und dir – hier, komm in die Küche. Ich habe Kräuter, die dich kräftigen, laß dir einen Aufguß brühen.«

Schwanhild ließ sich aus der Halle ziehen. Bei ihren Kenntnissen von Kräutern..., aber diese Frau war auf eine Weise mütterlich, wie Schwanhild es niemals erfahren hatte.

Am nächsten Morgen erteilte Rannveig Befehl, man möge die beiden besten Pferde satteln, eines für sie und das zahmste für Schwanhild. Sie wollte ihr etwas von der Gegend zeigen. Es war ein schöner, warmer Tag. Zur Sicherheit hieß Rannveig einen be-

waffneten Mann sie begleiten – nicht daß hier so nahe bei ihrem Zuhause irgendeine Gefahr gedroht hätte, aber wer weniger riskiert, hat weniger zu bedauern. Zwei Frauen alleine, zwei vornehme Damen gar, mochten für einen Wegelagerer ein verlockendes Ziel darstellen.
Zunächst ritten sie zu dem hoch aufragenden Steinwall, der sich nicht weit vom Gehöft ein Stück am Strand entlang befand. Er war riesig und kreisrund, wie eine hohe Mauer. »Wir wissen nicht, wozu er erbaut wurde«, erklärte Rannveig. »Er sieht wie eine Festung aus. Doch er war bereits alt, als unsere ersten Leute an diesem Ufer landeten. Manche glauben, er wäre verwunschen.«
Schwanhild betrachtete den Wall und erschauderte, obwohl es in der Sonne warm war. Sie ritten dann an einem kleinen Bach entlang. Das Land stieg hier nicht steil an, und der Wasserlauf zog sich durch saftige Wiesen ins Meer. Schwanhild fragte, wohin sie denn ritten. »Zum Schattenstein«, sagte Rannveig. »Es ist ein seltsamer Ort, wie du bald sehen wirst.«
»Dort spukt es«, sagte der Mann, der mit ihnen ritt. »Es werden finstere Geschichten darüber erzählt.«
»Ach du, erzähl sie doch deinen Kindern am Winterfeuer«, schalt Rannveig. »Außerdem bist du bewaffnet. Du reitest mit, um uns Frauen zu beschützen. Nun sag nicht, du hättest Angst!«
»Ich sagte nur, daß man sich schlimme Geschichten darüber erzählt«, erklärte der Mann und reckte sich im Sattel. »Ich habe nicht gesagt, daß ich daran glauben würde.« Sein Gesicht lief rot an.
Und schon sah Schwanhild, wovon sie sprachen: Vor einer Felswand ruhte ein riesiger, roter Sandsteinblock. Als sie näher heranritten, bemerkte sie, daß er quer lag. Die ihnen zugewandte Spitze war in den Boden gesenkt, so daß sie nur noch etwa eine Elle aus dem Gras ragte. Doch die andere Seite zur Felswand hin ragte weit über Schwanhilds Kopf hinaus. Sie stieg ab und trat fasziniert näher. Eine rechteckige, in den Stein gehauene Öffnung war zu sehen; davor ein Findling, der sie vielleicht einmal versperrt hatte... Das wollte sie sich näher ansehen.

Schwanhild – die Stimme klang tief und alt.
Sie trat näher. Rannveig ließ sich von ihrem Pferd gleiten und packte Schwanhild am Arm. »NEIN!« schrie sie. Wie in Trance blieb Schwanhild stehen. »NEIN – nicht, wenn du möglicherweise – ich wage es hier nicht zu sagen, aber du *weißt* es... komm zurück, Schwanhild!«
Schwanhild hörte sie kaum. Vor ihr ragte rot und geheimnisvoll der Stein in die Höhe; die Öffnung führte zu düsteren, schrecklichen Dingen, dessen war sie sich sicher. Schwanhild versuchte noch einen Schritt nach vorne zu tun; und wieder rief sie die Stimme...
»NEIN, SCHWANHILD!« Rannveigs Ruf zerstörte den Zauber. Sie drehte sich um, als wäre sie gerade erwacht und schaute die ältere Frau an. Wer war sie? Was machte sie auf dieser Insel? Eine Wolke verdüsterte die Sonne. Sie schauderte. Der Schattenstein, tatsächlich.
»Wir sollten nun besser nach Hause reiten, Schwanhild«, empfahl Rannveig. »Unsere Kinder und Enkel kommen zu Besuch.«
Schwanhild ritt schweigsam zurück und sprach auch während des restlichen Tages wenig.
Das Fest war derb. Gutmütige Bauern saßen mit ihren zungenfertigen Frauen zusammen; ihre Kinder stürmten um die Tische und balgten sich am Boden, schrien und jagten hintereinander her. Rannveig und Ingjald hatten eine große, gesunde Familie.
Der Lärm und das heftige Hin und Her waren zuviel für Schwanhild. Sie saß ruhig da und machte von Zeit zu Zeit die Augen zu. Sie aß wenig, bis Rannveig sie fragte, ob ihr übel sei.
»Ich bin sehr müde«, sagte Schwanhild. Sie entschuldigte sich und ging zu dem Alkovenbett, das man für sie und Atli vorbereitet hatte. Schlafen konnte sie nicht. Der Lärm aus der Halle hielt sie wach. Wann immer sie einnickte, sah sie Eriks Gesicht und hörte eine Stimme, die sie zum Schattenstein rief.
Nicht *Eriks* Stimme! Diese Stimme hier hatte sie niemals zuvor gehört... Schließlich schwankte Atli heran und stieg ins Bett. Sobald er eingeschlafen war, stand Schwanhild auf, zog sich einen

Umhang über und ging zu Fuß den Weg entlang, den sie am Tag geritten waren. Mondschein schimmerte auf dem schmalen Bach und funkelte auf vereinzelten weißen Felsen.
Endlich näherte sie sich dem hochragenden Rumpf des Schattensteines. Sie schritt um ihn herum, bis sie vor der Öffnung stand, und schaute angestrengt hinein. Tiefes Schwarz gähnte sie an.
Schwanhild... Wieder diese Stimme.
»Was willst du?« flüsterte sie.
Keine Antwort. Schwanhild wurde zornig. »Du riefst mich zuerst. Warum hast du mich hierher gelockt? Ob Toter oder nicht, was willst du?«
Noch immer erklang keine Antwort.
»Nun gut«, sagte sie. »Wenn du nicht mit mir sprechen willst, ich weiß Möglichkeiten, dich zu zwingen. Ich weiß, wie man Toten den Mund aufmacht.« Ein Frösteln erfaßte Schwanhild. Sie würde etwas tun, was sie noch nie zuvor getan, etwas, das sie von ihrer Mutter Groa gehört hatte... und alle ihre hexischen Schutzmittel waren auf Straumey zurückgeblieben. Hatte sie nicht beschlossen, die Hexenkunst zumindest vorläufig aufzugeben?
Flieh, Schwanhild, du hast Angst, verhöhnte sie sich selbst. Dann traf sie ihre Entscheidung. Sie zog den Silberdolch und schnitt einige Zweige von den kleinen Büschen. In diese Zweige schnitzte sie bestimmte Runen. Rechterdings müßte sie, um die Toten zu rufen, diese Zweige in einem bestimmten Muster auf den Grabhügel stecken; wie sollte sie es bei diesem großen Stein wohl machen? Schwanhild faßte Mut, streckte die Hand in den schwarzen Eingang und legte ihre Zeichen ab. Die Schwärze fühlte sich auf ihren Händen kälter an als bloßer Schatten.
Nun blieb noch eine Frage: »Wie alt bist du?«
Die Stimme stöhnte. *Wir sind viele.*
»Ich spreche zum Jüngsten.« Alte Geister waren eigentümlich.
Eine neue, hohe Stimme. *Ich starb in meinem fünfzehnten Sommer.*

»Dein Name?«

Telg.

»Ich rufe dich, Telg. Tritt heraus.« Schwanhild beobachtete den Eingang. Die Dunkelheit im Innern des Gesteins kam in Bewegung, erwachte zu Leben. Eine bleiche Hand tastete sich heraus. Schwanhild ergriff sie. Das Handgelenk war feucht, schleimig und kalt. Telg mußte ertrunken sein. Sie zog mit ihrer ganzen Kraft; ein Junge fiel aus der Öffnung und brach am Boden zusammen. Als er das Gras berührte, sprang er auf. »Wie kannst du es wagen, mich zu stören!« Wütend stürzte er sich auf Schwanhild. Sie trat zur Seite und stellte ihm ein Bein; Telg rollte zu Boden, und sie warf sich auf seine Brust, kniete auf ihn und drückte seine rudernden Arme hinab. Wenn sie nur seine Ellbogen halten konnte – aber die toten Finger krallten nach ihren Augen – und sie ruckte zurück. Telg trat um sich; sein Knie rammte ihren Bauch, daß sie nach vorne flog. Doch das war ihr Vorteil. Sie packte sein langes Haar mit der rechten Hand und lag nun mit ihrem rechten Knie auf seinem linken Arm. Ihr linker Arm drückte seinen rechten Ellbogen nieder. Schwanhild haßte den Gedanken an das, was nun zu tun war, aber so mußte es sein; ansonsten wäre Telg nicht gezwungen, sich ihr zu fügen und zu sprechen. Aus Nase und Mund des Toten trat grüner Grabschaum. Sie leckte das grauenvolle Zeug und spie.

Telg brach wimmernd zusammen. Schwanhild rollte von ihm herunter, setzte sich auf und strich Gras und Zweige von ihrem Umhang. »Du wirst mir gehorchen«, sagte sie und wischte sich das Gesicht mit dem Saum ihres Kleides ab. *Widerlich!*

Telg blieb bleich und nackt liegen. Er nickte. »Du hast mich gerufen und besiegt. Sprich, Hexe. Ich werde dir sagen, was du wissen willst.«

»Warum wurde ich hierhergerufen?« fragte Schwanhild.

»Ich habe dich nicht gerufen.«

»Aber du weißt, wer es war. Warum wurde ich gerufen?«

Telg lachte. »Das war wohl mein Vater. Er ist ein starker Mann;

ihn hättest du niemals bezwungen. Er wollte dich ins Grab zerren. Um dich zu locken, er hatte Neuigkeiten für dich.«
»Ich befehle dir: Sprich!« sagte Schwanhild.
»Dein Erik Hellauge, dein geliebter Erik, ist friedlos erklärt worden. Morgen segelt er von Island in tödliche Gefahr. Deine Hexenkräfte können ihn vielleicht retten, wenn du sie einsetzt. Du hast nicht gezaudert, sie heute abend zu benutzen. Möchtest du mehr hören?«
»Ich möchte mehr hören. Welche Gefahr droht Erik und wo?«
»Gefahr des Verrats auf See. In der Nähe der Westermänner-Inseln. Mehr kann ich dir nicht sagen; du mußt dich selbst um deine Sache kümmern. Willst du mehr hören?«
»Ich *will* mehr hören! Was kann ich tun?«
»Du wirst spiegelsehen, was zu tun ist. Laß mich schlafen. Möchtest du mehr hören? Möchtest du es wirklich? Du wirst verlieren, was du zu haben *glaubtest*. Du wirst sogar verlieren, was du schon sicher hattest. Aber wenn du so weitermachst, *wirst* du Erik bekommen. Laß mich schlafen.«
»Was gibt es sonst über Erik zu sagen?«
Der bleiche Leichnam starrte sie aus hohlen Augen an: »Ich weiß nichts von Erik. Laß mich schlafen. Im Grab habe ich Frieden. Ertrinken tut weh, aber es geht schnell vorbei. Meine Mutter und meine junge Frau weinen heute noch. Ja, ich hatte eine Frau und ein Kind, so jung ich auch war, ich war ein MANN!« Das letzte schrie er hinter Schwanhild her, die davonschritt. »Laß mich schlafen!«
Sie rannte den Hang hinab, und die verirrte, tote Gestalt schwankte im Mondlicht hinter Schwanhild her und verlangte nach ihrem Grab.

Sobald Schwanhild wieder in Whaness war, zog sie die schmutzigen Kleider aus und kroch neben Atli unter die Decken. Sie rüttelte ihn wach und sagte: »Wir müssen heim, nach Straumey, sofort bei Tagesanbruch!« Atli murmelte im Schlaf, versuchte seiner Frau zu widersprechen, aber sie weinte und schrie und wollte nicht zuhören... Kurz nach dem ersten Tageslicht nahm die *Wölfin* Kurs auf Straumey und hielt unterwegs nirgendwo an.

Als sie in Straumey waren, floh Schwanhild in ihr Gemach und schloß sich ein; nicht einmal Atli wagte einzutreten. Er saß in der Halle und schlief in der folgenden Nacht sehr zu seinem Mißfallen wieder in seinem alten Alkovenbett.

XXIV

Wie Schwanhild zu Erik ging

Als die *Wölfin* auf Straumey gelandet war, sprang Schwanhild ans Ufer, hielt sich nicht damit auf, von Auga die Schlüssel zurückzufordern, sondern lief in ihr Gemach, zog die Seetruhe hervor, schloß sie auf und holte ihren Spiegel heraus.

Schwanhild zog die Hülle ab und kniete auf den Boden. Sie wischte über seine Oberfläche und polierte sie mit ihrem Ärmel, dann malte sie mit dem Finger Runen auf das Metall.

»Erik, Erik«, flüsterte sie, »du bist in Gefahr, während ich schlafe. Ich werde zu dir kommen.«

Hinter einem Türspalt lächelte Auga.

»Erik, Erik, ich habe versucht, dich zu vergessen, aber die Toten berichteten mir, du seist in Gefahr. Ich vollbrachte die schlimmste Zauberei – ich erweckte die Toten, um ihre Prophezeiungen zu hören.« Schwanhild starrte in den hochglänzenden Silberspiegel; zuerst konnte sie nur ihr eigenes, tränenverschmiertes Gesicht erkennen, doch bald bezog sich der Spiegel, und sie sah durch den Nebel...

Erik und Skallagrim lagen an Händen und Füßen gefesselt unter dem Vorderdeck eines Drachenschiffes. Achtern, so daß sie es nicht hören konnten, berieten Männer, beide in die See zu werfen.

Schwarzzahns Leute! Schwanhild duckte sich tiefer. Schwarzzahn begehrte Gudruda, und er würde Erik umbringen, um sie zu bekommen. Und Erik und Skallagrim wähnten sich in Sicherheit; sie glaubten, sie würden ans Ufer gebracht und losgebunden. Aus diesem Grund nur hatten sie sich überhaupt ergeben. *Wo war ihr Schiff?* Schwanhild kochte vor Wut. Verrat! Verrat! Sie wühlte wieder in ihrer Seetruhe.

Erik und Skallagrim waren durch Hinterlist überwältigt worden. Soviel wußte sie. Anders hätte man die beiden niemals bekommen. Der Kampf mußte demnach bereits begonnen haben, als die Toten sie gewarnt hatten. Und Atli... Oh, Atli war bestimmt wütend. Aber das war nun gleichgültig. Erik, Erik war auf See in Gefahr!
Da! Sicher in Ölpapier eingeschlagen ein kleines Päckchen! Schwanhild holt das Rattenfell heraus. »Ich dachte nicht, daß ich so schnell darauf zurückkommen würde«, flüsterte sie. »Aber Erik könnte umkommen.« Sie legte ihre Zeigefinger auf die winzigen Füße, küßte die Rattennase und *schrumpfte in den Körper einer Ratte*.
Als Ratte huschte Schwanhild aus ihrem Gemach; als Ratte raste sie zum Ufer und richtete sich auf, um mit bebenden Barthaaren in Richtung der salzigen Wellen zu schnüffeln.
Was wie Schwanhild aussah, blieb jedoch zurück im Gemach und besaß nur den schwachen Geist einer Ratte. Es schlief. Schwanhild selbst nahm menschliche Gestalt an und machte sich auf ihren Weg über die Wellen auf Island zu. Selbst für eine Hexe war das ein grausam weiter Weg.
Hohe Wellen machten jeden Schritt zum Wagnis, Haie berührten ihre Fersen und neugierige Augen beobachteten sie aus dunkelgrünen Tiefen, doch Schwanhild mühte sich dessen ungeachtet weiter auf ihren Geliebten zu.
Nach einer langen Zeit sah sie vor sich im Dämmerlicht ein Langschiff in den Wellen schaukeln. Schwanhild kletterte seitlich daran hoch.
Erik wachte auf, als sie in sein Ohr murmelte.
»Gudruda...« Schläfrig wollte er seinen Arm ausstrecken und merkte erst dann, daß er gefesselt war. »*Schwanhild*!« Haß klang aus seiner Stimme.
Schwanhild schaute ihn an. Sie hatte wunde Füße. Und der Rückweg war noch einmal so weit. Sie hockte auf der Reling. Achtern schlief die Besatzung bis auf die Wache. Ein Gestaltenwandler konnte sowohl als Nebelstreif wie auch als alles andere erscheinen.

»Erik, ich habe einen weiten Weg zu Fuß über die See zurückgelegt. Ich bin gekommen, um dich zu retten. Dich und auch Skallagrim hier, der mich haßt. Hör zu: Hall von Lithdal hat das Tau durchschnitten, das eure Schiffe verband. Deshalb ist die *Gudruda* im Sturm davongesegelt. Die Männer hier auf diesem Schiff werden euch umbringen, was immer sie auch versprochen haben – bei Tagesanbruch oder früher. Sie schrecken vor einem Mord im Dunkeln nicht zurück.«
Erik zerrte an seinen Fesseln. Ziemlich weit hinten glänzte Weißfeuer in der Dunkelheit.
»Wenn ihr so weit die Fesseln lockern könnt, um nach vorn zu kriechen«, sagte Schwanhild, »kommst du an Weißfeuer und kannst dich losschneiden. Doch dann nimm das Schwert, und verbirg es unter deinem Umhang.« Sie küßte Erik auf die Stirn, obwohl er den Kopf abwandte. »Erik, Erik, hätte Gudruda das alles für dich getan?«
»Gudruda ist keine Hexe«, brummte er.
»Sie würde auch nicht meilenweit über die See laufen. *Ich* aber habe das getan. Vergiß nicht, was ich gesagt habe. Ich werde aufpassen, ob du am Leben bleibst, Erik!« Schwanhild trat wieder über die Seitenwand des Schiffes; Erik erwartete ein Aufklatschen, sah aber statt dessen eine zierliche Gestalt über die Wellen schreiten. Dann weckte er Skallagrim und erzählte ihm, was geschehen war.
Ein anderer* hat geschildert, wie sich Erik und Skallagrim mit Weißfeuer ihre Fesseln durchschnitten. Als die Männer Ospakars kamen, um sie zu töten, fielen die beiden über ihre Angreifer her, töteten viele und trieben den Rest ins Meer. Skallagrim wurde wieder von Raserei ergriffen und erschlug den Steuermann, so daß das Schiff quer zum Sturmwind lag. Windgepeitscht und schwer umwogt setzten sie, so gut es ging, die Fahrt auf die Färöer-Inseln fort, doch das Schiff ging plötzlich unter, und Erik und Skallagrim mußten das Beiboot nehmen...

* Henry Rider Haggard: Erik Hellauge

Schwanhild wußte nichts von alledem, als sie über die See zurück nach Straumey wanderte. Die Sonne verbrannte ihr Gesicht, Salzwasser ließ die Haut ihrer Füße aufplatzen; doch die ganze Zeit über schlief das, was wie ihr eigener schöner Körper aussah, in ihrem Gemach. Nach drei Nachtwanderungen ging sie an der Westküste Straumeys an Land.

Steine, Sträucher und hart gedörrtes Gras schnitten ihr in die blutenden Füße. Endlich konnte Schwanhild in der Ferne den Hof sehen und wartete, bis es dunkel wurde. Dann schlich sie in ihr Gemach, streckte sich neben dem schlafenden Ebenbild ihrer selbst aus und gab ihm das Rattenfell zurück. Sogleich schrumpfte es, fiepte und wisperte: »Atli ist traurig und Auga mißtrauisch. Sie schmiedet Pläne gegen dich; letztendlich wirst du doch noch zu mir kommen!« Dann huschte die Ratte davon, und Schwanhild lag salzverkrustet, mit zerschundenen Füßen und wildem, gebleichtem, windzerzaustem Haar auf ihrem Bett und weinte. In dieser finsteren Nacht setzten die Schmerzen ein. Was immer Schwanhild getragen hatte, sie verlor es. Am Morgen kümmerte sich Auga um die Blutung und wusch das zerzauste Haar ihrer Herrin. Atli versuchte, seine Gattin zu trösten. Er glaubte, sie wäre die ganze Zeit über krank gewesen.

Aber Auga kannte nun Schwanhilds Geheimnis und behielt es für sich. Als ihre Herrin wieder schlief, stahl Auga einen von Eriks Kampfschuhen – die Schwanhild unter ihrem Bett verborgen hatte, um träumen zu können. Die Haushälterin wußte nun eine Verwendung dafür.

Sobald Schwanhild dazu in der Lage war, rappelte sie sich vom Bett hoch und schaute noch einmal in den Spiegel. Erik *mußte* überlebt haben! Sie sah ihn mit Skallagrim an Bord des Schiffes, das sie übernommen hatten, und um sie her häuften sich die Leichen von Schwarzzahns Leuten.

»Er lebt also«, flüsterte sie. Schwanhild besaß kaum die Kraft ihren Spiegel wegzupacken und die Truhe zu verschließen, ehe sie zusammenbrach. Atli fand sie ausgestreckt am Boden und trug sie zum Bett.

Tagelang warf sie sich im Fieber herum. Und immer wieder murmelte sie eigentümliche Dinge. »Der Leichnam geht um... Ich sagte, ich würde das niemals tun... *Ratte, wo bist du?*« Ihre Worte machten Atli Sorge, er glaubte, Schwanhild hätte den Verstand verloren. Auga hörte es mit an und schüttelte sich voller Furcht. Schwanhild hatte die schwerste Magie vollbracht – Odins Zwölften Zauber – und dabei war die Herrin noch so jung! Wozu mochte sie im Lauf der Jahre noch alles fähig sein? Auga hätte sie gerne vergiftet, um dieser Bedrohung ein für allemal ein Ende zu bereiten, doch unter Atlis aufmerksamem Blick wagte sie es nicht. Und Schwanhild hatte einen starken Schutz: Was wäre, wenn sie Auga beschuldigen würde, einen Mord versucht zu haben? Also braute Auga nur einfache Aufgüsse und tupfte Schwanhilds Gesicht mit kühlendem Wasser ab. Mit der Zeit kam Schwanhild wieder zu Sinnen.

Sie war dünn und blaß geworden. Ihre Hände zitterten, und ihre Augen lagen in tiefen Höhlen. Atli kam zu ihr und wollte freundlich sein, doch Schwanhild wandte sich ab und wollte nicht sprechen.

Es war, als wäre niemals etwas zwischen ihnen gewesen. Und wieder lebte Schwanhild nur für Erik. Doch diesmal gab es kein Zurück. Sobald sie zu Kräften kam, schmiedete sie Pläne: Auga ließe sich überwachen; und außerdem hatte die Frau entsetzliche Angst vor ihr. Zu gegebener Zeit würde Schwanhild sie sich vom Hals schaffen, aber jetzt noch nicht.

Mit Atli würde es schwieriger werden. Ständig ging er um sie herum, brachte Leckerbissen, kleine Aufmerksamkeiten und alles Mögliche, um seiner Frau ein Lächeln zu entlocken. Schwanhild konnte nicht ewig krank daniederliegen; sie war jung und einigermaßen stark. Atli aber war alt. Vielleicht war es an der Zeit, daß das Alter sich bei ihm bemerkbar machte...

Also lächelte Schwanhild so oft sie konnte, ermutigte ihn und schüttete ihm jeden Abend einen Zaubertrank ins Bier. Nach wenigen Wochen gestattete sie Atli, zu ihr ins Bett zu steigen, als er zu nichts mehr in der Lage war. Sie nahm ihn in den Arm und sprach ihm zu, sich keine Sorgen zu machen; als er es das nächste Mal versuchte, gelang es ihm wieder nicht, und allmählich meinte Atli traurig, daß seine Männlichkeit verschwunden sei. Schwanhild tröstete ihn wortreich, begann aber gleichzeitig, Atli wie einen alten Mann zu behandeln. Sie brachte ihm Decken, wenn er in der Halle saß, trug ihm weiche Nahrung auf und murrte, wenn er hinausging in die Kälte.

Schließlich brachte sie es zustande, daß sie getrennt schliefen – Schwanhild im Gemach, Atli in seinem alten Alkovenbett in der großen Halle. Die Halle sei wärmer, sagte sie, und er solle in der Nachtkälte nicht nach draußen müssen. Jeden Abend, wenn sie zu Bett ging, küßte sie Atli auf die Stirn und schüttete ihm noch mehr Drogen ins Bier. Und bald tröstete Atli nur noch das Bier und der Schlaf.

Schwanhild schlief wenig. Bei Nacht holte sie ihre Kräuter und Pulver, ihr Hexenzubehör heraus und durchstreifte als Ratte das Land. Auga beobachtete sie insgeheim, und was sie sah, flößte ihr noch größere Furcht vor ihrer Herrin ein und noch größere Abneigung, Schwanhild in die Quere zu kommen.

Schwanhild versenkte sich tiefer und tiefer in die Hexerei, und Atli glitt immer schneller ins Greisenalter. So verging in jenem Herbst und Winter die Zeit auf Straumey.

XXV

Wie Erik zu den Färöer-Inseln kam

Nach der Fahrt durch den Sturm und nachdem Ospakars Schiff schließlich gesunken war, sichteten Erik und Skallagrim im Beiboot die *Gudruda*. Sie hatte ebenfalls starke Schäden aufzuweisen, und kein Lebenszeichen war auf ihr zu entdecken. Als sie längsseits festmachten und an Bord kletterten, fanden die beiden die Mannschaft schlafend und völlig erschöpft von ihrem letzten Kampf gegen Wind und Wellen.

Kohlen glühten in einem Eisenkessel und Essen stand daneben. Erik und Skallagrim fielen begierig darüber her, denn sie waren ausgehungert nach so vielen Tagen. Dann hüllten sie sich in Umhänge und setzten sich nah ans Feuer, um sich aufzuwärmen.

Hamund der Hastige erwachte und hielt sie für Riesen. Sein Schreien weckte die anderen, die sich sofort mit Waffen auf sie stürzten. Doch Erik und Skallagrim warfen ihre Umhänge ab und richteten sich auf; doch nun bekam es die Mannschaft noch mehr mit der Angst zu tun. Hamund schrie, daß dort Geister oder Zauberer stehen müßten, und tatsächlich erschienen sie mit ihren Wunden und den hohlen Wangen und tiefliegenden Augen eher tot als lebendig. Hall von Lithdal schwang seine Axt und kam näher. Erik verspottete ihn, feige das Tau durchgeschlagen, noch vor dem Kampf die Flucht ergriffen und ihn und Skallagrim schmählich an Bord des gegnerischen Schiffes zurückgelassen zu haben. Hall senkte den Kopf und leugnete lautstark, jemals das Tau durchschnitten zu haben, und schwor, es wäre von selbst gerissen.

Aber Erik widersprach, denn Skallagrim habe beobachtet, wie Hall das Seil mit der Axt durchtrennte. Darauf erklärte Hall, er habe es zwar durchgeschlagen, aber nur aus Angst vor der tosenden See, damit die *Gudruda* nicht sänke.

Erik erinnerte ihn, daß er und die gesamte Besatzung geschworen hatten, zu kämpfen und gemeinsam zu fallen, und stellte mit Nachdruck fest, daß Hall meineidig geworden war. Nach diesen Worten brüllte die Mannschaft, Hall müsse sofort getötet werden.
Erik aber ließ es nicht zu – denn er hatte Hall die Treue geschworen –, also kam man überein, ihn aus der Besatzung auszuschließen. Während Hall hastig seine Ausrüstung zusammensammelte, sprach Gizur den Vers über ihn:

Du Köter, du zerschnittest Bande,
Die uns einst zu Brüdern machten.
Fliege nun hin an Ranns Busen!
Bittrer Trank, ihr Wellenbier.

Die meisten der Besatzung hielten das für recht gesprochen, doch Skallagrim murrte, Erik hätte Hall nicht so leicht davonkommen lassen dürfen; sie würden noch mehr von ihm hören, ehe ihre Tage sich dem Ende neigten, und es wäre nichts Gutes dabei.
»Das mag schon sein«, sagte Erik, »aber er ist fort. Geschehen ist geschehen.« Und sie sahen zu, wie Hall in dem Boot, mit dem Erik und Skallagrim gekommen waren, hastig davonruderte. Dann schliefen sie vor Erschöpfung drei Tage lang.
Als diese Zeit um war, erreichten sie Eioi auf der Insel Eysturoy, wo sie von Herzog Brynjolf von den Färöer-Inseln begrüßt wurden. Wie stets waren in jenen fernen Gegenden Fremde – sofern sie nicht auf Raub aus waren – willkommen. Brynjolf und seine Männer boten Erik und seiner Mannschaft Gastfreundschaft und bewirteten und unterhielten sie.
Sie blieben eine Zeitlang auf Eioi, denn die Wunden der Männer waren zahlreich, und Erik und Skallagrim hatten am meisten abbekommen. Ihre Gesichter und Arme waren schwer gezeichnet; man hatte sie tagelang unversorgt gelassen. Einige Wunden hatten sich entzündet. Nur ein Mann von der *Gudruda* war ums Leben gekommen, Geir Njalson, der im Kampf gefallen war. Die anderen Verwundeten erholten sich rasch, obgleich manche gebrochene Knochen hatten, deren Heilung lange dauern würde. Eriks

Verletzungen waren nur Fleischwunden. Sobald erst die Entzündung vorüber war und die Heilung Fortschritte machte, wurde er unruhig und wollte das Bett verlassen.
Hallgerd, ein Dienstmädchen, hatte sich große Mühe gegeben, seine Wunden zu pflegen; sie wusch sie aus, strich lindernde Salbe darauf und verband sie mit sauberen Tüchern, wie die Hausherrin sie anwies. Hallgerd betrachtete Erik voller Verlangen, während er wieder zu Kräften kam.
Hallgerd war etwas über siebzehn Jahre und von hübscher Gestalt; sie war die Tochter einer Frau, die man von einem Raubzug mitgebracht hatte und die bei ihrer Geburt gestorben war. So war auch Hallgerd Leibeigene geworden. Doch ungeachtet ihres niedrigen Standes war sie fröhlich und machte sich stets wohlgemut an ihre Arbeit. Sie hatte hellbraunes Haar, hellblaue Augen und einen schlanken, aber kräftigen Körper.
Immer öfter hielt sie sich in Eriks Umgebung auf, besorgte ihm, was er brauchte, erledigte Botengänge, und Erik fiel auf, wie schön sie war. Er dachte zwar an Gudruda, die zu Hause auf Island auf ihn wartete, aber beim Trinken war es Hallgerd, die auf seinem Schoß saß und ihm durchs lange Haar strich. Erik überlegte, daß drei Jahre eine lange Zeit für einen Mann waren, es ohne Frau auszuhalten. Hallgerd hielt Eriks Trinkhorn stets gefüllt, und er wurde ausgelassen. Als sie in jener Nacht zu seiner Pritsche gehuscht kam, schickte er sie nicht fort.
Skallagrim hörte, wie sie sich im Dunkeln herumwarfen und knurrte am nächsten Morgen, Frauen seien Eriks Untergang. Erik aber wies ihn mit einem Scherz ab: »Ich habe gesehen, wie du auch nach den Mägden geschielt hast. Was immer Thorgunna Raffzahn dir angetan hat, so wird sie dich wohl nicht völlig deiner Männlichkeit beraubt haben.« Skallagrim schwieg dazu eine Weile.
Hallgerds Gesellschaft war sehr angenehm, aber dennoch bekam Erik Langeweile. Er brannte auf Taten. Und so war er froh, als einer der jungen Männer aus dem Hause des Herzogs ihn fragte, ob er mit ihm zum Fischen kommen wolle.

Erik war kein Fischer, doch inzwischen verstand er einiges von Booten, und er erklärte sich begeistert bereit mitzukommen. Skallagrim schimpfte ihn einen Narren, folgte aber seinem Herrn. Wie ausgemacht trafen sich am nächsten Morgen – zur späten grauen Winterdämmerung – Erik, Skallagrim, Eyjolf Schafdieb und Hamund der Hastige, deren Genesung schon am weitesten fortgeschritten war, mit einigen Männern des Herzogs am Strand und brachen zum Kabeljaufang auf.
Der Fischkutter des Herzogs hieß *Rann*. Unter seiner Besatzung befanden sich Valgard der Wanderer, Lyting Schmalkopf und Bjarni von Brandarsvik, alles junge Leute im Dienste des Herzogs. Ein alter Fischer, Skarp, hatte die Leitung. Er hatte sein Leben lang in diesen Gewässern gefischt, und es gab nur wenig, was er nicht über Wind, Wetter, Strömung und Felsen wußte.
Die *Rann* war ein plumpes Boot, um einiges breiter und tiefer als die *Gudruda*, kein schlankes Drachenschiff, sondern ein Arbeitskahn. Ihr Boden war mit Planken ausgelegt, die als Frachtraum zur Lagerung der Fische dienten, damit die Männer nicht bis zur Hüfte durch den Kabeljau waten mußten. Sie brachen in westlicher Richtung auf, gegen Island zu, denn dort warteten gute Fischgründe. Und bald zogen unter dem Boot schimmernde Schwärme hindurch, und man warf schleunigst Leinen mit Haken aus und zerrte den Fang ins Boot.
Erik genoß den frischen Wind im Gesicht, den Zug der Leine in seinen Händen, das Auf und Ab des Schiffes; es war schön, wieder tätig sein zu können, die Arbeit eines Mannes zu verrichten und sich im Freien zu bewegen.
Wintertage sind kurz, und die Dunkelheit rückte heran. Es war Zeit zurückzukehren. Im Westen schimmerte der Himmel grau und rot.
»Das Wetter gefällt mir gar nicht«, sagte Skarp. »Am besten fahren wir so schnell wie möglich nach Hause.« Noch während er sprach, frischte der Wind auf, und die Männer hißten die Segel der *Rann*; sie drückte sich unter dem Gewicht der vollen Ladung nun schwer durch die See, Skarp stand am Bug und blickte besorgt zum

Himmel. »Es könnte rasch ein Sturm aufkommen«, sagte er. »Ich habe diesen Umschwung des Wetters schon mehrmals erlebt. Es geht alles plötzlich sehr schnell. Ich weiß nicht, ob wir rechtzeitig Land erreichen.«

Man konnte nicht anders, als es versuchen. Im Westen wurde es immer finsterer.

Eioi war schon in Sicht, als plötzlich der Sturm losbrach. Sie hörten das Prasseln des Regens auf dem Wasser und dann ein Dröhnen, als die *Rann* einen Felsen rammte. »Segel runter!« brüllte Skarp. Das Leinentuch fiel faltig aufs Deck. Die Männer griffen in die Ruder und kämpften gegen die Strömung. Bald näherte man sich dem Hafen, dessen Einfahrt tückische Felsen umgaben. »Rudert!« brüllte Skarp, und die Männer legten sich mit äußerster Kraft in die Riemen. Erik und Skallagrim begriffen die Gefahr und packten selbst zwei Ruder; sie legten ihr Äußerstes hinein, und schließlich schaffte es die *Rann* in den sicheren Hafen.

»Gut gemacht«, sagte Lyting Schmalkopf. Gewöhnlich sprach er wenig, sah aber dabei Erik und Skallagrim voller Bewunderung an.

»Ein hartes Stück Arbeit«, gab Erik zu. »Die *Rann* ist nicht so wendig wie die *Gudruda*.«

»Ja, aber deine *Gudruda* ist auch kein Fischkutter.« Lyting lachte. Inzwischen hielten sie etwas langsamer aufs Ufer zu.

»Ich habe schlimmere und schnellere Stürme erlebt«, sagte Skarp, als er von Bord ging. »Wahrscheinlich wird mich die See eines Tages holen und behalten. So soll es sein«, sagte er und hob einen Korb Kabeljau an.

Am Ufer wartete man schon, um den Männern zu helfen; in der Menge stand auch Hallgerd, der die Tränen die Wangen hinabliefen. Sie stürzte auf Erik zu und schlang die Arme um ihn. »Erik, Erik, ich glaubte schon, du wärst ertrunken. Ich dachte, du wärst für mich verloren.« Sie legte ihren Kopf an seine Brust und schluchzte.

Erik zog die Stirn kraus. Er hatte zu Hallgerd kein Liebeswort gesagt – sie war schließlich nur eine Leibeigene –, und sie war es

gewesen, die ihn begehrt hatte. Er tätschelte ihre Wange. Am besten, dachte Erik, verließen sie Eioi so bald wie möglich.
An jenem Abend beriet er sich mit seinen Männern; diejenigen, die noch nicht völlig gesund waren, würden möglicherweise noch einen Monat dazu brauchen. Erik hatte nicht vor, noch so lange abzuwarten. Der Herzog, der Erik gern um sich sah, versuchte ihn zum Bleiben zu bewegen; doch als er sah, daß das nicht möglich war, bot er an, die Verwundeten bei seinen Leuten aufzunehmen und als Ersatz Erik aus seinem Haus Männer zu stellen. Eriks Männer könnten später nach Island zurückkehren, wenn sie wollten; schließlich seien nur Erik und Skallagrim verbannt.
Erik stimmte dem zu, als er sah, daß die Besatzung der *Gudruda* damit einverstanden war. Er suchte sich zwölf Leute aus der Gefolgschaft des Herzogs aus, unter ihnen Valgard den Wanderer, Lyting Schmalkopf (der kräftig, aber nicht mit übermäßigen Geistesgaben ausgestattet war) und Bjarni von Brandarswik. All diese Männer waren mit Erik Fischen gewesen, und in der Zeit, da sie zusammen waren, hatten sie Erik schätzen gelernt. Und sie brannten auf Abenteuer.
Hallgerd hielt sich im Hintergrund. Ihre Hand zitterte, als sie die Trinkhörner füllte. Als sie in jener Nacht zu Eriks Lager kam, weinte sie, aber als er sie fragte warum, klammerte sie sich an ihn und schwieg.
Auch wenn sie nur eine Leibeigene war, so war sie doch schön und angenehm gewesen. Erik schenkte ihr einen der goldenen Armreifen, die Skallagrim aus Ospakars sinkendem Schiff geborgen hatte. »Hier«, sagte er in tröstlichem Ton, »wenn du willst, hilft dir das vielleicht, deine Freiheit zu erkaufen. Eines Tages wirst du heiraten; im Haus des Herzogs gibt es viele gute Männer.«
Darauf weinte Hallgerd nur um so heftiger, streifte sich aber den goldenen Armreif über.
Nach zwei weiteren Tagen stachen Erik, Skallagrim und die anderen Männer mit der *Gudruda* in See. Hallgerd stand am Ufer und schaute ihnen nach. Sie sprach nicht und winkte nicht und gab Erik auch keinen Kuß zum Abschied.

XXVI

Wie die *Gudruda* einen Sturm überstand

Der Winter hielt die See im Griff. Südlich der Färöer-Inseln wurde die *Gudruda* von Eisregen und harten Böen heimgesucht. Alles war kalt, klamm und triefend naß, und auch die Stimmung der Mannschaft wurde schlecht. Hamund der Hastige brummelte vor sich hin; man hätte ruhig noch eine Weile bei Herzog Brynjolf bleiben können, zumindest bis dieses verdammte Wetter umgeschlagen sei.

Erik antwortete kurz angebunden: »Du hast geschworen, mich zu begleiten, und wir fahren nun wie *ein* Mann«, sagte er. »Es war an der Zeit weiterzuziehen. Würdest du denn lieber den ganzen Winter sicher und behaglich in einer warmen Halle hocken?«

»Mich könnte ein schlimmeres Schicksal treffen – das hier ist eins davon.« Danach gab Hamund Ruhe. Die Männer von den Färöer-Inseln waren gewohnt, bei jedem Wetter zum Fischen auszufahren, also beklagten sie sich kaum; statt dessen reichten sie Walfischspeckstreifen, windgetrocknetes Schafsfleisch und Kabeljau herum. Um Abwechslung in ihre Mägen zu bringen, fingen sie Seevögel und kochten sie. Dieses Leben auf hoher See war nicht härter als ihr Alltag und bot dabei noch die Aussicht auf Abenteuer.

Lyting Schmalkopf sprach wenig, machte sich aber nützlich, wikkelte Seile auf, schärfte Klingen und überprüfte die Vorräte. Wenn Muskelkraft benötigt wurde, zum Beispiel das Segel zu hissen oder zu rudern, kam ihm keiner gleich – bis auf Erik und Skallagrim. Der grobe Berserker gewann den Jungen lieb, und zu Erik sagte er: »Keiner kann etwas dafür, wenn die Nornen vergaßen, ihm einen hellen Kopf zu geben.« Skallagrim bewunderte stets einen ruhigen, beständigen Mann.

Valgard der Wanderer hatte sich seinen Namen eher durch seine Traumreisen als durch wirkliche Fahrten errungen – er sprach stets von fernen Ländern, obwohl die meisten seiner Reisen nicht über die Kabeljaugründe hinausgeführt hatten. Einmal war er nach Norwegen gefahren, um seinen früheren Familiensitz zu sehen – sein Großvater war wegen eines Mordes verbannt worden –, und unterwegs hatte er auf den Shetland-Inseln halt gemacht. Darum beneidete ihn Bjarni von Brandarsvik, der niemals weiter von zu Hause weggekommen war als bis Eioi, wo er beim Herzog in Dienst trat. Als er hörte, daß Erik Pläne hatte, den Rest des Winters auf Irland zu verbringen, war er vor Freude ganz außer sich. »Ich habe gehört, welche Schätze dort zu finden sind, goldene Gefäße aus den Kirchen, Wein und Fleisch – und dort gibt es so *viele* Kirchen!«

»Es heißt, die Frauen sollen außerordentlich schön sein«, und Leir Ljotson, der Erik von Anfang an begleitet hatte, lächelte bei diesen Worten.

So verging die Zeit an Bord. Erik sagte wenig und hielt sich etwas abseits von seinen Männern. Er dachte an Gudruda die Schöne und fragte sich, wie es ihr wohl ergehen mochte. Bald wäre die Zeit für das Julfest auf Middalhof. Das letzte war vor einem Jahr gewesen, damals, als er als tatenloser Mann den wahnwitzig-gefährlichen Abstieg über die Goldenen Fälle gewagt hatte. Erik lächelte bei dem Gedanken. Damals war er noch sehr jung gewesen, hatte Asmund doch gesagt, er dürfte nur auf diese Weise zum Fest kommen, und um seine Liebe zu Gudruda zu beweisen, hatte Erik es gewagt – und geschafft.

Inzwischen trug er die Narben mehrerer Schlachten, und Weißfeuer hatte das Blut vieler Männer getrunken. Doch die Zeit seiner Verbannung hatte gerade erst begonnen.

Der Wind frischte auf. Es schien, als wolle ein Sturm aufkommen.

»Sollen wir auf den Orkneys Zuflucht suchen?« schlug Thorgeirr vor.

Erik schauderte.

»Eher setze ich mein Leben aufs Spiel.« Thorgeirr schaute ihn

seltsam an, sagte aber nichts dazu; so segelte die *Gudruda* weiter.
Das Unwetter nahte unversehens. Der Himmel wurde rabenschwarz, als wäre es Nacht, und der Wind peitschte die Wellen über die Reling. Die Männer duckten sich unter der Macht des Sprühwassers und ruderten aus Leibeskräften.
Valgard murmelte vor sich hin: »Das ist doch wirklich kein Wetter, wo wir im Freien bleiben sollten«, sagte er zu Thorgeirr. »Was gibt es denn auf den Orkneys, daß wir dort nicht Zuflucht suchen könnten?«
»Eine Frau«, antwortete Thorgeirr. »Laß das bloß nicht Erik hören.«
»Eine *Frau*? Wegen einer *Frau* müssen wir diesen Sturm aushalten. Ist Erik von Sinnen?«
»Sprich leiser, Mann!« Thorgeirr flüsterte heiser. »Du solltest dir denken können, daß es keine gewöhnliche Frau ist. Hast du Erik jemals ängstlich erlebt?«
»Niemals«, gab Valgard zu. »Was ist denn an dieser Frau so Besonderes?«
»Ihr Name ist Schwanhild, und sie ist eine Hexe. Ehe wir Island verließen, heiratete sie Fürst Atli und zog mit ihm zu den Orkneys – ein schlimmer Tag für den alten Mann! Ich kannte sie von klein auf. Auf Middalhof wuchs sie mit Eriks Verlobter Gudruda auf. Mein Bruder warb eine Zeitlang um sie, aber Schwanhild hatte nur Augen für Erik; und jener wollte sie nie.«
»Das erklärt schon einiges«, sagte Valgard. »Aber was ist mit dieser Schwanhild? Warum wollte sie einen alten Mann heiraten, wenn ein junger wie dein Bruder sie umworben hat?«
»Mein Bruder ist tot.« Thorgeirrs Stimme klang matt. »Er ist schon vor Jahren in einem Unwetter umgekommen. Was nun die Heirat mit Atli angeht – der ist wenigstens reich. Wer weiß schon, warum Frauen das eine oder andere tun?«
Valgard vergrub sich in seinen Umhang und schaute verwundert zu Erik, der vorn am Bug stand, groß und blond mit windgepeitschtem Haar, wehendem Umhang und dem Schwert am Gür-

tel. Wer hätte gedacht, daß ein solcher Krieger vor einer Frau zurückschrecken würde? Valgard schüttelte den Kopf, beklagte sich aber nicht weiter über das Wetter – zumindest nicht in Eriks Nähe.

Nach einiger Zeit lief die *Gudruda* Stornoway auf den Äußeren Hebriden an. Dort ruhten sie sich eine Zeitlang aus und versorgten sich mit Proviant. Doch das Land war arm und bot wenig; sobald der Himmel aufklarte, nahmen sie Kurs nach Süden auf Irland.

XXVII

Wie Erik ein Handelsschiff überfiel

Die Westküste Irlands, besonders der nördliche Streifen, ist rauh und gefährlich, und an vielen Stellen ist es wegen starker Strömungen, tosender Wellen und heimtückischer Klippen unmöglich, dort anzulegen.

Dort, wo die Besatzung der *Gudruda* schließlich an Land ging, war nicht viel zu holen. Der Boden war nur wenig bebaut und über weite Strecken zu felsig oder zu steil. Die Menschen in dieser Gegend lebten vor allem von Schafzucht und Fischfang und häuften nur wenig Schätze an. Was sie hatten horten können, war ihnen schon längst geraubt worden. Eriks Mannschaft vergnügte sich mit den einheimischen Frauen, schlachtete dann zum Essen ein paar Schafe und Rinder und stellte später fest, daß hier kaum Kostbarkeiten oder Abenteuer zu finden waren. Es gab nicht einmal viel zu kämpfen, denn die Iren ergriffen die Flucht, als sie den schlanken Rumpf der *Gudruda* die Wellen durchpflügen sahen.

Bjarni von Brandarsvik hatte immer noch Kirchenschätze im Kopf, so daß es ihn ans Ufer trieb, als sie die hüttenähnlichen Gebäude eines Klosters sichteten. Voller Angst flüchteten die Mönche zu einem runden Turm. Bjarni wollte ihnen nach, aber Erik gebot ihm Einhalt. »Sieh doch, wie ärmlich sie leben«, sagte er. Die eng aneinandergedrängten Hütten waren verwahrlost und scharten sich um eine winzige Steinkirche. Ein kleines Stück Garten dahinter lag braun und spröde in der Winterkälte. Die Kirche roch muffig, und die Wände waren kahl. Die hölzernen Kerzenhalter waren leer, und eine Messinglampe flackerte trübe.

»Andere sind vor uns hier gewesen«, sagte Erik.

»Wollen wir denn ohne Kampf und ohne Beute wieder abziehen?« fragte Bjarni.

»Was sollen wir denn mitnehmen? Das Gold ist bereits gestohlen, falls diese armen Schlucker jemals welches hatten, und Lebensmittel gibt es kaum, und was sie haben, ist hart und schimmelig. Die Mönche haben keine Frauen, und welche Ehre soll es bringen, waffenlose Männer zu erschlagen? Genauso gut könntet ihr gegen Kinder kämpfen. Es ist sinnlos, Bjarni. Wir sollten zu einer der Handlungssiedlungen fahren und dort erkunden, was zu holen ist. Ich möchte nicht, daß meine Leute nur zum Vergnügen Häuser niederbrennen.«

Die Männer murrten, wußten aber, daß Erik recht hatte. So stach die *Gudruda* wieder in See.

Doch wie das Schicksal es wollte, trafen sie es schließlich weit besser als erhofft: Nach einem weiteren Reisetag sichteten sie ein Schiff und nahmen die Verfolgung auf. Die Gegner setzten alle Segel und versuchten dem Drachen zu entkommen. Aber das Schiff schien schwer beladen, und die *Gudruda* holte es schnell ein.

Behäbig schaukelte es in der Dünung, als die *Gudruda* den hölzernen Koloß erreichte. Er war riesig, und seine bemalten Planken stiegen schier zum Himmel empor. Die Gudruda wirkte daneben wie ein Segelzwerg. Eriks Männer hielten den Atem an. Bjarni plapperte: »Eine gewaltige Beute, die wir uns nur noch nehmen müssen!« Hamund der Hastige schwatzte ebenso begeistert drauflos, aber die anderen schwiegen.

Das Handelsschiff drehte nicht bei, sondern Bewaffnete reihten sich an der Reling auf. Sie waren dunkelhäutig, und ihre Rufe waren in einer Sprache, die die Männer der *Gudruda* nicht kannten. Es war klar, daß sie kämpfen würden – und daß sie Eriks Leuten zahlenmäßig weit überlegen waren.

Und schon zischte ein Pfeilhagel über die See und prasselte auf die *Gudruda* nieder. Die Männer deckten sich mit ihren Schilden, und nur wenige schrien auf.

Erik befahl den Bogenschützen der *Gudruda,* mit der Antwort zu beginnen. Eyjolf Swartson war ein wahrer Meister, der seine Treffsicherheit zu Hause auf der Jagd entwickelt hatte. Man sagte, er könne sogar einer Möwe im Sturzflug ins Herz treffen.

Bjarni von Brandarsvik und Valgard der Wanderer, die Männer von Färöer, waren nicht weniger gewandt. Sie lachten und jagten Pfeil um Pfeil über die Reling des Handelsschiffes.
Dort erklommen Bogenschützen die Masten, um besser zum Schuß zu kommen; die Männer der *Gudruda* lachten und zielten höher. Männer stürzten schreiend aufs Deck. Aber auch einige von Eriks Leuten fielen, deren Auge, Kehle oder Brust Pfeile durchbohrten. Die *Gudruda* wurde zum Leichenschiff.
Das andere Schiff wuchs hoch aus dem Wasser empor, und über das Heck ragte eine Art Erker hinaus mit einem hölzernen Geländer, auf dem Gestalten hin- und herliefen. Jemand von der *Gudruda* kletterte auf den Mast des Drachenschiffs, blickte auf das gegnerische Schiff und rief: »Sie bringen einen Kessel, den sie auf uns schütten wollen!«
Die *Gudruda* erhielt achtern Enterhaken, und Erik entschied sich rasch zu handeln. »Kappt die Leinen der Enterhaken!« rief er. »Und rüber auf die andre Seite! Dort können sie uns nicht sehen!«
»Schreit wie am Spieß, wenn das kochende Öl herunterplatscht!« schlug Gizur vor. So machten sie es. Und die Wikinger schrien tatsächlich furchtsam auf. Doch während die Krieger des Kauffahrers sich über die Reling beugten, um die Nordmänner untergehen zu sehen, schleuderte Erik einen Enterhaken an die gegenüberliegende Reling, und seine Männer stürmten an Bord.
Sie griffen im Rücken der anderen an. Viele waren zwar gefallen, aber der Rest stellte sich nun zum Kampf Mann gegen Mann.
Sie schwangen Krummschwerter, und ihre Gesichter waren dunkel. Sie trugen bunte, glänzende Gewänder. Einer der Bogenschützen drehte sich um und schoß erneut auf die *Gudruda*. Dieser letzte Schuß traf Eyjolf, der vom Mast stürzte. Diesen Bogenschützen machten Eriks Männer nieder und taten es genüßlich.
Dann begann ein zähes Ringen. Die Männer der *Gudruda* hieben und stießen mit Axt, Speer und Schwert gewaltig um sich, doch die Besatzung des Handelsschiffes drängte sie immer weiter zurück.

Plötzlich überkam Skallagrim wieder die Berserkerwut, und er stürmte in ein Knäuel braunhäutiger Männer, erschlug viele und verwundete manchen Mann. So lagen sie nun an Deck mit aufgeschlitzten Bäuchen, Blut sickerte ihnen aus dem Mund, und sie tasteten sterbend nach ihren geschwungenen Schwertern.
Gizur der Kurzsichtige rief Erik etwas zu, und Erik befahl seinen Männern aufzuhören. Man hatte die Gefangenen und Verwundeten bereits in Sicherheit gebracht. Schon stürmte ein neuer Trupp Bewaffneter aus dem Unterdeck des Handelsschiffes, der die Leute der *Gudruda* leicht hätte überwältigen können. Als die Fremden aber ihre erschlagenen und gefesselten Kameraden sahen, stöhnten sie laut, knieten nieder und berührten mit ihren Stirnen das Deck. Skallagrim wollte zwischen sie fahren, aber Erik brüllte: »*Halt*!« Und als Skallagrim vor Wut schäumend nach vorne trat, packte Erik ihn im Nacken und schüttelte ihn wie einen Hund. »Ich sagte *halt*, Lämmerschwanz«, knirschte er. »Vielleicht hältst du dich an meine Worte! Sie haben sich ergeben. Also laß das Wüten sein!«
Tatsächlich kniete der Rest der dunkelhäutigen Männer auf dem blutbesudelten Deck und hob flehentlich die Hände. Sie stammelten Unverständliches.
»Ich traue ihnen nicht«, knurrte Skallagrim. »Wie können wir ihr Angebot annehmen, wenn wir ihre Sprache nicht verstehen? Und wer soll wissen, ob diese Fremden sich an ihre Schwüre halten?«
»Bindet sie«, befahl Erik seinen Leuten und überwachte mit Weißfeuer in der Hand die Entwaffnung der dunkelhäutigen Männer. »Es ist nicht ehrenvoll, einen Gegner zu töten, der sich ergeben hat«, redete er seinen Männern ins Gewissen. »Es sind schon genug gefallen.«
»Sie haben Eyjolf umgebracht«, sagte Thorgeirr. »Und viele andere.«
»Sie fielen ehrenvoll im Kampf und nahmen viele Gegner mit, die ihnen in Walhalla dienen werden«, widersprach Erik. »Kommt, laßt uns das Schiff durchsuchen und nachsehen, welche Fracht sie so eifrig hüteten.«

Sie stiegen über Leichen und gingen nach unten, obgleich die meisten Männer dachten, ein Schiff mit Frachtraum wäre eine Falle. Fremdartige Gerüche schlugen ihnen entgegen. Erik führte sie in den dunklen Bauch des Schiffes. »Licht!« rief er Skallagrim zu; der entzündete eine Fackel. Männer reichten sie die Luke hinab.
Das Licht flackerte; Erik roch verbranntes Holz und senkte die Fackel tiefer, fluchte und ging weiter. Hier befanden sich Räume fast wie Alkovenbetten; was mochte sich darin befinden? Er rief nach oben. Ein Schlüssel wurde heruntergereicht.
Erik drehte ihn im Schloß, und als die Tür schließlich aufschwang, sah er mehrere Frauen, die sich eng zusammendrängten.
Die Männer hinter ihm jubelten beim Anblick der dunkelhäutigen Schönheiten. »Seht nach, ob sie nicht bewaffnet sind«, sagte Erik, »damit sie sich nicht das Leben nehmen.« Die Männer stürzten sich auf sie, und kein Stückchen Metall an den Leibern der Frauen wäre unbemerkt geblieben. Doch sie trugen nur bunte Seidengewänder, und ihre Gesichter waren verschleiert. Die Frauen kauerten sich nieder und ergaben sich den Männern.
»Was glaubst du, woher sie kommen?« fragte Valgard. »Wie braun ihre Haut ist! Als wären sie den ganzen Sommer auf See gewesen; und doch haben wir tiefsten Winter.«
Leif Ljotson streckte seine rauhe Hand aus und streichelte die Wange einer Schönheit, die zusammenzuckte, aber nicht zurückwich, und riesige Augen machte. »Ich habe gehört, im Süden scheine immer die Sonne, Sommer wie Winter gleichermaßen, und die Leute werden braun. Einer, der weit gereist war, hat es mir erzählt. Ich dachte, er hätte gelogen.«
»Laßt die Frauen in Ruhe«, sagte Erik. »Hier gibt es sicherlich noch andere Schätze. Skallagrim, du bewachst mit Lyting zusammen die Frauen; und sorgt dafür, daß sie nicht fliehen oder sich etwas antun.« *Und sorgt dafür, daß sie nicht belästigt werden,* dachte er bei sich im stillen. Skallagrim konnte er vertrauen, weil er die Frauen haßte. Und Lyting war zu einfältig, um nicht zu gehorchen.
Es war tatsächlich eine reiche Beute, keine Weine, sondern Ge-

würze – eigentümlich riechende Pulver, die Erik einen Augenblick lang an Hexenwerk und Schwanhild erinnerten. Was würde diese junge Hexe machen, wenn sie wie diese Frauen in Gefangenschaft geriet? Er lächelte kurz bei dem Gedanken: Zweifellos herumwüten und das Schiff versenken, bevor sie ihr Leben verlöre. Gudruda wäre weniger aufbrausend, aber der Mann, der sie gegen ihren Willen nähme, hätte kaum Freude daran – oder kaum Zeit, die Erinnerung auszukosten. Aber Schwanhild war sicher verheiratet und weit fort, und er konnte Gudruda drei Jahre lang nicht mehr sehen...

Erik und seine Männer standen noch im Gang und schauten sich um, als plötzlich eine Tür aufgestoßen wurde. Eine Frau stand auf der Schwelle. Das Gesicht war verschleiert, aber ihre Augen hatten einen vernichtenden Blick. Stolz und hochgereckt stand sie da.

Dann griff sie zu ihrem Gürtel; Erik sprang hinzu und packte ihre Handgelenke. Sie rangen kurz und heftig miteinander, schließlich ließ sie einen edelsteinbesetzten Dolch zu Boden fallen. *Eine mutige Frau!* dachte Erik, *sie muß dem Kapitän gehört haben*, und befahl Gizur, ihr die Hände zu binden, während er einen Blick in die Kajüte warf.

Das mußte in der Tat die Kapitänskabine sein. Sie war mit bestickten Tüchern behängt, und dicke, weiche, bunte Kissen lagen überall am Boden.

»Nimm sie mit«, befahl er Gizur dem Kurzsichtigen, »und bring sie zu den anderen, aber faß sie nicht an, sie wird zuerst mir gehören, denn sie war die Frau des Kapitäns.«

»Ich glaube kaum, daß sie die Ehre zu schätzen weiß«, sagte Gizur lachend, als er die Dunkelhäutige wegführte.

Im Frachtraum lagerten noch weitere Schätze: getrocknetes Obst, Süßigkeiten, Ballen glänzenden Tuchs und eine Truhe voll mit Edelsteinen. In den Augen der Männer leuchtete es gierig. Erik ließ den Deckel zuschnappen. »Wir könnten das teilen«, sagte er, »aber ich habe einen besseren Vorschlag. Wir sollten uns Freunde damit gewinnen, denn wir sind kurz vor der Küste eines fremden

Landes, auch wenn es fast nur von Normannen regiert wird. Diese Edelsteine werden gute Geschenke sein.«
Es gab einiges Hin und Her, aber letzten Endes stimmte selbst Bjarni Erik zu. Die Männer besaßen wenig außer den Kleidern, die sie trugen, und ihren Waffen, die sie für drei Jahre Abenteuer mitgenommen hatten. So war es wirklich das beste, wenn sie sich einem mächtigen Herren anschlossen.
Da Erik ihre Enttäuschung fühlte, fügte er schnell hinzu: »Aber die übrige Beute an Bord ist unser. Und wir können uns im Trocknen schlafen legen und uns amüsieren.«
»Was ist mit dem Rest der Besatzung?« Inzwischen war Gizur der Kurzsichtige zurückgekehrt. »Sie werden sich gegen uns erheben, sowie sie eine Gelegenheit dazu finden. Wir können diese Leute ja nicht ewig so gefesselt liegen lassen.«
»Ein gutes Argument«, gab Erik zu. »Wie viele sind es?«
»Zwanzig sind noch am Leben, die sich ergeben haben.«
»Um so besser. In dieser Kajüte befinden sich zwanzig Frauen; laßt die Frauen frei und sperrt die Männer ein.« Erik erntete grölendes Gelächter. »Wenn wir dann von Bord gehen, können die Frauen sie befreien.«
»Ich dachte, wir nehmen auch das Schiff.« Bjarnis Ton war trotzig.
»Und was sollen wir mit unseren Gefangenen machen? Sie töten, nachdem sie sich ergeben haben? Das wäre nicht ehrenhaft.«
»Sie als Sklaven verkaufen«, schlug Bjarni vor.
Erik musterte ihn mit hartem Blick. »Wer ist hier der Anführer, du oder ich?«
»Du«, gab Bjarni zu.
»Dann mach, was ich sage. Wir werden niemanden erschlagen, der sich uns ergeben hat, und keine waffenlosen Männer angreifen. Wir sind Krieger, keine Aasfresser!«
Die *Gudruda* wurde längsseits an dem anderen Schiff festgemacht und Eyjolf Schafdiebs Leichnam in einen Umhang gewickelt. Seinen schlaffen durchbohrten Leib beließen sie an Bord der *Gudruda* zusammen mit den Leichen der anderen Gefallenen. Schwerter,

Äxte und Kelche wurden ihnen als Ehrengabe beigelegt. Was von Eriks Mannschaft noch übrig war, kletterte an Strickleitern die Bordwand des Handelsschiffs empor. Später würden sie ihre Gefährten begraben, wenn sie einen Hafen angelaufen und wieder festen Boden unter den Füßen hatten. In der Zwischenzeit würden sie zu ihren Ehren ein Festmahl halten. Die Toten speisten schon in Odins Halle und wären nicht ungehalten über das Gelage ihrer noch lebenden Gefährten.
Die Gefangenen redeten erneut aufgeregt und ängstlich durcheinander, als sie Eriks Männer sahen, die sie umringten und lautstark ihr fremdartiges Aussehen bestaunten. »Genug damit«, sagte Erik. »Bringt sie nach unten.« Man band den Fremden die Füße los. Die Frauen wurden aus der Kabine getrieben und die Männer, nachdem man sie nach Waffen durchsucht hatte, hineingeführt. Erik ordnete an, einem einzigen die Hände loszubinden. »Er kann die anderen befreien«, sagte er. »Mit den Knoten werden sie für eine Weile zu tun haben.«
»Ich habe die Frauen bewacht«, knurrte Skallagrim. »Eine laute, schnabelflinke Hühnerschar. Gibt es irgendwo Wein an Bord?«
»Keinen Tropfen haben wir gefunden; sehr merkwürdig«, sagte Erik. »Aber auf der *Gudruda* haben wir Bier, mehr als genug, um einen Abend lang zu feiern; zu essen ist reichlich da, und Frauen haben wir auch.«
»Ich bin für Bier und Essen«, sagte Skallagrim. »Frauen machen mehr Ärger, als sie wert sind. Warum haben sie denn die Kajüte nicht mit Fässern – Wein oder Bier – gefüllt?«
Erik lachte über seinen Freund. »Dann trink eben, Lämmerschwanz.« Zu Gizur dem Kurzsichtigen sagte er: »Such die Kapitänskajüte nach Waffen ab und schließ seine Buhle ein. Dem Mädchen würde ich nicht trauen, wenn ein Messer greifbar ist. Die anderen können uns eine Mahlzeit zubereiten.«
Erik und seine Männer konnten sich mit den Frauen zwar nicht unterhalten, aber sie konnten sich ganz gut mit Zeichen verständigen. Sie seien nun Sklaven und sollten ein Festmahl zubereiten. Die dunkelhäutigen Frauen erklärten sich einverstanden und

machten Gesten der Unterwerfung. Ihr Schicksal hat sich wenig verändert, dachte Erik; vielleicht gefällt ihnen die Abwechslung.
Die Winterdämmerung brach schnell herein, und bald war draußen alles finster. Aus der Kombüse zogen seltsame Gerüche, und die Männer wurden hungrig. Sie begannen sich darüber zu ereifern, wie sie die Frauen aufteilen wollten.
»Mir gefällt die in dem purpurnen Rock«, sagte Leif Ljotson.
»Ach, die ist doch zu mager. Die Füllige in Blau«, sagte Thorgeirr.
»Die wollte ich auch«, warf Hamund ein.
»Ich habe mich zuerst gemeldet.« Das war Thorgeirr.
Gizur mischte sich ein. »Ehe wir zu streiten beginnen, vergeßt nicht: Wir sind fünfzig Männer. Beziehungsweise fünfundvierzig jetzt.«
»Vierundvierzig«, murmelte Skallagrim. »Mit fremden Frauen will ich nichts zu schaffen haben.«
»Und sie sind zwanzig.«
»Einundzwanzig«, rief Bjarni. »Vergeßt nicht die Frau des Kapitäns.«
»Auf die hat Erik als erster Anspruch.« Sie murrten darüber, aber es kam nicht zum Zerwürfnis. Erik war ihr Anführer, da gab es nichts zu wollen. »Ich schlage vor, wir losen und legen so die Reihenfolge fest, wer mit wem und wann, und vertreiben uns auf diese Weise die Zeit bis zum Essen.«
Es gab einige Widerworte, aber dann kam man überein, daß das eine gerechte Lösung war. Und so vergingen die Stunden, bis das Essen aufgetragen wurde.
Die Frauen hatten nicht nur gekocht, sondern sich auch gekämmt und Schmuck angelegt, um ihren Eroberern zu gefallen. Sie knieten vor den Männern und boten Platten fremdartiger würziger Speisen an. Man hatte die Bierfässer von der *Gudruda* an Bord geschafft und bot aus Freundlichkeit den Frauen etwas an, aber diese wandten die Köpfe ab und verschmähten den Trunk.
Skallagrim brütete finster über seinem Horn. »Frauen, die nicht

trinken wollen! Denen traue ich immer weniger. Das können keine Menschen sein. Aber kochen können sie gut«, sagte er und nahm sich eine zweite Portion. »Was immer sie für ein Hexenpulver ins Essen gemischt haben, jedenfalls wirkt es gegen das Bier.« Er schlang noch einen Teller voll hinunter.

Erik entsann sich der Gefangenen und ließ ihnen Essen und Trinken bringen. Die Männer kamen wieder und sagten, die Gefangenen wollten kein Bier; mit Zeichen fand Erik von einer der Frauen heraus, daß sie Wasser trinken würden, und wies an, daß man ihnen davon bringen sollte. Er wollte nicht unnötig grausam sein.

Dann endlich fiel ihm die Frau des Kapitäns ein, die allein in der Kajüte eingesperrt war. Erik lächelte. Um sie würde er sich persönlich kümmern. Er nahm einen vollen Teller und ging nach unten.

XXVIII

Von Fatima und Erik

Der Niedergang lag im Finstern; Erik, der nur offene Schiffe gewohnt war, fühlte sich wie erstickt. Eine kunstvolle Öllampe schaukelte vor der Kapitänskajüte; Erik stellte den Teller ab und nahm die Lampe aus ihrer Halterung; Gizur hatte ihm den Schlüssel gegeben; er schloß die Tür auf.

Dahinter lag alles im Dunkeln. Erik hob die Lampe; die Frau saß auf dem Bett. Ihre Hände waren immer noch gefesselt. Er bemerkte Kratzer auf ihrer Stirn oberhalb ihres Schleiers. Ihre Haare waren zerzaust.

Wut stieg in Erik auf – wer hatte das getan? Hatte er doch befohlen, daß man sie in Ruhe lassen sollte! Doch dann erinnerte er sich – man hatte sie zu den anderen Frauen gesperrt, die ihr offensichtlich grollten. Sei's drum, dachte Erik. Sie hatten ihre Chance gehabt. Eine zweite würde es nicht geben.

Die Frau des Kapitäns rührte sich nicht von ihrem Platz, sondern schaute ihn trotzig an. Wie schwarz ihr Haar war! Selbst im flakkernden Schein der Lampe sah er den weichen Ton ihrer Haut.

Ihr goldener Schmuck blitzte. Erik fand einen Halter, hängte die Lampe auf, trat in den Gang hinaus und brachte den Teller mit dem Essen herein. Von einem Schulterriemen baumelte sein Trinkhorn.

Ihre Augen wurden größer, als sie das Essen sah, und sie blickte Erik an. Hatte sie etwa gedacht, daß er sie aushungern wollte, bis sie ihm zu Willen wäre? Erik griff hinter ihren Rücken, um ihre Hände freizubinden; die Frau des Kapitäns zuckte zusammen, blieb dann aber still sitzen. Er löste die Verknotung. Sie rieb sich ihre Handgelenke, und sobald sie sie bewegen konnte, griff sie nach dem Teller. Erik hielt ihn außerhalb ihrer Reichweite.

Sie konnten sich zwar nicht unterhalten, aber eins ließe sich möglicherweise klären, dachte Erik, deutete auf seine Brust und sagte: »Ich heiße Erik.« Sie schüttelte den Kopf, und er wiederholte: »Erik.« Sie nickte und verbeugte sich aus der Taille. Ihre Worte sprudelten melodisch dahin, doch als sie »Fatima« sagte, deutete sie auf ihre Brust.

»Erik – Fatima.« Sie übten das eine Weile. Dann reichte Erik ihr den Teller. Sie schaute auf ihre Hände und imitierte Händewaschen, aber Erik verstand sie nicht; schließlich seufzte sie und packte mit den Fingerspitzen zu. Er bot ihr sein Trinkhorn an. Sie nahm es und führte es an ihre Lippen; die Flüssigkeit schwappte heraus und über ihr Gesicht. Ärgerlich schüttelte sie den Kopf und gab es ihm zurück. Erik zeigte ihr, wie man das Horn mit einer langsamen, geschmeidigen Bewegung gebrauchte. Sie nahm es und trank, würgte aber alles wieder heraus.

Wahrscheinlich mochte Fatima kein Bier. Erik dachte an die anderen Frauen und Männer. Aber so viele, die alle nicht tranken? Sehr merkwürdig! Das waren auch ihre braune Haut und ihre weichen, seidigen Kleider. Die Männer waren wenigstens dem Wetter entsprechend ausgestattet. Vielleicht durften die Frauen niemals an Deck?

Fatima aß zu Ende, starrte dann ihre Finger an und deutete auf einen Beistelltisch. Erik trat hinzu – nur ein Krug und ein Bekken, nichts, das man als Waffe hätte benutzen können –, nickte, und sie stand auf, goß Wasser über ihre Finger, wischte ihre Hände an ein weiches Tuch und drehte sich dann zu ihrem Eroberer um.

So dunkel sie war, Fatima war wunderschön. Ihr rotgoldenes Gewand konnte das kaum verbergen. Zumindest war dieser verfluchte Gesichtsschleier fort! Erik beobachtete sie. Fatima schien ihm unbedingt gefallen zu wollen. Er stand auf und mußte sich bücken, so niedrig war die Kabinendecke. Fatima wich zur Wand zurück, wirbelte plötzlich herum, griff nach der Lampe und warf sie nach ihm. Erik duckte sich, und Öl ergoß sich über das Bettzeug. Ölspritzer flammten auf und gaben etwas Licht. Fatima zischte. Erik hörte sie im Dunkeln und machte einen Satz auf sie zu. Sie entschlüpfte ihm, doch er packte sie beim Kleid, Stoff riß entzwei, dann war sie wieder fort.

Erik hoffte, Gizur würde die Kabine gründlich durchsucht haben, denn dieses Weibsbild wartete mit Listen auf, mit denen nicht zu rechnen war! Schon stand das Bettzeug in Flammen, und Erik hörte ihr zorniges Reden. In dem neu aufflammenden Licht konnte er Fatima in der äußersten Ecke der Kajüte erkennen. Sie wich ihm aus, als er mit einem gewaltigen Satz auf sie zuschoß. Doch schon zu spät, er packte sie beim Handgelenk.

Hinter ihnen loderte das Bettzeug. Erik umgriff Fatima fest mit der Rechten und riß mit der Linken einen Wandbehang herunter, den er auf die Flammen warf. Dann schleuderte er Fatima auf das noch schwelende Bett.

Für eine zierliche Frau, die den Großteil ihres Lebens in Räumen und Gärten zugebracht hatte, wehrte Fatima sich kräftig, versuchte, ihn zu treten und zu beißen, und spie ihm schließlich ins Gesicht.

Wütend umfaßte Erik wieder ihre Handgelenke mit einer Hand und legte ihr die andere fest über den Mund. Fatima würgte und erschlaffte. Nicht daß sie das Bewußtsein verloren hätte – sie hörte nur zu kämpfen auf. Dann drang Erik in sie ein. Als er fertig war, fesselte er wieder ihre Hände.

Es dauerte zwei Tage, ehe Fatima den Versuch aufgab, ihn umzubringen. Am ersten Morgen, als sie ihn nackt sah, schrie Fatima laut auf. Erik begriff nicht warum, da die Männer in ihrem Teil der Welt bestimmt kaum anders gebaut waren. Tatsächlich flüsterte die Besatzung, daß die männlichen Gefangenen etwas Merkwürdiges aufzuweisen hätten... aber Fatima gefiel Erik gut, und er tat ihr nicht sonderlich weh.

Sie lernten bis auf ihre Namen und ein paar schlimme Flüche wenig von der Sprache des anderen. Schließlich gab Fatima ihren Widerstand auf und ließ ihn gewähren. Erik freute das. Denn unklug war es, Frauen auf Dauer gegen ihren Willen zu gebrauchen. Niemand wußte, wie oder wann sie sich rächen würden... Und

wieder der Gedanke an Schwanhild... Und wieder verdrängte er ihn.
Drei Tage vergingen so an Bord des Schiffes, und die Männer wurden unruhig. Sie hatten allen Proviant verzehrt, alles Bier getrunken und alle Frauen ausprobiert. Und außerdem schaukelten ihre toten Gefährten in der *Gudruda* neben ihnen und mußten endlich bestattet werden.
Man beschloß, die irische Küste anzulaufen. Bjarni wollte die gefangenen Frauen mitnehmen, aber Erik sagte, die *Gudruda* wäre schon genug beladen. Sie nahmen nur die Truhe mit den Edelsteinen, die restlichen Gewürze, Tuche, Messing und ein paar Kissen mit. Erik schloß Fatimas Gefängnis – die Kapitänskajüte – auf und ließ sie frei. Zum Abschied gab er ihr den edelsteinbesetzten Dolch zurück. Sie wandte sich um, schaute die anderen Frauen an, schüttelte heftig den Kopf und deutete zur *Gudruda*. Noch einmal bot sie Erik ihren Dolch an; er nahm ihn, gab ihn wieder zurück und schüttelte verneinend den Kopf. Fatima rang die Hände und fuhr sich mit der Handkante über die Kehle, als wollte sie, daß man sie durchschnitt. Schließlich kam die Dunkelhäutige in einen riesigen Wollumhang gehüllt an Bord. Sie trug ihren edelsteinbesetzten Dolch am Gürtel, und kein Mann behelligte sie.
»Sagtest du nicht, das Schiff wäre schon genug beladen?« beklagte sich Bjarni.
»Sie hat mir auf unsere Art Treue geschworen«, erklärte Erik. »Die anderen Frauen würden sie bestimmt umbringen. Hast du gesehen, wie sie ihr Gesicht zugerichtet haben, als man Fatima nur kurze Zeit gefesselt ließ?«
Wie Erik es befohlen hatte, kein anderer faßte Fatima an. Hinter ihnen hißte das Kaufmannsschiff die Segel.

XXIX

Wie Erik und Fatima das Julfest verlebten

Die *Gudruda* segelte weiter an der Westküste Irlands entlang und lief die Galwaybay an, einen großen, gut geschützten natürlichen Hafen. Hier hatten die Normannen einen Handelsplatz gegründet, an dem sich viele niederließen – im Gegensatz zur irischen Gewohnheit, in Städten zu leben. Die Normannen bevorzugten weit verstreute Höfe und Festungen.

Die ersten großen Einfälle lagen lange zurück. Viele Normannen hatten sich auf der Insel niedergelassen, irische Frauen geheiratet, Kinder gezeugt und aufgezogen. Etliche ließen sich sogar taufen.

So auch Alf der Dünne. Vor Jahren war er aus Norwegen gekommen und hatte alles geraubt, was wertvoll und leicht wegzuschleppen war. Doch das milde irische Klima und eine hübsche Irin ließen ihn anderen Sinnes werden. Anstatt mit seiner Beute nach Hause zu segeln, ließ er sich mit seinem Gefolge in Galway Town nieder. Nach angemessener Zeit heiratete er die Irin, deren Name Ranait war. Um ihretwillen und weil sie ihn nicht anders haben wollte, ließ Alf sich zum Christen machen, obwohl er und seine Gefolgsleute innerlich weiter im alten Glauben lebten.

Die Priester schalten ihn, allerdings recht vorsichtig. Wenn Alf auch schon in der Mitte seiner Jahre war, so war er doch ein kräftiger Mann und hatte viele starke Krieger um sich versammelt. Es wäre ihm nicht schwer gefallen, Kirchen auszuplündern, Priester zu erschlagen und dann jedes Wissen um die Taten abzustreiten. Er aber bot den Klerikern Schutz gegen seine eigenen Landsleute.

Bei Alf und Ranait fanden Erik und seine Mannen schließlich Unterkunft. Alf war einer der wohlhabendsten Männer der Gegend, und sie brauchten einen mächtigen Herrn.

Alf war hocherfreut, die stämmigen jungen Recken zu sehen, und noch erfreuter über die reichen Geschenke, die sie mitbrachten: Juwelen und Gewürze von dem gekaperten Handelsschiff, Schafe und Rinder von den Inseln. Erik hatte erwogen, Fatima als zusätzliches Geschenk anzubieten, aber Alf schüttelte den Kopf und sagte: »Ranait würde mich nicht in Ruhe lassen.« Er fürchtete zwar wenige Männer, wohl aber die Zunge seiner Ehefrau. »Sie ist Christin, weißt du. Sie halten es nicht mit solchen Bräuchen. Nun, hier im Haus kann ich mir keine Buhle halten. Ich muß sie weit entfernt unterbringen und sie besuchen, wenn ich auf Reisen bin.«

»Frauen sind eigentümlich«, stimmte Erik zu. Fatima schwieg zu diesem Wortwechsel, denn sie verstand noch immer nichts von der normannischen Sprache, und hüllte sich frierend in ihren Umhang. Bei diesem feuchten, grauen Wetter fror sie unablässig, obwohl Erik so freundlich gewesen war, ihr einen dicken Umhang zu geben.

Ranait betrachtete die dunkelhäutige junge Frau als Gast und führte sie freundlich zum Handarbeitszimmer, um angemessene Kleidung für Fatima herauszusuchen. Alf streckte die Beine vor dem Feuer aus, hielt ein Horn Bier in der Hand und streichelte den Kopf eines riesigen irischen Wolfshundes. »Hier führe ich ein ruhigeres Leben«, sagte er, »aber man wird alt. Mit den Jahren weiß man die Ruhe zu schätzen. Sag mir, warum seid ihr hierhergekommen?«

Erik berichtete ihm, daß man auf Island die Kleine Ächtung über ihn ausgesprochen hatte, weil er Ospakar Schwarzzahns Sohn getötet habe, und erzählte von dem Kampf, mit dem alles begonnen hatte. Und weil ihn plötzlich Heimweh packte, schilderte er auch weitschweifig und in blumigen Worten den Liebreiz Gudrudas der Schönen.

»Eine Frau ist meist wie die andere«, sagte Alf, »bis auf Ranait. Nun, du hast bereits allerhand Abenteuer hinter dir, dabei hat deine Zeit in der Fremde erst begonnen. Du hast da ein prachtvolles Schwert. Darf ich es mir einmal ansehen?«

Erik gestattete es, Alf hob die Waffe und schwang sie über seinem

Kopf. Die Klinge pfiff durch die Luft. »Kannst du diese Runen lesen?« fragte er den Gast.
»Nein«, gab Erik zu, »aber eine Hexe hat einmal behauptet, sie besagten, das Schwert hätte Odin gehört.«
Alf reichte die Waffe zurück, als hätte er sich daran verbrannt. »In diesem Fall bringt es möglicherweise nicht nur Glück. Nun, wenn du mit deinen Männern eine Zeitlang hierbleibst, könnt ihr das Julfest mit uns begehen, und bald danach, wenn die heilige Adventszeit und das Fest Christi Geburt vorüber sind, ziehen wir gegen Tadgh O'Connor in die Schlacht.«
»Wer ist das denn?«
»Der irische König von Connacht. Er nimmt es persönlich übel, daß wir Normannen in seinem Land leben – denn wenn wir hier leben, ist es nicht mehr ganz das *seine*.«
»Nicht mehr ganz.« Erik lachte.
»Ich und meine Männer wollen gegen ihn kämpfen; er will sich stellen. Aber jetzt ist es zu feucht. Später wird es vielleicht gefrieren, das ist besser für den Kampf. Schließt euch doch uns an! Es wird ein Ringen geben, bei dem großer Ruhm zu ernten ist.«
»Ich und meine Leute werden mit Freuden an deiner Seite kämpfen, Alf«, erklärte Erik. »Es ist ohnehin günstig, nicht während der finsteren Julzeit zu reisen.«
Ranait kam in die Halle zurück und brachte Fatima mit. Die Irin war eine große, stattliche Frau. Ihr geflochtenes Haar war von grauen Strähnen durchzogen, doch ihr Gesicht ohne eine einzige Falte. Sie trug ein langes Wollkleid mit einem buntgemusterten Überwurf darüber. Am Gürtel baumelten die Hausschlüssel und ein Dolch. Fatima war gleichermaßen gekleidet, doch das Kleid war zu lang für sie, so daß es über dem Gürtel geblust werden mußte. Ihr edelsteinbesetzter Dolch wirkte fremd auf dem bunten, selbstgewebten Stoff, und sie trug keinen Gesichtsschleier. Ihre braunen Augen waren riesengroß und voller Schrecken. Mit der Rechten hielt sie Ranaits Ellbogen umfaßt.
»Ich habe ein Festmahl angeordnet, Mann«, sagte Ranait zu Alf. Ihr Nordisch hatte einen trällernden Akzent. Sie musterte Erik aus

hellgrünen Augen. »Deine *Dame* fühlt sich jetzt zweifellos besser, obwohl das arme Ding weder ein Wort Nordisch noch Gälisch sprechen kann. Wo hast du sie gefunden?«

»An Bord eines Schiffes«, berichtete Erik und war sich nicht sicher, ob ihm die direkte Art dieser Frau, ihm, einem Mann, Fragen zu stellen, gefiel. Erik schnippte mit den Fingern. Flugs huschte Fatima neben ihn und hockte sich nieder. Ranait kniff ärgerlich die Augen zusammen und machte auf dem Absatz kehrt. »Wie ich schon sagte, wir werden bald essen«, sagte sie und schritt aus der Halle.

»Sie hat ihren eigenen Kopf«, erklärte Alf. »Bestimmt sind viele skandinavische Frauen auch so, aber bei den Irinnen ist es besonders ausgeprägt. Und wenn du einer widersprichst – besonders einer ihrer Dichterinnen...« Alf hielt inne, schlug sich die Hand vor die Augen und schloß: »Das ist schon eine andere Welt!«

Er gab Erik auf dem Hochsitz den Platz an seiner Seite und brachte dessen Gefolge auf den Bänken unter. Erik erwartete, daß Fatima helfen würde, die Mahlzeit aufzutragen, doch statt dessen wies Ranait ihr einen Platz neben Erik zu. Dann wurden Speiseschüsseln, Bier und Wein von Dienern herumgereicht.

Das Fleisch – knuspriger Schweinebraten – war schmackhaft, und Gemurmel erhob sich, als Alf Erik die »Heldenportion«, ein Stück der Keule, zuteilte, aber Alf brachte sie mit scharfen Worten zum Schweigen. »Der junge Erik kam auf Wikingerfahrt übers Meer und wurde jüngst in einer Schlacht verwundet. Jeder, der sich gegen meine Entscheidung stellen will, mag das bedenken.«

Weit unten am Tisch murrte ein junger, rotbärtiger Riese laut genug, daß man es hören konnte: »Bislang haben wir nur Geschichten von Erik gehört, Geschichten, die er von sich erzählt hat. Kein Wunder, daß sie alle zu seinen Gunsten enden. Nur selten jammert ein Feigling, wenn er die Möglichkeit zum Prahlen hat.«

Skallagrim hatte bereits reichlich getrunken, und Wein war er nicht gewohnt. Wutschnaubend stand er auf und packte den Mann am Kragen seiner Jacke. »Wer bist du, daß du es wagst, Erik Hellauge einen Feigling zu nennen?«

Der Mann zeigte sich nicht beeindruckt. »Ich bin Conn, den man Rotbart nennt. Ich bin einem nordischen Friedlosen ebenbürtig und den meisten Männern überlegen.«
Neben ihm saß eine junge, dunkelhaarige Irin. Sie führte die Hand zum Mund und biß sich auf die Knöchel, bis Blut kam. »Conn, Conn, bedenke bitte, was du sagst, es ist nicht klug, nutzlosen Streit anzuzetteln«, bat sie.
»Halt den Mund, Ciara«, sagte Conn.
»Ich werde dich hinausschaffen«, erklärte Skallagrim und wollte Conn aus der Halle ziehen. Inzwischen hatte Erik die Unruhe mitbekommen.
»Genug, Lämmerschwanz«, brüllte er. »Du bist schon wieder betrunken! Wenn er mich für einen Feigling hält, soll er gegen mich kämpfen. Was würde es beweisen, wenn du ihn in den Boden schlagen würdest? Ich habe keine Lust, jetzt aufzustehen. Wenn er Manns genug ist, kann er morgen früh gegen mich antreten.«
»Ich bin Manns genug – übergenug«, brüllte Conn zur Antwort.
Alf stand auf. »Jetzt ist Schluß. Wenn Erik und Conn unbedingt ihre Kräfte messen wollen, na schön – aber es soll nur zwischen ihnen sein und so ausgetragen werden, wie ich es sage. Ich werde meine Gefolgsleute und meine Gäste nicht durch Fehden auseinanderreißen lassen. Wenn ihr kämpfen wollt, dann nur so lange, bis das erste Blut fließt. Nach dem Julfest steht uns ein großer Kampf bevor. Dort wird es heiß genug hergehen.«
»Und heute abend wird kein Wort mehr darüber verloren«, verkündete Ranait und rief nach ihrem Harfenspieler. Wie es Brauch war in Irland, mußten nun alle schweigen und zuhören.
Selbst die Normannen hielten es so.
Nach einer Weile fiel Erik auf, daß Fatima nichts von dem gegrillten Schwein gegessen hatte, obwohl er ihr ein angemessenes Stück abgeschnitten hatte. Er machte eine fragende Handbewegung, aber sie schaute ihn entsetzt an und schüttelte den Kopf.
Nun gut. Sie würde schon essen, wenn sie hungrig wäre, und Erik aß ihren Teller leer. Als das Fest vorüber war, nahm er Fatima mit

zu seinem Strohlager. Einige Iren beobachteten das mit finsterem Blick, doch Ranait hatte bereits die Halle verlassen, so daß kein anderer ein Wort darüber verlor.

Am Morgen trat Conn Rotbart, dem der viele Wein sichtlich nichts ausgemacht hatte, gegen Erik im Zweikampf an. Die Männer, die zuschauen wollten, stellten sich ringförmig auf, ebenso Ciara, Conns Verlobte, und Fatima. Alf machte noch einmal deutlich, daß nur so lange gekämpft werden durfte, bis das erste Blut floß; sobald einer verwundet wäre, würde der Kampf beendet sein und der Streit, wer der Tapfere von beiden sei, wäre beigelegt. Conn erklärte sich damit nicht gerade begeistert einverstanden; Erik, der keine Zweifel an seiner Schwertkunst hatte, erging es nicht anders.

Und wirklich, der Kampf dauerte nicht lange. Conn hatte ein gutes Schwert, und er schwang es mit aller Macht, doch Erik parierte schnell, und Weißfeuer hatte seinen eigenen Willen; Erik wich Conns erstem Schlag geschickt aus und zog, nun selbst angreifend, seinem Gegner eine deutliche Schnittwunde über die linke Wange, als dieser versuchte, das Gleichgewicht wiederzuerlangen. Erik verfehlte dabei absichtlich das Auge, denn er hatte Conn nicht blenden wollen – er erinnerte sich, wie Ospakar beim Kampf um Weißfeuer auf sein rechtes Auge aus gewesen war und welch schlechte Meinung die Männer darüber gehabt hatten –, und hieb Conn auch nicht in die Schulter, denn das hätte ihn als Kämpfer fürs erste unbrauchbar gemacht. Dann sprang Erik zurück und blieb stehen.

Conn stieß einen Schrei aus und stürzte sich schwertschwingend auf Erik. Alf packte ihn jedoch am Gürtel und zerrte ihn zurück. »Bis zum ersten Blut, habe ich gesagt!« brüllte der Lehnsherr. »Du hast verloren, Conn, und damit ist der Kampf zu Ende!«

Conn blieb keuchend stehen. Blut rann sein Kinn herab und färbte seine Brünne rot. Dann nickte er. »Gerecht ist gerecht.« Er streckte Erik die Hand entgegen, der sie ergriff. »Gut gefochten, Hellauge. Du hast deine Tapferkeit bewiesen, und die Heldenportion steht dir zu.« Rasch drehte er sich um und schritt davon. Ciara

schaute Erik einen Augenblick lang an und folgte dann ihrem Verlobten, den sie jetzt zu pflegen hatte.
So kehrte wieder Frieden auf Alf des Dünnen Hof auf Galway ein. Gelegentlich brachen Streitigkeiten zwischen Eriks Gefolge und Alfs Leuten aus – weitgehend nur Belanglosigkeiten. Bjarni von Brandarsvik war immer dabei und trug gewöhnlich ein blaues Auge oder blutige Knöchel davon. Skallagrim beachtete Eriks strikten Befehl und hielt sich allen weiteren Zwistigkeiten fern. Denn wie schnell konnte der Berserker, wie Erik sagte, mit der Axt bei der Hand sein und einen von Alfs Leuten erschlagen, und dann wären alle in eine Blutfehde verstrickt...
Die Tage waren kurz, als der dunkelste Monat des Jahres begann. Es war die Zeit, das Julfest zu feiern – Ranait allerdings nannte es lieber Weih-Nacht und später Dreikönigsabend; wie dem auch sei, es war ein Grund zum Feiern, und niemand sollte in der Fremde unterwegs sein, wenn finstere Mächte den Tod der Sonne planten.
Erik trank in der Halle mit Alfs Gefolge und seiner eigenen Mannschaft und hörte draußen den Wind heulen. Selbst im geschützten Hafen von Galway peitschten die Wellen über die See und brachen sich lautstark am Strand. Er umfaßte sein Trinkhorn fester und überlegte, ob Schwanhild wieder auf dem Meer wandelte.

XXX

Wie Schwanhild das Julfest verlebte

Tatsächlich geschahen zur finstersten Zeit des Jahres seltsame Dinge. Auf Straumey bewirkte Schwanhild Julmagie, die für Atli nichts Gutes bringen sollte. Auf Hoy, der Heimatinsel von Ingjald dem Plünderer und Rannveig der Tiefsinnigen, streifte das Böse übers Land.

Seit Schwanhilds und Atlis Besuch lastete ein Fluch auf Whaness, und niemand wollte mehr zu Besuch kommen. Im Dunkeln flüsterten seltsame Gestalten, und mindestens ein Hausbewohner war auf dem Rückweg vom Abtritt bedroht worden. Die Bediensteten beklagten sich: Die Tiere seien unruhig, Kühe gaben keine Milch, ein seltsamer Schimmel befalle das Korn in den Speichern, nachts erklängen unerklärliche Geräusche, und das Brunnenwasser werde grün und faul.

Diejenigen, die getauft waren, sagten, es wäre Teufelswerk, und sie wären verflucht, weil man sich mit Heiden gemein machte. Und das sagten sie, obgleich Ingjald und Rannveig die liebsten Herrschaften waren.

Die Leute von Whaness suchten Entschuldigungen, um in diesem Jahr nicht am Julfest ihrer Eltern teilnehmen zu müssen: ein Kind wäre krank, Pferde lahmten, eine Frau hätte Fieber und so weiter. Und so kam es, daß Ingjald und Rannveig mit den paar Dienstboten, die ihnen geblieben waren, ein trauriges Julfest verbrachten.

Die Menschen auf den Orkneys fürchteten die Zeit um Jul – ob Heiden oder Christen. Nach ihrer Überzeugung streiften böse Geister durch die Nacht, um Sterblichen ein Leids zu tun, wenn sie dazu eine Gelegenheit finden. So reist keiner von Sonnenuntergang bis Sonnenaufgang, und keiner bleibt allein. Helle Feuer lo-

dern, und die Menschen trinken und feiern, um ihre Angst zu vergessen.
Inzwischen jedoch war es Schwanhild in den Sinn gekommen, daß sie unbedingt noch einmal mit den Toten sprechen mußte. Es gab Dinge, die in Erfahrung zu bringen waren – auch wenn sie wohl wußte, wie es Erik in Irland erging, denn sie hatte ihn bei seinem Zweikampf mit Conn Rotbart beobachtet. Nicht gesehen hatte sie dagegen die zierliche dunkelhaarige Frau, die ebenfalls dabeigewesen war. Spiegelsehen kostete Schwanhilds ganze Kraft; sie konnte es nur eine Zeitlang und brachte dann den nächsten Tag völlig erschöpft im Bett zu. Außerdem tat es ihr weh, Erik zu sehen und nicht mit ihm zu sprechen oder ihn berühren zu können. Irgend etwas in ihr warnte sie, wenn Erik sich in Gefahr befand, und das genügte.
Doch Schwanhild wollte ihre Sinne weiter schärfen und die höhere Hexenkunst erwerben. Sicher, sie hatte die Toten auferweckt und damit den schlimmsten – Odins Zwölften Zauber vollbracht, aber noch beherrschte sie nicht die Kunst, Liebe zu erzwingen – wie sie es nun seit Jahren am eigenen Leib erfahren hatte. Wenn sie jemals noch eine weitere Gelegenheit mit Erik bekäme, müßte sie diesen Zauber auf jeden Fall beherrschen.
Also beschloß Schwanhild, zur Insel Hoy zurückzukehren. Atli lehnte es zwar ab und murrte, sie wäre verrückt, bei solchem Wetter zu reisen, und noch verrückter, um die Julzeit ausfahren zu wollen, Schwanhild aber lachte nur. Sie fürchtete sich nicht vor finsteren Mächten. Und wie gewöhnlich setzte sie ihren Kopf durch, schlug Atli mit einem hohen Fieber und hatte freie Bahn.
Atlis Männer murrten ebenfalls, doch sie fürchteten ihre Herrin. So stach die *Wölfin* ungeachtet eines Wintersturms in See.
Inzwischen besaß Schwanhild eine gewisse Macht über Wind und Wetter; sie konnte Stürme ebenso abflauen lassen wie sie heraufbeschwören, so daß man schnell, wenn nicht gar gut vorankam. Schweigend saß Schwanhild im Bug des Schiffes, in ihren grauen Pelzumhang gehüllt, und hing ihren eigenen Gedanken nach. Die

Männer kauerten sich achtern zusammen und versprachen Ägir Opfer, wenn sie die Reise überlebten.

Es war nach Sonnenuntergang, als sie am Ufer von Whaness vor Anker gingen. Sie zogen die *Wölfin* auf den Kies und schleppten sich erschöpft den Weg zu Ingjalds Haus hinauf. Schwanhild klopfte an die Tür.

»Wer ist da?« Die Stimme, die von drinnen ertönte, klang furchtsam.

»Schwanhild, Atlis Frau.«

Die Tür wurde weit aufgerissen, und im Lichtschein stand Rannveig; hinter ihr warteten bewaffnete Männer. »Schwanhild! Was um alles in der Welt hast du um diese Zeit im Freien zu schaffen?« Sie zog ihren Gast ins Haus und nahm Schwanhild den durchnäßten Umhang ab. Rannveig betrachtete Schwanhilds schmale Taille und zog die Stirn kraus. »Was ist mit dem Kind? Du müßtest doch schon einen stattlichen Umfang haben und kurz vor der Niederkunft stehen!«

»Ich hatte letztlich doch kein Kind und werde wohl auch niemals eins bekommen.« Schwanhilds Antwort war knapp. Rannveig schob das auf ihre Trauer und schwieg.

»Was konnte dich denn nur in einer solchen Nacht um diese Jahreszeit hinaustreiben? Hast du etwas Seltsames bemerkt, als du den Weg heraufkamst? Bei uns sind inzwischen böse Dinge geschehen.« Rannveig schüttelte sich. »Aber hier, trink etwas gewürztes Bier und setz dich ans Feuer. Wir glaubten schon, das Julfest alleine zu verbringen, und jetzt bist du hier. Wo ist Atli?«

»Krank«, antwortete Schwanhild. »Er wird alt, weißt du.« Sie warf einen Blick zu Ingjald hinüber; sein Haar war weiß geworden, und Falten zerklüfteten sein Gesicht. So plötzlich kam das Alter einen Menschen an – und dabei wirkte bei Ingjald keinerlei Hexenkunst. Schwanhild nippte dankbar am heißen Bier. Trotz all ihrer Zauberei war sie durchnäßt und fror entsetzlich. Es tat gut, im Haus an einem Feuer zu sitzen. Was sie noch vorhatte, mußte im Dunkeln geschehen, aber sie konnte sich erst am Feuer aufwärmen.

»Wie geht es denn auf Straumey?« erkundigte sich Rannveig und geleitete Schwanhild zu einem Platz am Feuer. »Wir haben seit eurer Abreise nichts mehr von euch gehört.«
»Wir hatten schlimmes Wetter, und Atli hatte in jüngster Zeit viele Gebrechen«, berichtete Schwanhild und zog eine bedauernde Miene. »Ich versuche, ihm zu helfen.«
»Wir haben eine schlimme Zeit hinter uns«, berichtete Rannveig. »So schlimm, daß unsere Söhne und Töchter das Julfest nicht bei uns verleben wollen...«
»Tatsächlich«, stellte Schwanhild fest, »eure Halle wirkt recht öde.« Bänke, auf denen sich sonst Gäste drängten, standen leer an den Wänden. Nur Rannveig und Ingjald auf dem Hochsitz und eine Handvoll Diener und Gefolgsleute sowie Schwanhilds Begleiter saßen am Tisch.
Rannveig schüttelte den Kopf. »Die Bediensteten sagen, ein Geist geht um. Ich selbst habe ähnliches gesehen – auf mich wirkt es einsam und ängstlich, was immer es sein mag, aber sie behaupten, es sei böse und würde uns alle vernichten. Viele sind von uns gegangen, sogar unsere Haushälterin, die seit ihrer Jugend hier auf dem Hof gelebt hat. Und sie ist jetzt eine Frau in mittleren Jahren.«
Bei diesen Worten lächelte Schwanhild insgeheim. Telg ging also noch um, und sie brauchte ihn nicht wieder aufzuerwecken. Um so besser. Er würde alles tun, was sie ihm befahl, wenn sie ihn nur wieder schlafen lassen würde.
So saß Schwanhild gelöst und fröhlich mit ihren Gastgebern zusammen, bis einer nach dem anderen sich zur Ruhe legte. Schwanhild gähnte schließlich und verlangte nach einem Bett; Rannveig brachte sie im selben Alkoven unter, wo Schwanhild mit Atli einst geschlafen hatte.
Schwanhild schlief jedoch nicht, sondern wartete, bis es still im Haus war. Sie wartete und lauschte. Draußen hörte sie Stolpern und Wimmern. Um so besser. Sie würde Telg erst gar nicht suchen müssen.
Endlich war bis auf die Geräusche draußen alles still. Schwanhild

stand auf, zog ihren Umhang über und stahl sich aus der Tür. Der Innenhof war dunkel und windig. Dunkle Wolken jagten an der Mondsichel vorbei. Das Licht war fahl und trügerisch, obwohl der Sturm vorüber war. Fensterläden klapperten und Schafe blökten, und die Hunde kauerten sich winselnd mit über die Augen gelegten Pfoten zusammen.

Schwanhild blieb stehen und wartete, bis *er* zu ihr käme. Es dauerte nicht lange. Aus der Finsternis schwankte eine schmale Gestalt heran, schlurfte, stolperte wie blind dahin und weinte. Ein Mondstrahl beleuchtete ein bleiches Gesicht und fischzerfressene Augen. Telg blieb stehen, als wollte er Schwanhild bedrohen, und warf sich dann mit einem Aufschrei ihr zu Füßen. »Gib mir meinen Frieden, gib mir meinen Frieden!« bettelte er. »Du hast mich herausgerufen, und ich tat, was du wolltest, aber du hast mich im Stich gelassen. Mein Grab war mir versperrt, und ich konnte mich nicht niederlegen. Monatelang habe ich das Neue Land durchwandert. Ich habe es früher sehr gern gehabt, jetzt aber sehne ich mich nur noch nach meinem kalten Grab und meiner Familie. Ich möchte schlafen. Solange ich wach bin, sterbe ich unablässig. Und ertrinken tut so weh! Ich hatte immer Angst davor, und jetzt ertrinke ich unaufhörlich. Grünes Wasser, Steine, Schlamm ... bitte schick mich wieder schlafen!«

Schwanhild blickte auf den Leichnam hinunter. »Was gibst du mir dafür?«

»Alles, was du willst. Alles, was ich habe.« Telgs augenloses Gesicht zuckte kurz empor und senkte sich dann wieder zu Boden. Eine kleine Hand faßte nach Schwanhilds Fuß. Sie wich zurück.

»Dann will ich den Fingerknochen deines Vaters.«

»Nein!« schrie Telg. »Nimm meinen, was immer du damit machst!« Er riß sich einen Finger aus und streckte ihn ihr hin.

»Ich will den Fingerknochen deines Vaters, oder ich werde dich niemals schlafen lassen, das schwöre ich dir!«

»Mein Vater hat nichts getan; er starb auf der Jagd, als sein Pferd ihn abwarf. Warum läßt du seine Gebeine nicht in Ruhe?«

»Ich brauche den Fingerknochen deines Vaters. Er ist kräftiger als du. Es ist nun das letzte Mal, daß ich dich frage; dann gehe ich wieder nach Hause und komme nie wieder zurück, wie sehr du auch betteln magst. Willst du denn bis in alle Ewigkeit ertrinken?«

»Mein Vater warf mich, als ich klein war, in die Luft und fing mich auf, er lachte immer und war stark und liebevoll. Ich kann seine Leiche nicht berauben – ich habe sogar meinen kleinen Sohn nach ihm benannt. Nimm alles andere ...« Telgs Stimme brach. Schwanhild blieb stehen und schwieg.

»Ich gehe nun ins Haus zurück und warte. Geh zu eurem Grab. Hol den Fingerknochen deines Vaters und bring ihn mir hierher. Klopf dreimal an die Tür. Ich werde dir öffnen. Erst dann gebe ich dir den Befehl zu schlafen.«

Wolken verdüsterten wieder den Mond, und Schwanhild vernahm nichts als Schluchzen, das sich allmählich in der Ferne verlor. Sie ging ins Haus und schloß die Tür.

Drinnen herrschte völlige Stille bis auf das Knistern des glosenden Feuers und das Schnarchen der Männer. Sie setzte sich hin und wartete. Es war schon ein Stück Wegs zum Schattenstein; sie wollte nicht zu Fuß dorthin laufen.

Schließlich ertönte das Klopfen, ein-, zwei-, dreimal. Schwanhild ließ sich Zeit, ehe sie zur Tür ging. Das Klopfen erklang erneut. Sie öffnete die Tür. Im Licht, das aus der Öffnung fiel, stand bleich und zitternd Telg und hielt ihr einen spitzen, weißen Knochen hin.

»Sag mir die Wahrheit«, mahnte Schwanhild. »Stammt er denn wirklich von deinem Vater?«

»Er ist von meinem Vater. Er schrie meinen Namen, als ich ihn ihm entriß. Wir hätten ihn nicht stören dürfen.«

Bedächtig steckte Schwanhild ihn in ihren Beutel. »Sehr schön«, sagte sie und wollte die Tür schließen.

»NEIN!« kreischte Telg. »Du hast versprochen, mir meinen Schlaf wiederzugeben!«

Schwanhild lachte. »Nun, das habe ich, Kleiner. Wohlan, da ich eine Frau bin, die Gewalt über die Worte hat, kehr also zurück in das Grab und hör auf umzugehen.«

Während sie die Worte sprach, fielen Telgs Züge in sich zusammen,

und der Wind fegte einen Staubwirbel durch den Innenhof. Plötzlich vernahm Schwanhild hinter sich einen Schrei; sie schlug die Tür zu und drehte sich herum.
Ingjald, den vielleicht das Klopfen oder das Gespräch geweckt hatte, war in die Halle gekommen und mußte die Unterredung und Telgs Verschwinden beobachtet haben. Mit glasigen Augen stand er da und griff sich an die Brust. Dann deutete er auf Schwanhild und brach zusammen. *Hexe!*
Schwanhild beugte sich über ihn. Seine Lippen waren jetzt blau angelaufen, und Ingjald krümmte sich vor Schmerz. Er keuchte und würgte.
Um so besser, dachte sie. *Ein alter Mann kann jederzeit sterben, und er kann nicht verraten, was heute nacht geschehen ist.* Sie ließ ihn liegen und ging wieder zu Bett. Am Morgen erwachte sie von Rannveigs entsetztem Aufschrei.
Schwanhild kümmerte sich leidlich um die Witwe und reiste bald wieder ab nach Straumey mit dem Fingerknochen sicher im Beutel.

XXXI

Wie Erik in Irland kämpfte

Die Julzeit verstrich auf Alfs Anwesen in Galway. Die Feier der Dreikönigsnacht bedeutete schließlich das Ende der heiligen Weihnachtszeit, und von König Tadgh O'Connor kam ein Bote, um Ort und Zeit für die Schlacht festzulegen.

Das war gut so, denn durch die vielen ereignislosen Feiertage waren die Männer unruhig geworden; Eriks Besatzung war zwar zu ein paar kleineren Erkundungszügen aufgebrochen, aber gemäß Alfs Befehl verschonten sie die umliegenden Klöster, und anderswo war nichts Nennenswertes zu rauben. Bjarni von Brandarsvik murrte darüber. Er hatte von Abenteuern und Beute geträumt und bislang nur wenig abbekommen.

Erik war streng mit seinen Männern und sagte: »Alf ist unser Gastgeber. Er hat uns in seinem Haus aufgenommen. Wenn er seiner Gemahlin wegen den Klöstern Schutz versprochen hat, müssen wir das anerkennen. Es ist am besten, ihr übt euch im Waffengang, damit ihr nicht bald mit eurem Blut die Steine rötet. König Tadghs Krieger sind in ihrer Stärke wohlbekannt, und sie kämpfen auf heimischem Boden.«

Es war ein alter Brauch bei den Iren, Ort und Zeit für die Schlacht genau festzulegen und dafür zu sorgen, daß die Gegner sich zahlenmäßig ebenbürtig waren. Nur dadurch war das Kämpfen ehrenvoll. Der Herold verkündete Alf, daß König Tadgh hundertfünfzig Mann aufstellen würde, davon fünfzig Berittene. Er hatte eine kleine Abteilung Bogenschützen, doch die meisten seiner Männer würden Spieße und Schwerter tragen.

Alf fand das annehmbar. Eriks Mannschaft ergänzte seine Leute zur entsprechenden Zahl. Seine Männer kämpften nicht gerne zu Pferde, aber sie würden in die Schlacht reiten und dann absitzen.

Dann wurde zwischen König Tadghs Boten und Alf festgelegt, daß die beiden Streitkräfte in drei Tagen an den Ufern des Flusses Clare gegeneinander antreten sollten.
Das Flußufer würde ein guter Lagerplatz sein. Man hatte fließendes Wasser und eine natürliche Trennung der beiden Truppen. Der Herold brachte einen Trinkspruch auf seinen König und Alf aus, besiegelte die Abmachung mit einem Handschlag und trat dann den Rückweg an.
Erik erschien das alles eigentümlich. »Du liegst mit diesem König in Fehde? Und doch reist sein Herold ungehindert und wird wie ein Gast empfangen?«
Alf zuckte mit den Schultern. »So will es der irische Brauch. Sie kämpfen gerne, aber sie haben bestimmte Regeln. Sie halten uns für Barbaren, wenn wir bei ihnen plündern. Aber da ich nun in Irland wohne, muß ich meine Krieger den hiesigen Bräuchen anpassen. König Tadgh ist ein ehrenwerter Mann. Ich war Gast in seinem Haus. Wir haben eben nur diesen einen Streitpunkt: Er will mich von diesem Land verjagen, und ich will bleiben. Nun, die Götter werden entscheiden, wer von uns recht hat.« Er lächelte. »Ich meine, *Gott* wird entscheiden.«
Erik rief seine Männer zu einer Besprechung zusammen. »Alf wird auf irische Art kämpfen«, erklärte er ihnen. »Auch wir werden uns danach richten und uns seiner Führung anvertrauen.«
»Wir könnten das feindliche Lager in der Nacht zuvor angreifen«, schlug Bjarni vor. »Wir würden dann einen Vorteil haben.«
»Nein, das brächte Alf um seine Ehre. Das möchte ich nicht zulassen.« Erik blieb hart, doch Skallagrim murrte. »Ein Kampf ist letzten Endes doch ein Kampf; sollen wir ihn schon vorher zerreden?«
Lyting Schmalkopf nickte. »Zuviel Gefasel.« Er hielt sich in dieser wie in vielen anderen Fragen an Skallagrim. Der Berserker verspottete ihn niemals wegen seines langsamen Denkens, bewunderte ihn vielmehr wegen seiner Kraft.
Am Abend vor der Schlacht reisten Alf, dessen Gefolge sowie Erik mit der Mannschaft der *Gudruda* das kurze Stück landeinwärts zum Schlachtfeld. Erik machte große Augen, als er Ranait die Rü-

stung anlegen und einen Speer ergreifen sah, aber Alf erklärte ihm, daß Irinnen häufig kämpften und es ohnehin keine Möglichkeit gäbe, sie zurückzuhalten. Königin Blath würde an König Tadghs Seite kämpfen. Ranait würde sich schämen, es ihr nicht gleichzutun.

»Ich hätte niemals auch nur im Traum daran gedacht, gegen eine Frau ins Feld zu ziehen«, sagte Erik.

»Wenn du Bedenken hast, gegen eine Königin zu kämpfen«, sagte Alf zu ihm, »dann sei versichert, daß Ranait sich genau das vorgenommen hat. Sieh nur zu, daß du den Frauen nicht in die Quere kommst.« Er lachte.

Sie hatten auf schönes Wetter gehofft, doch statt dessen fiel ein kalter Nieselregen, der von Zeit zu Zeit in eisige Schauer überging. Eriks Leute von den Färöer-Inseln schienen dieses Wetter zu genießen – sie sagten, der Regen wäre warm und es herrschte wenig Wind –, aber seine Isländer murrten, dieses Wetter wäre besser für Fische als für Kämpfer.

Sie hielten an, schlugen ihre Zelte auf und machten Feuer zum Kochen und Wärmen. Jenseits des Flusses, der an dieser Stelle weder besonders tief noch breit war, hielt der Gegner es gleichermaßen. Es waren die gleichen Zelte, die Waffen und Rüstungen sahen ähnlich aus, und in den gegnerischen Reihen sah Erik viele, die sehr nordisch wirkten. Er fragte Alf danach. Sein Gastgeber antwortete: »Natürlich. Die Männer können in Dienst gehen, wo sie wollen. Ich habe Iren unter meinen Gefolgsleuten, wie du wohl weißt. Conn Rotbart zum Beispiel; er gehört zu meinen stärksten Leuten.«

»Also kämpfen sie nicht für Familie oder Sippe?«

»O, nein«, antwortete Alf. »Sie kämpfen aus Spaß und um des Ruhmes willen, genau wie wir.«

So kurz nach der Sonnenwende brach die Dämmerung früh herein. Lagerfeuer loderten zu beiden Seiten des Flusses. Von drüben hörte Erik Gesang.

»Sie sind ziemlich fröhlich«, meinte Skallagrim. »Vielleicht werden sie bis zum Morgen zu betrunken sein, um zu kämpfen.«

»Das ist wenig wahrscheinlich«, meinte Alf. »Es sieht so aus, als käme da jemand.«

Tatsächlich bahnte ein Mann zu Pferd sich einen Weg durch die Furt. Er trug eine Fackel, ritt die Uferböschung herauf, kam näher, brachte sein Pferd zum Stehen und rief: »Alf! Alf der Dünne!«

»Hier bin ich«, antwortete Alf mit lauter Stimme.

»Ich bringe eine Nachricht von König Tadgh von Connacht:

Schleicht zurück in euren Schnee,
Nichtsnutzige Normannen.
Verlaßt die Buchten von Erin.
Verlaßt eure wohlfeilen Frauen.
Dreht eure Drachen heimwärts,
dankbar auf die See!
Rann wird euch rechtzeitig rächen.
Flieht furchtsam hinfort, ihr Feinde!

Erik hielt das für üble Rede, und Skallagrim trat axtschwingend nach vorn, um den Herold zu erschlagen; Alf rief ihn zurück. »Das ist so Brauch vor einer Schlacht«, erklärte er. »Ich werde dem König antworten.« Er dachte ein paar Augenblicke nach und brüllte dann mit dröhnender Stimme über den Fluß:

Lenk deine Soldaten heimwärts,
Marschiere auf Emain Macha.
Die Küste laß stärkeren Männern,
Die sie dir abgenommen.
Männer, bereit sie zu halten,
wie eure Frauen sie lieben!

Alfs Krieger brachen bei dieser Entgegnung in schallendes Gelächter aus, und der Botschafter des Königs hob anerkennend die Hand, lenkte sein Pferd herum und ritt zurück durch den Fluß.

»Also, wir kämpfen bei Morgendämmerung«, sagte Alf. »Es wird spät; am besten, wir legen uns bald schlafen.« Auf der anderen Seite tranken und sangen die Iren noch lange.

Die Dämmerung kam grau und feucht. Es war kein Tag, wie Erik ihn für eine Schlacht gewählt hätte; er legte seine Brünne und seinen Goldhelm an, obwohl das Metall eiskalt war, gürtete Weißfeuer um und nahm seinen hölzernen Schild. Rings um ihn her hielten die anderen Männer es ebenso. Auf der anderen Seite vom Fluß nahmen die Iren Aufstellung. Erik und seine Männer würden zu Fuß kämpfen; sie hatten keine eigenen Pferde, und Alfs Leute brauchten die ihren samt und sonders. Conn Rotbart saß zu Pferd, ebenso Alf und seine Frau Ranait und viele andere. Die Reiter würden vorauspreschen, und die Krieger zu Fuß würden ihnen folgen. Skallagrim stand zu Eriks Rechter mit Lyting Schmalkopf neben sich. Zu Eriks Linker hatten Bjarni, Hjort Svartson und Valgard der Wanderer Aufstellung genommen. Die anderen waren unter Alfs Fußtruppen verteilt.

Es wurde offensichtlich, daß die Schlacht mitten im Fluß stattfinden würde, so daß Skallagrim brummte: »Egal, was geschieht, viel nasser können wir kaum werden.« Unter Schlachtgebrüll und Geschrei rückten die Heere aufeinander zu.

Reiter trieben ihre Rösser ins Wasser und trafen dort auf ihre Gegner. Gewaltige Waffen wurden geschwungen und trafen ihr Ziel; Männer und Pferde schrien. Reiter stürzten in den Fluß, der sich rot färbte. Erik sah, wie Ranait sich im Sattel aufrichtete und ihren Speer nach einer großen blonden Frau schleuderte, die ihn gerade noch mit ihrem Schild abwehren konnte. Dann trieb sie das Kampfgetümmel weiter auseinander, und die Fußsoldaten griffen ein.

Erik suchte sich einen großen, braunhaarigen Mann aus, der hinter seinem Bart zu grinsen schien. Ein würdiger Gegner, ebenso groß wie Erik und sehr geschickt im Schwertkampf. Hinter Erik schwang Skallagrim seine Axt; das Krachen der Knochen war weithin zu hören. Erik und sein irischer Gegner umkreisten einander und achteten sorgsam darauf, im Flußbett nicht den Halt zu verlieren. Das Schwert des Mannes war ebenso lang wie Weißfeuer. Der Ire setzte zu einer Finte an, und Erik hob seinen Schild, um den Schlag abzuwehren; doch schon schwang der Mann sein Schwert herum, und die Klinge streifte Eriks Rippen.

Hätte er nicht seine Brünne getragen, wäre er in zwei Stücke gespalten worden. So aber empfand er nur einen heftigen Schmerz und taumelte. Sein Fuß glitt auf einem lockeren Stein aus, so daß er auf ein Knie stürzte und bis zur Hälfte im Wasser lag. Doch sein Gegner trat zurück und wartete, daß Erik sich wieder erhob. *So also wird hier gekämpft*, dachte Erik und stemmte sich hoch. »Laß ihn mir, Lämmerschwanz«, schrie er, als Skallagrim sich ins Gefecht mischen wollte. Eriks Gegner grinste und hielt den Schild eng an seinem Körper.

Weißfeuer sang in Eriks Hand, auch wenn sein Schildarm ihn schmerzte und an Kraft verloren hatte. Er schlug nach dem Kopf des Mannes; doch sein Streich wurde gewandt abgewehrt; das Schwert seines Gegners traf dröhnend auf Eriks Schild, sprang von dort ab und traf sein linkes Bein.

»Willst du mich stückweise töten?« knirschte Erik und griff an. Es war am besten, mit diesem Kampf zu einem schnellen Ende zu kommen. Hinter dem braunhaarigen Mann hob Lyting Schmalkopf seine Axt. Etwas in Eriks Gesicht mußte jenen jedoch gewarnt haben, denn der Mann wirbelte herum, machte einen Ausfallschritt und hieb Lyting mit Wucht das Schwert in den Bauch. Lyting trug kein Kettenhemd. Er stürzte ins Wasser, und Blut sprudelte aus ihm hervor.

Erik stieß einen Schrei aus und stürzte sich auf den Mann, der sich schon wieder umdrehte; ihm gelang ein rascher Hieb gegen dessen Schulter, aber die Brünne des Iren hielt es aus, so daß jener nur ins Stolpern kam und beinahe sein Schwert fallen ließ. Erik holte noch einmal aus und schwang sein Schwert gegen den Hals des Mannes. Der duckte sich, und Weißfeuers Spitze riß nur die Wange seines Gegners auf. Erik sah weiße Zähne hinter dem Blut blitzen. Für einen Augenblick erfaßte er das ganze Schlachtenbild: Vor ihm am Ufer stürzte Conn Rotbart vom Pferd und blieb still liegen; Alf erlitt eine Armverletzung und Ranait einen Hieb gegen den Kopf. Und schon hob der Ire wieder sein Schwert; Erik deckte sich mit dem Schild und trat zurück, doch zu spät, die gegnerische Klinge krachte auf seinen goldenen Helm nieder, und alles um ihn herum wurde dunkel.

Am anderen Ufer kam Erik wieder zu sich; in seinem Kopf drehte sich alles, und alles verschwamm vor seinen Augen. Die Schlacht mußte vorüber sein; er hörte kein Waffengeklirr mehr, nur noch das Stöhnen der Verwundeten. Er versuchte, sich aufzusetzen und spürte, daß er nur mit Mühe atmen konnte, und rings um ihn war Blut.

»Ich dachte mir schon, daß du nicht ganz tot bist.« Der braunhaarige Ire stand über ihn gebeugt. »Deshalb habe ich dich aus dem Wasser gezogen. Ich werde dich von einem Arzt untersuchen lassen, sobald er die Schwerverwundeten versorgt hat. Du bist ein zu kräftiger Mann, als daß ein paar Kratzer dich umbrächten. Wir hatten einen großen Kampf, und ich danke dir dafür.«

Erik sank wieder zu Boden. Der Mann sprach nordisch, wenn auch mit dem trällernden Akzent wie Ranait. »Wer hat gesiegt?« keuchte Erik.

Der Mann zuckte mit den Schultern. »Wir zählen noch und überprüfen die Verluste. Jedenfalls ist der Kampf zu Ende. Wir hätten bei Abenddämmerung ohnehin aufgehört, aber so lange ging noch keine Schlacht. Du hast schon eine gute Weile bewußtlos am Boden gelegen.«

Erik war, als müßte er sich übergeben. Sein Kopf raste vor Schmerzen.

Der andere Mann musterte ihn und sagte: »Wie ich sehe, habe ich dir einen ordentlichen Hieb versetzt. Hättest du einen dünneren Helm gehabt, hätte es dir den Schädel gespalten, und der Fluß hätte dich davongetragen. Übrigens, ich heiße Sean MacGill; man nennt mich auch Schwertsänger.«

»Und das zu Recht«, stöhnte Erik, »ich bin Erik, genannt Hellauge.«

»Du hast besser gekämpft als irgendeiner, der mir bis jetzt unter die Augen gekommen ist«, sagte Sean zu ihm. »Aha, hier naht Hilfe.«

Der Mann, der sich über Erik beugte, trug die dunkle Kutte eines Mönchs. Das Haar hatte er zurückgeschnitten, und es reichte nur bis zu den Ohren; er schüttelte den Kopf und murmelte etwas in einer fremden Sprache, schaute Erik in die Augen, schüttelte noch einmal den Kopf und zog Erik Brünne und Hemd aus.

»*Mein Gott, Mann,* das sieht ja böse aus«, sagte Sean und pfiff durch die Zähne.

»Das will ich glauben«, stöhnte Erik. Die Finger des Mönches tasteten seinen Körper ab. Dann trennte der Kirchenmann seine Hose auf, um sich die Wunde am Bein anzusehen. Er öffnete eine Tasche, zog Nadel und Faden heraus und nähte den tiefen Schnitt mit schnellen, glatten Bewegungen zu. Schließlich drehte er sich um und sagte etwas über die Schulter zu jemandem, den Erik nicht sehen konnte. Aber es war eine Frauenstimme, die Antwort gab. Die Gestalt kam näher und brachte Tücher; es war Ciara aus Alfs Gefolgschaft.

»Was machst du denn hier?«

»Ich kümmere mich um die Verwundeten. Ich tue das immer nach jeder Schlacht.« Ihre Stimme klang unbewegt. »Nun, du hast eine, vielleicht zwei Rippen gebrochen und diesen häßlichen Schnitt am Oberschenkel – aber das wird alles heilen. Der Schlag auf deinen Kopf könnte ernstere Folgen haben, doch du bist ja wieder aufgewacht.« Ciara wickelte feste Verbände um Eriks Brust, verband sein Bein und wandte sich an Sean, dem der Mönch gerade den Schnitt auf der Wange nähte.

»Ciara«, fragte Erik, »heißt das, daß ihr euch um die Verwundeten beider Seiten kümmert?«

Überrascht drehte sie sich um. »Natürlich. Die Schlacht ist zu Ende. Bruder Padraig ist Arzt, und ich verstehe etwas von Krankenpflege. Warum sollten wir nicht helfen, wo es Not tut?« Sie huschte davon und folgte dem Mönch.

Erik lehnte sich vom Schmerz übermannt zurück. Sean stand über ihn gebeugt. »Komm mit«, sagte er und half ihm auf die Beine. »Suchen wir ein Obdach, ehe du dir in der Kälte den Tod holst.« Von Sean gestützt, hinkte Erik davon.

XXXII

Wie Erik als Geisel genommen wurde

Der verwundete Erik wurde in König Tadghs Zelt geführt, wo bereits viele Gefährten lagen. Er bestand darauf, aufrecht zu sitzen, obgleich ihm die Seite wehtat und alles in seinem Kopf sich drehte. Hier waren Männer mit schlimmeren Verletzungen, als er sie aufzuweisen hatte. Er wollte nicht zugeben, daß er bezwungen worden war. Sean sorgte dafür, daß Erik einen Platz erhielt. »Ich weiß einen würdigen Gegner zu schätzen«, sagte der Ire. »Du hast gut gekämpft. Ich hoffe, du hegst keinen Groll gegen mich.«
Erik zuckte zusammen und streckte die Hand aus. Sean ergriff sie. »Nein, keinen Groll. Es war ein guter Kampf. Aber was ist mit meinen Leuten und Alf?«
»Alf ist leicht verwundet, er hat eine Schramme an seinem Schwertarm.« Ciara trat zu ihnen und berichtete: »Seine Frau ist sehr wütend; sie hat eine Schnittwunde auf der Stirn, die vielleicht eine Narbe zurücklassen wird.«
»Was ist mit meinen Leuten?« Erik war jetzt voller Sorge. »Was ist mit Skallagrim?«
»Er hat tapfer gekämpft und keinen einzigen Kratzer abbekommen. Drei meiner Männer hat er fast erschlagen.«
»Wo ist er denn?«
»Ich weiß es nicht«, sagte Ciara und schüttelte den Kopf. »Aber ein anderer deiner Leute hatte nicht soviel Glück; ihr nanntet ihn Lyting Schmalkopf, ihm wurde der Unterleib zerschlagen. Eine solche Verwundung hat noch niemand überlebt. Er war auf der Stelle tot.«
Erik empfand dumpfe Wehmut. »Er hat versucht, mir zu helfen. Ich hatte Skallagrim gesagt, sich nicht in den Zweikampf einzumischen – aber Lyting verstand häufig nur die Hälfte. Trotzdem

war er ein guter Mann. Wo ist Lämmerschwanz eigentlich?« Skallagrim würde vielleicht wütend durchs Lager ziehen, befürchtete Erik, und die Waffenruhe brechen – Odin allein wußte, wie diese verrückten Iren auf eine solche ruchlose Tat reagieren würden!

»Er sitzt neben Lyting dort, wo der Leichnam ans Ufer gespült wurde«, sagte Sean, »und droht, jeden umzubringen, der ihm zu nahe kommt.«

Erik stöhnte: »Hilf mir hoch! In solchen Augenblicken kann nur ich mit ihm reden. Wenn die Raserei ihn überkommt, ist er zu allem fähig.« Sein Kopf dröhnte, seine Brust schmerzte wie rasend mit jedem Atemzug, und das Bein tat ihm weh, aber er mußte zu Skallagrim.

»Ich werde dich begleiten«, erbot sich Sean. »Du bist noch nicht so sicher auf den Beinen.«

Erik schüttelte den Kopf und bedauerte sogleich diese Bewegung; denn die Zeltwände drehten sich plötzlich. »Nein. Ich habe gesehen, wie Lyting zu Tode kam, und Skallagrim sicherlich auch; er würde dich bestimmt auf der Stelle umbringen, ehe ich ihm Einhalt gebieten könnte.«

»Du kannst nicht alleine gehen«, sagte Ciara. Klein und trotzig stand sie vor ihm.

»Willst du mich aufhalten, Frau?« Erik mußte lachen. Er mochte zwar verwundet sein, aber seine Kräfte hatten ihn nicht ganz verlassen.

»Nein, selbst wenn ich dazu in der Lage wäre. Doch statt dessen werde ich mit dir gehen.« Ihre Stimme wurde schrill.

»Ich brauche wohl kaum ein Kindermädchen«, murrte Erik, aber er litt es, daß sie ihn begleitete.

Der Weg zum Flußufer war nicht weit, doch der schlammige Boden war schlüpfrig, und Hellauge wäre mehrere Male fast hingefallen. Ciaras helfende Hand wies er ab. Vor sich im Dämmerlicht sah er eine dunkle, zusammengekauerte Gestalt. Als er näher kam, erhob sie sich. »Wer ist da?« dröhnte Skallagrims Stimme.

»Ich bin es, Lämmerschwanz, Erik.«

»Oh. Jeden anderen hätte ich erschlagen.«

»Nichts hättest du! Ein Waffenstillstand wurde vereinbart, und diese Leute halten ihr Wort.«

»Ich habe keine Waffenruhe gelobt«, brummte Skallagrim.

»Nein, aber unser Anführer; und ich, dein Herr, habe ihm Treue geschworen. Und du hast mir Treue geschworen. So bist auch du dem Waffenstillstand verpflichtet.«

»Ein Ire hat Lyting getötet.«

»Ich weiß. Er fiel im Kampf. Welch besseres Ende könnte es für einen Krieger geben, Skallagrim?« sagte Erik. Und sang:

»Lyting Schmalkopf speist mit Odin
In dem Saal der vielen Türen.
Dämmert Tag, so trotzt er Helden,
feiert Feste nachts mit Freunden.
Gönnst du dem Guten nicht das Glück?«

Skallagrim seufzte. »Ich mag es nicht, wie diese Iren Kämpfe regeln. Ich hätte Lytings Bezwinger gerne umgebracht.«

»Das wäre nicht ehrenhaft gewesen«, erklärte Erik, »obwohl er auch mich fast getötet hätte. Doch als der Kampf zu Ende war, sorgte dieser Ire dafür, daß meine Wunden behandelt wurden. Komm, wir müssen zu den anderen und uns um Lytings Begräbnis kümmern.« Skallagrim hob den Leichnam auf seine Schultern und folgte Erik.

An diesem Abend gab es ein großes Festmahl zu Ehren der gefallenen Helden, und die Kämpfer beider Seiten tranken zusammen. Zwar brachen hier und da belanglose Zwistigkeiten aus, aber die meisten Männer waren zu kampfesmüde, als daß mehr geschehen wäre als prahlerische Rangeleien, Geschichtenerzählen und Gesang.

Lyting hatte wenig besessen; seine Axt war einfach und schmucklos, und er hatte nur ein Lederkoller gehabt, um sich zu schützen. Sein Helm war alt und zerbeult.

Skallagrim stand da, blickte auf Lytings Habseligkeiten hinab und ergriff die Axt des Gefährten. Sie wirkte dürftig in seiner Hand im Gegensatz zu seiner eigenen mörderischen, schweren Waffe. »Ich werde damit auskommen«, murmelte er. »Ein gerechter Tausch, Bruder.« Dann legte er seine eigene Axt, Blutvergießerin, neben den Leichnam. »Ich kann mir immer noch eine neue erstreiten, du hast die Möglichkeit nicht mehr. Ich möchte nicht, daß die Helden dich deiner Waffe wegen verspotten.«

Die Männer hielten das für wohlgetan, wenn vielleicht auch etwas übertrieben; Sean trat hinzu und legte eine silberne Tasse mit vier Henkeln ab. »Hätten wir doch daraus gemeinsam trinken können«, sagte er. »Wenn du dorthin ziehst, wo du dran glaubst, wirst du ein Trinkgefäß brauchen. Tatsächlich werden in Walhalla nur wenige irische *methers* geleert.«

Skallagrim schaute Sean lange an und nickte. »Erik hat recht. Eine Schlacht ist eine Schlacht, und jetzt ist Schluß damit.« Dann schlug er dem Iren auf den Rücken, der unter der Wucht des Schlages zusammenzuckte, und es war kein Rachegelüst mehr zwischen ihnen.

Als am Morgen alle wieder nüchtern waren, verhandelten König Tadgh und Alf der Dünne. Alfs Streitmacht war schwer angeschlagen, so daß der irische König für diesmal Sieger war und von den Normannen Wiedergutmachung für die erlittenen Schäden und Geiseln, um den Frieden zu sichern, fordern konnte.

Diese Geiseln würden als Gäste, nicht als Gefangene behandelt; als das bekannt wurde, nahm Erik Alf beiseite und stellte sich als Geisel zur Verfügung. Seine Wunden seien zwar nicht so schlimm, sagte er, daß er zu nichts mehr tauge, aber auch nicht so unbedeutend, als daß er nicht eine Ruhepause würde brauchen können. Und wenn für eine Weile sein Schwert in der Scheide bleiben müsse, nun gut, er würde sich an Tadghs Hof umsehen und alles auskundschaften. Außerdem müsse dadurch niemand aus Alfs Gefolge gehen.

Alf erklärte sich rasch und freudig damit einverstanden, allerdings unter der Voraussetzung, daß Erik Skallagrim mitnähme; denn nur Hellauge könnte diesen Bären in Menschengestalt im Zaum halten.

Conn Rotbart lag mit einer Verletzung am Rückgrat danieder; und man wußte nicht, ob er sein Leben lang ein Krüppel bliebe. Die Iren hatten kundigere Ärzte, und so erklärten sie sich einverstanden, Alfs Mann mitzunehmen und alles zu tun, was für seine Heilung getan werden konnte. Als aber Ciara das vernahm und auch von Eriks Entschluß, ebenfalls als Geisel mitzuziehen, hörte, bot sie ihre Hilfe an, die beiden zu versorgen. Man hielt das für eine gute Idee, und die Frau durfte mitkommen.

Eriks Männer murrten und waren nicht einverstanden, daß sie zurückgelassen wurden, doch Erik erklärte ihnen, sie sollten versuchen, das Lösegeld für ihn zusammenzubekommen, um so schneller sei er wieder frei. Er dachte kurz an Fatima, die in Galway zurückgeblieben war; sie war zwar keine Kriegerin, aber ohne Zweifel klug und kräftig genug, für sich selbst zu sorgen. Und Ranait würde ein übriges tun und sich schon darum kümmern, daß Fatima nicht belästigt würde.

König Tadghs befestigter Platz Rath lag ein Stück landeinwärts. Er hatte den Geiseln Pferde gegeben, so daß jeder Schritt des Tieres Eriks Gehirn im Schädel hüpfen ließ; Hellanges Miene wurde immer finsterer. Sean aber ritt wohlgemut neben ihm. Die Wunde an seiner Wange würde sauber verheilen und entzündete sich nicht. Conn lag auf einer Bahre zwischen zwei Pferden; Erik wagte nicht, sich dessen Schmerzen vorzustellen, und hörte nur das trappelnde Geräusch der Hufe auf dem kargen Boden.

König Tadghs Hof war von hohen Erdwällen umgeben, auf denen spitze Pfähle steckten. Über dem Tor befand sich eine holzverkleidete Plattform.

Als das Tor geöffnet wurde, gab es den Blick frei auf runde, strohgedeckte Hütten für die Krieger und Gefolgsleute, einen offenen Platz zum Kochen und auf ein großes, strohgedecktes Pfahlhaus sowie Pferche für die Tiere, Lagerräume und die üblichen Baulichkeiten eines großen Anwesens. Hier stand auch eine Kapelle – denn Tadgh war ein christlicher König – und ein kleines Haus für die Priester; dort war auch eine Werkstatt und ein Aufbewahrungsort für Bücher.

Eriks Kopf dröhnte, und er wollte nur noch schlafen. Er wurde in die Unterkünfte für die Krieger gebracht – auch wenn er als Geisel gehalten wurde. Man wies ihm eine Pritsche neben Skallagrim zu und sagte ihm, am Abend würde im großen Wohnhaus gegessen, denn all jene, die während der Schlacht auf dem Hof hatten bleiben müssen, waren begierig auf ihre Erzählungen. *

Allmählich beruhigte sich das geschäftige Treiben und das Durcheinander, das es bei ihrer Ankunft gegeben hatte. Die Schwerverletzten wurden bei dem Priester untergebracht, der etwas von Medizin verstand; mit Hilfe Bruder Padraigs, der aus einem benachbarten Kloster kam, und mit Ratschlägen, die man den Büchern entnehmen würde, würden zumindest einige der Männer überleben.

Für Conn Rotbart bestand fast keine Hoffnung mehr. Einige sagten, sein Rückgrat wäre zerschmettert; man hatte erwogen, ihm die Kehle durchzuschneiden, um seinem Elend ein schnelles Ende zu bereiten, aber Conn war Christ, und eine solche Erlösung von allem Übel war ihm versagt. Man gedachte, ihn vielleicht mit Gebeten und Kräutern zu heilen, und wenn er letztlich stürbe, hätte er genug gelitten, um sich von vielen Sünden reinzuwaschen. Conn würde gewiß geradewegs ins Paradies kommen.

Erik konnte zwar keinen verstehen, der lieber im Bett als auf dem Schlachtfeld sterben wollte, aber die Iren hatten so vieles an sich, was ihm sehr seltsam erschien.

Skallagrim hatte unter den älteren Kriegern Anschluß gefunden; sie spielten jetzt. Erik grinste. Man hielt Skallagrim zweifellos für einen grobschlächtigen Barbaren; doch Erik hatte des Lämmerschwanz' Geschicklichkeit bei Glücksspielen gesehen und wußte, daß Skallagrim geheime Kniffe besaß, zu gewinnen. Erik selbst machte sich nichts aus solchem Zeitvertreib. Nach einer so langen, anstrengenden Reise war ihm die muntere Gesellschaft der Frauen lieber.

Plötzlich trat Ciara in den Raum, und Erik wunderte sich sehr,

* »Die Mädchen, die uns die Speisen reichen, möchten nur allzu gerne eindrucksvolle Lügen hören«, sagte Sean mit einem Blinzeln. (In seinem Wohnbereich waren Erik und Skallagrim untergebracht.)

denn niemand drohte ihr oder belästigte sie. Sie kam zu Eriks Pritsche und hieß ihn, sich hinzulegen. Der Verband um sein Bein wurde dunkelrot und mußte erneuert werden. Seinem Kopf würde es mit der Zeit von alleine besser gehen, und auch die Rippen würden heilen.

Erik legte sich zurück und ließ sich von Ciara behandeln, schämte sich jedoch, eine Pflegerin zu brauchen; sie untersuchte Seans Wange, auf der Wunde hatte sich schon Schorf gebildet. Als sie sich zum Gehen wandte, stützte Erik sich auf die Ellbogen, was ihn zusammenzucken ließ, und fragte: »Wie geht es Conn?«

Ciara schüttelte den Kopf, daß ihre schwarzen Zöpfe flogen, und antwortete: »Nicht gut. Er kann sich nicht bewegen und ist nur wenig bei Bewußtsein. Der Priester und Bruder Padraig sind um ihn die meiste Zeit; er bedarf fachkundiger Betreuung, nicht gewöhnlicher Waschungen und Verbände. Sie wissen nicht, ob Conn überleben wird oder ob er jemals wieder laufen kann.«

In Erik regte sich Mitleid. »Was wird Conn tun, wenn er überlebt und ein Krüppel bleibt?«

Ciara zuckte mit den Schultern. »Sein Kriegerleben wird zu Ende sein. Einst hatte er eine Ausbildung zum Priester, doch glaubte er dann, daß er für dieses Leben nicht geschaffen sei. Vielleicht kehrt er in ein Kloster zurück oder sucht sich eine Anstellung als Schreiber. Viele Normannen können einen Kundigen gebrauchen, der auch schreiben kann.« Dann ging sie hinaus.

Als Erik im Lauf der nächsten Wochen zu Kräften kam, verbrachte er viele angenehme Abende bei Harfenmusik und Trinkgelagen mit Sean und den anderen und beobachtete König Tadgh. Erik erkannte, daß ein irischer König zwar ein bedeutender Mann, jedoch kein so hochfahrender Herrscher wie Eirik Blutaxt in Norwegen war. Seine Skalden waren fast ebenso stimmgewaltig und beredt. Barden wurden sie in Irland genannt. Was für eine scharfe Zunge diese irischen Sänger hatten! Erik war froh, daß ihr Spott anderen galt; er hielt sich zwar für einen recht geschickten Verseschmied, aber hier wurde er um Längen geschlagen. Nun, letzten Endes war er zuvörderst Krieger!

Ciara saß häufig bei ihm in der Halle. Er fragte sie nach Conn, doch ihre Antworten kamen knapp, und Erik hatte das Gefühl, daß es um den rotbärtigen Riesen nicht gut bestellt war. Er ging ihn nicht besuchen – es könnte den geschlagenen Kämpfer in Verlegenheit bringen –, und Erik hatte sich in Krankenzimmern immer unbehaglich gefühlt.

Frühlingsstürme lösten den unablässigen, kalten Regen ab, und Erik, dessen Wunden inzwischen gut verheilt waren, war begierig, wieder in See zu stechen.

Schließlich kamen Bjarni, Leif Ljotson, Thorgeirr Thorgeirrson und Hamund der Hastige an König Tadghs Hof. Nachdem sie sich zu erkennen gegeben und den Anlaß ihres Besuches genannt hatten, wurden sie hineingeführt.

Sie hatten ausreichend Lösegeld für Erik und Skallagrim, Ciara und Conn Rotbart bei sich, wollten aber nicht erklären, auf welche Weise sie es zusammengebracht hatten. Als Erik Bjarnis Gesichtsausdruck sah, stellte er lieber keine Fragen, da er dachte, sie hätten möglicherweise gegen Alfs ausdrücklichen Befehl ein Kloster geplündert.

Es war jedoch so, daß man die restlichen Edelsteine aus der erbeuteten Truhe verkauft hatte, und Alf hatte das Geld für Ciara und Conn dazugelegt. Alf wollte gerne einen neuen Feldzug führen, was er nur konnte, wenn sich keine Geiseln aus seinem Gefolge auf dem Gebiet des Königs befanden.

So geschah es, daß Erik und Skallagrim frei kamen. Sie entboten dem Hof ihr Lebewohl, wo sie inzwischen viele Freunde hatten; einige von Skallagrims Mitspielern murrten, daß er von dannen zöge, ohne ihnen die Möglichkeit gegeben zu haben, ihr Geld zurückzugewinnen. Ciara brach mit ihnen auf, doch ohne Conn Rotbart; er würde noch monatelang dort bleiben müssen.

Auf dem Rückweg hielt Ciara sich eng an Erik, aber er wollte nichts von ihr wissen. Sie war wie Gudruda, doch sie war Christin. In diesem Glauben würde sie sich mit ihm vermählen wollen... Und letzten Endes liebte er nur Gudruda.

Er ließ die weinende Ciara auf Alfs Gut zurück, und die *Gudruda*

segelte mit Erik, seinen Männern sowie Fatima davon. Die fremde Frau hatte verlangt, an Bord genommen zu werden; sie hatte inzwischen ganz gut Gälisch und Nordisch gelernt.
Bjarni murrte wieder, das Schiff wäre immer noch zu eng. Doch Erik gebot ihm streng, zu schweigen. Da sie keine Edelsteine mehr besaßen, mußten sie andere Geschenke mitnehmen. Und was gab es da Besseres als eine schöne Sklavin? Olaf in Dublin würde sie begeistert nehmen.
Das leuchtete Bjarni ein.

XXXIII

Wie Erik nach Dublin kam

Die *Gudruda* segelte von der Galway Bay nach Süden an der Westküste Irlands entlang. Der größte Teil des Landes war arm und häufig ausgeplündert worden; sie fuhren in die Shannon-Mündung und folgten diesem Fluß bis zu dem nordischen Handelsplatz Limerick. Da das Wetter im Frühjahr trügerisch war, suchten sie hier für eine Weile Schutz vor den Stürmen. Der Mannschaft war noch etwas Geld vom Verkauf der Edelsteine geblieben, so daß man Bier, Wein und Nahrungsmittel erwerben konnte.

Erik war erstaunt, wie Fatima sich verändert hatte. Während seiner Zeit als Geisel an König Tadghs Hof hatte Ranait ihrer Gefangenen Nordisch wie auch Irisch beigebracht. Die Dunkelhäutige gehörte zu den wenigen an Bord, die sich mit den Iren unterhalten konnte. Inzwischen hatten Erik und sogar Skallagrim ein paar Wörter aufgeschnappt, doch die meisten ihrer Freunde waren derbe Krieger, die zwar lange gegen die Normannen gekämpft hatten, aber deren Sprache so gut oder schlecht wie ihre eigene sprachen.

Fatima dagegen war ausgesprochen begabt. Die drei Sprachen, die sie nun beherrschte, ähnelten einander kein bißchen, und Erik fand sie als Übersetzerin sehr nützlich – nicht so sehr in Limerick, wo die meisten Einwohner Normannen oder Angehörige eines nordischen Hauses waren, aber draußen auf dem Land, bei den Fischern und Bauern.

In Limerick hörten sie, daß Olaf, der normannische König von Dublin, eine Schlacht gegen Kennedy, den König von Munster, plante, der sich zum Großkönig von Irland ernennen wollte. Kennedy war inzwischen alt und hatte sich viele Feinde gemacht. So schlossen sich die Normannen von Dublin mit dem König von

Leinster zusammen, das oft gegen Kennedy aufbegehrte, und beiden Seiten diente das Bündnis.
Man erzählte sich, im Frühling um die christliche Osterzeit stünde eine Schlacht bevor, und Olaf wäre glücklich, neue starke Männer für sein Heer zu bekommen. Er war ein Mann von großem Wohlstand und von großer Macht und konnte jene, die ihm dienten, gut bezahlen.
Sobald das Wetter besser wurde, stach die *Gudruda* in See. Bei weiteren Aufenthalten in Cork, Waterford und Wexford – normannischen Handelsstationen – hörten sie das gleiche: König Olaf wäre glücklich, neue starke Männer für sein Heer zu bekommen. Erik und seine Männer konnten es nicht besser treffen, sie segelten nach Dublin.
Erik dachte sich, daß Fatima mit ihrem sprachlichen Kenntnisreichtum vielleicht ein passendes Geschenk für König Olaf wäre; und schließlich mußte sie irgendwo eine neue Heimat finden. Wo hatte man es besser als bei einem König? Er selbst könnte sie kaum mit nach Hause bringen; die Mannschaft murrte ohnehin schon, daß er als einziger eine Frau an Bord hatte. Um Ruhe zu wahren, hielt er sich von ihr fern, außer wenn sie an Land gingen.
In der Zwischenzeit erholte sich Conn Rotbart an König Tadghs Hof langsam von seiner Verwundung und konnte schließlich sogar wieder gehen, doch die Knochen heilten krumm zusammen, und er schlurfte leicht gebeugt dahin. Als Conn auf Alfs Gut zurückkehrte, wurde er fortan Conn Krummkreuz genannt, und es war offensichtlich, daß seine Tage als Krieger vorüber waren.
Ciara pflegte ihn, bis er sich selber helfen konnte, doch dann verließ sie ihn. Die junge Frau war kalt und verschlossen geworden seit Eriks Abreise; nun trat sie in ein Kloster ein und nahm den Schleier. Conn bekam sie niemals wieder zu Gesicht.
Er war zu stolz, um als Knecht in Alfs Diensten zu bleiben, und zu versehrt, um wieder zu kämpfen; gut – er konnte zwar lesen und schreiben, aber das konnten auch viele andere von Alfs irischen Gefolgsleuten, nicht zuletzt Ranait, seine Frau.
Dieser Erik hatte Ciaras Herz erobert und sie dann zurückgewie-

sen! Verbittert packte Conn seine geringe Habe zusammen und machte sich zu Fuß auf durch das Land; später fuhr er mit einem Schiff oder Wagen, wo sich ihm die Gelegenheit bot; unwissende Bauern baten ihn, die Namen ihrer Vorfahren oder Kinder auf Schafshaut zu schreiben, und größere Herren diktierten ihm Briefe oder hießen ihn, die Bücher zu führen. So kam Dublin langsam immer näher; dort würde ein Mann wie er Arbeit finden können, ein Mann, der zwar nicht mehr im Besitz seiner körperlichen Kräfte, wohl aber gebildet war.

Es ist müßig zu erzählen, daß die *Gudruda* weit schneller segelte als ein Krüppel gehen kann, und sie machten unterwegs keine langen Zwischenhalte; darüber hinaus waren sie schon lange aufgebrochen, ehe Conn Krummkreuz sich vom Krankenlager erhoben hatte, und segelten nun den seichten, schlammigen Liffey hinab ins betriebsame Herz der Stadt Dublin.

Sie lag auf der Südseite des Flusses. Noch vor hundert Jahren waren hier nur ein paar Hütten und eine Furt für Vieh und Reisende gewesen. Selbst der Name der Stadt stammte von Fremden. Wohlstand und Handel zogen jedoch Leute an, und heute wimmelten die schmalen gewundenen Straßen gleichermaßen von Normannen und Iren.

Schuhmacherwerkstätten, Münzpräger, Goldschmiede und Schänken, Marktstände, an denen Bauern die Früchte ihrer Arbeit feilboten, Weberläden, Lagerhäuser, Kirchen, Wohnhäuser, all das drängte sich am Fluß zusammen.

Erik und seine Männer machten die *Gudruda* im Hafen fest, man stellte Wachen auf, und ein paar Gefährten gingen los, den Wohnsitz König Olafs zu suchen. Sie blieben unterwegs natürlich stehen, um das Treiben und den Anblick zu genießen: So eine große Siedlung hatten sie noch nie gesehen, und meist waren sie bisher an kahlen Stränden an Land gegangen, wo vielleicht ein oder zwei Schafe sie mißtrauisch angesehen hatten.

Skallagrim wollte schon in eine Schänke, aber Erik zog ihn zurück. »Später, Lämmerschwanz«, sagte er, »wir werden bei Olaf sicher mit Besserem bewirtet werden, als du hier kaufen kannst. Spare

dein Geld.« Skallagrim murrte, ging aber weiter. Auch Bjarni mußte sein gieriges Wesen zügeln; Erik erinnerte ihn, daß Dublin unter normannischer Herrschaft stand und von Normannen Schutz erhielt; hier dürfte nichts gestohlen werden, sonst würde Olaf ihn bestrafen.
Erik bemerkte ebenfalls die große Zahl kräftiger junger Männer mit Brünne und Helm, Schwert oder Axt, die durch die Straßen zogen. Er und die Seinen boten kaum einen ungewohnten Anblick; aber wenn die Gerüchte der Wahrheit entsprachen, wäre Olaf froh, so viele Krieger unter seinem Befehl zu haben, wie er nur bekommen konnte. (Die Besatzung der *Gudruda* war kampferprobt.) Zuversichtlich wandte Erik sich an einen der Wächter am Tor und verlangte, zu König Olaf vorgelassen zu werden.
»Wer seid ihr«, wollte der Wächter wissen.
»Erik Thorgrimurson von Island, genannt Hellauge, zur Zeit in Verbannung. Ich bringe meine Männer und mein Drachenschiff *Gudruda* mit.«
Der Wächter wandte sich gelangweilt zur Seite und stützte sich auf seinen Speer. »Und weshalb willst du nun zu König Olaf?«
»Um in diesem Frühjahr unter seiner Fahne zu kämpfen.« Der Wächter wirkte immer noch gelangweilt. Erik zog Weißfeuer, als wolle er es betrachten, und strich mit dem Finger über die Klinge. Die Runen glänzten im Sonnenschein. »Ich bringe ein gutes Schwert mit, und meine Leute sind kundige Kämpfer.«
Der Wachtposten blinzelte beim blendenden Schein Weißfeuers; er kannte einige Runen, wich zurück, wirkte nun keineswegs mehr ohne Interesse und rief seinen Kameraden. »Führe diese Männer in die Halle«, sagte er, »sie haben etwas für den König.«
Ehe sie in den ummauerten Innenhof traten, wandte Erik sich an Skallagrim: »Lämmerschwanz, geh zurück zur *Gudruda* und bringe mir Fatima auf dem schnellsten Wege.« Und zu dem Wachtposten sagte er: »Dieser Mann wird ein Geschenk holen. Sorge dafür, daß man ihn bei seiner Rückkehr durchläßt.« Skallagrim flüsterte er zu: »Sie soll ihre Seidengewänder anziehen,

aber leg ihr einen Umhang um – und laß sie in dieser Menge keinen Moment lang aus den Augen!«

»Eine Frau geleiten! Krieger huldigen dem König, ich aber hole Eriks Frau vom Schiff«, murmelte Skallagrim und ging. In der Zwischenzeit schritten Erik und seine Männer über den schlammigen Hof und wurden in die große Halle geleitet. Dort drängten sich viele Krieger an den Tischen, denn alle wollten an der großen Schlacht teilnehmen.

Sie maßen Erik und seine Leute mit aufmerksamen Blicken; einen jeden beeindruckte Eriks Körpergröße, sein langes lockiges, goldenes Haar, seine glänzende Brünne und das große Schwert, das an seiner Seite hing. Die im Gang standen, machten ihm und seinem Gefolge Platz.

König Olaf saß auf dem Hochsitz über der Menge. Kühn trat Erik vor ihn hin. »Ich heiße Erik Hellauge, Herr, und bin aus Island. Ich wurde wegen Totschlags mit der kleinen Ächtung bestraft und bin mit meinem Schiff und meinen Männern gekommen, dir zu dienen, wenn du es wünschst.«

Erik musterte Olaf. Der König schien in den mittleren Jahren. Sein blondes Haar war säuberlich geflochten, seine Kleidung kostbar, und seine Hände waren weich. Dieser König regierte, er kämpfte nicht!

Olaf musterte Erik. Der Isländer war ein stämmiger junger Mann mit Kampfspuren auf Gesicht und Armen; seine Brünne und sein Helm waren gut, sein Gefolge mehr oder minder stark gewappnet. Das Schwert an Hellauges Seite sah sehr kostbar aus, und Olaf brannte darauf, es näher zu betrachten... So viele junge Männer wollten in seine Dienste treten, doch er mußte sich entscheiden und durfte nur die Besten nehmen... Dieser Erik trat zwar wie ein Führer auf, konnte er aber Männern befehlen, die ihm noch nicht durch Eid verpflichtet waren? ... Olaf erwog diese Frage eine Weile, und Erik wurde unruhig.

»Bleib und speise mit uns«, sagte der König zu ihm. »Du und die Deinen, ihr seid Gäste.«

Soviel und nicht mehr, dachte Erik, aber eine Gelegenheit, sich zu

beweisen. »Ich danke euch, König«, antwortete er und nahm mit seinen Männern an den Tischen Platz, Erik auf einem der Hochsitze. Olaf beobachtete es mit einem zufriedenen Nicken: Ein Mann, der Achtung gewohnt war, sonst würden stärkere Männer als er ihn seiner Vermessenheit wegen geißeln, und zweifellos hatten es viele versucht.
Speisen wurden aufgetragen; gebratene Wild- und Schweinekeulen. Erik und seine Leute aßen mit Heißhunger und nahmen sich mehrmals nach. Junge Frauen schenkten Bier aus und trugen Platten auf; Erik schaute sie an. Hoffentlich würde Olaf sein Geschenk zu würdigen wissen.
Endlich tauchte Skallagrim auf. Er redete auf einen Wächter ein, der sich an seinen Hals geklammert hatte und mitgezerrt wurde. »Mein Herr hat dir gesagt, du müßtest mich durchlassen, wenn ich wiederkomme«, brüllte der Berserker und schüttelte den Mann ab. Der Wächter, ein kräftiger Bursche, stolperte, und sein Speer fiel rasselnd zu Boden.
Olaf lachte schallend. »Erik, ist das einer von deinen Leuten?«
Hellauge sprach: »Ja, das ist er. Skallagrim, der Berserker, und er bringt dir ein Geschenk.«
Hinter Skallagrim, die winzige Hand in seiner großen Pranke, ging Fatima. Sie hatte die Kapuze ihres Umhangs über den Kopf gezogen und hielt das Gesicht gesenkt, so daß niemand ihr Alter und Geschlecht hätte bestimmen können.
Skallagrim blieb vor Eriks Platz stehen und sagte: »Ich habe getan, wie du mich geheißen. Sie wollte sich nicht umziehen und sagte, sie fröre. Ich mußte sie schlagen, doch nur ein wenig.« Erik stand auf und nahm Fatima bei der Hand. »Ich habe einen Platz für dich gefunden, Fatima«, flüsterte er, »viel wärmer als auf einem offenen Schiff.« Er zog sie nach vorn, bis sie vor dem Hochsitz stand. »König«, sagte er, »von meinen Reisen bringe ich euch ein Geschenk, das viel kostbarer ist als Gold und Edelsteine. Ich bringe meine kampferprobte Mannschaft und...« Erik riß ihr den Umhang herunter. »Fatima.«
Die Männer grölten, und Fatima stand da mit verschleiertem Ge-

sicht, in enge, scharlachrote Seide gehüllt; ihr Goldschmuck funkelte im Feuerschein. Und einen Augenblick lang war es, als sähe Erik sie zum erstenmal. Der Blick ihrer weit aufgerissenen Augen über dem Gesichtsschleier war klagend und fragend zugleich.
»Ich schenke dich einem König«, erklärte Erik ihr, doch Fatima ballte die Fäuste, wandte sich ab und schaute ihren neuen Herrn an. Ihr Schleier verbarg jeden Ausdruck ihres Gesichts. Fatima kniete nieder.
König Olaf stand auf und musterte das Geschenk. Dann löste er seinen Gürtel – er war dicht mit Gold und Edelsteinen besetzt, die Schließe schien aus Silber – und reichte ihn Erik. »Ich freue mich«, sagte er und winkte der Frau, sich zu seinen Füßen zu setzen.
»Sie heißt Fatima«, sagte Erik. »Sie spricht drei Sprachen: Gälisch, Nordisch und eine, deren Namen ich nicht weiß, und versteht sich auf mancherlei Künste.«
Olaf lachte. »Wohlgetan, Erik. Seid willkommen in meinem Gefolge, du und deine Männer.« Wenig später schworen der König und Erik einander Lehenstreue, und Fatima beobachtete voller Haß, wie Erik sein Schwert Olaf übergab und dann wieder entgegennahm. Nun wußte sie, was ihr Dolch zu tun hatte.
Olaf zog sich dann mit ihr zurück, und nun begann das große Zechen in der Halle.

XXXIV

Was Auga mit Schwanhild vorhatte

Auf Straumey verlief das Julfest in jenem Jahr ziemlich freudlos. Die Hausherrin war auf einer Reise, für die sie keine Erklärung gegeben hatte. Atli hatte ihr zwar untersagt, nach Hoy zu fahren, Schwanhild aber hatte sich ihm widersetzt. Und da er nicht in der Lage gewesen war, seine junge Frau zurückzuhalten, hatte er den Mund gehalten, als sie die Mannschaft zusammenstellte.

Den Männern war es gar nicht recht gewesen, bei solchem Wetter in See zu stechen, selbst wenn die Gemahlin des Grafen es befahl, da sie befürchteten, die *Wölfin* würde mit Mann und Maus im Sturm untergehen. Aber einer von ihnen flüsterte reihum, Schwanhild wäre eine Hexe und sie könnte dem Wetter befehlen, worauf man es nicht wagte, sich ihr zu widersetzen...

Atli war wirklich alt geworden, und er wußte es. Er fror beständig und spürte kaum noch Kraft in seinen Knochen. Ich hätte keine so junge Frau heiraten sollen, dachte er bei sich, kein Wunder, daß Schwanhild die Unruhe trieb. Und doch war sie geduldig mit ihm.

Es war Julfest, und Atli hatte weniger Gäste zu bewirten als gewöhnlich. Schwanhild hatte nicht sorgsam geplant, und Auga hatte nicht gewagt, sich einzumischen. Dennoch mußte er nun ein aufmerksamer Gastgeber sein und das heilige Fest gebührend begehen.

Was um alles in der Welt konnte Schwanhild ausgerechnet in der finstersten Nacht des Jahres auf der Insel Hoy zu tun haben? dachte Atli und setzte sich nahe ans Feuer, da er nicht gerne den leeren Hochsitz neben sich sah. Er rief Auga zu sich.

»Du bist die Haushälterin«, sagte er zu ihr, »nimm den Hochsitz ein, solange deine Herrin ausbleibt.« Schon wollte Auga aus ver-

letztem Stolz heftig ablehnen, doch sie sah Atlis flehentlichen Blick und wußte, daß sie ihn nicht vor seinen Gästen bloßstellen konnte – zumal sie in früheren Jahren da oben zusammen gesessen hatten.
Auga verbeugte sich. »Du ehrst mich, Herr«, sprach sie, gab den Bediensteten entsprechende Anweisungen und nahm ihren früheren Platz ein. Dann schaute sie zu Atli hinüber. So waren sie beide vor Jahren nebeneinander gesessen – und jetzt sah sie genau, wie gealtert Atli war, seit er Schwanhild geheiratet hatte. Eine Zeitlang war er wie verjüngt gewesen, doch dann hatte ihn das Alter um so schneller heimgesucht, bis sie den Mann von einst kaum wiedererkannte. Seine Hände zitterten, und seine Sehkraft ließ nach. Er hüllte sich in warme Kleider und Decken und aß wenig.
Nun gut, überlegte Auga, Atli hatte sich für Schwanhild entschieden; doch er verdiente die Wirkung, die sie auf ihn ausübte, wie immer diese Hexe auch war. Da aber Schwanhild nicht hier war, würde sie so gut wie möglich davon profitieren. Vielleicht hatte Schwanhild unterwegs Schiffbruch erlitten oder lag vielleicht jetzt schon am Meeresboden? Auga lächelte bei diesen Gedanken.
Sie war fröhlich und fast ausgelassen, während man unten an den Tischen Trinksprüche ausbrachte und feierliche Schwüre ablegte. Es waren wenige junge Männer in der Halle, und keiner schwor gewaltige Heldentaten. Atli redete überhaupt nichts mehr; einige seiner Gäste meinten flüsternd untereinander, daß man bezweifeln müsse, ob er überhaupt noch den Frühling erlebe.
Atli war einer der ersten, die schlafen gingen. Da die übrige Gesellschaft den Grafen nicht stören wollte, ging man entweder ebenfalls zu Bett oder blieb sitzen und trank in aller Stille. Endlich schliefen alle. Nun stand Auga auf und schlich zu Atlis Bett. Sie öffnete die Panele und blickte zu ihm hinein; ein Schimmer des flackernden Feuers fiel über sein silbernes Haar, und er sah jünger und weniger sorgenzerfurcht aus.
Auga schlug die Decken zurück und schlüpfte neben ihn. Atli bewegte sich und murmelte etwas im Schlaf.
Am anderen Morgen wachte er wie viele alte Menschen früh vor

Tagesanbruch auf. Er rieb sich die Augen, blinzelte, stellte dann fest, daß noch jemand im Bett lag und griff hinüber. »Schwanhild?«
Auga drehte sich zu ihm um. »Nein, Atli. Schwanhild ist nach Hoy gesegelt und noch nicht zurückgekommen. Ich bin's, Auga. Du hast mir in den vergangenen Wochen sehr gefehlt, Herr.«
Atli seufzte. »Es war lieb von dir, neben mir zu schlafen, Auga, aber ich bin zu nichts mehr nütze. Das Alter hat mir meine Männlichkeit genommen.«
»Sag's nicht, sonst wirst du es noch glauben«, wehrte Auga ab, drückte Atli an sich und küßte ihn. »So schnell geht das nicht; denn ehe du nach Island zogst, warst du noch guter Kräfte – und ich denke auch dann noch, als du mit deiner Braut wiederkamst.«
Atli stöhnte. »Doch jetzt bin ich alt und ungeschickt geworden. Bitte nicht, Auga, ich würde dich nur enttäuschen, kein Wunder, daß Schwanhild manchmal wütend ist – obwohl sie ihre Enttäuschung gut zu verbergen weiß. Ich bin ein todgeweihter Mann, ohne Kraft in Armen und Lenden.«
Auga weinte fast, Atli so reden zu hören; sie umfaßte seinen Körper, doch keine ihrer Zärtlichkeiten hatte die gewünschte Wirkung. Schließlich lag sie schweigsam und mutlos neben ihm. »Vielleicht könnte ich Zaubertränke brauen«, schlug sie vor, »ich kenne mich mit Kräutern ganz gut aus.«
»Schwanhild ebenso«, sagte Atli, »auch wenn sie noch jung ist. Sie gibt mir Medizin, doch sie nützt nichts. Nein, ich habe zu lange gelebt. Es wäre besser gewesen, ich wäre im Kampf gefallen, als im Bett zu verenden.«
»Vielleicht ist es eine Schwäche, die vorübergeht wie das Fieber«, versuchte Auga ihn zu trösten und dachte über Schwanhild nach. Ein schrecklicher Verdacht kam in ihr auf. Hatte Schwanhilds Medizin Atlis Lenden schaden sollen? Von allen jungen Männern auf dem Gut hielt sie sich fern; also konnte es nicht sein, daß Schwanhild hier einen Liebhaber hatte – es sei denn auf Hoy, doch da war sie bislang nur einmal gewesen... Konnte es wirklich sein, daß

diese Hexe immer noch den Mann begehrte, den sie in ihrem Spiegel sah: Erik Hellauge?

Schließlich stand Auga auf. »Ich werde etwas zu essen machen«, sagte sie, »es wird Tag, und bald stehen die ersten Gäste auf.«

Eine Weile danach verabschiedeten sich die Gäste. Am späten Nachmittag kam Schwanhild zurück. Atli saß allein in der Halle, als seine Frau eintrat. »Wahrlich eine kurze Reise«, sagte er, »in so einer schlimmen Jahreszeit. Ist die *Wölfin* unversehrt?«

»Deinem Schiff habe ich keinen Schaden zugefügt«, antwortete Schwanhild kalt, »wenn das schon die erste Frage ist, die du stellst.«

»Daß du wohlauf bist, kann ich wohl sehen«, sagte Atli in versöhnlichem Ton. »Was war denn der Zweck deiner Reise?«

»Das geht nur mich etwas an.« Schwanhild schickte sich an, den Raum zu verlassen, da sie den Knochen in ihrer Truhe verstauen mußte.

»Nun denn, wie geht es Ingjald und Rannveig?« fragte Atli und versuchte, Schwanhild zum Bleiben zu bewegen, wollte sich mit ihr unterhalten und sie aus ihrer seltsamen Stimmung reißen.

Die junge Frau drehte sich langsam um und lächelte. »Rannveig geht es einigermaßen«, sagte sie, »aber Ingjald ist tot.« Schwanhild machte eine Pause, bevor sie mit spöttischem Bedauern fortfuhr: »Aber er war ja auch schon alt.«

Atli erhob sich halb. »Wann ist er gestorben? Wie ist es geschehen? Man hat mir noch keine Nachricht übermittelt.«

»Dazu ist auch kaum Zeit gewesen, Mann, denn am Julfest war Ingjald noch am Leben, doch am nächsten Morgen fand man ihn tot in der Halle, und es war ihm nichts anzusehen. Vielleicht hat er sich einfach zuviel zugemutet. Schließlich war Ingjald fast ebenso alt wie du.«

Atli ließ sich zurücksinken. »Im Herbst, als wir Ingjald und Rannveig besuchten, war er gesund und kräftig gewesen.«

»So etwas kann schnell geschehen«, antwortete Schwanhild. »Ich habe es erlebt.« Atli schlug traurig die Hände vors Gesicht und sagte: »Sei es wie es sei, zumindest hatte er seine Kinder um sich.«

»Nein«, entgegnete Schwanhild, »dieses Jahr sind sie nicht gekommen; bis auf sein Gefolge und Rannveig war Ingjald alleine.« *Und das war mein Werk*, wurde ihr bewußt; doch der Gedanke belastete sie kaum.
»Ich werde nach draußen gehen«, sprach Atli, »und allein den Tod meines Freundes beweinen. Wenn ich ihn doch nur noch einmal hätte sehen können!«
»Dann zieh dich warm an«, sagte Schwanhild, »und halte dich von den Klippen fern.«
»Ich bin doch kein Kind«, murrte Atli.
»Das stimmt, Mann«, antwortete sie in süßem Ton, »etwas dergleichen hatte ich damit auch niemals ausdrücken wollen.«
Atli warf den Umhang über und stapfte ins Freie.
Auga aber hatte alles mit angehört; sie kochte vor Wut und erstarrte vor Trauer. Wut darüber, wie Schwanhild ihren Mann verhöhnte und Trauer um Ingjald, der oft ein lieber Gast auf Straumey gewesen war. Schwanhild mußte verschwinden, und Auga wußte auch schon wie.
Mittlerweile war die Dämmerung hereingebrochen, genau die richtige Zeit für ihr Vorhaben. Auga ging zum Strand hinab und verharrte am Ufer. Die Wasser flossen ab, und die Felsen waren feucht. Hell gurgelte es in den Ritzen und Spalten. Sie kniete sich nieder und weinte sieben Tränen hinein.
Aus der Dunkelheit hörte man plötzlich Atmen, dann ein Plätschern, und schon stand ein junger Mann im seichten Wasser. Er war nackt, und sein langes Haar hatte einen grauen Schimmer.
Unähnlich jenem Liebhaber, den ihr einst das Meer gegeben hatte, kam er auf Auga zu und streckte die Hand aus. Seine Augen waren tiefbraun; sie fühlte sich zu ihm hingezogen – und dann fiel Auga wieder alles ein. »Tritt zurück und hör mir zu«, sagte sie, »ich bin deine Mutter.«
Der junge Mann nickte und verschränkte die Arme vor der Brust. Zwischen seinen Fingern spannten sich grünliche Schwimmhäute. Er stand noch im Wasser, so daß seine Füße nicht zu sehen waren.

»Wie groß du geworden bist!«

»Du hast mich nie besucht, als ich an Land lebte«, sagte er zu ihr. Seine Stimme klang anklagend.

»Doch, aber erst wenn du schliefst. Ich wollte nicht, daß du weintest. Und dann warst du eines Nachts verschwunden.«

»Ja, mein Vater hat mich geholt. Er nahm mich mit in die Tiefe und lehrte mich nach seiner Art.«

»Wie geht es deinem Vater? Er kam nie mehr zu mir zurück, nachdem er mich ... mit dir gesegnet hatte.«

»Er ist tot. Ein Jäger, der Robben jagte, hat ihn aufgespießt – und Vater hatte ihre Gestalt. Nun trägt ein anderer seinen Pelz. Weshalb hast du mich gerufen?«

»Ich wußte nicht, daß du es sein würdest. Aber ich freue mich, meinen Sohn nach all den Jahren wiederzusehen. Du bist mein einziger geblieben.« Am besten sagte sie nicht, was sie getan hatte, um seine Geburt zu verheimlichen. Auch wenn die Gestaltwandler Menschen nicht besonders mochten, war Auga auf den Mord an Hildigunn nicht gerade stolz (und selbst danach hatte Atli sie nicht geheiratet!). »Ich habe einen Auftrag für dich«, fuhr sie fort, »es geht dabei um eine Menschenfrau.«

Ihr Sohn hob aufmerksam das Gesicht. »Ist sie jung?«

»Sehr jung und wunderschön. Ich möchte, daß sie geschwängert wird, und zwar bald.«

Der Seehundmensch lachte. »Das ist gewiß keine schwierige und schon gar keine unangenehme Aufgabe. Aber warum, wenn ich fragen darf?«

»Sie ist eine Hexe.«

»Das bist auch du, liebe Mutter, nach allem, was ich gehört habe«, sagte der junge Mann und lächelte in sich hinein.

»Man muß ihr Einhalt gebieten. Mehr kann ich jetzt nicht sagen. Doch da ist noch etwas: Du glaubst, der Auftrag wäre einfach; sie aber wird sich nur für *einen* Mann erwärmen.«

»Da habe ich meine Zweifel«, sagte der Seehundmensch und lachte. »Bislang hat mich noch kein sterbliches Mädchen abgewiesen.«

»Schwanhild ist eigen«, warnte Auga und zog etwas aus ihrer Tasche. »Hier, nimm, das ist der Schuh des Mannes. Nimm seine Gestalt an, wenn du zu ihr gehst.«
Der Selkie nahm den Schuh und drehte und wendete ihn in Händen. »Wirklich kein großes Kunststück«, sagte er, »obwohl mir lieber wäre, wenn sie mich um meiner selbst willen liebte. Was gibt es zur Belohnung?«
»Atlis Gold. Ich weiß, wo er es versteckt.«
Der Seehundmann schüttelte den Kopf. »Gold lockt mich nicht; so viel ich will, kann ich mir aus den gesunkenen Schiffen holen, und ich verschenke es immer nur. Nein, nein, ich tue es, weil es mir gefällt!«
Mit diesen Worten glitt der Seehundmensch wieder ins Wasser und verschwand.
Auga lächelte, als sie den Weg zurückging. Bald käme Schmach über Schwanhild, und Atli würde sie fortschicken, wenn er sie nicht gar umbrachte.

XXXV

Schwanhild bereitet einen Zauber vor

Spät am Abend saß Schwanhild allein in ihrem Gemach. Alles im Haus schlief. Die Nacht war ihre beste Zeit; der Mond leuchtete nicht, was um so besser war, denn nun schloß sie ihre Truhe auf und holte heraus, was sie von Hoy mitgebracht hatte: den Fingerknochen des Toten.

Es war ein älterer und sehr starker Knochen. Schwanhild erinnerte sich an die gewaltige Stimme des Mannes, an dessen Hand der Knochen einst gehört hatte; würde sie ihn anstatt seines Sohnes aus dem Grab gerufen haben wollen, sie hätte es niemals geschafft! Der Mann hätte sie in den Stollen mit hinabgerissen in eine Dunkelheit voller Schreie und irrem Gelächter.

Voller Umsicht ging Schwanhild ans magische Werk und bereitete sorgsam alles vor.

Zuerst sang sie eine seltsam-beschwörende Weise und rief damit ihre Vertraute, die diesmal als Kröte erschien mit dem Gesicht eines alten Weibes ... das ihrer Mutter ... Wie ausgemergelt Groa inzwischen geworden war! Schwanhild fragte sich kurz, wie wohl die Dinge auf Middalhof stünden, doch war es ihr unmöglich, darüber etwas in Erfahrung zu bringen, und die Vertraute war nicht wirklich ihre Mutter. Und ihr Spiegel vermochte ihr nur Erik zu zeigen ...

»Willkommen, Kröte«, sagte sie und spürte, wie das Tier auf ihr Knie sprang, und hörte es mit scheußlicher, pfeifender Stimme sagen:

»Was werden wir heute nacht vollbringen, Schwanhild? Ich fühle, wie es mich durchströmt.«

Schwanhild griff nach dem Fingerknochen und zeigte ihn der Kröte, die pfiff und machte einen Satz zurück. »Aha«, machte das

Tier, und die Augen leuchteten anerkennend, »das war keine leichte Tat. Wie hast du einen solchen Geist besiegen können?«
»Durch Arglist«, antwortete Schwanhild. »Monatelang hielt ich seinen Sohn vom Grab zurück, bis er in seiner Verzweiflung zu allem bereit war, was ich von ihm wollte, nur um erlöst zu werden.«
»Das war schlau«, sagte die Kröte, »aber nur wenige würden wollen, daß ruhelose Tote ihr Land durchstreifen.«
»Er ging ja nicht in *meiner* Nähe um«, sagte Schwanhild, »also brauchte ich mir darum keine Gedanken zu machen! Aber komm, wir müssen an die Arbeit!« Zuerst zog Schwanhild alle Kleidung aus und legte alles Metallische ab. Sie schaute nach Westen, wohin die Toten gehen, schnitzte Runen in den Knochen und ritzte mit ihrem Messer die Brust; dann rieb sie ihr Blut in die Runen, damit sie deutlich sichtbar waren.
Nun sprang die Kröte an Schwanhilds Brust, trank dort das Blut und ließ sich dann lachend mit blutbeschmierten kleinen Hexenlippen wieder auf den Boden fallen. »Genug«, sagte Schwanhild, »bring mir Feuer.«
Die Kröte haßte diesen Auftrag, hatte aber Gehorsam gelobt, hüpfte also durch die große Halle in die Küche, wo Auga eine kleine, dunkle Gestalt dahinhuschen sah, die sie aber nicht zu fangen vermochte. Die Kröte kletterte am Herd hoch und nahm mit dem Mund einen brennenden Span. Sie fürchtete sich vor dem Feuer. Dann trug sie das Flämmchen zu Schwanhilds Kammer zurück. Zweimal blies der Wind es aus, und die Kröte weinte und machte wieder kehrt, um ein neues zu holen. Schließlich mußte sie sich eine Kohle nehmen. Sie packte eine glühende Kohle mit den Zähnen und sprang eilig zurück, denn es tat höllisch weh.
Schnell hüpfte sie durch Schwanhilds Tür und ließ das Feuer fallen. Schwanhild fuhr mit der glühenden Kohle über den Knochen und auch über ihre Brust, deren Haut sie zischend versengte.

Totenbein und Diebesflammen
mit Blut vermischt, bewirkt Verlangen.

Die Kröte hockte am Boden und wimmerte vor Schmerzen. Auf ihren Lippen bildeten sich Blasen, und ihr weißes Haar war versengt.
»Erik«, flüsterte Schwanhild, »Erik, komm zu mir, brenne nach mir, sei endlich mein!«
Für diesmal war's genug. Ruhig und entspannt kleidete Schwanhild sich an und sah dann die weinende Kröte. »Kröte«, sagte sie, »was bekümmert dich?«
Das Tier schüttelte den Kopf; seine Lippen waren so geschwollen, daß es nicht sprechen konnte. »Oh«, sagte Schwanhild, öffnete ihre Truhe und kramte zwischen Töpfen und Tiegeln. »Hier, komm, ich gebe dir etwas.« Die Kröte kroch näher, und Schwanhild schmierte ihr etwas Salbe auf die Lippen und kratzte ihr eine Heilrune auf die Haut.
Die Kröte schauderte. »Danke«, pfiff sie, als sie endlich wieder sprechen konnte.
»Du kannst jetzt gehen«, sagte Schwanhild, »bis ich dich wieder rufe.«
»Eines Tages«, sprach die Kröte zu sich, »werde ich es sein, die ruft, und du wirst mir gehorchen – wenn du gestorben bist, Hexe.« Dann hüpfte sie davon.
Wenn Erik auch nur in ihre Nähe käme – und Schwanhild hatte Pläne, ihn dazu zu zwingen –, würde er der ihre werden... Etwas zermahlenes Pulver von jenem Knochen ins Essen oder Trinken, vermischt mit einigen anderen Dingen, auf die sie sich verstand –, gewiß, das Stück, das Groa ihr geschenkt hatte, würde dabei auch seine Dienste tun! Erik würde ihr nicht widerstehen können...
Sie fragte sich, wie es Hellauge wohl erginge und holte ihren Spiegel vor, um es zu überprüfen. Die glänzende Fläche war weder dunkel noch blutbeschmiert, ein Zeichen dafür, daß Erik am Leben und unversehrt war. Schwanhild überlegte, ihn direkt zu sehen, doch es war schon spät geworden, und sie hatte heute schon zuviel magische Kraft verbraucht. Morgen würde sie wahrscheinlich den ganzen Tag über schlafen; Atli würde sich

grämen und sie fragen, ob sie krank wäre, und versuchen, ihr alle möglichen Annehmlichkeiten anzubieten; doch alles, was sie wollte, war Erik.

Schwanhild fluchte leise vor sich hin und räumte den Spiegel fort. Den Knochen legte sie vorsichtig daneben.

Dann stand sie auf und streckte sich. Einige Schritte in der stürmischen Dunkelheit würden ihr gut tun und sie soweit beruhigen, daß sie schlafen könnte, dachte Schwanhild bei sich, denn es gab auf dieser Insel nichts, wovor man sich hätte fürchten müssen. Selbst Wölfe würden ihr nichts tun, war sie ihnen doch schwesterlich verbunden – und auf Straumey hatte es noch nie Wölfe gegeben. Es mochte irgendwann einmal vielleicht ganz lustig sein, sich nachts in einen Wolf zu verwandeln, in einem Pferch einzufallen und sich ein Schaf zu reißen ... Schwanhild lächelte, als sie sich die fassungslosen, entsetzten Gesichter der Hirten vorstellte. Aber lieber keine Aufmerksamkeit erregen, es wäre töricht und folgenreich. Und wenn sie wieder gezwungen wäre zu töten? Das würde Fragen aufwerfen, und Auga war bereits mißtrauisch. Eines Tages mußte diese Frau verschwinden!

Schwanhild schlang ihren Umhang um sich und trat hinaus in die Nacht. Es war stockfinster, der Mond war am Himmel verschwunden, und Wolken verhüllten die Sterne. Die Brandung donnerte ans Ufer. Schwanhild setzte sich eine Weile nieder und schaute aufs Meer hinaus. Dieses Element trennte Erik und sie. Sie starrte in die Finsternis und murmelte seinen Namen. »Erik, Erik Hellauge, wann wirst du zu mir kommen? Wann kann ich dich spüren, Erik, mein Liebster.«

Einer belauschte sie und verstand. »Eher als du glaubst, meine Kleine«, flüsterte der Seehundmann durch seine scharfen Zähne und lächelte.

XXXVI

Olaf verbündet sich mit König Bróen

Erik und seine Männer blieben eine Weile am Hof Olafs von Dublin. Dem König gefiel Fatima, Eriks Geschenk, sehr gut. Von weitgereisten Männern erfuhr Erik, daß sie eine arabische Sklavin war. Manchmal tanzte sie zur Unterhaltung der Männer in der Halle. Olaf gestattete nur besonderen Gästen, mit ihr zu schlafen. Schließlich war sie sein kostbares Eigentum.

Erik hatte auch die Ehre, sich bei Fatima erleichtern zu dürfen; sie tat, was er wollte, doch sie rührte sich nicht, gab nicht den geringsten Anflug einer Regung von sich und ging hinaus, sobald er fertig war. Es scherte ihn wenig, befanden sich doch in Olafs Diensten viele irische Frauen – Freigelassene und Leibeigene, zum Beispiel auch die Harfenistin Muireann, die Erik mit Wohlwollen betrachtete. Sie war klein und zart und hatte langes, hellbraunes Haar und große blaue Augen; tatsächlich erinnerte sie ihn sehr an Schwanhild. Erik sah wohl, daß sie hübsch war, aber ihre Ähnlichkeit mit der Hexe mahnte ihn zur Vorsicht. Außerdem war sie eine Freigeborene und Christin, auch wenn sie an einem normannischen Hof diente.

Die kleine blonde Treasa war eine Leibeigene und zur Bedienung der Gäste gedacht; mit ihr verbrachte Erik angenehme Nächte ...

König Olafs große Halle, wo fast täglich neue Krieger einzeln oder in Gruppen eintrafen, war ein buntes Durcheinander von Körpern, Farben und Geräuschen. Junge Männer wetteiferten um die besten Plätze, und es kam häufig zu Auseinandersetzungen, obwohl Olaf ausdrücklich erklärt hatte, daß er in Haus und Hof kein Blutvergießen dulden würde. Ernsthafte Streitigkeiten mußten draußen ausgetragen werden.

Erik mußte sich nur ein- oder zweimal zur Wehr setzen, denn er war von gewaltiger Körpergröße, und man kannte ihn als gefürchteten Kämpfer. Seine Männer erzählten überall Geschichten, die ihren Ruhm weiter steigerten, und nur wenige wollten Erik den Platz auf dem Hochsitz oder seine Bettgenossin streitig machen. Erik prahlte nicht wie mancher Maulheld in der Halle: Er brauchte nichts unter Beweis zu stellen. Und doch gab es welche, die ihn beneideten. Einer von ihnen war Otkel Runolfson von Norwegen, ein stolzer Mann, der die Isländer geringschätzte – schließlich waren sie aus dem Land geflohen, während er und die Seinen in der Gunst des Königs aufgestiegen waren.

Otkel war ebenso groß und kräftig wie Erik, aber von aufbrausendem Wesen. Er kämpfte zu Pferd, und seine bevorzugte Waffe war die Streitaxt. Die Waffe, die er immer bei sich trug, stammte von seinem Vater, ihr Blatt war goldverziert, und die Schneide war immer scharf. Skallagrim bewunderte diese Doppelaxt, denn er vermißte schmerzlich Blutvergießerin, die er einst Lyting Schmalkopf ins Grab gelegt hatte. Nicht daß er seinem toten Freund eine gute Waffe mißgönnt hätte; nur war die Axt, die er von Lyting übernommen hatte, mehr als kläglich. Ihr Gewicht war kaum zu spüren, wenn er sie in der Hand wog, und besonders scharf war sie auch nicht.

Skallagrim saß in der Halle und trank und betrachtete selbstvergessen die Axt – Otkel hatte sie in Reichweite neben sich an die Wand gestellt. Der Berserker wäre nie auf den Gedanken gekommen, die Waffe eines anderen anzufassen, ohne um Erlaubnis zu fragen, und er kannte Otkel zu genau, um ihn lieber nicht darum zu bitten.

An jenem Abend begab es sich, daß Erik neben Skallagrim saß; Hellauge hätte weiter oben sitzen können, aber er suchte neue Trinkkumpane, und außerdem bediente Treasa an diesem Tischende. Und so bekam er mit, wie Otkel Skallagrim finster anschaute und sagte: »Du hast Knochenfresserin lange genug angestarrt. Hast du noch nie eine gute Waffe gesehen, oder willst du ihren Biß unbedingt an deinem Halse spüren?«

Skallagrim, der noch nicht viel getrunken hatte, zügelte seinen Unmut und schwieg. Erik aber fand Otkels Äußerung ungehörig.
Der Riese wollte keine Ruhe geben und stichelte weiter: »Wenn ich mir das lächerliche Stück ansehe, das du da bei dir trägst, bezweifle ich, daß du zu einem Kampf zwischen Männern taugst. Hast du sie etwa einem Kind entwendet?«
Skallagrim rutschte auf seinem Platz hin und her; Erik legte dem Freund die Hand auf die Schulter und sprach: »Du würdest anders reden, wenn du jemals gegen meinen Gefolgsmann Skallagrim hättest antreten müssen.« Sein Ton war sehr ruhig, als er fortfuhr: »Und er wird sich bald eine bessere Axt erstreiten.«
Voller Zorn sprang Otkel auf. »Willst du damit sagen, daß er sie sich von mir erstreiten wird? Und wieso sprichst du für ihn?«
»Ich bin sein Herr«, erklärte Erik, »und somit spreche ich für ihn, wenn es vonnöten ist. Du solltest froh darüber sein.« Inzwischen bebte Skallagrim vor Zorn. »Beherrsche dich, Skallagrim«, flüsterte Erik, »hier ist nicht der rechte Ort, um zu rasen. Vertrau mir.«
»Wenn du sein Herr bist«, fuhr Otkel fort, »weshalb hast du dann deinen Gefolgsmann mit einer solchen lächerlichen Waffe ausgerüstet?«
Erik verschränkte deutlich sichtbar die Arme über dem Tisch und antwortete: »Ich brauche ihn mit keiner Waffe auszurüsten. Skallagrim kann sich mit seinen eigenen Händen wehren. Und was geht dich das an? Hast du beschlossen, das Kämpfen aufzugeben und dich ins Schmiedegeschäft zu stürzen? Vielleicht würden wir ein paar Stücke bei dir bestellen, wenn du gute Qualität lieferst.«
Otkel richtete sich drohend vor Erik auf, der sitzen blieb, und schwankte sacht; er mußte schon früh am Tag mit dem Trinken begonnen haben. Gelassen blickte Erik zu ihm auf, was dazu führte, daß Otkel völlig außer sich geriet, Erik bei der Jacke

packte und ihn auf die Beine zerrte. Hellauge schlug Otkels Hände zur Seite.
»Deine Unverfrorenheit macht mich krank«, wütete Otkel.
»Und mich die deine«, erwiderte Erik, schnallte Weißfeuer ab und reichte es Skallagrim. »Ich möchte hier kein Blut vergießen, aber dieser Flegel muß eine Lehre bekommen. Los, komm mit nach draußen, Otkel! In der Halle ist es viel zu eng. Weißt du, ich könnte dich von den Füßen schlagen, und du würdest vielleicht jemandes Becher umkippen.«
Erik und Otkel traten hinaus in den Innenhof. Eine Menge Männer folgte ihnen. Manche hofften, daß Erik gedemütigt würde, denn sie hatten mitangesehen, wie schnell er in der Gunst des Königs gestiegen war; die meisten jedoch fanden, daß Otkel wirklich eine Tracht Prügel gehörte.
Sobald sie im Freien waren, stieß Otkel einen Schrei aus und stürzte sich auf Erik; er hatte kräftige Arme und umklammerte ihn wie ein Bär und versuchte, Erik vom Boden zu reißen. Der aber schlang ein Bein um Otkels Wade und brachte den Riesen zu Fall, der zu Boden krachte und mit Erik obenauf in eine Pfütze fiel. Schnell ließ Otkel los und versuchte, Erik die Augen herauszudrücken. Hellauge aber lachte: »Das haben schon andere vor dir versucht«, erklärte er und verdrehte Otkel die Nase, bis sie blutete. Otkel griff nach Eriks Hand, um sie abzuwehren, und Hellauge warf sich über seine Brust. Otkel stieß ein Knie hoch, um Erik zwischen die Beine zu treten, doch er traf daneben, Erik lag quer über ihm. Der Riese raste unter Erik, trat und schlug und fauchte, und die Menge grölte vor Lachen. Blind vor Wut wehrte er sich um so heftiger und war inzwischen völlig schlammverschmiert, hatte Schlamm in Haaren und Augen und am ganzen Körper.
Otkel versuchte zu beißen; doch Erik legte ihm eine Hand auf die Stirn und drückte seinen Kopf in den Schlamm. »Otkel, laß es gut sein«, sagte er, »du bekommst bei dieser Balgerei das meiste ab, und du hast auch noch angefangen.« Der Riese spuckte und würgte. »Wenn du aufgibst«, fuhr Erik fort, »werde ich dich los-

lassen – aber auch nur dann, wenn du schwörst, mich und meinen Gefolgsmann künftig in Ruhe zu lassen. Wenn nicht, bleibst du hier so lange im Dreck wie nötig, oder bis ich es müde werde und beschließe, daß nun genug damit ist.«
Otkel schimpfte, spie und wand sich hin und her, vermochte sich aber nicht zu befreien.
»Wenn ich dich aufstehen lasse, können wir uns die Hände reichen«, raunte Erik ihm zu. »Es wird aussehen, als vertrügen wir uns, und für dich ist es weniger schmachvoll.«
Es dauerte eine ganze Weile, ehe Otkel damit einverstanden war, doch letzten Endes hatte er keine andere Wahl und war es leid, noch länger im kalten Schlamm zu liegen. Er nickte, und Erik ließ ihn aufstehen. Sie schüttelten sich die Hände, klopften einander ab und gingen zurück in die Halle.
Fortan lästerte Otkel nicht mehr gegen Erik oder Skallagrim.
Da die Schlacht gegen König Kennedy immer näher rückte, beschloß Olaf Bündnisverhandlungen mit König Bróen von Leinster, Kennedys erbittertstem Feind. Die Könige von Leinster hatten sich schon immer mit jenen gestritten, die die Oberherrschaft über Irland beanspruchten, und waren nie bereit gewesen, Steuern zu zahlen. Jetzt, da die Nordmänner auf Irland waren, machten sie gemeinsame Sache. Und Olaf beschloß, Dublin zu verlassen und König Bróen aufzusuchen. Hierzu suchte er sich die Besten aus seinem Gefolge aus, denen auch Erik, Skallagrim, Thorgeirr, Leif und Otkel, der trotz seines unberechenbaren Wesens ein großer Kämpfer war, angehörten. Es war ein großartiger Anblick, als sie durch das Haupttor Dublins ritten. Rüstungen, Schwerter und Schilder glänzten – denn endlich schien die Sonne –, Umhänge wehten im Wind, und die königlichen Banner flatterten anmutig.
Erik hatte sich schon öfter gefragt, ob die Sonne in diesem Winter gestorben war. Doch heute war ein klarer Tag, und es sollte nur eine kurze Reise werden.
Schon bald erreichten sie den *Rath* des Königs von Leinster, ein noch größeres Anwesen als das des Königs von Connacht, wie Erik

sah. Leinster sollte auch eine wohlhabendere Gegend sein – und aufständisch obendrein. Mächtige Palisaden zogen sich über die Hügel; Rinder und Schafe grasten auf den Weiden, hier und da waren Leute bei der Arbeit am Haus und auf den Feldern, und vor mehreren Hütten lagerten Krieger und putzten ihre Waffen.

Die Gäste aus Dublin wurden begeistert begrüßt. Man führte Olaf auf dem schnellsten Weg zu König Bróen MacMaelmey, der sich feierlich erhob und den Gast mit allen Ehren begrüßte. Erik und die anderen saßen ab, rasteten im Freien in der Sonne und besahen sich die irischen Krieger.

Die waren groß und breitschultrig, wenn auch nicht so stattlich wie Erik und manch anderer Nordmann; sie waren hellhäutiger als Eriks Leute, und viele hatten Sommersprossen im Gesicht und auf den Armen. Ihre Kleidung war bunt, und sie unterhielten sich ungezwungen und lautstark mit ihren Landsleuten und den Nordmännern.

Erik stellte sich neben einen muskulösen, rothaarigen Riesen, der dabei war, sein Schwert zu schärfen. Er benutzte ein Stück Stahl und strich geduldig an der Schneide auf und ab. Erik stand schweigsam da und bewunderte die Waffe, die einen flechtwerkartigen Griff mit silbernen, verschlungenen Einlegemustern hatte. Eine Reihe schräger Linien führte an der Klinge hinab.

Der Riese blickte hoch. »Tag«, sagte er recht freundlich. »Wie ich sehe, interessiert dich mein Schwert.«

»Ja«, antwortete Erik. »Es scheint eine gute Waffe zu sein.«

»Das stimmt.« Der Mann fuhr mit dem Finger über die Zeichen.

»Scharfzunge ist schnell und trifft gut«, sagte er und schaute Erik in die Augen. Von Weißfeuer war nur der Griff zu sehen, aber der Ire konnte die gewaltige Länge des Schwerts an der Scheide erkennen. »Du hast da aber auch nicht gerade einen kleinen Sauspieß«, meinte er. »Darf ich es einmal ansehen?«

Erik zog Weißfeuer, und die Klinge blitzte in der Sonne. »Da steht etwas geschrieben – in eurer Schrift, wie?«

»Ja«, antwortete Erik, »aber ich kann es nicht lesen. Es soll heißen, daß dieses Schwert einmal Odin gehört hat.«
Der Riese lachte. »Wenn das stimmt, dann war er dumm genug, es abzugeben. Mein Schwert hat immer nur mir gehört. Das hier«, fuhr er fort und wies auf die schrägen Linien, »besagt seinen Namen, Scharfzunge, mehr aber auch nicht. Ich weiß es, denn ich habe sie vom Schmied selbst anbringen lassen. Ich bin Barra O'Molloy, falls du es wissen willst.«
»Mein Name ist Erik Hellauge.« Erik war noch recht unsicher in dieser Sprache, und ihre Unterhaltung war eine Mischung aus Gälisch und Nordisch, aber sie verstanden einander ausreichend.
»Du willst also mit uns gegen Großkönig Kennedy kämpfen?« fragte Barra, »das wird sicher lustig; er ist inzwischen ziemlich wütend auf König Olaf, denn es ärgert ihn, daß Olaf Dublin regiert. Aber haben nicht ohnehin eure Leute die Stadt errichtet? Und es ärgert ihn fast noch mehr, daß König Olaf und König Bróen Seite an Seite kämpfen werden.«
Erik zuckte mit den Schultern. »Kampf ist Kampf, und man steht entweder auf der einen oder auf der anderen Seite.«
»Das ist wahr«, stimmte Barra ihm zu, »und letzten Endes fällst du so oder so. Aber nun genug davon. Komm, ich führe dich ein wenig herum.«
Erik und Barra und mit ihnen einige von Eriks Leuten machten einen Rundgang, und Erik war sichtlich beeindruckt, als er die üppigen grünen Weiden sah, die wohlgenährten Rinder und die gut gepflügten Äcker. Unter König Bróen, so dachte er bei sich, führte man kein schlechtes Leben. Und übrigens – es war ein schöner Tag.
Nach einer ganzen Weile beendeten König Bróen und König Olaf ihre Unterredung. Sie vereinbarten, daß Bróen einen Herold zu König Kennedy schicken sollte, um Zeit und Ort für die Schlacht zu vereinbaren; dort würden Olafs Leute dann zu ihnen stoßen. Man schlüge bestimmt eine ruhmreiche Schlacht, und die vereinigten Kräfte von Normannen und Iren hatten eine gute Chance,

den Großkönig nach Norden zurückzutreiben, so daß er sie eine Zeitlang in Ruhe ließe und nicht wagen würde, weiter Tribut zu fordern.
Nachdem man bis spät in die Nacht getrunken und gesungen hatte, ritten Erik und Olaf mit den anderen zurück nach Dublin.

XXXVII

Die Schlacht gegen König Kennedy

Das große Treffen wurde auf der Schwertebene nördlich von Dublin vereinbart. Es wurde ein schwerer Kampf, denn Großkönig Kennedy war ein harter unnachsichtiger Mann, den es besonders störte, daß sich Nordmänner in Dublin niedergelassen hatten. Er bekämpfte sie, wo er konnte, um sie zu vertreiben; daß aber die Aufständischen von Leinster sich diesen Ausländern angeschlossen hatten, steigerte seine Wut ins Unermeßliche.
König Kennedy und sein Heer hatten auf der Nordseite der Ebene Stellung genommen, die Nordmänner und die Recken aus Leinster im Süden. Das Licht des frühen Morgens blinkte auf den Speeren und funkelte auf den Helmen und Brünnen. Reiter, Bogenschützen und Krieger zu Fuß standen einander in tiefgestaffelten Reihen gegenüber. Die irischen Dudelsackpfeifer spielten einen wilden Marsch, die Normannen bliesen die Hörner, und die Heere trafen aufeinander.
Erik, Skallagrim und die übrigen seiner Männer kämpften in der zweiten Reihe, Valgard der Wanderer und Bjarni von Brandarsvik standen als geübte Bogenschützen hinter ihnen. Sie hatten diese Kunst in ihrer Kindheit auf den Färöer-Inseln gelernt; allerdings war keiner von beiden so geschickt wie Eyjolf Svartson; doch der lag an der Westküste Irlands begraben, nachdem die arabischen Händler ihn erschlagen hatten.
Nur wenig Zeit blieb ihnen, an die Toten zu denken, denn ein Pfeilhagel zischte durch die Luft und Erik hob schnell den Schild, der alsbald von drei Pfeilen getroffen wurde; ein anderer vierter prallte von seinem Helm ab. Skallagrim fluchte schrecklich und pflückte einen von seiner Brünne; die Spitze des Geschosses war in einer Metallschlaufe hängengeblieben. Vor sich sahen sie, wie die

Berittenen aufeinanderprallten. Pferde wieherten und bäumten sich auf, Männer stürzten, und Krieger zu Fuß erschlugen sie. Und schon waren sie selbst mitten im Kampfgetümmel. Skallagrims Axt spaltete viele Schädel und zermalmte unzählige Schultern; ihn überkam die Kampfeswut, und er knurrte und fletschte die Zähne, während er wild um sich schlug. Erik blieb gelassener und schwang Weißfeuer mit wohlgemessener Bewegung; seine schimmernde Klinge zuckte, kreiste durch die Luft und ließ, wo immer sie traf, ein blutiges Zeichen zurück. Er hieb einem Mann die Beine unter dem Körper weg und durchtrennte ihm gnädig die Kehle; als er sich umdrehte, schlug er einem Mann, der Skallagrim von hinten angriff, fast den Arm ab. Weit vorne sah er König Kennedy, groß, kräftig und weißhaarig, seinen Hengst mitten ins Getümmel lenken. Erik lachte in sich hinein. Dieser König war wirklich ein Kämpfer und keine Galionsfigur! An diesem Tag wurde wirklich gekämpft.

Otkel Runolfson war bei den Berittenen, und Erik sah mit Bewunderung, wie er Knochenfresserin, die große Streitaxt, schwang. Die Waffe machte ihrem Namen alle Ehre, zermalmte Schädel, fraß sich tief in Arme, Beine und Körper und trennte, was zu trennen war. Erik sah, wie sie sich in den Nacken eines Pferdes grub; Otkel zog sie heraus, erschlug den Reiter, als der von seinem Tier stürzte, und ritt weiter.

Das Pferd blieb laut klagend liegen; so widerfuhr es vielen im Getöse der Schlacht, Tieren und Menschen gleichermaßen. Vor sich erblickte Erik plötzlich eine vertraute Gestalt: einen hohen, braunbärtigen Iren, der ein Langschwert schwang. Sean MacGill hatte sich dem Kampf angeschlossen – auf seiten des Großkönigs! Erik suchte einen zweiten Waffengang mit Sean, um die damalige Niederlage beim Gefecht am Flußufer wettzumachen. So schnell er konnte, hieb er sich den Weg durch die Kämpfenden frei, bis er Sean gegenüberstand. Dann hob er grüßend Weißfeuer. Die Sonne blitzte auf der Klinge, und Sean erkannte ihn.

»Du bist also genesen und schon wieder bei Kräften, Erik?« fragte er und grinste hinter seinem Bart. »Vielleicht hast du auf trockenem Boden besseren Halt.« Sie umkreisten einander wachsam und behielten dennoch die Schlacht um sie her im Auge.

Seans Schwert sauste herab und zielte auf Eriks Beine, der wirbelte zur Seite, hielt seinen Schild sehr tief und versuchte, die gegnerische Klinge damit abzuwehren. Doch Sean drehte sie schnell, damit sich die Klinge nicht ins Holz fraß und dort womöglich steckenblieb.

Erik zielte ebenfalls auf die Beine, und als Sean seinen Schild senkte, hieb er quer über Seans Schwertarm. Blut schoß hervor; Sean fluchte und grinste schmerzverzerrt. »Auf blutgetränktem Boden bist du entschieden besser als im Fluß«, sagte er.

Tatsächlich quoll es rot aus dem Boden, wo vorher weiche grüne Wiese gewesen war. Sean wurde plötzlich blaß, ließ seinen Schild fallen und warf mit einer raschen Bewegung sein Schwert in die linke Hand. Sein rechter Arm baumelte schlaff herab.

Erik hob Weißfeuer und hielt dann inne, was zwar töricht war in einem Kampf auf Leben und Tod, aber er hatte schon einmal gegen diesen Mann gekämpft, und Sean hatte ihn damals aus dem Fluß gezogen. Also legte Erik seinen Schild ebenfalls ab und nahm Weißfeuer in die linke Hand.

Sean grinste erneut. »Du bist gut, Erik, sehr gut«, sagte er, und sie konnten die Streiche des anderen nur noch mit ihren Waffen parieren. Stahl klang auf Stahl, und Sean traf einmal gegen Eriks Schlüsselbein. Nur die Brünne verhinderte, daß er schwer verwundet wurde. Doch der Hieb brannte wie tausend Feuer. Weißfeuer krachte Sean gegen die Rippen und dann versetzte ihm Erik einen kräftigen Streich gegen die Hüfte. Sean wurde weiß und stürzte und erhob sich dann noch einmal kurz auf ein Knie. Sein linkes Bein vermochte ihn nicht mehr zu tragen. Nun ließ sich Erik ebenfalls auf die Knie fallen und zielte auf die andere Hüfte. Sean parierte langsam und mit Mühe, und Erik schlug ihm Weißfeuer gegen die Kehle. Der Ire stürzte nach vorn, und das Leben entströmte seinem riesigen Körper. »Gut gekämpft«, flüsterte er. »Und wenn ich Lyting treffe, werde ich ihn grüßen...« Darauf schwieg er für immer.

Erik kniete noch einen Augenblick und blickte auf seinen gefallenen Gegner hinab, bis plötzlich ein Hieb auf seine Schulter donnerte. Schnell sprang er auf die Beine, wirbelte herum und warf Weißfeuer in die rechte Hand. Der Mann, der ihn von hinten angegriffen hatte, war wirklich kein würdiger Gegner! Weißfeuer spaltete seinen Kopf bis zum Brustbein, und der Feigling stürzte zu Boden. Dann hob Erik seinen Schild wieder auf und watete zurück ins Getöse der Schlacht. Aus der Ferne sah er, wie Barra O'Molloy fiel.

Der Kampf verlief nicht gut für den Großkönig. Die vereinten Heere hatten ihm schwere Verluste zugefügt, und bei Sonnenuntergang war er mit einem Waffenstillstand einverstanden. Die Verhandlungen würden lange dauern, doch man glaubte nicht, daß der nächste Tag neue Kämpfe bringen würde. Genügend Männer waren schon erschlagen. Otkel lag mit aufgeschnittenem Bauch im Gras, und er würde die Nacht kaum überleben. Von dem Zelt aus, in das man ihn dann gebracht hatte, ließ er Erik und Skallagrim rufen. Sie gingen zu ihm, obwohl Erik es nicht gerne tat. Auch wenn sie sich nicht mehr gestritten hatten, sein Verhältnis zu Otkel war niemals das beste gewesen.

Eigentlich wollte Otkel auch nur Skallagrim sehen. Er lag im flakkernden Kerzenschein und war in Decken eingehüllt, obwohl es nicht kalt war. Sein Gesicht war grau und in Schweiß gebadet, auch verlor er hin und wieder die Besinnung und machte lange Pausen zwischen den Worten, aber er klagte niemals über Schmerzen. »Ich glaube nicht«, erklärte er, »daß ich für Knochenfresserin morgen noch große Verwendung habe. Wenn ich eine leichtere haben könnte...«

Skallagrim stand neben ihm und schaute auf ihn hinunter. »Was meinst du damit?«

»Deine Axt«, keuchte Otkel. »Ich hätte sie gerne. Ich würde dir meine dafür geben, wenn du willst.«

Skallagrim blickte auf seine Waffe, deren Klinge Scharten hatte und blutbesudelt war. Seine Worte waren wohl erwogen. »Wenn du sie haben möchtest, nimm sie als Geschenk.«

»Dann nimm die große, schwere Knochenfresserin als mein Geschenk«, sagte Otkel, »sie strengt mich zu sehr an.« Er schloß die Augen und wartete, sagte aber nichts mehr, und sein Atem ging flach. Also legte Skallagrim seine namenlose Axt neben ihn und nahm Knochenfresserin an sich.
»Das war recht getan von ihm«, sagte Erik, als sie aus dem Zelt gingen. Skallagrim wog seine neue Waffe in der Hand und lächelte. »Ich dachte gerade, ob Lyting nicht überrascht sein wird, seine alte Waffe wiederzusehen.«
Beide Männer lachten, dann wurde Erik wieder ernst. »Ich muß Kennedys Lager einen Besuch abstatten«, sagte er. »Ich habe dort etwas zu erledigen.«
»Was denn?« wollte Skallagrim wissen.
»Einen alten Freund besuchen. Du brauchst nicht mitzukommen. Man hat auch schon mit dem Trinken begonnen; sieh zu, daß du nichts versäumst.« Erik schritt durch die Dunkelheit zwischen den beiden Lagern und wartete, bis man ihn anrief und nach seinem Namen fragte. »Erik Hellauge aus Olafs Gefolge«, rief er.
»Was willst du?«
»Ich komme in friedlicher Absicht. Ich möchte wissen, wohin man Sean MacGill, den Schwertschwinger, gelegt hat.«
»Er ist tot«, erklang die Antwort.
»Ich weiß.«
Ein blutbesudelter, erschöpfter Krieger kam mit einer Fackel heran. »Du kannst wirklich nichts mehr für ihn tun.«
»Führ mich zu ihm!«
Sean lag mit anderen Toten in einem Zelt. Mönche knieten betend am Boden, und Kerzen brannten zu Köpfen und Füßen der Gefallenen. An einer Wand saßen schluchzend ein paar Frauen. Erik blieb im Eingang stehen, bis er Seans Leichnam sah. Kein anderer hätte so groß sein können.
Er schritt durch die Reihen der Erschlagenen und blieb dann stehen, um Sean MacGill lange anzusehen. Dann löste er seinen goldenen, mit Kristallen besetzten Gürtel und legte ihn der Länge nach neben den Leichnam. »Ich weiß nicht, ob du das brauchen

wirst, Sean«, sagte er, »wie ich auch nicht weiß, wohin ihr Christen geht, aber ich möchte ihn dir schenken.« Mit diesen Worten verließ er das Zelt.

Draußen stürzte sich ein Junge auf Erik und hätte ihn fast umgerannt. Ein-, zweimal schlug er Erik mit einem Holzschwert in die Seite, bis Hellauge sich hinabbeugte und ihn bei der Jacke packte. »He, was machst du denn, du kleiner Bengel?« sagte er. Der Junge konnte nicht älter als sieben Jahre sein.

»Ich werde dich umbringen«, keuchte das Kind, »dich und alle anderen Nordmänner. Ich werde euch aus Irland vertreiben, und wenn es mich mein Leben kostet...«

Erik lachte. »Na, da hast du dir wahrhaftig sehr viel vorgenommen, doch du solltest vielleicht noch ein paar Jahre damit warten, bis du größer bist. Aber...du bist ein Sohn, auf den wohl jeder stolz sein könnte.«

Der Junge spuckte ihn an. »Aber kein Nordmann, ihr Mörderpack...« Ein irischer Krieger stürzte herbei. »He, was machst du da mit König Kennedys Sohn?«

Erik übergab ihm den Jungen. »Ich halte ihn davon ab, mich mit seinem Holzschwert umzubringen.«

Der Soldat hielt den Jungen, der wild um sich schlug, ebenfalls bei der Jacke und bat ihn: »Brian, beruhige dich, wir haben Waffenstillstand! Dein Vater würde sich schämen!«

Sofort wurde der Junge still und schaute Erik finster an. »Eines Tages werde ich dich töten, dich und deinesgleichen. Heidnisches, mörderisches Raubgesindel!« Der Blick, den er Erik dabei zuwarf, jagte dem einen Schauer über den Rücken, auch wenn er von einem Kind kam.

»Ich habe getan, was ich tun mußte«, erklärte er dem Krieger. »Ich finde selbst den Weg zurück.« Der Krieger nickte und hielt den Prinzen eisern fest.

»Du mußt lernen, deine Wut zu zügeln«, hörte Erik den Krieger sagen, als er davonging, »eines Tages wirst du vielleicht König. Und ein König muß sich beherrschen können. Folge dem Beispiel deines Vaters.«

Als Erik wieder im eigenen Lager war, erfuhr er, daß Otkel gestorben war. Die Verwundeten hatte man versorgt, und die Überlebenden feierten. Erik hatte an diesem Tag großen Ruhm erworben, doch ihm war nicht nach Lachen zumute, auch wenn die anderen ihre Becher auf sein Wohl erhoben.

»Ich glaube, es ist an der Zeit, daß wir bald weitersegeln«, sagte er zu Skallagrim. Irland barg allmählich bittere Erinnerungen...

Am nächsten Tag wurden die Bedingungen ausgehandelt, und Olaf zog mit seinem Gefolge triumphierend nach Dublin. An jenem Abend fand dort ein weiteres Gelage statt, und Olaf bedachte Erik mit reichen Geschenken. Er fragte, was aus seinem Edelsteingürtel geworden war, und Erik erklärte, er habe ihn leider in der Schlacht verloren. Hellauge trank reichlich, und selbst Treasas Lächeln und Zärtlichkeiten vermochten ihn nicht aufzuheitern. Schließlich wies er seine Männer an, das Drachenschiff zum Auslaufen bereitzuhalten.

XXXVIII

Conn Krummkreuz kommt nach Dublin

Während Olafs Heer siegreich nach Dublin zurückkehrte, schleppte sich Conn Krummkreuz gerade in die Stadt. Sein Bart war trotz all seiner Jugend mittlerweile grau gesträhnt, und er trug eine Mappe mit Schreibzeug mit sich und ein Bündel armseliger Kleider. Er reiste ohne Waffen, da er kein Schwert mehr schwingen konnte und keine Axt. Wer sollte ihn in seiner Armut schon behelligen?

Conn sah die Reihen der Krieger und lächelte. Olaf hatte einen Sieg errungen – die Kunde machte schnell die Runde – und sei, wie er hörte, in großzügiger Stimmung. Vielleicht könnte man dem König vorschlagen, daß er einen brauchte, der seine Taten auf Pergament niederschrieb sowie mit bunten Bildern illustrierte, damit man in späteren Zeiten noch von ihm wissen würde.

Das hieß, dachte Conn, falls er sich in der lärmerfüllten Halle bemerkbar machen könne. Er hatte keine eindrucksvolle Gestalt und würde einen Fürsprecher brauchen. Unbemerkt trat er ein, blieb in einer dunklen Ecke stehen und wartete. Schilde, frisch aufpoliert und mit dem Hammer ausgebeult, schmückten den Saal. An den Wänden lehnten Speere; die Schwerter hatten die Männer noch an ihren Gürteln hängen; wenn das Gelage aber ernsthaft würde, würden sie aufgefordert, ihre Waffen abzulegen; doch jetzt protzten sie alle nach Kriegerart.

König Olaf kam in die Halle geschritten und nahm seinen Platz auf dem Hochsitz ein. »Hört mich an, Männer!« sprach er mit donnernder Stimme. »Es gilt nicht nur, daß der König von Leinster dem Großkönig keine Steuern mehr bezahlen muß« – die Männer johlten –, »sondern auch, daß er Tribut zahlen muß, den wollen die Leute aus Leinster mit uns teilen.« Jubelrufe erschollen, und der

König fuhr fort: »Ihr kamt zu mir, euch Ruhm und Reichtum zu erwerben, und nun habt ihr beides. Solch heldenhaften Kampf wie heute habe ich selten gesehen. Ihr schrittet durch die Reihen der Feinde, als wären sie Weizenhalme.«

Wird der Mann denn nicht fertig mit seinem Geschwafel? dachte Conn und verlagerte sein Gewicht aufs andere Bein; denn wenn er so lange stehen mußte, tat ihm immer der Rücken weh. Langsam schob er sich nach vorn. Vielleicht konnte er in einem stillen Augenblick Olafs Aufmerksamkeit auf sich lenken.

Männer schritten vorbei und stießen ihn, und Conn taumelte gegen die Wand. »Aus dem Weg, Alter! Was suchst du hier?« spotteten sie, und die meisten waren nicht älter als er. Conn sagte nichts, sondern schlurfte mit gesenktem Kopf, wie sich das für einen Bettler oder Leibeigenen gehört. Wenigstens versperrten sie ihm nicht den Weg!

Auf der Empore sah er eine Frau – nicht neben Olaf, sondern zu seinen Füßen sitzen. Sie war in schwere Gewänder gehüllt, aber das dunkelhäutige Gesicht, dieses schwarze Haar, diese großen Augen hatte Conn schon einmal gesehen. Solche Frauen traf man in Irland selten. Er schob sich näher heran und flüsterte: »*Fatima!*« Die Dunkelhäutige zog die Stirn kraus und drehte sich verwundert um. »*Fatima!*« flüsterte Conn noch einmal. Sie sah ihm in die Augen. »Ich bin es, Conn – Conn Rotbart aus Alfs Gefolgschaft in Galway.«

Fatima nickte zum Zeichen, daß sie ihn wiedererkannte und rückte ein wenig näher. »Was machst du hier?« flüsterte sie in Gälisch. »Das letzte, was ich von dir weiß, ist, daß du an König Tadghs Hof auf die Genesung wartetest.«

Conn lachte ohne jede Freude im Gesicht. »Besser genesen bin ich nicht. Jetzt nennt man mich Conn Krummkreuz, und mein Bart ist schon lange nicht mehr rot.«

»Wovon lebst du? Bist du ein Bettler?« fragte ihn Fatima, und ihr Blick wanderte über Conns ärmliche Kleidung.

»Nein. So tief bin ich noch nicht gesunken. Ich bin ein Schreiber. Ich ziehe von Ort zu Ort und schreibe für die, die es nicht kön-

nen.« Er lachte wieder. »Die Adligen behaupten natürlich, sie wären zu beschäftigt, doch die meisten von ihnen können, wenn's hochkommt, ihren Namen kritzeln.«
»Ein Schreiber«, flüsterte Fatima. »Du mußt ein sehr gelehrter Mann sein.«
»Ich habe einmal studiert, um Priester zu werden«, erzählte Conn, »aber ich suchte das Abenteuer. Ich wollte den Ruhm. Ich wollte eine Frau haben, also ging ich. Jetzt habe ich gar nichts.«
»Warum bist du hier?«
Conn hätte ihr dieselbe Frage stellen können, doch er hatte es eilig, falls man ihn hinauswarf – das konnte gut sein, wenn er auffiel – und antwortete: »Ich suche eine Stellung bei König Olaf. Er kann gewiß einen Schreiber brauchen. Wenn ich ihn nur bewegen könnte, mir einen kurzen Augenblick Gehör zu schenken.«
Fatima dachte nach. »Ich werde es versuchen«, sprach sie und rückte näher zu Olaf heran und schlang ihren Arm um sein Bein. Bewundernd schaute sie während seiner Rede zu ihm empor. Als der König zu sprechen aufhörte und sein Trinkhorn leerte, legte sie ihren Kopf auf sein Knie und flüsterte: »Mein Gebieter...«
Olaf schaute auf sie hinunter und tätschelte ihren Kopf. »Was gibt es, meine Kleine?«
»Herr, du und deine Männer, ihr habt große Taten vollbracht, und es ist an der Zeit, euren Ruhm weiterzugeben.«
Olaf kniff die Augen zusammen. »Willst du noch einen Edelstein?«
Fatima schüttelte den Kopf. »O, nein, nichts für mich selbst. Aber da ist einer, der dir seine Dienste anbieten möchte...«
»Ich brauche keinen mehr«, sagte Olaf, »wie König Kennedy zu seinem Kummer feststellen mußte!« und brach in schallendes Gelächter aus; sein Trinkhorn war neu gefüllt, und wieder leerte Olaf es in einem Zug.
»Oh, er ist kein Kämpfer«, sagte Fatima leise. »Gewiß sitzen die besten Recken bereits in deiner Halle. Nein, er ist ein Mann der Bücher. Doch gestatte ihm, für sich selbst zu sprechen.« Mit einer geschmeidigen Bewegung wich Fatima zurück und zog Conn

nach vorn. »Hier, Herr«, sagte sie zu Olaf, »ein Schreiber, der deinen Ruhm festhalten würde.« Dann warf sie ihren Umhang ab, wirbelte davon und gab den Spielleuten ein Zeichen, Olaf sah sie immer gerne tanzen; es würde die Männer ablenken, während Conn seine Sache vortragen konnte. Armer, verkrüppelter Kerl! Er war einmal so stark gewesen, fast so stark wie... Erik.

Als Fatima tanzte, trat Erik in den Saal und nahm seinen Platz neben dem Hochsitz ein. Er sah Fatima eine Weile zu und erblickte dann die gekrümmte Gestalt, die ernst und beflissen auf Olaf einredete. Erik beugte sich vor, um zu hören, was die beiden besprachen.

»... Selbst die Barden werden es eines Tages vergessen«, sagte Conn gerade, »aber wenn es in einem Buch niedergeschrieben ist, wird es überdauern.«

»Was soll ich mit einem Buch beginnen?« fragte Olaf. Sein Ton drückte Langeweile aus, und seine Augen folgten der Tänzerin. »Ich kann nicht lesen, also brauche ich es auch nicht.«

»Ein Krieger wie du gewiß nicht, aber einst werden andere über dich und deine Taten lesen können«, sagte Conn, und seine Stimme zitterte. Er hatte seit Tagen nichts gegessen, seine letzte Mahlzeit war kärglich gewesen, und er hatte so sehr gehofft, in Dublin bleiben und arbeiten zu können...

Erik hörte Hunger und Pein aus diesen Worten. Er selbst würde den Mann anstellen, und wäre es nur, um ihm einen vollen Bauch zu verschaffen – denn auch Erik hatte mit Büchern nichts im Sinn –, doch in ein, zwei Tagen würde er mit der *Gudruda* auslaufen, und was taugte ein Schreiber auf See? Erik beugte sich näher zu Olaf, faßte nach dessen Ellenbogen und flüsterte: »Du hast doch gewiß irgendeine Aufgabe für den armen Kerl, zum Beispiel, daß er deine Bücher führt? Schließlich kann nicht jeder schreiben. Und schau ihn dir an, wofür taugt er noch? Die Iren sagen, es bringt Unglück, einen Bettler wegzuschicken.«

Olaf dachte nach. »Vermutlich sollte ich für meinen Sieg den Göttern danken. Und wer kennt schon die wahre Gestalt eines unbekannten Reisenden? Ein guter Rat, Erik.«

Conn hörte die Unterhaltung mit und glühte vor Scham. Er hatte sich demnach so stark verändert, daß Erik sich nicht mehr seiner erinnern konnte. Und als Olaf schließlich nach seinem Namen fragte, antwortete Conn nur: »Krummkreuz«.
»Na, das paßt zu dir«, meinte Olaf und klatschte in die Hände. Treasa trat vor ihn und verneigte sich. »Nimm den Mann mit«, sagte er, »gib ihm zu essen und einen Schlafplatz, ich will morgen mit ihm sprechen.«
Conn dankte seinem Wohltäter und schlurfte hinter dem Mädchen her zur Halle hinaus. Er sah, wie es Erik zulächelte und sein Trinkhorn auffüllte, ehe es hinausging. *Würde denn nicht eine Frau diesen Mann in Ruhe lassen?* dachte Conn mißmutig. An der Tür blieb er noch einmal stehen und schaute über die Schulter zurück. Fatima war mit ihrem Tanz zu Ende. Sie lächelte Olaf zu, doch als sie Erik sah, erstarrte ihre Miene.
So also steht die Sache. Nun ja, ich habe hier jedenfalls eine Freundin gefunden, dachte Conn.
Nach zwei Tagen stachen Erik und seine Leute trotz Olafs Einspruch in See und nahmen Kurs auf England. Sie führten reiche Beute mit, und obendrein hatte Olaf Erik noch großzügig beschenkt. Einige Gefolgsleute des Königs gingen mit hinunter zum Liffey, um die *Gudruda* auslaufen zu sehen, darunter auch Fatima, Treasa und Conn. Treasa klammerte sich an Erik und weinte; doch er tätschelte ihre Schulter und erinnerte sie an den Goldreif, der ihren Arm schmückte. Dann ging er an Bord. Er winkte Fatima zum Abschied, doch sie blieb reglos stehen. Man ruderte die *Gudruda* den Fluß hinab bis hinaus aufs offene Meer. Dann setzte man die Segel.
Conn und Fatima gingen zusammen zurück. »Am Tag unsrer Ankunft hat er mich Olaf geschenkt«, sagte Fatima. »Er glaubte, mir einen Gefallen zu erweisen, als er mich im Haus eines Königs unterbrachte.«
»Ja«, meinte Conn, »Erik ist ein rücksichtsvoller Mann. Wir sollten ihm beide dankbar sein.« Schweigsam gingen sie weiter.
Danach brachten Fatima und Conn viel Zeit miteinander zu. Conn

hatte ohnehin nicht viel zu tun, so daß er Fatima Lesen und Schreiben lehrte. König Olaf, so fiel ihm auf, war nicht einmal eifersüchtig – kein Wunder, wenn ein Mann wie er, Conn, nichts konnte als Lesen und Schreiben . . .
Und so ging das Frühjahr in den Sommer über.

XXXIX

Wie der Selkie Schwanhild besuchte

Das Frühjahr begann in Straumey, zu früh für Blumen und milde Winde. Der Märzwind fegte grau und böig über die Insel hinweg. Wolkenfetzen zogen in Streifen über den Himmel, und die Brandung toste. Es war eine rauhe Zeit, zu rauh, um sich im Freien aufzuhalten, und manchmal kälter als im tiefsten Winter. Schwanhild hielt sich fast immer in ihrer Kammer auf. Sie war schlechter Stimmung.

Atli fühlte sich alt. Er kauerte in Felldecken neben dem Feuer; der Wind blies den Rauch durch das Dachloch zurück, daß er husten mußte. Schwanhild war unruhig. *Erik, Erik*, war alles, was sie denken konnte. Wenn sie ihn im Spiegel suchte, führte Hellauge große Reden in Dublin oder befand sich für einen schrecklichen Augenblick im Kampf, doch der Spiegel lief anschließend nicht rot an, so daß sie wußte, daß er unverletzt geblieben war. Sie wollte seinen Aufenthaltsort nicht allzu häufig spiegelsehen, denn sie war nach dieser Zauberei völlig erschöpft, und es tat ihr weh, ihn zu sehen, ohne ihn berühren oder seine Stimme hören zu können.

Als sie sich eines Nachts ruhelos im Schlaf herumwarf, kam der Selkie zu ihr. Er hatte Eriks Gestalt, wie man ihm geheißen hatte: groß, mit breiten Schultern, langem, blondem Haar und muskulösen Armen und Beinen. Aber er war ein Selkie, und Selkies waren nackt, ob an Land oder im Meer. Er kam lautlos in ihr Zimmer und blickte auf sie hinab. »Mutter hatte recht«, murmelte er, »du bist sehr schön, auch wenn dein Herz durch und durch böse ist.« Schwanhild ließ stets eine irdene Öllampe brennen, falls sie im Laufe der Nacht aufwachen würde. Ihre braunen Locken kringelten sich auf dem Kissen, und ihre dunklen Wimpern flatterten über bleichen Wangen; sie trug ein weißes Nachthemd. Sie wirkte

eher wie ein Mädchen, nicht wie eine Frau. Ihre schlanken Hände lagen gefaltet auf der Brust, und ihr Atem ging langsam und regelmäßig.
Der Selkie setzte sich auf die Bettkante. Sie seufzte. Er streckte die Hand aus und berührte Schwanhilds Schulter. Sie zuckte zusammen und schlug die Augen auf. Als sie ihn sah, schreckte sie zurück und zog die Decke bis zum Hals. »Erik?«
Der Selkie sagte nichts, sondern beugte sich hinab und küßte sie.
»Erik, Erik, wie bist du hierhergekommen? Hat dich jemand gesehen?« Schwanhild machte sich los und schaute ihn an. Der Selkie sprach noch immer kein Wort. Er küßte sie wieder, um ihre Fragen zu ersticken und zog ihr dann das Nachthemd über den Kopf.
Schwanhilds Augen wurden groß und voller Angst. Ihr Atem ging schnell. »Erik«, flüsterte sie, »das kannst doch nicht du sein, und doch bist du es...« Der Selkie schlug die Decke zurück und schlüpfte neben sie. Er fühlte sich kalt an ihrer Haut an, doch wurde er bald wärmer. Er lag neben ihr, streichelte ihren Rücken und ihr Haar, bis sie zu zittern aufhörte. Er sah ihr in die angsterfüllten Augen und hielt dem Blick stand; ihre Augen wurden verträumt, und sie lächelte. Sie streckte sich aus und entspannte sich.
Der Selkie ließ sich Zeit. Er hatte viele sterbliche Mädchen gekannt, aber diese Frau erweckte den Eindruck, als hätte sie niemals zuvor die Berührung eines Mannes erlebt. Er war geduldig; er streichelte sie, küßte sie, und schließlich lag sie zitternd und bereit neben ihm. Er drehte sie auf den Rücken und glitt in sie hinein.
Sie keuchte und spannte ihre Arme um ihn. Und immer noch ließ der Selkie sich Zeit, bewegte sich leicht und langsam, bis er leidenschaftliche Begierde in ihr erweckt hatte. Ihre Augen blickten ziellos umher, und ein wildes Lächeln lag auf ihren Lippen. Sie warf den Kopf herum, daß ihr wirres Haar flog, und stöhnte: »Erik, Erik, mein Liebster!«
Der Selkie lächelte vor sich hin. *Also tatsächlich Erik.* Aber er sprach kein Wort. Schließlich bebte sie, schrie auf, grub die Nägel

in seinen Rücken, bäumte sich auf und sank dann kraftlos zurück.
Er lag neben ihr und beobachtete sie. Eine Zeitlang wirkte sie fast bewußtlos; als sie die Augen aufschlug und ihn anschaute, drang er erneut in sie ein. Er ging erst, als die Flut kurz vor Morgendämmerung zurückkam. In dieser Nacht sprach er nicht ein einziges Wort.
Schwanhild schlief lange und erwachte mit einem Lächeln auf den Lippen. Gewiß ein Traum – aber so lebendig? Sie stützte sich auf einen Ellbogen hoch und blinzelte. Ihre Bettdecken waren durcheinandergewühlt – sie mußte eine ruhelose Nacht verbracht haben. Aber hatte sie nicht ein Nachthemd getragen? Jetzt war sie nackt, und hatte kleine blaue Flecken an Brüsten und Schultern, so als hätten Finger sie umklammert. Sie zog die Decke beiseite. Ihre Schenkel wiesen ähnliche Male auf, und der ganze Körper tat ihr weh. Es *mußte* ein Traum gewesen sein! Oder hatte Atli – aber nein, Atli wäre dazu niemals imstande gewesen. Und Erik, das wußte sie gewiß, war in Irland.
Oder doch nicht? Schwanhild stand auf, streifte ihr Hemd über und trat an ihre verschlossene Truhe. Sie nahm wie immer den Spiegel hervor und war wie immer ängstlich, was sie sehen würde. Aber die Oberfläche war ungetrübt. Sie kniete nieder, sprach die magischen Worte und zeichnete Runen auf das polierte Metall – die Oberfläche verschwand, und sie sah Erik.
Er stand am Bug der *Gudruda* vor einer unbekannten Küste. Das Land schien dichter besiedelt als alle, die sie zuvor gesehen hatte. Nein, Erik befand sich nicht in der Nähe. Sie betrachtete eingehend sein Gesicht. Ja, es waren die gleichen hellen, blauen Augen, das gleiche windgepeitschte blonde Haar, die gleiche wettergegerbte Haut wie die des Mannes, der in der vergangenen Nacht bei ihr gewesen war.
Aber nur im Traum. Schwanhild seufzte und packte den Spiegel weg. Sie war müde, so müde. Aber wenn sie sich nicht zusammennahm, würden die Leute glauben, sie wäre krank. So wusch sie sich in einer großen Schüssel mit eisigem Wasser und zog ihre Kleider

an. Wenn es ein Traum gewesen war, nun, solche Träume träumte sie gerne, und vielleicht würde dann die Angst vor dem Schlafen vergehen.
Auga beobachtete Schwanhild, als sie in die Halle kam. In ihren Augen war noch immer ein gewisser, verträumter Blick, und sie bewegte sich vorsichtig, so als wäre sie müde. Um so besser, dachte Auga. Ihr Sohn hatte ihre Bitte erfüllt. Sie brachte Schwanhild ein Horn Bier. »Wie geht es dir heute, Herrin?« fragte sie.
Schwanhild lächelte, ehe sie sich wieder faßte. »Recht gut.« Ihre Antwort war knapp, aber Auga hatte das Lächeln bemerkt.
Atli schlurfte vom Abtritt herein und fragte Schwanhild, wie es ihr ginge, sonst wußte er kaum etwas zu sagen. »Besser als dir«, fuhr sie ihn an und wandte sich ab. Wie hatte sie Atli, selbst in den ersten Tagen ihrer Ehe, nur für einen Mann halten können? Der Gedanke an ihn war ekelerregend. Erik, Erik, nun kam er wenigstens im Traum zu ihr.
Der Selkie kam nicht jede Nacht, aber doch häufig genug, und Schwanhild fragte nicht mehr. Sie nahm ihr Glück hin und genoß seine Umarmung, auch wenn sie sich am Morgen eingestand, daß sie gespenstisch waren. Lieber solche Vergnügungen als Atlis wacklige Gestalt oder die grobe Brutalität der Burschen vor langen Jahren. Aber die waren tot, und Atli würde auch bald sterben.
Bei jedem seiner Besuche erweckte der Selkie wildere Leidenschaften in ihr, und sie sah wieder aus wie eine junge Braut; sie war nicht mehr schmal und blaß, sondern hatte rosige Wangen. Sie sprang fröhlich herum, nicht traurig wie früher. »Aber es ist alles nur ein Traum«, erinnerte sie sich, »also bin ich nicht in Gefahr. Und vielleicht wird es Erik eines Tages ja wirklich sein. Ich frage mich, ob er auch von mir träumt.«
Auga beobachtete sie und wartete.
Nach einer Weile bemerkte Schwanhild mit Entsetzen, daß ihre Monatsblutung lange überfällig war. Sie zählte zurück – *wie* lange schon? Seit Atli seine Männlichkeit verloren hatte, dachte sie nicht darüber nach, aber – nein – zwei Monate? Und ihre Brüste schwollen an. Vor ihrem Besuch auf Hoy hatte sie sich schon einmal so

gefühlt, bevor all das geschehen war... Schwanhild geriet in Panik. Aber ein Traum konnte das nicht bewirken, sie mußte sich täuschen.

Schwanhild wußte, daß sie sich nicht täuschte. Und sie besaß Kräuter und Tränke, die Blutung herbeizuführen; einige waren gefährlich, aber viele Frauen griffen darauf zurück, wenn sie befürchteten, schwanger zu sein. Schwanhild selbst hatte sie niemals gebraucht und verkaufte sie, wenn man sie darum bat. Jetzt aber nahm sie selbst einen Trank ein.

Ihr wurde sehr übel davon. Sie erbrach sich einen ganzen Tag und konnte drei Tage lang nichts essen, aber an ihrem Zustand änderte sich nichts. Schwanhild weinte, zog sich zurück und versuchte andere Kräuter, aber es nützte nichts. Auga sah ihr verweintes Gesicht und lächelte, als sie an ihre eigene Angst vor Jahren dachte. *Aber sie wird sich des Problems nicht entledigen können, indem sie mich umbringt. Ich werde vorsichtig bleiben, und letzten Endes wird Atli sie anklagen.*

Schwanhild war verzweifelt, um so mehr, als »Erik« seine Besuche eingestellt hatte. Sie ging im Zimmer auf und ab und grübelte, was zu tun wäre. Atli würde wissen, daß das Kind nicht von ihm stammte – er konnte in den Monaten seit ihrer Rückkehr von Hoy kein Kind gezeugt haben.

Sie könnte ihm sagen, daß er in betrunkenem Zustand zu ihr gekommen war.

Aber weder er noch irgendein anderer würde ihr glauben, wenn ihr nicht bald etwas einfiel. Und das Kind in ihr wuchs.

Wenn Atli seine Männlichkeit wieder besäße, wäre er vielleicht zu überzeugen, daß es ihm bereits früher ein- oder zweimal so ergangen war, er es aber vergessen hatte. Es war ihre einzige Chance. Sie setzte seine allabendlichen Betäubungsmittel ab und braute ihm statt dessen Kräftigungstränke, die sein Verlangen wecken sollten. Und sie sorgte dafür, daß er Fleisch statt weichem Essen bekam, an die frische Luft ging und sich vom rauchigen Feuer fernhielt.

Tatsächlich besserte sich Atlis Gesundheit. Er hörte auf zu husten, zitterte nicht mehr und ging wieder gerade. Doch er kam noch

immer nicht in ihr Bett. Er hatte zu oft versagt, und sie war in letzter Zeit so abweisend zu ihm gewesen – jetzt sprach sie zwar freundlicher und lächelte, aber das reichte noch nicht aus.
Schwanhild wurde von großer Angst erfaßt. Sollte sie den Zauber, den sie nach ihrer Rückkehr von Hoy hergestellt hatte, für einen anderen Mann benutzen? Der Trank wäre entweiht, denn er war dazu bestimmt, Eriks Liebe zu erringen, falls er jemals wieder in ihre Nähe käme. Aber sie konnte Erik niemals gewinnen, wenn sie als treulose Ehefrau zum Tod verurteilt würde.
Von wem war sie schwanger? Die Zauberei mußte Augas Werk sein, auch wenn Schwanhild nicht wußte, wie es geschehen war. Sie würde sich bald an dieser Frau rächen, aber zunächst mußte sie sich selbst helfen.
Nachts, in ihrer Kammer, schloß sie die Truhe auf und nahm den Knochen mit den Runenschnitzereien heraus. Das Blut war inzwischen getrocknet, doch auf ihrer Brust war noch die weiße Narbe zu sehen, wo sie sich geschnitten hatte. Sie nahm auch das Päckchen heraus, das Groa ihr gegeben hatte. »Erik«, flüsterte sie. »Ich habe es alles für dich getan.« Aber sie wagte nicht, den Spiegel zu benutzen. Wenn sie Erik sähe, würde sie den Mut verlieren, und das durfte nicht geschehen, wenn sie sich retten wollte.
Schwanhild rief ihre Vertraute, diesmal als Ratte. Sie kam in ihr Zimmer geschlüpft, setzte sich auf die Hinterpfoten und winkelte die winzigen Vorderpfoten an. Das Tier war grau, hatte aber blaue Augen – Schwanhilds Augen, von einem Saum langer Wimpern umgeben.
»Stiehl mir ein frisch gezupftes Haar aus Atlis Bart«, wies sie ihre Vertraute an. Die Ratte fiepte und war fort. Schwanhild hatte einen besonderen Wein, den sie in einem irdenen Krug verkorkt aufbewahrte. Kräuter waren darin eingelegt, und es war ein starker, bitterer Trunk. Während sie auf die Rückkehr ihrer Vertrauten wartete, nahm sie einen Silberkelch und goß etwas von dem Wein hinein; dann holte sie ihr silbernes Hexenmesser hervor, mit dem Griff aus Wolfsbein. Es war das gleiche, mit dem sie ihr eigenes Blut hatte fließen lassen. Die Spitze der Klinge war noch flek-

kig. Damit kratzte sie nun an dem Zaubergegenstand, in den sie den Totenfinger verwandelt hatte: Winzige Knochenflocken fielen in den Wein und schwammen an der Oberfläche. Sie kratzte auch ein paar Flocken von dem getrockneten Glied aus dem Päckchen hinein.

Endlich kam die Ratte zurück. Zwischen den Zähnen trug sie ein geringeltes, weißes Haar. »Du hast lange gebraucht«, meinte Schwanhild.

»Er war wach, und ich konnte mich ihm nicht nähern.« Die Ratte hockte sich auf die Hinterpfoten und beobachtete, wie Schwanhild das Haar in die Lampenflamme hielt; es kräuselte sich und versengte zischend. Sie zerrieb es und ließ die Asche in den Trank fallen; dann zupfte sie eines ihrer eigenen Haare aus und verfuhr damit gleichermaßen.

Eigentlich hätte noch das Blut hinzugefügt werden müssen, damit die Wirkung des Trankes dauerhaft blieb, aber Schwanhild wollte nicht, daß der Zauber anhielt. »Genug«, sagte sie zu der Ratte, »du bist mir nützlich gewesen.«

»Bekomme ich keine Belohnung für mein Tun?«

Schwanhild zuckte mit der Schulter. »Nun denn, komm mit, ich will sehen, ob ich in der Küche ein Stück Käse und vielleicht etwas Bier finden kann.« Die Ratte lief an ihrem Hemd hinauf und versteckte sich in ihrem Halsausschnitt. Schwanhild nahm den Silberkelch an sich und trat hinaus in die dunkle Halle. In der verlassenen Küche – sie konnte Augas Schnarchen hören – fütterte sie ihre Vertraute gut. Sich selbst goß sie ein Glas Wein ein. Dann ging sie zu Atlis Alkovenbett und klappte die Panele auf.

Er saß aufgerichtet in den Kissen. Sein Gesicht war nicht so bleich und faltig wie zuvor, und er schlief auch nicht so fest wie zu der Zeit, als sie ihm jeden Abend Drogen verabreicht hatte. Er hörte das Geräusch und schlug die Augen auf. »Schwanhild?«

Sie setzte sich neben ihn aufs Bett. »Ich konnte nicht schlafen, Herr, und dachte, mit etwas Wein ginge es besser. Hättest du Lust, ihn mit mir zusammen zu trinken?«

Atli fühlte sich von ihrer Aufmerksamkeit geschmeichelt. Er

nahm den Becher, den sie ihm reichte, und nippte. Es schmeckte bitter, aber er wollte nichts dagegen sagen; schließlich hatte Schwanhild selbst es gebracht.

»Darf ich mich neben dich legen, Herr? Obgleich es Sommer ist, ist die Nacht kühl, und ich bin leicht bekleidet.« Das stimmte tatsächlich; sie trug nur ihr dünnstes, weißes Nachthemd. Atli rutschte zur Seite. Sie tranken.

Atli fühlte aufsteigende Wärme und war verwirrt. Nein, er war zu alt, er durfte nicht länger an so etwas denken. Seine junge Frau wollte ihm nur etwas zu trinken bringen und ihm Gesellschaft leisten; er wollte sie nicht berühren und behelligen, wenn letzten Endes doch alles umsonst wäre.

Sie drängte sich näher an ihn, als bemerke sie es nicht. Atlis Puls raste. Bei den Göttern, wie er sich fühlte! Jahre fielen von ihm ab! Er betrachtete die volle Wölbung von Schwanhilds Brust, die weichen Locken, in denen sich ihr Haar um die Schultern schmiegte, und ihr zartes Profil, als sie von dem Wein nippte.

Sie hörte, wie sein Atem heftiger ging, und sprach: »Atli, mein Geliebter, ich war in letzter Zeit so einsam und mein Bett so kalt. Es ist kaum ein Wunder, daß ich schlecht schlafen kann.« Sie leerte ihren Wein, stellte den Becher ab und drehte sich zu ihm um. »Du bist schließlich nicht alt. Es war vor einem Monat – oder länger? Ich weiß es nicht mehr – und du wahrscheinlich auch nicht.« Sie errötete und senkte den Blick.

»Was weißt du nicht mehr?«

»Ach«, sagte Schwanhild, »an jenem Abend wurde viel getrunken, und du warst in Stimmung. Ich war müde und ging früh zu Bett, aber dann kamst du mitten in der Nacht in meine Kammer und legtest dich zu mir. Ich traute meinem Glück kaum – ich hatte dich schon für immer verloren geglaubt, dachte, du würdest mich nicht mehr mögen. Aber dann bist du aufgestanden und hast gesagt, du müßtest nach draußen, zum Abtritt. Ich wartete, aber du bist nicht wiedergekommen. Am Morgen warst du mürrisch und sprachst nicht mehr darüber.« Sie ließ Tränen ihre Wimpern benetzen.

Atli war wie vom Donner gerührt. »Wie habe ich nur so etwas tun können?« Dann dachte er nach. Er konnte sich an nichts erinnern; wahrscheinlich war er betrunken zu seinem Alkovenbett zurückgekehrt statt in die Kammer, wo seine Frau auf ihn wartete. »Schwanhild, es tut mir leid. Ich schwöre dir, bis zu diesem Augenblick war mir nichts von alledem bewußt. Ich glaubte, *du* wolltest nichts von *mir* wissen!«

»Wann hätte ich das jemals gesagt, Herr?« fragte sie in süßem Ton.

»Als du müde und gealtert schienst, wollte ich dich nicht in Verlegenheit bringen, also habe ich nicht darauf gedrängt, aber es waren einsame Monate, die sich dahinzogen.«

»Nun, bei Freya«, sagte Atli und stellte den leeren Becher ab, »heute soll es nicht einsam sein, und wenn ich bei dem Versuch umkomme!«

Ich wollte, du würdest, dachte Schwanhild, doch sie täuschte Freude und später Schlaf vor, obgleich sie die ganze Nacht wach lag.

Am Morgen lächelte sie und brachte ihm Bier.

So ging das eine ganze Zeit. Auga kochte vor Zorn über diese Wendung, obwohl sie sich nicht erklären konnte, was Schwanhild damit beabsichtigte. Das Kind käme letzten Endes viel zu früh. Viel zu früh, selbst wenn Schwanhild behauptete, es wäre eine Frühgeburt.

Nach ein paar Wochen fühlte Schwanhild sich sicher und begann, Ausreden zu ersinnen, um nicht in Atlis Bett zu kommen. Sie ließ den Liebeszauber verfliegen, setzte allmählich wieder den anderen Trank ein, damit Atlis Kräfte nun endlich schwanden. Schließlich befand er sich im gleichen Zustand wie zuvor.

»Das macht nichts, Herr«, tröstete sie ihn. »Ich habe zumindest meine Erinnerungen – und wenn das Glück uns hold ist, nicht nur sie.«

Aber Atli war zornig auf sich und auf sie. »Ich habe diesen Herbst in Dublin zu tun«, erklärte er und schob sie von sich, »und muß mich darum kümmern. Zu lange bin ich nicht mehr bei König Olaf gewesen. Es brauen sich Kriege zusammen, bei denen ich und meine Männer vielleicht gebraucht werden.« Er sprach schnell wie ein junger Mann, der einen Feldzug und große Taten plante.

Schwanhild konnte ihr Glück kaum fassen. Sie hatte inzwischen ihren Bauch eingeschnürt und trug weite Kleider, doch selbst darin spannten sich ihre Brüste unter dem Kleid, und sie mußte den Schlüsselgürtel höher tragen, weil ihre Taille dick wurde. Bald würden die Leute es sehen, Atli vielleicht auch, und es würden Fragen gestellt... Wenn er fort war, konnte sie das Kind vielleicht unbemerkt in der Dunkelheit des Winters zur Welt bringen. Sie könnte es umbringen und sagen, es wäre zu früh gekommen und tot geboren worden.

So würde sie es machen. Atli wäre natürlich sehr bekümmert, sie allein gelassen zu haben; auch das würde ihr nützen.

»Vielleicht solltest du reisen, Herr«, sagte sie, »obgleich ich dich natürlich sehr vermissen werde. Aber ich werde hierbleiben und an dieser Stelle herrschen, die Leute mit ihren Streitigkeiten anhören und dafür sorgen, daß die Ernte eingebracht wird; es ist tatsächlich an der Zeit, Olaf wieder mit deinem klugen Rat zu unterstützen. Du solltest mit der *Wölfin* fahren.« Insgeheim fügte sie hinzu: *zum letzten Mal.*

So beschloß Atli seine Fahrt und erteilte den Befehl, alles vorzubereiten.

Auga hörte die Neuigkeiten voller Furcht. Sie und Schwanhild wären dann bis auf die Bediensteten und die Bauern allein. Es würde wie schon einmal sein, damals, vor langen Jahren. Sie mußte sich vorsehen, damit sie nicht das gleiche Schicksal wie Atlis erste Frau Hildigunn ereilte.

Aber Hildigunn war ahnungslos gewesen, und das war Auga nicht. Darin lag ihr Vorteil.

Nach zehn Tagen war die *Wölfin* seeklar und voll beladen mit Geschenken und Proviant. Atli stand in einem edlen Wollumhang am Bug; über ihm blähte sich farbenfroh das Segel im Wind. Wellen schwappten, Leinen knallten, und die *Wölfin* legte ab.

Atli winkte zum Strand zurück, doch bald richtete sich sein Blick wieder hinaus auf die See. Über ihnen kreisten schreiend die Möwen. Der alte Jarl straffte die Schultern und reckte sich hoch auf.

Auga weinte, wußte es aber wohl zu verbergen. Schwanhild tat, als ob sie weinte. Nichts hätte besser in ihre Pläne passen können. Das Kind in ihr rührte sich nun schon seit über einem Monat. Der zarte Körper Schwanhilds konnte nicht länger verbergen, wie weit die Schwangerschaft fortgeschritten war, obwohl sie fast nichts aß und sich fest einschnürte. Ihr Gang war schwerfällig, und sie ging mühsam den Weg vom Strand hinauf. Auga beobachtete sie mit einem verächtlichen Lächeln. Das Kind käme sehr früh.

XL

Wie Skallagrim verwundet wurde

Erik segelte mit seinen Männern ostwärts auf die Küste von Wales zu. Das Land hier war wild und einsam. Sie verstanden kein Wort der hiesigen Sprache, nicht einmal jene, die die irische Sprache schon erlernt hatten. Hier ließ sich wenig Beute machen außer in den armseligen Klöstern, und Erik verbot deren Plünderung.

Die Männer murrten, gehorchten aber doch, denn sie waren Erik sehr zugetan: Er hatte sie bislang gut geführt. Sie hatten viele Kämpfe gefochten und reiche Beute gemacht.

Obwohl das Ende des Frühjahrs nahte, war das Wetter noch unfreundlich, als sie Land's End an der cornischen Küste umsegelten. Hier konnte man kaum anlegen; die Brandung schäumte gegen Klippen und um zerklüftete Felsen, die Strände waren schmal und selten. Als sie den Englischen Kanal erreichten, glättete die See sich etwas, aber noch immer kamen sie nur schwer voran. Sie suchten in einer der zahlreichen kleinen Buchten Schutz, bis das Wetter sich besserte, dann segelten sie weiter ostwärts.

Als sie die schmalste Stelle des Kanals zwischen der englischen Insel und dem Frankenreich erreichten, sichteten sie zwei Drachenschiffe.

Bedrohlich näherten sich die beiden aus ihrem Versteck in einer Bucht, hielten geradewegs auf die *Gudruda* zu, und man konnte sehen, wie die Männer dort beim Näherkommen zu den Waffen griffen. »Wir können ihnen nicht entkommen«, sagte Erik, »und außerdem sind wir keine Feiglinge. Wir werden uns stellen und kämpfen. Los, zu den Waffen!« Die Männer machten sich für die Schlacht bereit.

Es sollte nicht mehr lange dauern. Bald lag ein Schiff längsseits zur *Gudruda*, und Pfeile regneten auf Eriks Leute herab. Bjarni von

Brandarsvik und Valgard der Wanderer beantworteten den Angriff, und ihre überlegene Zielsicherheit brachte mehrere Gegner zu Fall. Erik, Skallagrim und andere machten sich zum Entern bereit; als das Piratenschiff seine Enterhaken auswarf, sprang die Besatzung der *Gudruda* auf das feindliche Schiff hinüber.

Und es begann ein blutiges Schlachten. Hamund der Hastige vernachlässigte seine Rückendeckung und erhielt von dem feindlichen Anführer einen Stich zwischen die Rippen; Erik durchschlug die Knöchelsehnen des Gegners, so daß dieser haltlos zwischen die Ruderbänke stürzte. Thorgeirr Thorgeirrson spaltete einem Mann den Schädel und Leif Ljotson hieb zwei Männer nieder und warf ihre Leichen über Bord den Fischen zum Fraß. In der Zwischenzeit war das zweite Schiff herangekommen und drückte sich steuerbords an die *Gudruda*; Erik sah es, sprang auf sein Schiff zurück und überließ den Kampf auf dem ersten Schiff seinen Leuten, die es nicht mehr schwer haben würden, denn der gegnerische Drache hatte schwere Verluste erlitten, und unter seiner Besatzung gab es nicht mehr viele, die kämpfen konnten.

Die Mannschaft des zweiten Schiffes aber war frisch und unverbraucht, obwohl Bjarni, Valgard und Skallagrim, die mit Erik kamen, dies bald änderten. Erik und Skallagrim stürzten sich mitten in die feindlichen Reihen. Dort schwang deren riesiger Anführer seine gewaltige Axt, um sie Hellauge in den Rücken zu schlagen. Skallagrim sah es, und mit einem Aufschrei warf er sich über Erik, um den Gefährten mit seinem Körper zu schützen. Das scharfe Eisen fraß sich durch Skallagrims Brünne, zerschnitt die Ringe und drang tief in seinen Rücken. Fast hätte es ihm das Rückgrat durchgetrennt. Blut schoß aus der klaffenden Wunde.

Eriks Leute glaubten, ihr Anführer wäre tot und Skallagrim mit ihm. Erbittert erschlugen sie auf dem ersten Schiff alles, was sich noch bewegte und stürzten auf das zweite Schiff. Unter ihren Axt- und Schwerthieben schien es dann nur Augenblicke zu dauern, ehe die gegnerische Besatzung tot oder verwundet daniederlag; die wenigen, die noch am Leben waren, baten auf Knien um Gnade.

Sie hätten sie trotzdem erschlagen, doch Erik kroch unter Skalla-

grims Körper hervor und gebot ihnen Einhalt. Die Männer taumelten fassungslos zurück; blutverschmiert wie er war, sah Erik aus, als wäre er von den Toten auferstanden.
»Wir werden diese Männer nach London mitnehmen«, erklärte Erik. »Vielleicht bringen sie eine große Belohnung. Wenn sie die *Gudruda* angegriffen haben, leben sie sonst von Handelsschiffen. Der englische König wird froh sein, sie hinter Schloß und Riegel zu sehen.«
Bei diesen Worten trat der Anführer des zweiten Schiffes vor und sagte: »So würdet ihr uns Wikinger, eure eigenen Landsleute, in die Gewalt des englischen Königs geben?«
»Ihr seid grausame Plünderer und Piraten«, sagte Erik, »ob Landsleute oder nicht. Wie heißt du?«
»Ich bin Grim Menschentöter«, antwortete dieser. »Mein Gefährte hier, dem ihr die Sehnen durchtrennt habt, ist Eyvind Einauge.«
»Wirklich zwei schöne Schurken«, meinte Erik. »Es war ein übler Tag für euch, da ihr beschloßt, mein Schiff anzugreifen. Stammt ihr wirklich von Island?«
»Gewiß«, bestätigte Grim, »und auch die gesamte Besatzung, bis auf ein paar wenige, die sich uns unterwegs angeschlossen haben, um erschlagene Männer zu ersetzen. Eyvind und ich können niemals in unsere Heimat zurückkehren. Wir sind wegen Mordes geächtet.«
»Ich werde euch zum englischen König nach London bringen«, erklärte Erik, »obgleich ich euch töten könnte, ohne jemandem Rechenschaft darüber ablegen zu müssen.«
Eyvind brüllte: »Dann töte uns lieber gleich! Denn das ist es, was die Engländer mit uns tun werden. Du hast schon dafür gesorgt, daß ich nie wieder laufen kann.«
Dazu schwieg Erik; die anderen hatten schließlich mit dem Kampf begonnen, und hätte er verloren, so hätten sie, das wußte er sehr wohl, weder Rücksicht noch Gnade walten lassen.
»Sie hatten Gefangene«, meldete Bjarni und brachte vier an den Händen gefesselte Frauen. Sie waren alle schön, mit langen, blon-

den Zöpfen. Ihre leinenen Gewänder waren schäbig und zerfetzt; einst waren es kunstvoll bestickte Kleider gewesen. Sie mochten Töchter wohlhabender Väter sein.

Erik musterte sie prüfenden Blicks. Die Frauen starrten ihn aus riesigen blauen Augen an. Sie litten unter schwerem Sonnenbrand, und ihre Lippen waren aufgesprungen und bluteten. Man sah, daß ihre Entführer sie mißhandelt hatten. Sie sprachen miteinander, dann sagte eine von ihnen in stockendem Nordisch: »Was habt ihr mit uns vor?«

Erik war froh, daß sie seine Sprache beherrschte, da er die ihre nicht verstand. »Wir werden euch dem König von England übergeben«, erklärte er, »wenn wir ihm die Männer ausliefern, die euch geraubt haben.«

Die Frau, die zuerst gesprochen hatte, seufzte. »Dann werden wir unsere Heimat wohl niemals wiedersehen. Ich wurde in Cornwall entführt, und Gwendolyn und Morgana in Wales. Nur Mildred kommt aus England.«

»Und wie heißt du?« wollte Erik wissen.

»Ich bin Gertrude. Mein Vater ist Krieger in Cornwall. Er würde gut dafür bezahlen, mich wiederzusehen, auch wenn ich nicht unversehrt geblieben bin.«

Erik dachte darüber nach. Er mochte nicht noch einmal umkehren, aber wenn es stimmte, was die Frau sagte... »Ich werde euch unter meinen persönlichen Schutz stellen, bis euer Loskauf besprochen werden kann. Der englische König schuldet mir gewiß einen Gefallen.«

Die ganze Zeit über hatte Gizur der Kurzsichtige die Verwundeten versorgt; sie hatten Schnitt- und Stichwunden, Knochenbrüche, ausgestochene Augen und eingekerbte Ohren, Skallagrim aber lag mitten auf dem Deck des feindlichen Schiffes in seinem eigenen Blut. Erik wandte sich von den Frauen ab und sah nach seinem Freund. Gizur schaute hoch und blinzelte. »Mir scheint, eine Hauptader ist getroffen, Erik«, sagte er. »Ich bezweifle, daß er überleben wird. Ich sollte meine Zeit besser jenen widmen, die ich retten kann.«

»Nein«, widersprach Erik. »Skallagrim erlitt die Verwundung um meinetwillen. Zeig mir, was zu tun ist, dann werde ich helfen, ihn zu pflegen. Wir können nicht tatenlos zusehen, wie er stirbt, ohne unsere Ehre zu verlieren.«

Daraufhin zog Gizur Skallagrim das Kettenhemd aus und untersuchte die klaffende Wunde. Blut spritzte aus dem gewaltigen Schnitt in seinem Rücken. »Er atmet noch«, sagte Gizur, »also ist die Lunge nicht getroffen. Aber seine Rippen sind gebrochen, und er verliert viel Blut. Ich kann ihn nur fest verbinden und das Beste hoffen, aber die Wunde wird sich mit großer Sicherheit entzünden. Ich werde versuchen, sie mit Meerwasser auszuwaschen. Manchmal hilft das.«

Erik half bei der Suche nach sauberen Tüchern. Sie reinigten die Wunde und polsterten sie, so gut sie konnten. Dann legte Gizur einen festen Verband an. »Ich hoffe, die Blutung wird bald aufhören«, sagte er. »Nun, wenn er stirbt, er hat Walhalla verdient.« Gizur mochte Skallagrim nicht – die wenigsten Männer mochten ihn –, aber er bewunderte ihn, weil der Berserker Erik gerettet hatte.

Erik saß die ganze Nacht bei Skallagrim. Gertrude, der sie die Handfesseln abgenommen hatten, kam und setzte sich zu ihm; sie betupfte das fieberglühende Gesicht des Berserkers mit Wasser und befeuchtete seine Lippen. Erik betrachtete seinen todwunden Freund; bis jetzt war ihm nie bewußt geworden, wie sehr Skallagrims Kraft und Treue ihn geschützt hatten. Daß er nun um seinetwillen sterben sollte... dieser Gedanke war schmerzlich. Er verdrängte ihn.

Erik hatte sein Wort gegeben, daß die Frauen nicht belästigt würden; sie hatten schon genug durchgemacht. Die Männer murrten darüber und mußten ihnen auch noch Platz machen, aber in Wirklichkeit waren sie selbst ziemlich erschöpft und traurig. Nach dem Tod Hamunds des Hastigen und vermutlich auch Skallagrims war ihnen wenig nach Weibern zumute.

Die *Gudruda* schaukelte auf den Wellen; die Nacht schien länger als gewöhnlich. Erik machte kein Auge zu; die Gefangenen und ihre Bewacher blickten finster drein.

In der Morgendämmerung schlug Skallagrim die Augen auf und schaute sich um. Das erste, was er sah, war Eriks Gesicht. »Was ist geschehen, Herr?« flüsterte er. »Ich dachte, du wärst tot.«
»Sei ganz ruhig«, sagte Erik zu ihm. »Du bist schwer verwundet. Wir haben den Kampf gewonnen und Gefangene gemacht. Sobald es dir besser geht, werden wir sie dem englischen König bringen.«
»Das kann noch etwas dauern«, meinte Skallagrim und verlor wieder die Besinnung.
Nun, da es dämmerte, hielt die *Gudruda* auf die Küste zu. Sie gingen genau in der Bucht an Land, von der aus ihre Gegner sie angegriffen hatten. Dort fanden sie ein behelfsmäßig errichtetes Lager; müde, wie sie waren, bezogen sie es dankbar. Sie ließen ihre Gefangenen unter Bewachung in einem der Zelte zurück und legten die Verwundeten in ein anderes.
Es währte über eine Woche, bis die Männer weitersegeln konnten; Skallagrim war immer noch sehr schwach, aber er wollte nicht sterben, und allmählich ging es ihm besser ...
Erik teilte seine Mannschaft auf die *Gudruda* und die *Schlange*, das größere der aufgebrachten Schiffe, auf; auch die Frauen mußten zu den Rudern greifen, da es zu wenig Hände für beide Schiffe gab. So brachen sie schließlich nach London auf, um ihre Gefangenen König Edmund vorzuführen.

XLI

Erik bringt die Gefangenen zu König Edmund

Die *Gudruda* und die *Schlange* segelten durch eine Meerenge und näherten sich der englischen Küste. Am Ufer ragten grauweiße Klippen empor.

Sie fuhren in eine Bucht, in die ein Fluß mündete, die Themse, wie Erik wußte. Flußaufwärts lag London. Die Küste war dicht besiedelt. Kleine Bauernhäuser standen nah beieinander, zwischen Dörfern, deren Kirchturmspitzen in der Sonne leuchteten. »Gute Beute«, flüsterte Bjarni.

Erik schüttelte den Kopf. »Nein, diese Gebiete unterstehen dem englischen König. Wir wollen die Gefangenen ausliefern. Als plündernde Gesetzlose wären wir nicht besser als diese dort.« Er deutete auf die gefesselten Männer an Bord der *Schlange*. Sie wurden abwechselnd losgebunden, damit sie sich etwas bewegen konnten. Ein Bewaffneter bewachte sie ständig. Es waren gemeine Männer, die nichts zu verlieren hatten, wenn sie einen schnellen Tod auf See starben.

Wachfeuer flackerten an der Küste auf, als die Drachenschiffe in Sicht kamen. Ein Kriegsschiff kam ihnen entgegen, sie in Empfang zu nehmen. Die Männer an Bord sprachen Nordisch ebenso gut wie Englisch. »Wir kommen in friedlicher Absicht«, rief Erik, als sie ihn fragten. »Wir bringen König Edmund Gefangene.«

»Welche Gefangenen?« wurde zurückgerufen.

»Eyvind Einauge und Grim Menschentöter, die diese Gewässer lange Zeit unsicher gemacht haben.«

Die Männer auf dem Schiff jubelten. »König Edmund wird euch freudig begrüßen!« Das Schiff drehte bei und begleitete die *Gudruda* die Themse hinauf.

Nie zuvor hatte Erik eine so große Stadt gesehen. Er hatte schon geglaubt, Dublin berste vor Leben, aber London übertraf die irische Stadt bei weitem. In derber Pracht zogen sich Häuserreihen zu beiden Seiten der Themse entlang. Abwässer ergossen sich in den Fluß und mischten sich mit den treibenden Kadavern toter Ratten. Holzkohlerauch hing in der Luft und verband sich mit dem Gestank von Schlachthaus und Gerberei.

Erik und seinen Männern, die noch den Wind des offenen Meeres in den Lungen hatten, wurde übel. Niemals zuvor hatten sie so viele Menschen, Häuser, Hütten, Werkstätten und Lagerschuppen auf einmal gesehen. Hier lag auch der Hof König Edmunds des Prächtigen.

Das Kriegsschiff geleitete sie unter Stein- und Holzbrücken hindurch die Themse hinauf, bis sie an eine mit Bannern behangene Steinpier gelangten: der wasserseitige Eingang zum Palast. Man wies Erik und die Seinen an, hier die Fahrt zu stoppen. Nachdem die *Schlange* und die *Gudruda* vertäut waren, stellte Erik eine Wache auf, obwohl er Bewaffnete an der Pier entdeckte. Es mochten zwar Krieger sein, aber, dachte er, nicht die seinen. Und in der Fremde würde er sein Schiff nie unbewacht lassen.

Skallagrim war zwar immer noch schwach, aber er wollte sie in den Palast König Edmunds begleiten, wo man sie schon erwartete. Ein Hauptmann der Wache ließ sie zum König vor.

Die Kunde von Erik und seinen Männern sowie der Gefangennahme der beiden wilden Wikinger, die zusammen mit anderen Gesetzlosen die englischen Handelsschiffe überfallen hatten, war ihnen vorausgeeilt. Erik hatte vollbracht, woran viele gescheitert waren, und König Edmund war neugierig auf ihn.

Die Halle des Königs war riesig; es war die größte Halle, die Erik jemals gesehen hatte. Wachen und Pagen, Ritter und reich gekleidete Adlige scharten sich um den Thron. Auch adlige Damen waren zu sehen, deren Hände fein und glatt und deren Gesichter so frisch und hell waren, als gingen sie niemals ins Freie. Ihre Kleider fielen weich und weit herab; und Erik fragte sich, wie man jemals mit diesen weiten Ärmeln arbeiten konnte. Es sah so aus, als dienten diese Frauen nur als Zierde dieser Halle.

Skallagrim schmerzte die Wunde noch immer heftig. Er wollte es nicht wahrhaben und schwang seine riesige Axt Knochenfresserin um so schrecklicher über den Köpfen von Eyvind Einauge und Grim Menschentöter und trieb sie vor den wartenden König.
Edmund saß auf seinem Thron. Sein Haupt trug die Krone, seine Gewänder waren reich bestickt und seine Schuhe aus weichstem Leder gefertigt. Er hatte einen säuberlich gestutzten braunen Bart und schulterlanges, lockiges braunes Haar. Die Höflinge wichen zurück, als die gefesselten Anführer den Gang entlangstolperten. Sie waren inzwischen schmutzig und zerlumpt und nach ihrer Gefangenschaft hager und ausgezehrt, aber selbst Eyvind versuchte, aufrecht zu stehen. Sie spien die Adligen an, denn nichts hätte ihnen noch Gnade sichern können.
Erik zwang sie in die Knie. »Hier ist ein Geschenk, Herr«, erklärte er. »Zwei Wölfe, die lange Zeit unter Euren Herden gewütet haben. Eyvind Einauge und Grim Menschentöter. Ein weiteres Geschenk liegt gut vertäut am Fluß: Eyvinds Langschiff, die *Schlange*. Doch habt Ihr, wie ich sah, viele Schiffe im Hafen vor Anker liegen und könnt ein weiteres wohl kaum gebrauchen.«
Darauf lachte Edmund und sagte: »Das mag sein, aber ein gutes Kriegsschiff ist immer nützlich. Ich nehme die Geschenke mit Freuden an.« Dann bat er Erik, von dem Seeabenteuer zu berichten. Als er von Skallagrims selbstloser Tat, Erik zu retten, hörte, schnippte der König mit den Fingern, und ließ den königlichen Waffenschmied rufen. »Dieser Mann braucht eine neue Brünne als Ersatz für jene, die Schaden nahm, als er seinem Herrn das Leben rettete. Sorge dafür und sieh zu, daß die Kettenglieder härter als Eisen sind.«
Der Waffenschmied musterte Skallagrims Oberkörper genau und nickte voller Ehrfurcht. »Es soll geschehen, wie Ihr befehlt, Majestät«, sagte er und entfernte sich.
Erik fand solche Sprache sonderbar; für ihn war ein König nicht mehr als ein großer Fürst, dessen Macht durch seine Stärke bestimmt war. Doch hier verhielt sich das offenbar anders. Nun, er wollte aufmerksam sein und lernen.

Erik fühlte sich in dieser feinen Gesellschaft nicht sehr wohl. Er kam sich ungeschlacht, schwerfällig und plump vor. Doch er hatte eine Tat vollbracht, zu der die Krieger des Königs nicht imstande gewesen waren – kein Grund also, sich zu schämen. Er war ein Mann, so wie Skallagrim, und in Edmunds Leibwache befand sich keiner, der ihnen an Körpergröße gleichgekommen wäre.

»Du und deine Männer, ihr habt Gutes vollbracht, Hellauge!« erklärte Edmund. »Diese«, er wies auf die Gefangenen, »werden für ihre Verbrechen in Ketten gelegt. Was bedingst du dir als Belohnung aus?«

»Zwei Dinge«, sagte Erik und blieb aufrecht vor dem König stehen und verbeugte sich nicht.

»Und welche wären das?« Der König zeigte sich erheitert über den kecken, jungen Isländer, doch war auch er von seiner Größe und Kraft beeindruckt. Weder mit ihm noch mit seinen Gefolgsleuten ließe sich spaßen. Also würde er eine Gefälligkeit gewähren.

»Eyvind und Grim haben bei ihren Raubzügen Gefangene gemacht«, berichtete Erik. Er gab Gizur dem Kurzsichtigen ein Zeichen, der die vier Frauen nach vorne schob. Dort verharrten sie mit gesenkten Häuptern in ihren zerrissenen Gewändern und schämten sich, so vor den Hof des Königs zu treten. Außerdem fürchteten sie, ihre Heimat niemals wiederzusehen. »Diese Frauen befanden sich an Bord, als der Kampf begann«, erklärte Erik. »Eine von ihnen spricht ein paar Worte meiner Sprache. Sie sagte, sie kämen von Wales und Cornwall – bis auf diese hier, die Engländerin ist. Ich möchte, daß sie wieder zu den Ihren kommen können.«

»Tatsächlich?« fragte Edmund. Aus dem, wie ihre Kleidung gewesen war, war zu schließen, daß sie aus reichen Familien stammten. Er könnte sie loskaufen lassen oder als Geiseln für die Friedfertigkeit ihrer Väter behalten. Gegen Wales und Cornwall mußte er häufig zu Felde ziehen. Aber er hatte Erik eine Gefälligkeit versprochen. Edmund machte ein ernstes Gesicht und sagte: »Nun gut, sie werden unter meinem Schutz sicher nach Hause geleitet werden.« Ein solcher Akt der Freundlichkeit würde vielleicht auch die rauhen Menschen der Küste beeindrucken, dachte Edmund; sie lieben ihre Familien sehr. Er nickte Mildred zu und sprach sie auf Englisch an. »Woher kommst du, Kleine?«

Sie schaute zu ihm empor. »Ich wurde in Southampton entführt, wo mein Vater Weinhändler ist. Ich war mit dem Sohn des Müllers verlobt; wir sollten in einer Woche heiraten, als ich von dem Feld verschleppt wurde, wo ich meinen Brautstrauß pflücken wollte. Seither wurde ich mißhandelt und mißbraucht.« Sie begann zu weinen. »Jetzt wird mich kein Mann mehr heiraten wollen.«

Edmund rief die Hofdame, die Mildred bei der Hand nahm und den anderen drei Frauen zunickte, und sagte: »Ich bin sicher, daß ein Kloster deine Mitgift zu schätzen weiß, wenn du tatsächlich nicht mehr heiraten könntest«, sagte Edmund. »Ich werde zunächst für euren sicheren Heimweg sorgen.« Darauf weinte Mildred nur um so lauter. Die anderen Mädchen, die kein Englisch sprachen, standen stumm mit gesenkten Köpfen daneben.

Edmund wandte sich an die beiden Gefangenen und sprach: »Wegen eurer Vergehen an Leib und Leben meiner Untertanen, wegen fortgesetzter Plünderung und Räuberei werdet ihr gehenkt.«

»Ich hatte nichts anderes erwartet«, murmelte Eyvind.

Langsam fuhr König Edmund fort: »Nicht am Hals, sondern in Ketten gelegt im Hafen; bestimmt habt ihr dort Feinde unter den Seeleuten, die sich um euch kümmern werden, bis ihr sterben werdet.«

Eyvind warf dem König einen bösen Blick zu und schaute dann finster zu Erik. »Dafür hast du uns hierher gebracht«, schrie er. »Möge dein eigener Tod qualvoll und schmählich sein.«

»Es scheint, als stürbe man meist, wie man gelebt hat«, bemerkte Erik. Die beiden wurden ins Verlies geführt, um die Vollstreckung ihres Urteils abzuwarten. Eyvind mußte wegen seiner durchtrennten Sehnen von den Wachen halb getragen werden.

»Du hast uns gut geraten, nicht an der englischen Küste zu plündern«, murmelte Bjarni, »sonst würden wir nun selbst abgeführt.« Erik nickte, wandte aber kein Auge von König Edmund. Der König erwiderte seinen Blick und lächelte. »Diese Gesetzlosen sehen wir nicht wieder«, erklärte er. »Aber du erbatest eine weitere Gunst. Welche wäre das?«

»Nur dies, Herr«, sagte Erik, »daß mir und meinen Leuten erlaubt wird, uns deinem Gefolge anzuschließen.«

Als der König solches hörte, sagte er mit großer Wärme: »Gewährt, und das mit Freuden! Ich brauche Männer wie dich an meiner Seite, Erik, Männer, die kampferprobt und geschickt im Umgang mit Waffen sind. Ich brauche dich vor allem, weil ich bald in Mercia gegen die Dänen kämpfen werde.«

Bei der Aussicht auf eine Schlacht schlug Eriks Herz schneller. Es mochten gute Zeiten in der Gesellschaft dieses Königs werden, dachte er und sprach: »Wie bald, Herr«, wollte er wissen und hoffte, Skallagrims Wunde würde bis dahin verheilt sein.

»Erst in ein paar Wochen. Zeit genug für euch, meine Männer kennenzulernen – wenn man gemeinsam dem Tod ins Auge blickt, muß man sich untereinander gut kennen, mit Kameraden kämpft man ihn leichter nieder als mit Fremden.«

So wurden Erik und die Männer der *Gudruda* im königlichen Gefolge gern aufgenommen. Man wies ihnen Schlafplätze zu, und die anderen Krieger hießen sie willkommen. Eriks Ruhm hatte sich herumgesprochen und auch der seiner Männer. Das Interesse der Engländer an den Wikingern war groß, denn nur selten waren sie sich bislang in freundlicher Absicht begegnet. Den Männern stockte der Atem, als Skallagrim sein Hemd auszog, und sie die große rote Narbe auf seinem Rücken sahen. Keiner mit einer solchen Verletzung hätte überleben können, erklärten sie und fragten, ob Skallagrim gar nicht zu töten wäre.

Der Berserker knurrte: »So sagt man zwar, aber ich bin sicher, daß eines Tages das Gegenteil eintreten wird. Aus welcher Schlacht auch immer ich nicht mehr lebend herauskomme, soviel steht fest: Es wird eine besondere sein und eine, an die man noch lange denken wird.« *Und eine die von einer Frau ausgelöst wird,* dachte er, aber das sagte Skallagrim nicht laut. Die Männer schlugen ihn auf die Schulter – mit aller Vorsicht wegen seiner Wunde –, und alle setzten sich zusammen, tranken und erzählten bis spät in die Nacht Geschichten.

XLII

Krieg gegen die Dänen

In kurzer Zeit hatte König Edmunds Waffenschmied ein ausgezeichnetes Kettenhemd für Skallagrim gefertigt. Es war ganz schwarz und so gut gearbeitet, daß es eigentlich jeder Klinge standhalten würde. »Er wäre nicht schlecht, wenn ich die Brünne vorher gehabt hätte«, brummte Skallagrim, als er sie anprobierte, doch insgeheim war er sehr zufrieden. Mit seinem schwarzen Haar, dem schwarzen Helm, der neuen, schwarzen Brünne und Knochenfresserin in der Hand bot er einen Anblick, der in jedem Menschen Entsetzen auszulösen vermochte.

Allmählich kam er auch wieder zu Kräften. Täglich übte Skallagrim und versuchte, die geschwächten Muskeln zu stärken. Er schwang seine Axt gegen einen Übungspfahl und lächelte zufrieden, wenn er den dicksten Stamm in zwei Hälften spaltete. Der Mann, dessen Aufgabe es war, neue Pfähle zu setzen, beklagte sich bitter, doch niemals in Skallagrims Hörweite, daß er nun die dreifache Arbeit hätte. Das Wesen des Berserkers war so ungestüm, daß ihm keiner in die Quere kommen wollte.

Der König rief Erik oft an seine Seite; Skallagrim aber fühlte sich – fernab von den Höflingen – wohler bei den Kriegern, auch wenn sie bisweilen Angst vor ihm hatten. Erik hatte ihm befohlen, friedlich zu bleiben, und Skallagrim hielt sich daran.

Unter König Edmunds Leuten mochte nur Oswald, fast ebenso riesig wie Skallagrim, die derbe Art des Berserkers. Die beiden Axtkämpfer erprobten sich oft an der Stärke des andern, während die übrigen ihnen voller Bewunderung zusahen. Bei diesen Übungskämpfen benutzten sie Äxte ganz aus Holz, denn ihre gewaltigen Hiebe wären fast immer tödlich gewesen.

Erik beobachtete das Leben am Hof König Edmunds und bemerkte, wie man den König und auch ihn, der hoch in dessen Gunst stand, umschmeichelte. Er mochte diese Art nicht; ihm war ehrliche Freundschaft oder offene Feindschaft lieber. Aber Erik bemerkte auch einige, die seine derbe Art ablehnten und ihm die Gunst des Königs neideten. Verscherze ich mir diese Gunst, dachte Erik bei sich, so muß ich die heimlichen Anschläge dieser Männer befürchten.

Auch die Frauen bemühten sich um Erik, der nicht begreifen konnte, wie sie ihren Tag verlebten: Kaum einmal taten sie nützliche Dinge oder arbeiteten gar; meist stickten sie an kleinen Tüchern oder zogen sich in schwatzenden Gruppen zurück, um Kleider zu probieren oder sich zu schmücken. Erik hatte Schwanhild und Gudruda für eitel gehalten, wenn sie sich Bänder ins Haar geflochten oder ihre besten Kleider zu Festen angelegt hatten; aber sie hatten auch gearbeitet – nicht nur am Stickrahmen –, sondern an Herd, Spinnrad und Webstuhl. Schließlich würden sie Ehefrauen werden und mußten lernen, wie man einen Haushalt führt.

Eine der Frauen, Elfrida mit Namen, war von Erik sehr angetan. Sie war ruhiger als die übrigen und saß oft schweigsam da, schaute Erik an und vergaß darüber ihre Stickerei. In ihrer zarten, bleichen Art war sie wunderschön. Sie flocht das lange blonde Haar zu Zöpfen; ein Silberreif schmückte ihre Stirn. Elfrida stammte aus der Familie von König Edmund und war sehr reich. Die meisten Männer wären froh gewesen, sie zur Frau zu bekommen.

Erik bemerkte, daß sie ein Auge auf ihn geworfen hatte. Sie war Christin und von edler Herkunft. Eine solche Frau würde ihn heiraten wollen! Erik wollte keine andere als Gudruda; also vermied er die Gesellschaft der Frau und suchte Trost bei den Dienstmädchen, die ihn gerne aufnahmen und keine Ansprüche stellten. Sie freuten sich, mit dem blonden Riesen zu schlafen, der schließlich recht gut aussah und sie bisweilen sehr freundlich beschenkte.

Schließlich näherte sich der Tag des Aufbruchs nach Mercia, wo König Edmund sich mit seinen Truppen den Dänen entgegenstellen wollte, die vor einiger Zeit plündernd ins Land eingefallen waren und begonnen hatten, auf englischem Gebiet eigene Siedlungen zu gründen. Bisher hatten die Dänen alle Versuche, sie wieder zu vertreiben, zurückgeschlagen. Und König Edmund hatte geschworen, sie nunmehr in einer gewaltigen Schlacht vernichtend zu schlagen. Als alles marschbereit war, brach man auf. Auf ihrem Weg durch London kamen sie am Pier vorüber, und Erik sah dort zwei angebleichte Skelette in Ketten hängen...

Skallagrims Wunde war inzwischen gut verheilt, zumindest beklagte er sich nicht mehr über Schmerzen. Bjarni von Brandarsvik und Valgard der Wanderer hatten bei den Bogenschützen des Königs viel dazu gelernt; hier, in England, war die Kunst des Bogenschießens noch höher entwickelt als auf den Färöer-Inseln; wochenlang hatten sie mit besseren Bogen und längeren Pfeilen geübt und waren stolz auf ihre neuen Fähigkeiten.

Gizur den Kurzsichtigen hatten sie zur Bewachung der *Gudruda* zurückgelassen. Mit seiner verminderten Sehkraft war er weder in einer großen Schlacht noch bei kleinen Scharmützeln von Nutzen, bei der Behandlung von Verwundeten zwar sehr geschickt, aber König Edmund hatte seine eigenen Wundhelfer, so daß Erik entschied, daß von all seinen Leuten am besten Gizur als Wache zurückbliebe.

Die anderen Männer der *Gudruda* hatten die Ruhezeit und das gute Essen genutzt, um wieder zu Kräften zu kommen und sich im Kampf zu üben; alle verstanden inzwischen wenigstens ein paar Worte Englisch.

So zogen sie frohgemut in die Schlacht.

Und es wurde ein heftiger Kampf. Die Dänen waren große, gut bewaffnete, erbarmungslose Kämpfer. Sie hatten das Land erobert und waren fest entschlossen, es bis zum äußersten zu verteidigen, selbst gegen den englischen König. Schließlich endete der Kampf, ohne daß eine Seite den Sieg davontrug, doch die Dänen erlitten diesmal große Verluste und zogen sich etliche Meilen zurück. König Edmund wäre im Kampf fast getötet worden, wenn Erik, Skallagrim und Oswald nicht in seiner Nähe gewesen wären. Oswald erschlug des Königs Gegner, während Skallagrim dessen tödlichen

Schlag mit dem eigenen Körper abfing; das Schwert des Mannes prallte von seiner Brünne ab, so daß er zwar eine gewaltige Prellung, aber ansonsten keine Verletzung erlitt. Erik kämpfte zwei andere nieder, die versuchten, sich den Weg zum König durchzuschlagen. Dann kamen weitere Männer des Königs herbei, und die Dänen mußten weichen oder wurden erschlagen.

Als die Schlacht am frühen Abend vorüber war, rief Edmund Erik und Skallagrim zu sich; Oswald stand ganz in der Nähe. Der König dankte beiden für ihren Einsatz und fragte Skallagrim, ob er erneut verwundet worden wäre.

»Diesmal hatte ich eine bessere Brünne«, erklärte ihm der Berserker. Mehr wollte er dazu nicht sagen. Er hatte in einem guten Kampf nur seine Pflicht getan: Wozu brauchte er Lob? Trotzdem ordnete Edmund an, daß Erik, Skallagrim und Oswald bei der Rückkehr nach London neben ihm ritten.

Skallagrim zuckte mit den Schultern. Wenn Erik es wollte, wollte er es auch, denn er hatte gelobt, nicht von Hellauges Seite zu weichen. Schließlich erreichte das Heer die Stadt.

Menschen drängten sich in den schmalen Straßen; bunte Fahnen schmückten die Fenster, und Jubelrufe erklangen aus der Menge beim Anblick der siegreichen Männer. Erik ritt stolz neben dem König. Ein blauer Umhang fiel von seinen Schultern, seine Brünne leuchtete in der abendlichen Sonne und sein Helm glänzte golden. An seinem Gürtel funkelte Weißfeuers edelsteinbesetzter Knauf. Neben ihm erschien Skallagrim wie ein gewaltig emporragender schwarzer Schatten. Oswald trug zwar eine gewöhnliche Rüstung – Bronzehelm und Brünne und einen roten Umhang – aber er ritt voller Stolz, denn er hatte seinen König gerettet.

Elfrida beugte sich aus einem Fenster und hielt einen Kranz weißer Rosen. Als Erik unter dem Fenster vorüberritt, rief sie: »Willkommen, Held Erik!« und ließ den Kranz auf Hellauges Helm herniederfallen.

Eriks Gesicht glühte, aber er nahm den Kranz erst ab, als sie außer Sichtweite des Fensters waren; dann warf er ihn fort.

»Warum tust du das«, wollte Edmund wissen. »Elfrida ist eine stolze Frau. Du solltest dich freuen, daß sie dich voller Zuneigung betrachtet.«

»Ich will nicht wie ein Mädchen mit Blumen bekränzt sein«, erklärte Erik. Warum konnte die Frau ihn nicht endlich in Ruhe lassen?

Doch so abweisend er war, es nutzte ihm nichts. In jenem Winter war Elfrida stets zugegen, wann immer sie konnte; sie gewöhnte es sich sogar an, von Zeit zu Zeit an den Festtafeln zu bedienen. Wäre Elfrida nicht von adliger Herkunft gewesen, wäre Erik ihr nicht ausgewichen; so aber empfand er ihr Werben als Gefahr, denn als Mitglied der königlichen Familie verfügte sie auch über eine gewisse Macht. Und er hatte sie keineswegs ermutigt.

Elfrida wurde zornig und schließlich verzweifelt. Viele Männer hatten um sie geworben, und alle hatte sie abgewiesen. Nur dieser blonde Riese wollte nichts mit ihr zu tun haben, obwohl sie ihm deutlich zu erkennen gegeben hatte, daß er ihr gefiel. Sie erwog, seinetwegen zum König zu gehen, doch der Stolz verbot es ihr. Sie mußte versuchen, ihn alleine zu gewinnen. Schließlich war sie eine schöne, begehrenswerte Frau und verstand selbst als Christin noch etwas von Liebestränken und bescheidener Zauberei.

Also wartete Elfrida ab, dachte nach und versuchte den ganzen dunklen, nebligen Winter über, Erik zu gefallen, während dieser sehnsüchtig aufs Frühjahr wartete.

XLIII

Atli in Dublin

Als Atli im Spätsommer lossegelte, war das Wetter zwar noch gut, aber für den Grafen wurde die Reise zunehmend beschwerlich. Seine alten Knochen ächzten mit dem Mast im kalten Seewind schier um die Wette, er fror und schlief sehr schlecht auf dem schaukelnden Schiff. Die Mannschaft der *Wölfin* sah das wohl und lief Land an, so oft es ging, doch Atli erzürnte angesichts der Verzögerung, seiner Männer Sorge und seiner Schwäche und drängte sie weiter. Das Plündern ließen sie sein, denn Atli sah keinen Grund, arme Mönche und Bauern zu berauben.

Schließlich segelten sie in die große Bucht, in die die reißende Liffey mündete. Atli stand am Bug der *Wölfin* und blickte zum Ufer. In den vergangenen Tagen hatte sich sein Zustand gebessert; die Erschöpfung war von ihm abgefallen. Vielleicht war eine Seereise genau das, was ihm gefehlt hatte.

Da lag Dublin. Atli staunte, wie die Stadt seit seinem letzten Besuch gewachsen war! Das war in seinen mittleren Jahren gewesen – und Olaf hatte damals als junger Mann darauf gewartet, die Nachfolge seines Vaters anzutreten, der hartnäckig und zäh am Leben hing. Heute würde Olaf nicht so alt sein wie Atli damals. Doch er war kräftig gewesen in seinen Vierzigern und hatte beim Prahlen und Plündern mit jedem Jüngeren mithalten können. Damals hatte Hildigunn noch gelebt. Tränen brannten in Atlis Augen. Sie hätten zusammen alt werden sollen. Es war ein böser Tag gewesen, an dem er beschlossen hatte, in zweiter Ehe eine so junge Frau zu nehmen.

Genug davon! Sie näherten sich der Flußmündung. Auf der *Wölfin* reffte man das Segel, schob die Ruder ins Wasser und mühte sich von Hand den Liffey hinauf.

Am Südufer entlang zog sich Dublin, eine bunt zusammengewürfelte Stadt aus Häusern, Werkstätten und Schenken, voller Leben und Treiben, und Atli, der das ruhige, einsame Straumey und die Stimmen von Wind und Vögeln gewohnt war, empfand das Lärmen noch stärker. Sie machten am Pier fest, und Atli ließ Olaf seine Ankunft melden. Er wollte sich nicht nur mit seiner eigenen Leibwache durch das Gedränge schieben.
Während er wartete, schaute er sich um. Handelsschiffe, Drachen- und Fischerboote – ja, Dublin entwickelte sich zu einem betriebsamen Hafen. Hier liefen auch Schiffe von England und vom Frankenland ein, wie Atli sah. Es würde den Iren schwerfallen, die Normannen wieder aus ihrem Land zu vertreiben; viele Iren waren auf der Straße, und es schien, als hätten auch sie sich an das Stadtleben gewöhnt.
Er muße nicht lange warten. Rufe verkündeten, daß sich jemand näherte. Atli spähte zum Ufer. Mit Hilfe seiner Leute kletterte er die Pier hinauf. Olaf selbst kam ihm entgegen.
Atli erblickte einen Mann in der frühen Lebensmitte. Sein blondes Haar war zu Zöpfen gebunden und ergraute an den Schläfen, sein silberner Bart war kurzgeschnitten. Olaf trug reiche Gewänder aus feinem Tuch und von gutem Schnitt und Goldreifen an den Armen. Seine Hände waren weich, und seine Taille wurde zu dick. *Du bist älter geworden, Olaf,* dachte Atli, *du bist nicht mehr der kräftige Mann, den ich einst kannte.* Dann sah er die Überraschung in Olafs Augen und mußte über sich lachen. *Hier stehe ich, ein Greis, und kritisiere ihn, daß er verweichlicht ist und in die Jahre kommt!* Das Leben eines Königs schien einen Mann nicht gerade in Form zu halten.
Olaf versuchte, sein Erschrecken zu verbergen: Freund Atli, der einst tapfer und kräftig gewesen war, allzeit bereit, sein Schwert zu schwingen und ein Trinkhorn zu leeren, ging nun gebeugt und hatte graues Haar, seine Hände trugen Altersflecken und zitterten! Olaf trat zu ihm und ergriff sie. Wie mager Atli geworden war!
»Willkommen in Dublin, Atli«, sagte er. »Du ehrst uns mit deinem

Besuch; es ist schon viele Jahre her, daß wir uns zuletzt gesprochen haben.«

»Recht lange«, antwortete Atli mit der Stimme eines alten Mannes, und obgleich er wußte, daß sein Aussehen erschreckend war, fühlte er sich jünger als auf Straumey. Die Veränderung hatte ihm gutgetan.

Olaf geleitete den alten Grafen zum Palast, entbot ihm sein Willkommen und befahl, ein Festmahl zu bereiten. Sie brachten den Tag damit zu, von alten Zeiten zu reden, als Atli Olaf zu Raubzügen an die irische und englische Küste und einmal sogar ins Land der Franken mitgenommen hatte. Atli war damals in der Blüte seiner Jahre gewesen, ein erfahrener Seefahrer voller Mut und Feuer, mit einer Frau zu Hause, eigenem Land und allem, was ein Mann sich wünschen konnte außer einem Sohn, der sein Haus weiterführen würde.

Olaf war jünger, begieriger auf Ruhm und Ansehen gewesen. Als schließlich sein Vater starb, wurde er König von Dublin und herrschte nun über die Normannen und Iren in der Stadt.

»Es ist ein gutes Leben gewesen«, berichtete Olaf und lehnte sich auf dem Hochsitz zurück. »Das Regieren bringt weit mehr Pflichten mit sich als das Schlachten schlagen. Aber in diesem Frühjahr hatten wir eine gute Schlacht: König Bróen und ich gegen Großkönig Kennedy.«

»Tatsächlich?« fragte Atli. »Und wie endete sie?« Er kannte Olaf schon lange; jener hätte die Schlacht bestimmt nicht erwähnt, wenn seine Seite nicht den Sieg davongetragen hätte. Aber Olaf sollte seine Geschichte nur erzählen, dann konnte Atli hören, wie die Dinge in Irland standen.

»Wir haben König Kennedy gemeinsam so weit zurückgedrängt, daß es wohl eine Weile dauern wird, ehe es ihn wieder gelüstet, uns anzugreifen. Ich muß erwähnen, daß ich hervorragende Kämpfer in meinem Gefolge hatte. Die Kunde von der bevorstehenden Schlacht hatte sich weit verbreitet, und von überallher zogen Männer herbei – einige sogar von Island. Friedlose freilich, aber nur für drei Jahre; es waren gute, mächtige Männer und tapfere Krieger. Vor allem einer – er hieß Erik Hellauge und hatte, seinem Schatten gleich, einen Berserker namens Skallagrim bei sich – war unheimlich, aber er kämpfte ohnegleichen.«

»Erik und Skallagrim?« fragte Atli. »Ich kenne die beiden. Erik ist ein besonders tapferer und ehrbarer Mann. Ist er weitergezogen?«

»Ja, er und seine Mannschaft brachen nach der Schlacht wieder auf und stachen in See. Ich glaube, sie nahmen Kurs auf England, freilich mögen sie es sich unterwegs anders überlegt haben.«

Atli lächelte. Also war Erik am Leben und mehrte seinen Ruhm! Um so besser. Er, der berühmt war für seine Heldentaten, würde als wohlhabender Mann aus der Verbannung zurückkehren. Er würde Gudruda heiraten und eine große Familie gründen. So mußte es sein.

Olaf klatschte in die Hände. »Ich habe einen Genuß für dich«, erklärte er Atli. Musik setzte ein, und aus dem Schatten wirbelte eine Tänzerin hervor. Ihr spärliches Gewand war aus rot-goldener Seide, und ihre Haut war dunkel. Sie drehte sich zum Takt der Musik, und Sinnlichkeit ging von ihr aus. Atli schaute mit großen Augen zu. Eine Araberin! Er hatte von weitgereisten Männern über diese Frauen erzählen hören. Sie fiel auf die Knie und neigte sich zurück, bis ihr Kopf den Boden berührte; dann legte sie sich mit einer grazilen Bewegung hin, und ihre Hüften schwangen und wogten in einem erregenden Rhythmus.

Alles in der Halle trommelte auf die Tische und schrie, aber Atli bemerkte, daß keiner aufsprang und über die Tänzerin herfiel. Demnach war sie etwas Besonderes und nicht allen eigen.

Die Frau wand sich über den Boden, als litte sie Qualen, bis sie direkt vor dem Hochsitz war. Die Musik wurde langsam und verführerisch, und Atlis Puls ging schneller. So alt fühlte er sich gar nicht... Dann plötzlich schlug die Musik um und wurde wieder schnell. Die Tänzerin sprang auf die Füße, wirbelte noch ein paarmal um ihre eigene Achse, daß ihr Schmuck klirrte, fiel dann vor Olaf mit gesenktem Blick und emporgewandten Handflächen auf die Knie und verharrte ohne Regung.

Atli sah auf ihrer Haut einen dünnen Schweißfilm schimmern und bemerkte, daß sie vor Anstrengung schwer atmete; trotzdem rührte sie sich nicht, bis Olaf mit den Fingern schnippte. Dann erst erhob sie sich und hockte sich auf eine Ecke der Empore. Sie zog sich einen leichten Umhang um.

Atli schaute hinab und leckte sich die Lippen; er nahm einen Schluck Bier, denn der Mund war ihm trocken geworden. »Wo hast du sie her?«

»Sie war ein Geschenk. Gefällt sie dir? Ich werde sie heute nacht in dein Bett schicken.« Olaf kicherte. »Deine Wangen sind gerötet, Atli. Ist es dir zu warm in der Halle?« Dann sprach er zu der Frau: »Fatima, knie vor Atli nieder. Er hat dich bewundert.« Er sprach Nordisch, aber die Frau gehorchte sofort.

Olaf sah Atlis Überraschung. »Sie ist sehr begabt. Sie spricht auch Irisch und ihre eigene, fremde Sprache, die hier niemand versteht.«

Atli fand es merkwürdig, sich über diese Frau zu unterhalten, als wäre sie gar nicht anwesend. Er sagte ungeschickt zu ihr: »Du heißt Fatima?«

»Ja, Herr.«

»Wie kamst du hierher?«

»Einst war ich die Frau eines Seefahrers, Herr, auf einem Handelsschiff. Nordmänner kamen auf hoher See mit einem Drachenschiff und überfielen uns. Und als sie mit der Beute von Bord gingen, begleitete ich sie – die anderen Frauen hätten mir etwas getan. Dann zogen wir hierhin und dorthin und gelangten schließlich nach Dublin. Dort wurde ich König Olaf übereignet und lebe seither in seinem Gefolge.« Fatima erwähnte Eriks Namen nicht; sie vermied es inzwischen gänzlich.

»Wenn sie dir gefällt«, sagte Olaf, »ist sie für heute nacht dein. Du könntest etwas Wärmendes gebrauchen.«

Bei diesen Worten errötete Atli erneut und fühlte eine Woge seiner alten Kraft. Die Seereise hatte ihm besser getan, als er geglaubt hatte. Diese Frau gefiel ihm wirklich. »Ich nehme an«, erklärte er Olaf.

Fatima verneigte sich vor ihm, daß ihre Stirne seine Zehen berührte. »Du ehrst mich, Herr.«
Im Lauf dieses Winters schlief Fatima oft in Atlis Bett, und er kam wieder zu Kräften. Die Jahre fielen von ihm ab wie Schnee von den Zweigen. Er besprach sich lange mit Olaf, der sich trotz seines jüngsten Sieges sorgte, die Iren könnten sich gegen die Nordmänner erheben und sie aus dem Land jagen. »Wir leben jetzt seit vier Generationen hier«, erklärte Olaf. »Viele haben irische Frauen geheiratet, irische Lebensart angenommen, und einige sind sogar Christen geworden. Was werden sie machen, wenn die Iren uns vertreiben?«
»Nach allem, was du mir erzählt hast, bezweifle ich, daß die Iren gemeinsam wirksamen Widerstand leisten können«, meinte Atli. »Sie sind zu beschäftigt, sich untereinander zu bekämpfen. Nimm nur Bróen, der mit deinen Truppen gegen Kennedy kämpfte.«
»Die Könige von Leinster haben immer gegen die Großkönige gekämpft«, erklärte Olaf.
»Genau, ein Häuptling gegen den anderen, ein König gegen seinen Nachbarn, Provinz gegen Provinz – nein, wir Nordmänner haben nichts zu befürchten, solange wir starke Bündnisse unterhalten. Es sei denn, die Iren würden sich zusammentun.«
Olaf lachte. »Das erscheint mir recht unwahrscheinlich!«
Atli schüttelte den Kopf und sprach: »Es schien auch unwahrscheinlich, daß Harald Norwegen vereinigte, und trotzdem hat er Königreich um Königreich besiegt, bis er über alle herrschte. Gewiß, er war ein außergewöhnlicher Mann, aber er war nur ein Mann. Möge Odin Mitleid mit den Nordischen haben, wenn die Iren einen starken Regenten auf den Thron heben.«
»Und möge er Mitleid mit den Iren haben, wenn sie es nicht tun«, fügte Olaf hinzu. »Ich sehe keinen, der dazu geeignet wäre.«
»Mit etwas Glück«, meinte Atli, »geschieht es nicht mehr zu unseren Lebzeiten – zu meiner gewiß nicht.«
Sobald der Himmel aufklarte – was in Irland früher geschah als auf Straumey –, ritten Atli und Olaf aus, andere Könige und Edle im Land zu besuchen. Atli wollte herausfinden, wer von ihnen über

gut gerüstete Krieger verfügte und wer mit wem in Streit lag. Er hatte in seinem Leben klug handeln gelernt und ließ seine Erfahrung Olaf zugute kommen.
Doch als der Frühling warm hereinbrach, wanderten seine Gedanken heimwärts. Nicht so sehr zu Schwanhild – sie war ihm gegenüber meistens kalt und abweisend gewesen –, aber Haus und Hof, die Felder und die Tiere brauchten ihn, denn es war Zeit, daß ausgesät wurde, und die Lämmer waren geboren worden. Es war nicht gut, so lange von zu Hause fortzubleiben. Auch war er zu alt, um an den Schlachten teilzunehmen, die bald bevorstanden.
Im Lauf des Winters waren Atli und Fatima sich sehr nahe gekommen; er mochte ihren klugen Geist und ihre sonderbare Art. Sie hatte ihn auch mit Conn Krummkreuz bekannt gemacht, Olafs irischem Schreiber. Der Mann war mürrisch und häßlich anzusehen mit seinem krummen Rücken und dem schlurfenden Gang, doch recht gelehrt, und Atli hatte das Gefühl, daß Conns Fähigkeiten in Olafs Haus vergeudet waren. Fatima war es, die vorschlug, daß Conn mit ihm nach Straumey ziehen sollte. Atli dachte darüber nach, denn er hatte keinen in seinem Gefolge, der schreiben konnte. Der Tod würde ihn bald ereilen, und er würde keine Kinder hinterlassen. Wie aber sollte sein Name im Gedächtnis der Menschen bleiben? Vielleicht hatten die Christen mit ihrer Schreibkunst genau dieses im Sinn.
Fatima hatte Atli im Lauf des Winters liebgewonnen. Im Gegensatz zu Schwanhild bewunderte sie sein weißes Haar und sagte, er wäre weise, alt und ehrwürdig – und immer noch ein Mann. Atli wußte, daß sie ihn gerne begleitet hätte und daß Olaf sie ihm gewiß als Abschiedsgeschenk mitgeben würde, fürchtete aber Schwanhilds Zorn. Voller Bedauern erklärte er Fatima, daß er sie zurücklassen müsse, und beschenkte sie mit einer Handvoll Goldmünzen, die sie auf ihr Kleid nähen konnte, und Goldreifen für ihre Arme.
Doch er fragte Olaf nach Conn. Der Mann war treu, wie Olaf ihm versicherte, in Dublin aber weitgehend nutzlos; in seiner irischen Dienerschaft konnten einige schreiben, und überall in der Gegend

gab es Mönche, die ihm gerne dienten. Darauf schlug Atli vor, Conn mitzunehmen. Olaf erklärte sich einverstanden, wenn Conn es selber wolle, der zwar als Bettler gekommen, aber kein Sklave war.

Fatima sprach Conn als erste an. »Ich glaube«, sagte sie zu ihrem Freund, »daß Atli bei sich zu Hause deine Dienste wünscht. Er hat Olaf nach dir gefragt. Was meinst du dazu?«

»Es wäre gut, an einem Ort zu leben, wo ich geachtet werde«, antwortete Conn, »aber was ist mit dir? Ich dachte schon, Atli würde dich mitnehmen – er schien deine Gesellschaft den ganzen Winter über sehr zu genießen.« Conn klang bitter; er wußte sehr wohl, daß er nie wieder mit einer Frau schlafen würde, und nur aus diesem Grund hatte Olaf ihm soviel Freiheit im Umgang mit Fatima gewährt.

Fatima schüttelte den Kopf. »Er wagt es nicht. Er fürchtet sich vor seiner Frau. Offensichtlich sind die Männer hierzulande nicht Herren über ihre Frauen. In meinem Land könnte er mich heiraten und mitnehmen, und niemand könnte etwas dagegen einwenden, auch nicht seine erste Frau.« Fatima schüttelte den Kopf bei der Vorstellung, daß ein Mann Angst vor seiner Frau hatte. Seltsam! Und doch hatte sie es unter diesen Ungläubigen oft genug erlebt.

Atli fragte Conn, ob er auf der *Wölfin* mit nach Straumey kommen wolle. Conn überlegte eine Weile und stimmte dann zu. Vielleicht wäre er den Leuten dort von Wert. Hier, in Dublin, wurde er noch immer mit Herablassung behandelt und als armseliger Krüppel betrachtet.

Bald war die *Wölfin* bereit zum Auslaufen, und Olaf gab Atli reiche Geschenke: Armreifen, Umhänge und eine edle Truhe mit Schnitzereien, Einlegearbeiten und nach irischer Art mit Edelsteinen besetzt. Darin fanden sich aus Kirchen geraubte Gold- und Silberkelche von erlesener Schönheit.

Schwanhild wird sich freuen, dachte Atli, und schmerzlich bemerkte er, wie wenig er an seine Frau gedacht hatte. *Wie es ihr wohl geht?* Wahrscheinlich so gut wie immer, beruhigte er sich. Nun, er konnte ihr keinen Vorwurf machen.

Fatima kam an die Pier, um Conn und Atli wegfahren zu sehen. Zu dem Grafen von Orkney sagte sie nichts – schließlich war sie nur seine verlassene Geliebte – aber sie klammerte sich an Conn und weinte. »Für dich ist es am besten, daß du gehst«, flüsterte sie, »aber du warst der einzige, mit dem ich jemals reden konnte, der einzige, der mich niemals...« Sie unterdrückte ihr Schluchzen und drehte sich um. Conn humpelte an Bord der *Wölfin*. Atlis Männer ruderten sie die Liffey hinab und fuhren dann hinaus aufs Meer.

XLIV

Schwanhild bekommt ihr Kind

Während Erik an Edmunds Hof gefeiert wurde und Atli bei Olaf in Dublin war, zog sich Schwanhild auf Straumey immer mehr zurück. Ihr Zustand wurde mit jedem Tag deutlicher erkennbar, und sie wollte ihn so lange wie möglich verbergen, damit sie das Kind als Frühgeburt ausgeben konnte. Sie bemerkte, wie Auga ihr oft mit einem verschlagenen Grinsen begegnete – eine Unverfrorenheit, die sie leider hinnehmen mußte, bis sie wieder bei Kräften war.
Atli hatte die besten seiner Leute mitgenommen und nur ein paar Landarbeiter und Fischer zurückgelassen. Und während der Herbststürme blieb die Halle leer.
Im Dunkeln waren die Dinge fremd, Dinge, die Schwanhild nicht begreifen konnte. Und andere Geister fegten im Wind dahin, Geister, die ihr nicht vertraut waren. Und ihre Hexenkünste nützten ihr nichts, denn was ihr fehlte, war das Glück.
Sie mied die Leute der Insel und kümmerte sich nur um ihre Dinge; aber ihr fehlte jemand, mit dem sie reden konnte, jemand, der sie mit den Zaubergeschichten von Straumey vertraut machte. Auga hätte dies sicher gekonnt, aber Schwanhild wäre niemals auf den Gedanken gekommen, ihr gegenüber Unwissenheit zu zeigen. Doch das Glück war ihr auf seine Weise hold. Einer der jungen Bauern, die Atli zurückgelassen hatte, erzählte zufällig, während er die Wintertruhen hinaustrug, daß Doreen, seine hochbetagte Mutter, krank geworden sei.
Schwanhild erkundigte sich, was sie denn plage.
»Husten und Gelenkschmerzen«, sagte der junge Mann betrübt und ging weiter seiner Arbeit nach. Er hieß Fergal; einer seiner älteren Brüder fuhr mit Atli zur See.
Schwanhild dachte eine Weile nach. Fergals Familie stammte von

den Orkneys, und die alte kranke Frau hätte keinen Grund, ihr zu mißtrauen. Als Frau des Grafen würde es niemanden wundern, wenn Schwanhild ihr Arzneien brachte, mit ihr plauderte und später wieder vorbeischaute, ob es ihr besser ging. So überlegte sie und mischte dann die Medizin.

Als sie damit fertig war, zog sie sich einen warmen, weiten Umhang über und fragte Fergal, wo seine Mutter wohne. Überrascht wies er seiner Herrin den Weg zu einer der letzten Hütten unten am Strand. Fischerboote waren auf das Ufer hochgezogen und gegen die Stürme festgebunden und über Pfählen hingen Netze.

Schwanhild trat an die Tür, klopfte, öffnete sie, schlüpfte hinein und stellte ihren Korb auf den Tisch. Ihre Augen brauchten eine Weile, bis sie sich an die Dunkelheit und den dicken Torfrauch gewöhnt hatten. Die Fenster waren klein und mit Ölpapier bespannt, so daß nur wenig bernsteinfarbenes Licht ins Innere der Hütte fiel. Eine weitere Lichtquelle, außer der Herdglut, war eine flackernde Steinlampe, die vom Dachsparren hing. Sie ließ Öl auf den Boden tropfen, und die Decke darüber war schwarz verrußt.

Die alte Frau, die am Feuer saß, schaute aus wasserblauen Augen zu ihr hoch. Sie schien Schwanhild kaum zu sehen. Um so besser, dachte diese, denn die Luft in der Hütte war stickig, und so konnte sie ihren Umhang ablegen.

»Willkommen, willkommen, wer immer du auch bist«, sagte die alte Frau.

»Ich bin Schwanhild, Graf Atlis Frau.«

»Ach, ich hatte gehört, daß er eine hübsche, junge Frau hat, aber ich komme kaum noch nach draußen und sehe nicht mehr gut.«

»Dein Sohn Fergal erzählte, daß du krank bist; ich verstehe ein wenig von Kräutern und dachte daran, dir etwas Medizin zu bringen«, erklärte Schwanhild. »Und wenn du krank bist, mußt du auch gut essen, also habe ich Käse, Salzfisch und eine frischgebakkene Pastete mitgebracht.«

Auga war zwar wütend gewesen, als Schwanhild die Speisekammer geplündert hatte, aber war es letztendlich nicht ihre Küche?

Sie war die Herrin des Hauses! Sollte Auga sich um ihre Dinge kümmern.
Schwanhild betrachtete den schmutzigen Tisch und legte die Speisen auf den Tuchhüllen aus. Sie mischte die Medizin in einen Becher Wein und hielt ihn der Frau hin. Die Alte hustete und griff danach.
»Das müßte den Schmerz in deinen Gelenken lindern«, sagte Schwanhild und betrachtete die Hände der Frau. Sie waren rot, und die Haut glänzte an den Knöcheln. Wie schmerzhaft das sein mußte! Nun, ihr Leiden hatte Schwanhild als Vorwand für einen Besuch gedient, und Wein und Kräuter sollten die Zunge der Alten lösen. Tatsächlich trank die Kranke gierig.
»Ihr seid sehr freundlich«, sagte sie. »Ich erinnere mich an eine andere Frau, die auch freundlich war – aber damals war ich noch jünger und brauchte nicht viel Freundlichkeit. Ich zog meine Jungen groß und sorgte für meinen Mann, der einst ertrunken ist. Die See hat ihn verschlungen, vielleicht das Ungeheuer. Sein Körper wurde nie an Land gespült, und dabei hatte er sein Schiff *Seemutter* getauft. Aber die Herrin damals kam mich besuchen, als mein Vater im Sterben lag, und hat sein Leiden etwas gelindert, obgleich nicht mehr viel zu machen war. Er war völlig erschöpft vom Husten...« Die alte Frau hustete wieder. Dann ging ihr Husten in ein kurzes Lachen über. »Und heute huste ich.«
Schwanhild blieb verwirrt sitzen. »Welches Ungeheuer?« fragte sie.
Die alte Frau lachte wieder. »Manche sagen, es wäre lauter Unsinn, andere haben es selbst gesehen, wie es sich durch die Wellen wand und kringelte. Ich weiß nur, daß es ein schreckliches Wesen aus der Tiefe ist, in diesen Gewässern lebt und viele unserer Fischer verschlingt.«
Die Miogardschlange, überlegte Schwanhild. Sie hatte noch nie den Göttersagen etwas abgewinnen können und als Hexe wenig mit ihnen zu schaffen.
»Es tut mir leid deines Mannes und deines Vaters wegen«, sagte sie.

Die alte Frau zuckte mit den Achseln. »Ach, es ist ein hartes Leben, und wir sterben alle irgendwann und letzten Endes helfen auch die Worte der Priester nicht.«
»Gibt es im Meer noch andere Wesen außer dieser Schlange?« erkundigte sich Schwanhild.
Die alte Frau gähnte. »Ach ja, die Flossenmenschen. Hübsch sollen sie sein und glücklich und ständig Sterblichen auflauern, um sie zu entführen, heißt es. Sie zerren sie dann mit in die Tiefe und heiraten sie, so daß sie nicht zurück nach Hause kommen wollen. Die Männer sagen, die Meerjungfrauen wären so schön, daß es einem das Herz bricht. Man selbst aber ist nur eine derbe, sterbliche Frau. Ich habe nie einen Flossenmenschen gesehen, weder Mann noch Mädchen, aber ich bin mit einem Jungen aufgewachsen, den sie geholt haben; zumindest erzählt man sich das: Manche Fischer sahen ihn später umherschwimmen, aber er kam nicht in die Nähe ihrer Boote.« Die Alte gähnte wieder und nickte.
Die Kräuter mußten ihre Wirkung tun, dachte Schwanhild. Nun, für heute hatte sie genug zum Grübeln, die Orkneys waren wirklich furchteinflößend. Morgen würde sie wiederkommen.
Als sie den Hügel hinauf zu ihrem Haus ging, warf sie fast einen scheuen Blick hinaus aufs Meer.
Am nächsten Tag kam Schwanhild wieder und fand die Alte in weit besserer Verfassung vor; sie konnte ihre Finger ohne Schmerzen bewegen, und als Schwanhild eintrat, stand sie auf und bot ihr bitteres Bier an. »Es ist alles, was ich habe, Herrin«, sagte Doreen, »aber zumindest kann ich einen Gast begrüßen.« Dann begann sie, von Schwanhild sanft gelenkt, zu erzählen, und so erfuhr Atlis Frau von den Selkies.
Im Meer seien sie graue Seehunde und verwandelten sich an Land in Männer, die sterbliche Frauen verführten und sie häufig schwängerten. Schwanhild schauderte, und sie ging bald nach Hause.
Es konnte doch nicht sein! *Erik* war es gewesen, der sie besucht

hatte, Erik in ihren Träumen – aber wie war sie dann schwanger geworden? Schwanhild saß in ihrer Kammer und verzagte schier. Sie mußte Erik zumindest sehen, sehen, wie es ihm ging! Schnell schloß sie die Truhe auf und nahm den Spiegel heraus.
Wie stets hielt sie den Atem an, bis sie die Hülle heruntergezogen hatte und die Oberfläche ungetrübt vorfand. Wäre sie rot, war Erik verwundet, wäre sie aber schwarz, so war er tot. Und so fürchtete sie jedesmal, was sie zu sehen bekäme. Nun aber murmelte sie den Zauberspruch und zeichnete die Rune.
Der Spiegel bewölkte sich, klärte sich wieder und gab den Blick auf eine große Halle frei: Kerzen flackerten, und Schilde hingen neben Teppichen an den Wänden, Männer saßen an Tischen und tranken, sie trugen kostbare Gewänder. Zwischen ihnen saßen Frauen. Andere Frauen gingen herum und bedienten. Schwanhild spähte angestrengt in den Spiegel und suchte nach Erik. Da war er, nicht weit von Skallagrim – sie verzog die Lippen –, und am Tisch, ihm gegenüber, saß eine Frau.
Sie trug ihr Haar in langen, blonden Zöpfen, und ein Silberreif hielt es aus der Stirn; ihr Gewand war aus weicher, grüner Wolle, reich bestickt. Sie lächelte Erik zu, und Schwanhild knirschte mit den Zähnen. Wie gut sie diesen Blick kannte. Aber Erik wollte den Blick der Frau nicht erwidern. Doch während Erik wegschaute und mit einem Mann an seiner Seite sprach, ließ die Frau mit schlauem Lächeln etwas in sein Glas fallen.
Schwanhild zischte vor Wut und dachte nach. Die Frau sah nicht wie eine Hexe aus; es mochte demnach nur ein einfacher Liebeszauber sein, wie edle Frauen ihn manchmal anwandten, und als solcher würde er keine Wirkung auf Erik haben – auf Erik, der ihrem bemühenden Verlangen standgehalten hatte, bevor sie den Knochen am Schattenstein geholt hatte. Erik war nicht in Gefahr, und mit der Frau konnte sie sich später befassen. Schwanhild wurde müde, sehr müde, denn ihr Körper wurde immer schwerer. Sie säuberte den Spiegel, schlug ihn wieder in das Tuch ein und legte ihn an seinen Platz zurück; dann stützte sie sich ein

paar Augenblicke auf den Deckel der Truhe, weil sie zu erschöpft war, um aufzustehen.
Schwanhild wankte zum Bett. In der Nacht setzten die ersten Wehen ein. Draußen stürmte es, und ein heulender Wind fegte durch die Ecken ihres Gemachs und rüttelte an den Türen.
Die Wehen hielten an. Das Kind würde zu früh kommen, viel zu früh! Schwanhild krümmte sich vor Schmerz und wimmerte.
Mit Mühe zwang sie sich zum Denken: Sie mußte das Kind allein zur Welt bringen, doch nicht im Haus, Auga würde sie beobachten und es herumerzählen. Dieses Kind durfte nicht am Leben bleiben! Stöhnend stand sie auf und hüllte sich in den grauen Pelzumhang, hängte ihr Silbermesser an den Gürtel und trat aus ihrer Kammer. Sie verließ das Haus und trat ins Freie.
Es zog sie zum Meer, vielleicht weil sie wußte, daß die See ihre Schreie dämpfen würde. Dort unten hockte sie sich, den Umhang eng um den Körper geschlungen, auf die Kiesel am Strand, und die Wehen ließen sie in immer kürzeren Abständen erbeben. Das war keine normale Geburt – es ging zu schnell! Vielleicht, dachte Schwanhild – plötzlich mit großer Gelassenheit – würde sie sterben, und alles wäre vorüber, alles Leid und alles Sehnen hätte nun ein Ende! Aber eine andere, stärkere Stimme in ihr schrie: *Nein! Ich will Erik, und wenn es unser beider Tod bedeutet!* Schwanhild biß die Zähne zusammen und erwartete das nächste Beben ihres Körpers.
Schließlich lag sie unten am Strand auf dem schmalen Streifen zwischen den Gezeiten und begriff kaum noch, wann das Kind geboren wurde. Irgend jemand war bei Schwanhild und leckte ihr Gesicht – sie schlug die Augen auf. Über ihr stand ein grauer Wolf mit weißer Schnauze. Er hechelte, und seine Füße waren salzverkrustet, müde und blutig; Schwanhild stützte sich auf einen Ellbogen und schaute ihr Kind an. Die Nabelschnur war bereits durchgetrennt; hatte die Wölfin das getan? Sie war zu erschöpft, um darüber nachzudenken.
Allmählich dämmerte der Tag. Schwanhild hatte einen Sohn ge-

boren und sah ihn sich genauer an, und sie erkannte, daß es nicht der Sohn eines Sterblichen war. Zwischen den winzigen Zehen und Fingern waren Schwimmhäute, und als der Kleine weinte, sah sie, daß er bereits kleine scharfe Zähne hatte. Schwanhild schauderte, und sie griff nach dem Messer. Der Sohn eines Selkie! Niemals! Schon kam sie auf die Knie und wollte zustechen, da schlug das Kind die Augen auf.

Blaue, helle Augen. *Eriks* Augen! Das Wesen reckte die Ärmchen empor.

Schwanhilds Hand zitterte, und sie ließ das Messer fallen, das hell klingend auf die Kiesel schlug. Der Selkie war in Eriks Gestalt zu ihr gekommen! *Erik – er hätte dein Sohn sein sollen!* dachte Schwanhild voller Weh, kam schwankend auf die Beine und wich zurück. Sie würde ihn hier am Strand liegen lassen. Der Wind war kalt, und die Flut stieg: Sie würden es vollenden. Schwach und blutend stolperte sie zum Haus zurück und schloß sich in ihre Kammer ein.

Auga jedoch hatte gehört, wie Schwanhild das Haus verließ, war der Herrin nachgeschlichen und hatte gesehen, was geschah. Nun nahm sie das Kind auf und ging zu jener Hütte, wo sie einst ihren Selkiesohn gelassen hatte.

Die Leute, die dort lebten, waren inzwischen alt geworden, doch sie nahmen das Kind, ohne Fragen zu stellen. Schließlich war schon das erste vom Flossenvolk geholt worden, und seither fühlten sie sich den Geschöpfen des Meeres besonders verbunden.

Auga hob das Silbermesser auf; sie würde es Schwanhild zurückgeben. Sollte die sich getrost Gedanken machen.

Lautlos weinte Schwanhild in ihrem Gemach und preßte ihr Gesicht in die Laken. Tagelang lag sie danieder. Als sie wieder aufstehen konnte, verbrannte sie ihr blutiges Nachtgewand. Auga beobachtete sie und wartete, welche Erklärung Schwanhild für ihr Verhalten geben würde.

Schließlich sagte Schwanhild, daß sie schwanger gewesen wäre und das arme Ding, das sie gebar, wäre so verfrüht gekommen, daß es nicht fürs Leben getaugt hätte. Es wäre auf dem Abtritt abgegangen. Ihr Verhalten war so sonderbar, daß niemand sich ihr zu nähern wagte. Schwanhild war bleich und ging wie eine Irre umher, murmelte vor sich hin und starrte in dunkle Ecken. In nur wenigen Tagen magerte sie ab und war entsetzlich ausgezehrt. Die Leute fragten sich, ob Schwanhild noch vor der Julzeit sterben würde. Auga sah den Verfall ihrer Herrin und lächelte.

XLV

Schwanhild fährt zum Maeshowe

Schwanhild fand keine Ruhe. Nachts hörte sie aus ihrer verschlossenen Truhe das Flüstern des Totenknochens: *Geh zum Maeshowe!* Und wimmernd klagte der Wind: *Maeshowe!* Wellen brachen sich schäumend am Strand, und wenn sie zurückrollten, knirschten die Kiesel: *Maeshowe!*
Schwanhild wußte, daß *Maeshowe* ein großer Grabhügel auf Mainland war, in welchem dem heimischen Aberglauben nach verschiedene unheimliche Wesen lebten; außerdem war er der Lieblingsplatz der Toten.
Noch einmal wollte sie sich dort am Grab Stärke und Rat holen, ehe ihre Kräfte völlig nachließen und schließlich dahinschwinden würden. Schon lange konnte sie sich nicht mehr auf die Magie konzentrieren: Ob Wachen oder Schlafen, immer sah sie Eriks Augen in dem Gesicht des Selkiekindes.
Doch schließlich raffte sich Schwanhild auf und beschloß zu handeln. Sie würde nach Mainland fahren, der größten der Orkney-Inseln. Niemand konnte sie davon abbringen, doch viele glaubten, daß der Wahnsinn sie dazu triebe.
Inzwischen war es Spätherbst geworden. Diese Zeit um den Wendepunkt des Jahres war für Seereisen sehr gefährlich, um so mehr, als keine erfahrenen Seeleute auf Straumey zurückgeblieben waren. Dennoch stellte Schwanhild eine Mannschaft zusammen, meist unerfahrene Bauern oder Fischer, und befahl ihnen, ein Schiff seeklar zu machen.
Die *Wölfin* mochte den Winter über in Dublin sein, aber Atli besaß genügend Fang- oder Arbeitsschiffe, die ebenfalls für diese tückischen Gewässer geeignet waren. Schwanhild entschied sich für die *Seemutter*, jenes Schiff, auf dem Fergals Vater seine letzte

Fahrt gemacht hatte. Den Sohn bestimmte sie zum Kapitän, obwohl er bat, nicht mit ihr fahren zu müssen. Auch die anderen fürchteten sich in dieser Jahreszeit, doch ihre Angst vor Schwanhild war größer, und sie widersetzten sich nicht.

So stach die *Seemutter* trotz der drohenden Herbstunwetter in See.

Doreen trat vor die Tür ihrer Hütte und weinte, als Fergal mit dem Schiff davonsegelte, das seinem Vater den Tod gebracht hatte.

In weißem Gewand stand Schwanhild am Bug, der graue Pelzumhang flatterte von ihren Schultern, und die Kälte machte ihr nichts aus. Die See seufzte, und das Land stöhnte: *Schwanhild, Schwanhild, warte noch ein wenig*... Doch Schwanhild trieb die Männer nur noch weiter an und ließ den Sturmwind aus ihrem Hexensack; es kümmerte sie nicht mehr, daß nun die Männer wußten, was sie war. Und so heulte der Wind hinter den Segeln und trieb das Schiff schneller denn je über die schäumenden Wellen dahin. Die Männer aber duckten sich furchtsam und hielten das Ruder.

Sie segelten nach Norden durch den Sund von Hoxa, wo nur Hexenkunst sie von den scharfen Riffs fernhielt; ohne einen Blick zur Insel, jagten sie an Hoy vorüber, obgleich ein sehnsüchtiger Geist ihren Namen flüsterte. Als sie an die schmale, tückische Landenge im Hoy-Sund gelangten, weigerten sich die Männer, weiterzufahren, denn kein Schiff, meinten sie, käme dort sicher hindurch. Schwanhild starrte sie nur aus kalten meerblauen Augen an, und schon holten sie das Segel ein und ruderten durch die gefährliche Meerenge, doch niemand war froh, sie glücklich passiert zu haben.

Schließlich befahl Schwanhild, am Ufer anzulegen, und ging allein von Bord. Laut ertönte der Ruf der Menhire, Steinringe und Dolmen: *Schwanhild, Schwanhild – du gehörst uns!* Mit einer Handbewegung brachte sie die Stimmen zum Schweigen.

Der Erdwall von Maeshowe lag niedrig und grün inmitten einer Wiese. Aus seinem Innern drangen zahlreiche wispernde Stim-

men. Heute fürchtete Schwanhild keine einzige mehr und ging darauf zu.
»Ich bin gekommen«, sagte sie, und der Hügel öffnete sich wie ein schwarzes Maul. Etwas bewegte sich in der Dunkelheit. Schwanhild trat hinein.
Fergal war ihr insgeheim gefolgt und sah Schwanhild in das Grab schreiten; er wurde bleich und eilte zu den anderen auf die *Seemutter* zurück. »Die Erde hat sie verschlungen«, berichtete er. »Was sollen wir tun?«
Die Männer beschlossen, sofort umzukehren, doch als sie die Ruder bewegen wollten, hielt das Wasser sie fest, als wäre es Pech. Das Schiff ließ sich nicht von der Stelle bewegen.
In dem schwarzen Grabhügel sprach Schwanhild mit den vor langer Zeit Verstorbenen. Sie hatte keine Angst mehr vor ihnen; nicht einmal vor dem riesenhaften, kräftigen Hogboy, der Maeshowe von Zeit zu Zeit verließ und die Bauern in Furcht und Schrecken versetzte. Er hockte in einer Ecke und wagte nicht, sie zu berühren. Wenn sie in seine Richtung schaute, wimmerte er.
Schwanhild unterhielt sich gerade mit einer älteren Frau. Sie war zu ihrer Zeit eine Priesterin gewesen und verfügte über die große Weisheit der Toten. »Du wirst Erik schon bekommen«, sprach die Alte, »aber die Mächte verlangen viel. Du wirst viele Menschenleben opfern müssen, um dein Ziel zu erreichen.«
»Dann werde ich es tun«, sagte Schwanhild und wandte sich zum Gehen. Die Erde öffnete sich wieder, und sie trat hinaus ins Tageslicht. Die Männer wichen bei ihrem Anblick entsetzt zurück; sie sprach kein Wort zu ihnen, ging an Bord der *Seemutter* und rief: »Nach Hause!« Da gab das Wasser sie frei, und das Schiff schoß dahin wie ein Pfeil.
Schwanhild stand am Bug und strich Grabschimmel von ihrem Kleid.
Auf der Rückreise schlief sie nicht. Wann immer einer der Männer erwachte, betrachtete sie ihn aus großem meerblauen Augen. Sie aß keinen Bissen.

Als Straumey in Sicht kam, stand sie auf und hob die Arme über den Kopf. Der Himmel verdunkelte sich, und Wind kam auf. Die Wellen trugen weiße Kronen. Die Männer holten das Segel ein und griffen zu den Rudern.

Es wurde dunkler und dunkler, und Wellen klatschten über den Bug der *Seemutter*. Der Wind heulte, und das Schiff schwankte, als würde es kentern. Schwanhild blickte um sich und lachte. Das lange braune Haar wehte ihr vor dem Gesicht, und ihr weißes Gewand peitschte um ihren schlanken Leib.

In diesem Teil der Förde gab es keine Felsen – Fergal war sich dessen sicher, er kannte diese Gewässer gut, doch plötzlich und hart prallte die *Seemutter* gegen etwas und erbebte. Fergal sah angestrengt nach vorn, um zu erkennen, wogegen das Schiff gefahren war. Plötzlich erhob sich ein gewaltiger Kopf mit glühenden Augen und weit aufgerissenem Maul aus den Wellen. Voller Angst blickte der Fischer an ihm hoch; der Kopf des Ungeheuers reichte bis zum Mast der *Seemutter*. Obwohl er wußte, daß es zwecklos war, griff er zu seinem Speer und schleuderte ihn nach dem großen Auge. Die eiserne Speerspitze traf nicht, aber das Ungeheuer brüllte wütend. Sein Kopf stieß herab, das Maul öffnete sich weit, schnappte dann zu und Fergal war verschwunden.

Nun blickte es Schwanhild an, die immer noch am Bug stand. »Hier habe ich ein Geschenk für dich«, sagte die Hexe. Und die Miogardschlange nahm es an.

Die *Seemutter* zersplitterte, und Hände griffen herauf, um die Seeleute ins Wasser zu ziehen, Hände mit Schwimmhäuten, Menschenhände und die Klauenhände von Wesen, die Schwanhild nie gesehen hatte. Schreiend gingen die Männer unter. Furchtlos blieb Schwanhild stehen.

Der Bug versank zuletzt. Vorsichtig trat Schwanhild auf die Wellen wie auf den Boden ihrer Kammer. Finger zupften an ihrem weißen Gewand und zuckten schnell zurück, als hätten sie sich verbrannt. Sie raffte ihr Kleid und schritt über die See auf Swilkie Point zu.

Als sie wieder an Land war, erzählte sie den Leuten auf Straumey: »Die *Seemutter* ist untergegangen, und alle sind ums Leben gekommen.« Doreen wehklagte und suchte die Ufer nach Fergals Leichnam ab, doch der wurde niemals an Land gespült. Schwanhild aber hielt sich von allen fern; sie blieb in ihrer Kammer. Schließlich war der Tag der Toten vorüber, und das Julfest rückte näher.

Dann, im Winter, kam ein Gast nach Straumey: Hall von Lithdal, der umhergezogen war, seit Erik ihn ausgesetzt hatte.

Hätte Schwanhild von dessen Treulosigkeit gewußt, sie hätte ihn getötet. So aber hieß sie ihn willkommen, denn das Anwesen hatte alle Hände nötig.

Zum Julfest kamen keine Gäste, denn die Furcht hielt sie zurück. Selbst Auga zitterte: Wann immer sie Schwanhild anschaute, sah sie hinter ihrem Rücken schwarze Gestalten.

Sobald der Frühling den Winter vertrieben hatte, kehrte Atli aus Dublin zurück. Schwanhild begrüßte ihn weinend: Sie hätte ein Kind frühzeitig geboren und verloren, Männer wären zum Fischen ausgefahren und ertrunken, es hätte in diesem Jahr kein Julfest gegeben, Straumey wäre so verlassen, und sie so einsam gewesen... Auga hielt sich bei all dem im Hintergrund und beobachtete nur.

Atli rührten die Rede und die Trauer seiner Frau. Er nahm sie in die Arme und küßte sie vor aller Augen; dann küßte er sie ein zweites Mal und sagte, daß es ihm leid täte um das Kind. Und schließlich sagte er, daß er den Tod der Männer bedauere. Dann stellte er Conn Krummkreuz, den Schreiber, vor und berichtete ihr von seinen Unternehmungen in Dublin. Fatima aber erwähnte er nie.

Schwanhild sah Atlis rosige Wangen, seine aufrechte Haltung und erkannte, daß die Wirkung ihrer Tränke völlig verschwunden war. Nun, sie mußte das Beste daraus machen und nahm ihn in jener Nacht mit in ihr Gemach, weinte aber und klagte vor Kummer. Am nächsten Tag begann sie wieder, Kräuter in Atlis Bier zu mischen, so daß der Graf sie in Ruhe ließ.

Während Atlis Abwesenheit waren die Belange der Leute auf Straumey vernachlässigt worden; Streitigkeiten waren ungeschlichtet geblieben, Eheratschläge nicht erteilt worden, und Atli war glücklich, zu Hause wieder tätig sein zu können. Conn schloß sich bald der Hausherrin an. Schwanhild duldete seine Gegenwart, da er für Atli Aufzeichnungen anfertigte, und seine Bücher Geschichten enthielten, die nicht einmal die hiesigen Barden kannten. So ging der Frühling in den Sommer über, und bald war Atli wieder zu einem Greis geworden.

Von Zeit zu Zeit suchte Schwanhild in ihrem Spiegel Eriks Aufenthalt; diese Zauberei schwächte sie nicht mehr, wie sie im übrigen überhaupt nichts mehr schwächen konnte. Schwanhild war nun völlig ihrer Hexerei ergeben.

Die Toten in Maeshowe hatten sich um sie geschart und ihr Geheimnisse zugeflüstert, die nur Tote wissen konnten. Sie hatte sich zwar vor ihrem Modergeruch und ihren schleimigen Berührungen geekelt, aber die Toten hatten ihr versprochen, sie bekäme Erik, ihren Liebsten, wenn sie genügend Menschen tötete, und die Besatzung der *Seemutter* war ihr erstes Opfer gewesen.

Einmal, als Schwanhild an ihre Truhe trat, sie öffnete, den Spiegel herausnahm und hineinschaute, war er rot. Erik war verwundet! Sie wischte über die Spiegelfläche und spähte hinein: Er lag in einem langen Zelt, und ein weißer Verband war um sein Bein geschlungen; er stützte sich auf einen Ellenbogen, trank Bier und scherzte mit einem Gefährten.

Besorgt beobachtete sie eine Zeitlang, ob die Wunde auch nicht eiterte, doch sie heilte bald. Und Schwanhild sah, wie Erik mit den Herbstwinden nach London zurücksegelte.

Dort empfing man ihn wie einen Helden, und Schwanhild beobachtete eifersüchtig, wie Elfrida ihm immer noch nachstellte. Sie saß in ihrem grünen Festtagsgewand bei Tisch, hatte ihr Haar mit grünen Seidenbändern geschmückt und trug funkelnde Armreifen. Insgeheim beobachtete sie Erik aus listigen blauen Augen und warf von Zeit zu Zeit dem König einen fast verschwörerischen Blick zu.

Schwanhild zischte wütend. Dieses bleiche Rattengesicht wollte ihr Erik stehlen! Schwanhild sah, wie sie Erik einen Gewürzkuchen reichte. Noch ein Stück harmlose Zauberei... Genug! Und Schwanhild bereitete sich auf eine Reise vor.

XLVI

Wie Schwanhild Elfrida aus dem Wege räumte

Elfrida saß in ihrer Kammer, in die sie mit Edmunds Einverständnis umgezogen war. Sie wußte, daß Erik einen weiteren Winter in England zubringen mußte, ehe er in seine Heimat zurückkehren konnte. Im Lauf dieses Winters wollte sie ihre neugewonnenen Künste versuchen.

Im Sommer hatte sie Kräuter gesammelt und getrocknet, sich bei alten Frauen nach Zaubermitteln erkundigt und sie dafür reichlich entlohnt. Die Kirche hieß solche Dinge nicht gut, aber Elfrida wollte Erik heiraten und würde darauf bestehen, daß er sich taufen ließe. Also diente alles einem guten Zweck. Die Kammer im Hauptgebäude von König Edmunds Hof war nicht annähernd so behaglich wie ihre eigene etwas außerhalb Londons. Der Gestank der Themse war kaum auszuhalten, und die Kälte drang trotz der Teppiche in den Palast. Doch wenigstens war sie Erik Hellauge nahe.

Elfrida seufzte. Heute abend beim Bankett würde sie ihn sehen, und gewiß könnte sie seinen Blick auf sich ziehen. Sie machte sich daran, ihr Haar zu flechten.

Draußen im dunklen Gang stand Schwanhild und wartete lächelnd. Die Wanderung übers Meer strengte nicht mehr an; sie hätte ebenso gut zu Erik gehen können – aber *er* sollte schließlich zu *ihr* kommen. Als Elfrida ihre Kammer verließ und zum Festsaal ging, schlüpfte Schwanhild hinein.

Nach wenigen Stunden kam Elfrida beschämt zurück. Sie hatte geglaubt, Erik in ihre Kammer locken zu können, aber er hatte das Gesicht abgewandt, als sie ihm Wein einschenkte, und seinen Gefolgsmann Skallagrim gefragt, wann sie endlich London verlassen könnten.

Hinter der Tür blieb Elfrida stehen, und ihr Bett – ihr kaltes, einsames Bett mit den bestickten Decken und den weichen Daunen – lachte ihr höhnisch entgegen. Die Kräuter- und Parfumfläschchen schimmerten im Kerzenlicht.

Sie griff zu einem Liebestrank und schleuderte ihn auf den Boden. »Zur Hölle mit Erik!« fauchte sie. »Zur Hölle mit ihm, zur Hölle mit ihm, zur Hölle mit der Frau, auf die er wartet!« Dann nahm sie ein weiteres Fläschchen, und Gestank erfüllte den Raum, als sie es zerschmetterte. »Möge er niemals ...«

Schwanhild trat aus dem Schatten. Sie trug ein weißes Gewand, ihr Haar floß offen herab. Ein Silbergürtel schloß sich um ihre Taille. »Was sagst du da?«

Elfrida wirbelte herum. »Wer bist du? Was hast du hier zu suchen?«

Schwanhild hob die Hand. Eine Kröte hüpfte unter ihrem Gewand hervor. Sie hatte den Kopf einer Hexe. Mit einem Satz sprang sie an Elfridas Busen. *Laß sein, laß sein!* klagte die Kröte. *Sonst endest' wie ich, sonst endest' wie ich.*

Wieder hob Schwanhild die Hand, und die Kröte hüpfte wieder auf den Boden und kroch an Schwanhilds Kleid hinauf, bis sie wie ein zweiter, unheimlicher Kopf auf ihrer Schulter saß. Schwanhild trat näher und packte Elfrida bei den Armen. »Laß deine törichte Zauberei, sonst werden sich die Wesen aus dem Reich des Dunkels erheben und dich hinab ins kühle Grab ziehen.«

Elfrida blickte in ausdruckslose, blaue Augen. Schwanhild schüttelte sie. »Sie werden dich holen, sage ich, und dich mitnehmen, dorthin, wo die Sonne nur einmal im Jahr scheint, und dich hinabstoßen in die brodelnde Finsternis.«

Daß du wirst wie ich, seufzte die Kröte.

Elfrida wurde ohnmächtig.

Sie erwachte allein in ihrem Gemach – die gleichen Wandbehänge bedeckten die Wände, der gleiche Überwurf bedeckte das Bett –, aber die aufgestickten Pflanzen und Tiere wanden sich, als ob sie nach ihr greifen wollten, um sie zu erdrosseln. Elfrida schrie auf und floh aus ihrer Kammer in die Kapelle.

Der Mönch in der Sakristei hörte draußen Schluchzen, seufzte und legte kopfschüttelnd sein Ornat an. Bei Hofe gab es viele verstörte Seelen. Dann schlurfte er zur Tür. Die hübsche, junge Frau zitterte und klammerte sich ans Altargeländer. Es dauerte einige Zeit, ehe sie sich soweit beruhigt hatte, und er ihr die Beichte abnehmen konnte. Dann erlegte er ihr eine Buße auf, denn die Kirche verfuhr bei Hexerei sehr streng. Elfrida mußte einen Monat fasten, ein härenes Hemd direkt auf dem Leibe tragen und durfte sich drei Jahre lang keinem Mann nähern. Nur in Anbetracht ihrer Verwandtschaft zum König zwang sie der Priester nicht zu öffentlicher Reue.

Ein paar Tage später verließ Erik Edmunds Hof, und Elfrida verabschiedete sich nur kurz. Sie heiratete niemals und fühlte sich auch nicht würdig, eine Braut Christi zu werden. Statt dessen zog sie sich aufs Land zurück und tat gute Werke, wie es einer wohlhabenden Christin anstand. Stets ließ sie eine Lampe in ihrem Zimmer brennen und duldete niemals irgendwelche Wandbehänge. Im hohen Alter stiftete sie einen Kirchensprengel. Das Gotteshaus wurde Erikskirk genannt, in deren Sakristei Elfrida schließlich begraben wurde.

XLVII

Wie die *Gudruda* Schiffbruch erleidet

Heimlich bereitete Erik seine Abreise aus England vor, denn Edmund hatte gehofft, er würde den Winter über noch in London bleiben. Schließlich erklärte er sich dem König und ließ die *Gudruda* seeklar machen.

Edmund war verärgert. Um so mehr, als Elfrida, seine Base, ständig in ihrer Kammer blieb und weinte, wenn sie nicht gerade in der Kapelle war und betete.

Der König zürnte, es gehöre sich nicht, daß man ihn überging und seine Wünsche so mißachtete. Doch schließlich gab er nach und ritt mit stattlichem Gefolge zur Themse, um die Männer der *Gudruda* zu verabschieden. Erik begrüßte ihn freudig; es wäre ihm nicht recht gewesen, von Edmund in Unfrieden zu scheiden. Oswald stand hinter den beiden.

König Edmund stieg ab und umarmte Erik. »Ich ließ dir ausrichten, ich sei über deinen Entschluß erzürnt. Aber wie könnte ich einem Mann nachhaltig grollen, der mir das Leben gerettet hat? Bleib doch, Erik! Warum mußt du gehen? Die See wird stürmisch. Warte hier bis zum Frühjahr, wenn die schlimmsten Unwetter vorüber sind. Doch wenn du wirklich willst, so fahre in Frieden nach Hause.« Edmund lachte. Vielleicht konnten Elfridas Künste den Wikinger doch noch gewinnen...

Erik stieg an Bord der *Gudruda*. »Nein, Herr, ich danke dir, ich kann nicht länger warten. Ich möchte auf den Färöer-Inseln überwintern und von dort im Frühjahr heimwärts segeln.« Edmund stand da und überlegte, was er Erik zum Abschied geben konnte, außer Armbändern und Ketten, die, selbst wenn sie aus Gold waren, in nichts Eriks Verdienste aufwiegen würden... Einst hatte Edmund selbst die See befahren... Das Segel wölbte sich über ihm, das Meer schimmerte blau bis zum Horizont... Alles war einfach, sauber und klar, nicht wie das dunkle, listige Treiben am Hof... Er holte tief Luft. »Was könnte ich dir für deine Treue und für die Rettung meines Lebens geben?« fragte er.

»Kein Geschenk, aber eine Erlaubnis«, antwortete Erik und sah Oswalds sehnsüchtigen Blick. »Meine Mannschaft hat in den langen Jahren stark gelitten. Wenn jemand von deinen Leuten mitkommen könnte...«

»Die Bitte ist gewährt«, erklärte Edmund. Dann fragte Erik Oswald: »Möchtest du mit mir und den Männern der *Gudruda* reisen, was immer die Nornen auch für uns bereithalten?«

Oswald kniete vor dem König nieder, küßte ihm die Hand und sprang auf die *Gudruda*. Er trug eine mächtige Axt wie Skallagrim, und die beiden hieben einander freudig auf den Rücken. Sie würden gemeinsam große Taten vollbringen. Dann ergriffen die Männer, auf ihren Seetruhen sitzend, die Ruder und steuerten das Schiff die Themse hinab.

Nördlich von London bekamen sie kräftigen Wind, der sie rasch an Yarmouth Head vorübertrug. »Um so besser«, sagte Erik. »Ich will auf den Färöer-Inseln überwintern, auf Brynjolfs Hof. He, Valgard und Bjarni«, rief er und hielt einen Augenblick inne, »ihr seid aus dieser Gegend, und von euren Gefährten ist nicht einer mehr am Leben. Doch wir werden ihre Namen nie vergessen.«

Bald darauf brach ein gewaltiger Sturm los. Gizur der Kurzsichtige hatte ihn gespürt. Er hatte das Rauschen von Wind und Regen über der See gespürt und gerufen: »Hütet euch!« Doch schon schlug die riesige Woge über dem Boot zusammen und wirbelte alles durcheinander.

Mit jedem anderen Sturm hätten die meererprobten Männer es aufnehmen können. Dieser aber toste, heulte und schleuderte sie von einem Wogenkamm zum nächsten, bis Erik und seine Männer nicht mehr wußten, in welche Richtung sie sich drehten. Haushohe Brecher donnerten auf ihr Schiff, und der wilde Wind trieb sie nordwärts.

Im Boot stieg das Wasser immer höher. Die Männer schöpften mit

Helmen, Stiefeln, allem, was sie aufbieten konnten – und doch tauchte die *Gudruda* immer tiefer ein. Schließlich legte sich der Sturm, und ein günstiger Wind kam auf. Die Besatzung jubelte, vielleicht waren die Färöer-Inseln doch noch zu erreichen. Der Wind hatte sie zum Glück von der schottischen Küste ferngehalten; dort hätten Untiefen und zerklüftetes Gestein den Rumpf der *Gudruda* aufgerissen.

Erik und seine Männer sahen eine nicht allzu ferne Insel und wollen dort an Land, doch der Wind blies aus anderer Richtung. So blieben sie viele Tage lang auf See. Und dann traf sie der wirkliche Sturm.

Er heulte wie ein Wolf, rüttelte am Mastbaum und warf sich gegen die Schildwände der *Gudruda*. Erik stand im Bug, die Rechte an Weißfeuers Griff. Das Schiff schleuderte hin und her, Wellen schäumten und klatschten ihm Gischt ins Gesicht. Männer schrien auf, als sie über Bord gespült wurden, und man konnte nicht beidrehen, um sie zu bergen. Bei einem solchen Wind hätte eigentlich kein Nebel aufkommen dürfen, doch eine gewaltige, weiß-graue Wand zog auf, bis die tosende See und die Sterne nicht mehr zu sehen waren.

Skallagrim schob sich an Erik heran. »Das ist ein gespenstischer Sturm«, keuchte er. »Sturm und Nebel kommen nie zusammen!«

»Ja«, sagte Erik und spähte in das milchige Weiß. Vor ihnen, inmitten der Nebelschwaden, stand klar und deutlich Schwanhild auf den Wellen. Und obgleich das Unwetter immer noch tobte, hingen ihre Gewänder glatt herab, und ihr Haar wehte nicht. Sie betrachtete ruhig und gelassen erst die *Gudruda* und dann Erik.

Hellauge hob sein Schwert. »Das gefällt mir nicht. Hier ist Hexenkraft am Werk.« Hinter Schwanhild herrschte kein Sturm, und sie winkte ihnen.

Erik schien bereit, ihr zu folgen, doch Skallagrim flehte ihn an, es nicht zu tun. »Daraus kann nichts Gutes werden«, schrie er gegen den Sturm.

»Schwanhild kam schon einmal über das Meer und hat uns gerettet«, sagte Erik. »Vielleicht tut sie es ein zweites Mal. So wie die Sache steht, wird dieser Sturm unser Untergang – die Männer sind zu müde zum Schöpfen, und wir haben bereits Oswald an Ranns Netze verloren.« Erik ergriff das Steuer, drehte die *Gudruda* und folgte Schwanhild, die fast so schnell wie ein Schiff über die See dahinglitt, in ruhigere Gewässer. Plötzlich aber hörten sie knapp vor sich das Tosen der Brandung, und Schwanhild verschwand lachend.

Eine haushohe Wasserwand brach über der *Gudruda* zusammen, so daß ihr Mast splitterte und krachend auf das Deck stürzte. Gizur der Kurzsichtige schrie gellend auf; es hatte ihm die Brust zerquetscht. Leif Ljotson und Thorgeirr Thorgeirrson klammerten sich angstvoll aneinander. Und dann sah Erik die Riesenschlange: Sie schob ihren Kopf weit über das Deck, öffnete das Maul und verschlang Leif und Thorgeirr. Erik hörte im Wind das wilde Lachen einer Frau.

Erik klammerte sich an Skallagrim. Das Deck der *Gudruda* war wie leergefegt. Alle seine Leute hatte das Meer zu sich genommen. Eine zweite Woge rollte über sie hinweg, und die *Gudruda* brach in zwei Teile. Spitze Felsen durchbohrten ihren Rumpf. Dann zerschellte das Drachenschiff an den Klippen von Straumey.

Als die dritte Woge über ihnen zusammenschlug, trug sie Erik und Skallagrim mit sich, und die beiden verloren für lange Zeit die Besinnung.

XLVIII

Erik und Skallagrim kommen nach Straumey

Schwanhild stand auf der Klippe und beobachtete, wie Atli mit seinen Leuten am Strand zwischen den angespülten Leichen herumging. Fernab vom Ufer sah sie in der Brandung das Wrack des Schiffes, das nach ihrer Rivalin Gudruda getauft worden war. Sie lächelte. Schwanhild wußte allzu gut, daß sie, so sehr sie da unten auch suchen mochten, nur zwei Überlebende finden würden.

Erik und Skallagrim lagen völlig reglos da, so daß Schwanhild einen Augenblick zweifelte, ob sie noch lebten. Doch dann eilte sie zur Halle zurück und wartete.

Nach einer Weile trugen Atlis Männer Erik und Skallagrim herein; beide waren bewußtlos und bleich wie der Tod. Eriks Haar berührte den Boden. Schwanhild erhob sich und erteilte Befehle. »Schürt das Feuer, bringt heißes Wasser, trockene Kleider und Decken, rasch!« Die Bediensteten gehorchten und eilten geschäftig umher.

Auga stand in der Küchentür und beobachtete alles. Dieser Erik war also der Mann, den Schwanhild liebte. Daß er hier war, verhieß nichts Gutes – oder doch? Atli würde Schwanhild verstoßen oder sie umbringen, und dann würde er wieder ihr, Auga, gehören!

Conn Krummkreuz hatte die anderen nicht zum Strand begleitet; er wäre beim Tragen zu nichts nutze gewesen; doch nun schlurfte er in die Halle, um zu sehen, wem die ganze Aufregung galt. Er stand da und blickte auf Eriks totenbleiches Gesicht.

Hier, vor ihm, lag Hellauge, den die See wieder ausgespuckt hatte. Oh, wäre er doch ertrunken! Erik, der ihm Ciaras Herz gestohlen und sie dann abgewiesen hatte! Erik, der in Dublin als Held bejubelt wurde, während er sich in Ecken verkriechen mußte, Reste aß und Listen für einen dummen König führte... Haß loderte in Conns Augen, als der Krüppel an Vergangenes dachte.

Schwanhild erinnerte sich der Leichen, die am Ufer lagen. Thorgeirr Thorgeirrson und Ljot Ljotson waren nicht darunter. Sie hatte die beiden der Großen Schlange geopfert. Waren sie nicht die jüngeren Brüder der Männer gewesen, die sie vor Jahren vergewaltigt hatten? Nun war ihre Rache an jenen Familien vollendet. Erik aber hatte sie hier in ihrem eigenen Haus.

Schwanhild zog Erik die nassen Kleider vom Leib und begann, seinen Körper mit heißem Wasser zu waschen, damit die Wärme in ihn zurückkehrte. Wie stark und schön er war! Erschrocken betrachtete Schwanhild die vielen Narben, die Eriks Körper bedeckten. Dann wies sie Auga an, sich um Skallagrim zu kümmern. Erik aber pflegte sie selbst. Graf Atli wunderte sich zwar darüber. Aber war es nicht Aufgabe der Frauen, die Kranken zu pflegen? dachte er bei sich und war stolz auf den Eifer und die Fertigkeiten Schwanhilds.

Nach einer Weile fiel Erik in einen normalen Schlaf. Schwanhild häufte Wolldecken auf ihn und sagte zu den anderen Frauen: »Ich werde heute nacht Wache halten«, erklärte sie, »falls er... falls einer der beiden zu sich kommt und etwas braucht. Ihr könnt getrost zu Bett gehen.«

Die vergangene Nacht und der Tag waren mühevoll und anstrengend gewesen, so daß alle über das Angebot der Herrin froh waren und ihr zustimmten. Und bald hörte man bis auf das laute Schnarchen der Männer und das prasselnde Feuer nichts mehr in der großen Halle. Schwanhild hüllte sich in eine Decke und hielt Wache. Während sie die beiden Geretteten beobachtete, flüsterte sie:

> Brausende Brandung hat dich gebracht,
> Schnell schickte Schwanhild ihr Seegeschenk.
> Bald schon schläfst du an meiner Seite,
> Erik, den ich so sehr ersehnte.

Conn hielt sich im dunkelsten Schatten verborgen und hatte einen Dolch bei sich. Es war ihm gleichgültig, wenn man ihn entdeckte. Sein Leben hatte kaum noch Sinn, und er würde glücklich sterben, wenn Erik vor ihm im Reich der Toten war. Erik der Held, Erik der Prahler, Erik Hellauge, Ciaras vergebliche Liebe.

Irgendwann nickte Schwanhild ein. Conn kam hervor, kniete neben Erik, zog den Dolch und zielte auf die Kehle. Eine weiße Ratte kletterte an Schwanhilds Rock empor, huschte über ihre Brust und knabberte an ihrem Ohr. Die Hexe erwachte, rührte sich aber nicht. Warum hatte die Vertraute sie geweckt? Aus zusammengekniffenen Augen blickte Schwanhild um sich. Sie sah Conn sich über Erik beugen – das Feuer flackerte, und Metall blitzte auf. Schwanhild stöhnte leise und bewegte den Kopf, so als ob sie gleich aufwachen würde. Schnell huschte Conn in sein Versteck zurück. Dann erhob sich Schwanhild und betrachtete Erik. Um den Schein zu wahren, sah sie auch nach Skallagrim.

Das also hatte Conn im Sinn, dachte Schwanhild und fragte sich nicht, warum der Krüppel Erik grollte. Sie aber würde es vereiteln und Erik sorgfältig bewachen, und dann käme Conn an die Reihe.

Als die Morgendämmerung anbrach, wies sie Auga an, über die Kranken zu wachen, und begab sich in ihre Kammer; dort braute sie ein Gift, ganz ähnlich dem Trank, den Auga einst Hildigunn gegeben hatte.

Als Erik am Vormittag zu sich kam, sah er Schwanhild über sich gebeugt.

»Willkommen, Erik«, sagte sie. Er stöhnte laut und fragte: »Wie bin ich hierhergekommen?« Von allen Gesichtern hätte Erik das ihre am wenigsten sehen wollen.

»Dein Schiff ist vergangene Nacht im Sturm gesunken. Es strandete an unserer Küste, und Atli und seine Leute haben dich und Skallagrim gerettet.«

»Wie gut, Skallagrim lebt. Ich erinnere mich nur, wie eine riesige Welle uns fortgetragen hat. Sind wir beide die einzigen Geretteten?«

»Ja«, sagte Schwanhild. »Deine übrigen Männer sind leider alle ertrunken.«
Erik stöhnte noch einmal. »Sie hatten mir ihr Leben anvertraut, und jetzt liegen sie in Ranns Netz. Alle tot?«
»Ja, Erik«, antwortete Schwanhild. »Wir machten uns auch um euch Sorgen.«
»So bin ich schließlich doch nach Straumey gekommen.« Aus Eriks Stimme klang Verzweiflung. »Hier erwartet mich mein Verhängnis.«
»Aber nein, Erik«, widersprach Schwanhild. »Atli und ich haben euch gerne um der Freundschaft willen gerettet und bei uns aufgenommen. Gestern nacht an den Felsen hätte das Schicksal dich ereilen können.«
»Es schien mir«, sagte Erik, »als wäre deine Gestalt vor uns hergewandelt und hätte uns geführt.«
»Das mag sein, wenn du es glaubst«, antwortete Schwanhild, »aber dein Gedächtnis ist wohl ein wenig getrübt. Du bist dem nassen Tod nur knapp entronnen. Wenn ich irgend etwas tat, dann aus Freundschaft, doch es dauert mich um deine Männer.«
Erik wandte den Kopf zur Seite und trauerte. Alle seine Männer dahin, die *Gudruda* untergegangen, und er nun ohne Geld und ohne Freunde... bis auf Skallagrim... Atli kam in die Halle und befragte Erik über den Sturm. Schwanhild ließ die beiden Männer allein.
Sie rief Conn Krummkreuz zu sich; er hinkte unwillig herbei und fragte sich, ob Schwanhild vergangene Nacht etwas gesehen haben mochte; doch sie ließ sich nichts anmerken und forderte ihn nur auf, ein Horn Bier mit ihr zu trinken und eine neue Geschichte zu erzählen. Während er sprach, ließ sie etwas von dem Gift in sein Trinkhorn fallen. Conn bemerkte nichts und trank das Bier in einem Zug.
Gegen Abend klagte er über heftige Magenkrämpfe und konnte nichts mehr bei sich behalten. Nach einigen Tagen wurde Conn so schwach, daß er das Bett hüten mußte, wo Schwanhild ihn lie-

bevoll umsorgte und ihm lindernde Tränke brachte. Innerhalb von einer Woche war Conn tot.

Erik hatte sich etwas erholt, und Schwanhild unternahm nichts, was sein Mißtrauen hätte wecken können; sie war eine beispielhafte Ehefrau und blieb stets an Atlis Seite. Wenn sie sprach, erwähnte sie Atlis Namen fast mit jedem Atemzug. Und Erik beruhigte sich allmählich. Schwanhild schien sich seit ihrer Heirat verändert zu haben. Vielleicht empfand sie wirklich nur noch Freundschaft für ihn. Wie hätte sie auch übers Meer wandeln sollen? An jenem Abend, so beteuerte Schwanhild, habe sie Käse angesetzt, wahrscheinlich habe er alles nur geträumt.

Als Conn starb, ging Schwanhild weinend zu Atli. Der Graf war wütend und traurig, denn er hatte Conn recht gern gehabt, und es war gut gewesen, einen Schreiber in seinem Gefolge zu haben. Doch dann deutete Schwanhild an, daß man Conn vielleicht absichtlich aus dem Weg geräumt hatte. »Auga hat ihn nie gemocht«, flüsterte sie. »Er führte doch die Bücher und fand heraus, daß sie Vorräte beiseite geschafft hatte.« Das stimmte, obgleich Schwanhild nicht wußte, daß Auga die Nahrungsmittel jenen geschickt hatte, die ihren Selkiesohn aufzogen. »Vielleicht hat sie ihn umgebracht, damit er nichts sagen kann. Sie hat schließlich die Aufsicht über die Küche; es dürfte ihr nicht schwergefallen sein, Gift in die Speisen zu mischen.«

In Atli erweckten diese Worte Besorgnis. Auga hatte allen Grund, über ihn verärgert zu sein; ob sie auch ihn oder Schwanhild vergiften wollte? Sofort ließ er seine Haushälterin rufen.

Auga leugnete jegliche Missetat, doch während sie sprach, ging Schwanhild in die Küche und kehrte zurück. »Schau, Herr«, sagte sie zu Atli, »was ich hinter den Kochtöpfen verborgen fand.« Sie hielt ein tönernes Fläschchen hoch. »In meiner Jugend verstand ich etwas von solchen Dingen – ehe ich heiratete und hierherkam. Groa, meine Mutter, war geschickt im Umgang mit Giften, und ich glaube, sie hat viel Böses damit angerichtet. Mit dergleichen wollte ich nichts zu tun haben. Dies hier riecht wie ein Trank, den Groa einmal braute, damit ein Mann an Siechtum starb.«

»Wir haben keinen Beweis«, meinte Atli.
Auga beobachtete Schwanhild aus haßerfüllten Augen. Was hatte die Hexe vor?
»Wir könnten es an einem Schaf erproben«, schlug Schwanhild vor. »Ein Jammer, eines unserer Tiere zu verlieren, falls mein Verdacht zutrifft, aber wir sollten uns Gewißheit verschaffen.«
»Die Schafe sind wertvoll«, wandte Atli ein.
»Nun denn«, sagte Schwanhild, »da wäre noch der alte Köter, der in der Scheune schläft. Er taugt zu nichts mehr. Wir könnten ihm den Trank geben.«
Atli dachte an den alten Hund und erinnerte sich, wie der Hund bei Wind und Wetter herumgerannt war und gebellt hatte, wenn er die Schafe zusammentrieb – nun aber war er alt und seine Schnauze weiß geworden. Der Hund war jung und lebhaft gewesen, wie Atli selbst einmal, doch darüber wollte der Graf lieber nicht nachdenken. Er nickte. »Gib dem Hund den Trank.«
In jener Nacht starb das Tier unter Schmerzen und leckte dabei Atlis Hand.
»Dachte ich's mir doch«, sagte Schwanhild. »Eine Hexe, deine eigene Haushälterin!« schrie sie und schüttelte sich. »Wenn man bedenkt, daß wir die ganzen Jahre ahnungslos mit ihr unter einem Dach gelebt haben!«
»Du bist gerade die Richtige, um über Hexen zu sprechen«, zischte Auga.
Schwanhild blickte sie mit klaren, blauen Augen an. »Was willst du damit sagen? Wen hätte *ich* jemals vergiftet? Bevor ich aber hierher kam, starb die arme Hildigunn, Atlis erste Frau, und manche sagen, es wäre eine Art Siechtum gewesen.«
Darauf erzürnte Atli nun gewaltig und verlangte, daß Auga die Hexenprobe ablege. Man füllte einen großen Kessel, auf dessen Boden Steine lagen, mit Wasser und setzte ihn aufs Feuer. Wenn das Wasser kochte, mußte die als Hexe Beschuldigte die Steine vom Grund des Kessels herausnehmen. Wäre sie unschuldig, würden Odin und Freya sie beschützen; wenn nicht, würde ihr das Fleisch von den Kochen fallen.

Als sie den Beschluß hörte, schrie Auga angstvoll auf und stieß schlimme Anschuldigungen gegen Schwanhild hervor, doch niemand wollte sie hören. Und jene, die wußten, daß Schwanhild eine Hexe war, lagen am Ufer der Pentland-Förde begraben oder im Bauch der Großen Schlange.
So wurde am Strand ein Kessel aufgesetzt und Auga zu ihrer Probe geschleppt. Sie stand vor dem brodelnden Wasser, wollte aber nicht hineingreifen.
Erik stand mit Weißfeuer hinter ihr. Schwanhild hatte ihn darum gebeten und so getan, als fürchtete sie, Auga könnte noch einmal hexen. »Hol die Steine heraus, Frau«, sagte er, »dann werden wir sehen, ob du eine Hexe bist oder nicht. Es sind neun Stück. Fang an, oder Weißfeuer trennt dir den Kopf vom Körper.«
Auga weinte, aber es half nichts. Sie beugte sich über den Kessel und tauchte beide Arme in das kochende Wasser. Sie schrie laut auf vor Schmerz, zog aber einen Stein heraus und warf ihn in den Sand.
»Das ist einer«, sagte Atli.
Auga bat um Gnade. Sie konnte ihre Arme nicht wieder ins Wasser tauchen. Erik stieß sie mit Weißfeuer. Augas Arme brannten und waren krebsrot; sie griff erneut ins Wasser und zog einen zweiten Stein heraus. Zitternd blieb Auga stehen, und riesige Blasen entstanden auf ihrer Haut. »Ich kann nicht mehr«, sagte sie zu Atli. »Ihr bringt mich doch um.« Und sie trat wirklich nicht mehr an den Kessel.
»Soll ich sie töten?« fragte Erik.
»Nein«, widersprach Schwanhild. »Die Menschen von Orkney haben eine besondere Art, sich der Hexen zu entledigen: sie pfählen sie am Ufer zwischen Ebbe und Flut. Wenn das Wasser steigt, wird die See sie holen, und du hast dich nicht mit dem Blut dieser Frau besudelt.«
Und so geschah es. Auga wurde mit Händen und Füßen an Pfähle gebunden. Die Seile gruben sich grausam in ihre verbrannte Haut, und unablässig stieß sie einen Schwall von Verwünschungen aus. Die meisten blieben stehen und beobachteten, wie die Flut stieg.

Es war dieselbe Stelle, an der Schwanhild ihr Neugeborenes hatte liegenlassen. Und Auga hatte es gesehen. Sie wußte, daß sie nun sterben würde, aber sie wollte Schwanhild mit in den Tod nehmen.
»Schwanhild hat in deiner Abwesenheit ein Kind geboren, Atli«, schrie sie.
»Das weiß ich«, erwiderte er. »Aber leider starb es.«
»Es war niemals das deine«, rief Auga. Schnell murmelte Schwanhild einen furchtbaren Fluch, preßte die überkreuzten Finger aufeinander und Augas Herz hörte auf zu schlagen. Das hochflutende Wasser überschwemmte ihren Körper. Als die Flut zurückging, war er fort.
In einiger Entfernung vom Ufer beobachtete ein grauer Seehund, was vor sich ging, und richtete seinen Blick starr auf Schwanhild.
»Was hat sie gemeint mit dem Kind?« fragte Atli, als er zusammen mit Schwanhild und Erik den Klippenpfad hinaufstieg.
»Vermutlich war sie eifersüchtig«, sagte Schwanhild. »Auga wollte dich für sich haben; *sie* wollte dein Kind austragen, soviel steht fest. Nicht *dein* Kind! Wessen sonst hätte es denn sein sollen? Ich bin deine Frau und hatte niemals einen anderen Mann.«
Sie traten ins Haus. Von nun an wirkte Schwanhild selbst in der Küche.
Hall von Lithdal war, wie schon erzählt, vor einiger Zeit nach Straumey zurückgekehrt; doch am Tag, da Erik an Land gespült wurde, hatte er sich verabschiedet und Schwanhild irgendeine Geschichte erzählt, weshalb Erik und Skallagrim ihn umbringen wollten.
Schwanhild war wütend geworden, aber sie dachte, daß sie Hall eines Tages vielleicht noch brauchen könnte; also traf sie Vorbereitungen, daß er auf einer nahegelegenen Insel Unterschlupf fand, wo er auf ihre Nachricht wartete. Sie würde einen Boten zu Gudruda brauchen.
So erfuhr Erik niemals, daß Hall nach Straumey gekommen war; Atli gegenüber erklärte Schwanhild, der Mann habe sich in jener Nacht mit einem Teil ihres Schmucks aus dem Staub gemacht.

Schwanhild mimte die pflichtbewußte Ehefrau, die sich ums Bakken, Buttern, Weben und Nähen sorgte und so geschäftig und bescheiden wirkte, als ginge sie ganz in der Führung ihres Haushalts auf. Mit der Zeit verlor Erik ihr gegenüber sein Mißtrauen und war glücklich, zu sehen, daß aus dem seltsamen, halbverrückten Mädchen, das er in seiner Jugend gekannt hatte, eine pflichtbewußte, gute Hausfrau geworden war.
So richtete er sich in Atlis Haus auf ein längeres Bleiben ein, und der Winter ging allmählich in Frühling über.

XLIX

Wie Schwanhild Erik überlistete

Als das Wetter besser wurde, bat der Graf Erik um Hilfe. Er hatte Streit mit einem Nachbarn – eigentlich ungewöhnlich, denn es war das erste Mal, seit Atli nach Straumey gekommen war. Doch dieser Mann, der grausam und herrschsüchtig war, heerte häufig unter Atlis Schafen – und tötete seine Hirten. Er bezahlte auch keine Wiedergutmachung, sondern lachte ihn nur aus und schalt ihn einen Tattergreis.

Nun hatte Atli zu wenig Männer, seit die *Seemutter* untergegangen war, und bat Erik und Skallagrim, ihn zu begleiten, um diesen Kerl von der Insel zu vertreiben.

Freudig erklärten sich die beiden damit einverstanden. Zum einen waren sie Atli etwas für seine Gastfreundschaft und für ihre Rettung schuldig, zum andern aber quälte sie die Langeweile und das Nichtstun. Sie waren den Kampf gewohnt und das Leben im Freien und hatten nun schon zu lange in der Halle festgesessen.

Schwanhild war außer sich vor Sorge, tat allerdings so, als gälte ihr Kummer Atlis Sicherheit. Hatte sie Erik in ihr Haus geführt, damit er hier im Kampf den Tod erleide? Aber was sie auch immer sagte, nichts hätte die Entscheidung zu ändern vermocht. Fiele Atli, wäre sie frei. Doch der Graf würde sowieso bald an Altersschwäche und den Zaubertränken, die sie ihm noch immer mischte, sterben.

Die Männer ritten lachend und plaudernd davon, und ihre Brünnen glänzten im Licht des frühen Morgens; hinter ihnen – außer Sichtweite – schlich eine graue Wölfin her.

Dieses Tier war Schwanhild, die in Wolfsgestalt gekommen war, Erik beim Kampf zu beobachten. Aber sie mußte sich versteckt halten, denn es waren keine Wölfe auf den Orkneys, und es hatte

dort niemals welche gegeben. Wenn man einen sähe, würde das nur Nachforschungen auslösen. Und Erik würde sich wundern.
Schwanhild saß auf ein paar Steinen – ihr graues Fell tarnte sie gut, so daß sie nicht zu erkennen war – und sah zu. Atlis Gegner hatten schwer zu kämpfen, denn Erik und Skallagrim wogen sechs Männer auf. Ein plötzlich aus dem Hinterhalt geschleuderter Speer durchbohrte jedoch Eriks Ferse und zerschmetterte den Knochen. Hellauge blutete heftig, bis die Wunde verbunden war.
Außer sich vor Wut stürmte Skallagrim gegen den Mann, der Erik verwundet hatte. Mit dem ersten Hieb seiner Axt hackte er ihm die Hand ab, die den Speer geworfen hatte, dann trennte sein zweiter Hieb dem Mann den Kopf vom Körper. Er fiel nach vorn, und sein Blut vermischte sich mit Eriks Blut. Die anderen Gegner waren bald getötet oder kampfunfähig gemacht – schließlich flohen sie aufs offene Meer hinaus und kehrten nie wieder auf die Insel zurück. Dann trugen sie Erik nach Hause. Der graue Wolf jagte vor ihnen her, und eine erschöpfte Schwanhild trat ihnen an der Tür entgegen.
Sie wußte, was vor sich gegangen war, und konnte deshalb Atli um den Hals fallen und ihn mit Küssen begrüßen, ehe sie sich erkundigte, was Erik zugestoßen wäre.
Erik hatte viel Blut verloren, und sein Gesicht war bleich. »Es ist nichts«, sagte er, »ich bin wohl in einen Dorn getreten.« Doch er konnte den Fuß kaum bewegen, und als Schwanhild den Schuh auszog, sah sie die Verletzung. Sie wusch die Wunde, strich Heilsalbe darauf und verband den Fuß mit festen Bandagen, damit er sauber verheilte.
Die Wunde entzündete sich nicht – dafür sorgte Schwanhilds Salbe –, aber Erik konnte den Fuß lange nicht belasten und humpelte mit zwei Stöcken herum wie ein alter, schlecht gelaunter Mann.
Voller Zorn und Enttäuschung sah er Atli, Skallagrim und die anderen Männer ausfahren, um den Zins bei den Bauern auf ande-

ren Inseln einzutreiben. Erik wußte sehr wohl, daß er nicht reisen konnte, ohne die Heilung der Wunde zu verzögern. Aber in der Halle zu sitzen und wie eine schutzbedürftige Frau zurückgelassen zu werden, war für ihn schlimmer als der größte Schmerz.

Tatsächlich blieb niemand außer ihm und den Frauen in Atlis Haus zurück. Schwanhild hielt sich die meiste Zeit über in ihrem Gemach auf, denn Erik war mürrisch, und sie wollte sein Mißtrauen nicht wieder wecken, wenn sie sich um ihn kümmerte. So kam es, daß sie alleine war, als eine Dienerin hereinkam und ihr berichtete, ein Schiff habe kurz angelegt und einen Gast zurückgelassen.

»Schick ihn herein«, sagte Schwanhild und schaute dann überrascht hoch, als sie den Mann erkannte. Es war Koll der Narr, Groas Knecht. »Koll!« Sie sprang auf. »Ich hatte gedacht, dich niemals wiederzusehen!«

Koll erschien mager und ausgezehrt; er war schon lange unterwegs gewesen und hatte wenig Nahrung zu sich genommen. Schwanhild brachte ihm etwas zu essen und erkundigte sich nach den Leuten von Middalhof, denn sie hatte schon lange nichts mehr von ihnen gehört.

»Asmund und Unna sind tot«, berichtete Koll zwischen zwei Bissen. »Sie wurden bei ihrem Hochzeitsmahl vergiftet.«

Schwanhild ahnte, wer hier wohl seine Hand im Spiel gehabt haben mußte. »Und Mutter Groa – wie geht es ihr?«

»Auch tot«, sagte Koll. »Sie war es, die die beiden vergiftet hat« (in Wahrheit hatte Koll das Gift in den Trunk getan), »und die Gäste haben sie den Berg hinuntergejagt. Björn erschlug sie, um seinen Vater zu rächen, und ihr Leichnam liegt zwischen den Wasserfällen.«

»O, nein«, sagte Schwanhild und schlug sich die Hände vors Gesicht. Sie hatte ihre Mutter nicht wiedergesehen, nur der runzlige Hexenkopf ihrer Vertrauten, der Kröte, erinnerte an Groa. Wie ein Tier zu Tode gehetzt und unbeerdigt zurückgelassen – ihr schauderte. Aber sie mußte noch mehr fragen. »Und was wurde aus Asmunds Tochter Gudruda? Wartet sie immer noch auf Erik?«

Koll zuckte mit den Schultern. »Das tut sie wohl, aber Björn drängt sie, Ospakar Schwarzzahn zu heiraten, der ihr noch immer den Hof macht; beim Allthing letzten Sommer war davon die Rede.«

»Wirklich?« fragte Schwanhild. »Sag mir, hast du sonst noch mit jemandem auf Straumey gesprochen?«

»Ich kam direkt hierher, weil ich dachte, im Hause von Groas Tochter Gastfreundschaft zu finden.«

»Du hattest recht«, sagte Schwandhild. »Ich habe noch einen Gast. Erik Hellauge.«

»Ich dachte, er wäre in London, zumindest hieß es so. Wie kam er hierher?«

»Sein Schiff ging im Sturm unter. Er sitzt jetzt in der großen Halle; ich möchte, daß du zu ihm gehst und deine Geschichte erzählst, dabei aber etwas hinzufügst. Sag, Gudruda wäre auf dem Allthing mit Ospakar verlobt worden, und sie hätten beim letzten Julfest geheiratet.« Sie wühlte in ihrer Truhe. »Sag auch, sie hätten dich gebeten, Erik eine Nachricht zukommen zu lassen ... und gib ihm das.« Sie reichte ihm das halbe Goldstück, das sie Gudruda vor so vielen Jahren gestohlen hatte. »Wenn du das machst und bei deiner Geschichte bleibst, werde ich dich reich belohnen. Aber wenn nicht, schicke ich dich auf der Stelle fort.«

Koll nickte. Er hatte es mit der Wahrheit nie genau genommen und ging mit Schwanhild in die große Halle.

Erik saß müßig herum und trank Bier. Sein Fuß hatte sich so weit gebessert, daß er am Morgen hatte angeln können. Schwanhild schlüpfte hinter ihn und legte ihm eine Hand auf die Schulter; Erik erschrak. Aus traurigen, blauen Augen schaute sie ihn an. »Erik«, erklärte sie, »heute kam ein Bote aus Island. Du erinnerst dich gewiß an ihn – Koll der Narr, Groas Knecht. Er bringt traurige Nachricht. Aber Koll, erzähle Erik selbst; ich habe nicht die Kraft.« Sie ließ sich erschöpft auf eine Bank sinken.

Dann berichtete Koll von Asmunds und Unnas Tod und wie man Groa umgebracht hatte und fuhr fort, die falsche Nachricht von Gudrudas Verlöbnis zu erzählen.

Als Erik das hörte, wurde er blaß und sprang auf; er zuckte zusammen, als sein Fuß den Boden berührte, und sank auf die Bank zurück. »Du lügst«, sagte er zu Koll. »Gudruda würde niemals Ospakar heiraten.«

»Sie wollte auch nicht«, gab Koll zu, »aber Björn bestand darauf. Ich soll dir sagen, daß sie keine andere Wahl hatte und sie sehr traurig sei. Du wärst weit fort und Ospakar sei stets in ihrer Nähe, und Björn habe gedroht, sie vom Hof zu vertreiben. Gudruda dachte, ich würde dich in London finden, wohin ich zuerst gereist bin. Sie bat mich, dir das zu geben.« Darauf zog Koll die halbe Goldmünze aus seinem Beutel.

Erik drehte sie in seinen Händen und holte dann das Gegenstück hervor. Die beiden Hälften paßten bis ins kleinste aneinander. »Demnach ist es wahr«, flüsterte er, »sie hat mir mein Liebeszeichen zurückgeschickt. Alles ist zu Ende.« Und zornig brüllte er Koll an: »Verschwinde! Du hast nur schlechte Nachrichten gebracht!«

Schwanhild führte Koll zu ihrem Gemach und entlohnte ihn reichlich. »Komm Hellauge eine Zeitlang nicht mehr unter die Augen«, riet sie ihm, »sonst bringt er dich womöglich um.« Sie rief eine der Mägde und befahl ihr, Hall von Lithdal auf seiner Insel aufzusuchen und ihm zu sagen, daß er am nächsten Abend zu ihr kommen solle.

Dann zog sie ihr feinstes Gewand an und ging in die Halle, um Erik zu trösten. Hellauge hockte niedergeschlagen da und leerte ein Horn Bier nach dem anderen; Schwanhild sah es und lächelte. Das würde gut in ihre Pläne passen.

Schwanhild setzte sich neben ihn. »Wir haben heute beide schlimme Nachrichten erhalten, Erik«, sagte sie. »Du hast Gudruda verloren und ich meine Mutter und meinen Vater. Weißt du, Asmund war mein Vater.«

»Ich weiß«, antwortete Erik. »Und Gudruda wußte es auch.«

»Die Halle wirkt heute abend kalt und verlassen«, sagte Schwanhild. »Wir wollen etwas essen, aber in meiner Kammer wäre es behaglicher.« Also erteilte sie Befehl, dort das Essen aufzutragen, und sie gingen hinein. Schwanhild holte das Totenbein aus ihrer Truhe und rieb heimlich etwas Pulver davon ab; mit dem getrockneten Glied verfuhr sie ebenso; dann stach sie sich in den Finger und gab drei Tropfen ihres eigenen Blutes in einen Silberkelch, zusammen mit dem Pulver. Erik bemerkte es in seinem Elend nicht; er glaubte lediglich, daß sie Speisen auf seinem Teller anrichtete.

Dann versuchte Schwanhild Erik aufzuheitern. Sie erzählte, wie sie mit Atli nach den Shetland-Inseln und zu den anderen Orkney-Inseln gereist war und was sie dort gesehen hatten – doch erwähnte sie niemals den toten Jungen vom Schattenstein oder die Wesen von Maeshowe. Erik erzählte ihr nun seinerseits von seinen Reisen und den Heldentaten, die er vollbracht hatte; und das alles für Gudruda, wiederholte er, alles für Gudruda, die ihn verschmäht hatte.

Schwanhild versuchte, Mitgefühl zu zeigen. »Armer Erik«, sagte sie, »du bist ohne alle Falschheit und wirst doch von der Frau verraten, die du lieb hast. Schließlich wurdest du damals um ihretwillen für friedlos erklärt.«

»Das ist wahr«, stimmte Erik ihr zu. »Hatte ich nicht gegen Ospakar Schwarzzahns Leute gekämpft und seinen ältesten Sohn getötet – nur für sie, nur für sie allein? Und jetzt heiratet sie den Mann, der mich fast umgebracht hätte.«

Schwanhild schaute Erik aus großen, blauen Augen an und sang ein Schlaflied, wie es am Strand die Wellen flüsterten. Erik hörte es und empfand Linderung; und auch das Bier half ihm, den Schmerz in seinem Herzen abzutöten.

»Ja, daran läßt sich nun nichts ändern«, sagte Schwanhild. »Ich weiß noch, wie ich dich als Mädchen geliebt habe. Aber du wolltest immer nur Gudruda, und jetzt hat sie sich einem anderen versprochen, und ich bin verheiratet.« Sie seufzte.

»Ich sollte gehen«, sagte Erik. Solche Worte waren ihm nicht geheuer.

»Ja, das mußt du wohl«, stimmte Schwanhild ihm zu. »Es ist nicht gut, daß du dich zu so später Stunde noch hier aufhältst. Aber ehe

du gehst, bitte, schenke mir um unserer alten Freundschaft willen etwas.«
»Was denn?« fragte Erik dumpf. Er besaß nichts mehr, was er hätte weggeben können. »Ich habe nur noch Weißfeuer, und das habe ich von dem Mann erkämpft, der Gudruda geheiratet hat.«
»Alles, was ich möchte, ist Gold«, sagte Schwanhild. »Nein, keinen goldenen Armreif. Davon hat mir Atli genügend geschenkt. Ich möchte eine Locke von deinem goldenen Haar.«
»Ich versprach Gudruda, es niemals schneiden zu lassen, bis ich wieder bei ihr bin, damit sie es tut«, murmelte Erik.
»So wie Gudruda versprach, keinen anderen als dich zum Mann zu nehmen! Willst du dein Haar bis zu den Füßen wachsen lassen? Gudruda schneidet jetzt schwarze Locken und keine goldenen.«
Erik zog Weißfeuer und reichte es Schwanhild. »Dann schneide es ab, wenn es dir Spaß macht. Den Hals trenne getrost mit durch, ich würde es nicht einmal fühlen.«
Mit strahlenden Augen schnitt Schwanhild eine Locke von Eriks langem Haar und verwahrte sie gut. Dann gab sie ihm das Schwert zurück. »Trink einen letzten Becher Wein, Erik, bevor du gehst«, schlug sie vor. »Er wird dir helfen, eine ruhige Nacht zu verbringen.«
Wortlos streckte Erik die Hand nach dem Silberkelch aus, den Schwanhild ihm reichte. Er stürzte den bitteren Wein hinab und stand auf.
»Ich muß jetzt gehen, Schwanhild«, sagte Erik und schwieg. Sein Gesicht rötete sich, und er trat auf sie zu. Schwanhild schien ihm die schönste, die begehrenswerteste Frau auf der Welt. Und Verlangen stieg in ihm auf. Ihre blauen Augen zogen ihn an, und er schloß sie in seine Arme. »Schwanhild«, murmelte er, »Schwanhild...« Er küßte sie, zog ihr das Gewand aus und trug sie zum Bett. Er legte sie auf den Überwurf, streifte seine Kleider ab und kam zu ihr.
Schwanhild glaubte, vor Seligkeit zu sterben. *Erik gehörte ihr!*

Jetzt würde er sie nie mehr verlassen. Der Zauber wirkte ... Sie schliefen wenig in dieser Nacht, bis Erik vor Erschöpfung die Augen zufielen. Schließlich nickte auch Schwanhild mit einem Lächeln auf den Lippen ein.
Am Morgen erwachte Erik mit trockenem Mund und Schmerzen im Kopf. Wo war er? Gewiß nicht in der großen Halle! Er rollte sich herum und sah eine Frau neben sich liegen. Schwanhild! Sie schlief noch.
Mit einem Fluch sprang Erik aus dem Bett. Dieses Weib hatte ihn irregeführt, ihn überlistet – in den Wein hatte sie etwas gemischt. Sie schlug die Augen auf, lächelte und streckte die Arme aus. »Erik!« hauchte sie.
Er wich zurück. »Elende Metze!« schrie er. »Ehebrecherin! Hure! Du hast mich Atli täuschen lassen, der stets mein Freund gewesen ist. Du hast mich in dein Bett gelockt, du Hexe.«
Schwanhild setzte sich auf. Die Decken fielen von ihrem nackten Körper. So zornig Erik war, sah er doch, wie schön sie war. »Ich sollte Weißfeuer nehmen und dich damit durchbohren, treuloses Weib«, sagte er. »Ich werde auf Atli warten und ihm die Wahrheit berichten, ehe er mich tötet.« Hastig zog Erik seine Kleider über und stürmte aus der Kammer.
Schwanhild brach in Tränen aus. War sie dafür zur Hexe geworden? Für eine einzige herrliche Nacht und zornige Worte am Morgen? Niedergeschlagen blieb sie liegen und überdachte ihre schlimme Lage. Wenn Erik Atli erzählte, was geschehen war, würde ihre Schuld bekannt. Am besten spann sie schnell ein Lügengarn und erzählte ihm ihre Geschichte zuerst ...
Schwanhild rief Koll den Narren zu sich und berichtete ihm, Erik hätte sie mit Gewalt genommen. Groas einstiger Knecht glaubte das nicht, denn er wußte wohl, wie sehr Schwanhild Erik liebte und daß Hellauge bei ihr gewiß nicht hätte gewalttätig werden müssen; aber Schwanhild versprach ihm viel Geld, wenn er die Geschichte den Dienern und dem Grafen Atli erzählte. Dann wartete sie in ihrem Gemach, schlug dort ihre Hände auf den Fuß-

boden und schrammte sich die Handgelenke auf, daß es aussah, als hätte sie mit Erik gerungen.
Am späten Nachmittag kam Atli nach Hause, und Koll berichtete ihm, Schwanhild müßte ihn dringend sprechen. Atli ging zu ihr und fand sie weinend vor.
»Ich wurde vergewaltigt!« rief sie. »Ein Gast deines Hauses! Ich habe mich gewehrt, Mann, aber Erik hat mich niedergezwungen. Er war betrunken und von seinem schändlichen Vorhaben nicht abzubringen; er stürzte in meine Kammer und warf sich auf mich. Ich wollte schreien, aber er hat mir den Mund zugehalten.« Sie kniete vor Atli und senkte den Kopf. »Töte mich«, forderte sie ihn auf, »denn ich bin entehrt durch einen Mann, den du für deinen Freund hieltest.«
Als Skallagrim hörte, daß Erik mit Helm, Brünne und Schwert zum Meer hinabgegangen war, ging er zu seinem Gefährten an eben jenen Strand, wo einst die *Gudruda* zerschellt war. Ein paar ausgebleichte Holzplanken lagen noch auf den Felsen, doch die meisten waren längst fortgeschwemmt.
Erik wollte Skallagrim nicht mitteilen, was geschehen war, sondern sagte nur, daß er bereit wäre, sich töten zu lassen. Dann kam Atli, um Hellauge wütend zur Rede zu stellen.
Erik wollte nicht gegen Atli kämpfen, doch der alte Mann reizte ihn mit schlimmen Worten. Und so erschlug ihn Erik. Im Sterben sagte ihm der Graf, was Schwanhild berichtet hatte; Erik aber sagte Atli die Wahrheit. Der alte Mann vergab Erik, klagte Schwanhild als Hexe an und verschied.
Ein grauer Seehund hatte das alles vom Wasser aus beobachtet. Das also war der Mann, dessen Gestalt er hatte annehmen müssen! Der Selkie dachte daran, wie Eriks Schwert über dem Nakken seiner Mutter geschwebt hatte. Erzürnt schwamm er an Land und kletterte rasch auf die Felsen. Skallagrim stieß einen Schrei aus. Erik fuhr herum und sah das Tier auf sich zukommen. Ein Seehund griff ihn an! Blitzschnell holte er mit Weißfeuer aus und spaltete dem Tier den Schädel. Es taumelte, fiel ins Wasser zurück und starb. In den Fluten nahm der Kadaver

die Gestalt eines jungen Mannes an, mit dem die Wellen ihr Spiel trieben.

»Hier herrscht mehr Böses, als ich gedacht habe«, sagte Erik. Er rief Atlis Leute, damit sie den toten Körper ihres Herrn in die Halle trügen, und sah ihnen nach, bis sie außer Sicht waren. Dann stahl er mit Skallagrim ein Schiff, und sie flohen im Schutz der Dunkelheit aufs offene Meer.

L

Eriks Tod

Ein anderer* hat berichtet, wie Schwanhild die Männer Atlis sterbliche Hülle ins Haus tragen sah. Die Herrin zeigte großen Kummer, so daß die Leute ihrer Geschichte und nicht Atlis letzten Worten Glauben schenkten. Hall von Lithdal, der inzwischen gekommen war, gab Schwanhild ein Kästchen mit Eriks Locke darin und eine Nachricht an Gudruda, daß Hellauge, ihr Liebster, Atli beim Holmgang getötet hätte und Schwanhild bald heiraten würde, um an ihrer Seite über die Orkneys zu herrschen.

Erik und Skallagrim aber stellten fest, daß ihnen ein böser Ruf vorausgeeilt war; die Leute hatten Atli gerne gehabt und zürnten Erik. Als sie schließlich ganz erschöpft die Färöer-Inseln erreichten, wurden Erik und Skallagrim nicht als Ehrengäste in Graf Brynjolfs Haus aufgenommen, sondern sie mußten sich in einer Fischerhütte verstecken.

Aus dem kleinen Fenster auf der Vorderseite sah Erik Hallgerd von weitem. Sie hatte ihren blonden, blauäugigen Sohn bei sich, der nun zwei Jahre alt sein mußte. Erik schmerzte das Herz in der Brust. Er konnte sich niemals zu seinem eigenen Sohn bekennen – und der Junge würde als Leibeigener, Kind einer leibeigenen Mutter, aufwachsen... So verließen Erik und Skallagrim die Färöer-Inseln so bald wie möglich und schifften sich unerkannt nach Island ein.

Schwanhild jedoch war dort vor ihnen eingetroffen und hatte Erik der Schuld an Atlis Tod bezichtigt. Ihre Geschichte war so überzeugend, und sie sammelte so geschickt Anhänger beim Allthing, daß die Leute ihr glaubten. Schließlich brachte sie Gizur den Ge-

* H. Rider Haggard: Erik Hellauge

setzesmann, Ospakars Sohn, dazu, ihre Klage vorzutragen. Er war der bedeutendste Rechtskundige auf Island jener Zeit. Obwohl Erik nicht anwesend war, um sich zu verteidigen, verhängte das Thing über ihn die Große Ächtung, erklärte sein Land und seinen Besitz für beschlagnahmt und sprach beides Schwanhild zu. Und Schwanhild hielt auf Kaltrücken, Eriks Hof, Einzug.
Inzwischen hatte Hall von Lithdal Gudruda jene Geschichte erzählt, die sie erst nicht glauben wollte, als sie die Locke von Eriks Haar sah. Dann rief sie ihren Bruder Björn und erklärte, daß sie nun bereit sei, Ospakar zu heiraten, denn Erik wäre falsch und ohne Ehre.
Saevuna, Eriks Mutter, die nach Unnas Tod auf den eigenen Hof zurückgekehrt war, begab sich, alt und fast blind geworden, von Kaltrücken nach Middalhof, ehe Schwanhild dort eintraf, um Gudruda zu warnen, daß nicht alles sich so verhielt, wie es den Anschein hatte. Doch kaum hatte sie ihre Warnung ausgesprochen, da sank sie, von der Last der Reise zu sehr mitgenommen, auch schon tot zu Boden.
So geschah es, daß Erik bei seiner Ankunft auf Island erfahren mußte, daß seine Mutter gestorben war und seine Liebste im Begriff stand, sich mit Ospakar Schwarzzahn zu vermählen. Als Hellauge dies hörte, verließ ihn fast der Mut, doch er beschloß, der Hochzeitsfeier beizuwohnen und sich wie ein gewöhnlicher Verbrecher davonzuschleichen.
Schwanhild kam ebenfalls, vornehm gekleidet und mit ihrem gesamten Gefolge, zu der Feier. Als die beiden Frauen zusammentrafen, leugnete sie, Gudruda jemals eine Nachricht geschickt zu haben; weshalb sollte sie denn einen Mann heiraten wollen, der sie vergewaltigt und ihren Ehemann erschlagen hatte?
Gudruda saß neben Ospakar und war bereit, den Brautkelch zu leeren, als Erik und Skallagrim den Saal betraten. Hellauge forderte Ospakar zum Zweikampf heraus, und Schwarzzahn hätte fast gesiegt, weil Björn Erik ein Bein stellte und dieser sein Schwert verlor. Doch Erik konnte Ospakar mit seinem Schild erschlagen und Björn ebenso. Dann floh er mit Skallagrim zu dessen einsti-

gem Bergversteck am Mosfell, wo sie sich monatelang verborgen hielten.
Nun befand sich Gizur der Gesetzesmann, Ospakars Sohn, in Blutfehde mit Erik, der seinen Vater getötet hatte. Schwanhild versuchte, Unruhen gegen Erik zu entfachen, und forderte Gudruda auf, sich mit ihren Leuten anzuschließen. Doch Gudruda konnte sich nicht überwinden, Bewaffnete gegen Erik auszusenden, wie sehr er sie auch verraten haben mochte. Außerdem ahnte sie allmählich, daß Schwanhilds Geschichte nicht ganz stimmte.
Nach einiger Zeit wollte Erik sich nicht länger wie ein gejagtes Wild in der Höhle verstecken; er spürte, er mußte Gudruda wiedersehen, mit ihr sprechen und versuchen, sich mit ihr auszusöhnen.
Zuerst wollte Gudruda nicht ein Wort von ihm hören, doch dann gab sie nach, und Erik erzählte ihr die wahre Geschichte. Unter Freudentränen fielen sie sich am Ende in die Arme und schmiedeten den Plan, Island im Frühjahr, wenn das Wetter besser wurde, gemeinsam zu verlassen, und nach London an König Edmunds Hof zu fahren, wo Erik hoch geschätzt wurde. Dort wären sie sicher willkommen. Denn solange sie in Island blieben, könnte jeder Erik töten.
So bereitete Gudruda insgeheim ein Schiff vor und erklärte, sie plane für den kommenden Sommer eine Reihe von Reisen, um hier und dort Handel zu treiben, denn als letzte Überlebende ihrer Familie müsse sie sich so gut wie möglich um ihr Vermögen kümmern.
Auf seinem Rückweg zum Mosfell wurde Erik von Gizur und seinen Leuten angegriffen, die schon überall nach ihm gesucht hatten. Erik schlug die Männer in die Flucht, trug aber eine Wunde am Hals davon. Skallagrim fand seinen Gefährten, schleppte ihn nach Hause und kümmerte sich um die Wunde, in der Eriks lange Locken klebten, so daß diese sich schnell entzündete. Erik verlor im rasenden Fieber fast den Verstand und wollte niemanden auch nur in seine Nähe lassen. Verzweifelt machte sich Skallagrim zu

Gudruda auf und bat sie, zu kommen und sich um Erik zu kümmern.
Gudruda ritt heimlich zum Mosfell, schnitt Erik mit Weißfeuer das Haar und pflegte ihn wieder gesund. Nach elf Tagen ritt sie wieder nach Hause. Ihren Bediensteten erklärte sie, sie hätte krank im Bett gelegen, so daß nicht einmal Schwanhild, die oben auf Kaltrücken lebte, erfuhr, wo sie gewesen war.
Der Frühling kam früh, und Gudruda hatte ihre Vorbereitungen zur Abreise beendet. Schwanhild aber hörte von Gudrudas Handelsplänen und wunderte sich sehr darüber: War diese Frau doch noch nie an Bord eines Schiffes gewesen. Diese Reise schien eher eine Flucht – mit Erik!
Schwanhild äußerte ihren Verdacht Gizur gegenüber, Ospakars Sohn, den sie verführt hatte. Beide beschlossen, nach Middalhof zu reiten und nachzusehen, ob Erik sich dort aufhielt.
Hellauge war tatsächlich dort. In jener Nacht war er vom Mosfell heruntergekommen, nachdem Gudruda ihm eine Botschaft über die baldige Abfahrt geschickt hatte. Bei Morgendämmerung wollten sie in See stechen. Doch zuvor hatte Gudruda sich eine Hochzeitsfeier ausgedacht – nur für sie beide – und sie und Erik saßen auf dem Hochsitz und tranken aus dem Brautkelch Hochzeitsbier. Die Bediensteten waren früh zu Bett gegangen, so daß niemand störte, und Erik und Gudruda gingen in Gudrudas Gemach, wo sie als Mann und Frau zusammen schliefen.
Erik hieß Skallagrim Wache halten, doch der Berserker betrank sich und schlief ein. So kam es, daß niemand merkte, wie Schwanhild und Gizur Middalhof erreichten. Als sie am Haus waren und durch ein Fenster schauten, sah Schwanhild Gudruda und Erik zusammen schlafend im Bett. Arglistig überredete sie Gizur, sich in die Kammer zu schleichen, Weißfeuer zu packen und es Erik durch die Brust zu bohren. Als Gizur, der glaubte, Erik zu erschlagen – denn er wußte nicht, daß Hellauges langes Haar geschnitten war –, nach der Tat entdeckte, daß er Gudruda ermordet hatte, flüchtete er mit Schwanhild in Angst und Schrecken aus dem Haus. Am anderen Morgen erwachte Erik in

einer Blutlache und fand Gudruda neben sich, mit seinem eigenen Schwert ermordet.
Krank vor Trauer begrub er sie und ritt zusammen mit Skallagrim zum Mosfell zurück, wo er eine schier endlose Nacht zwischen Geistern und Gespenstern zubrachte. Am nächsten Tag suchten ihn Gizurs Männer, die Schwanhild losgeschickt hatte. Selbst jetzt noch hätte die Hexe Erik verschont, aber Erik wollte nichts von Gnade wissen. Rücken an Rücken hielten er und Skallagrim der Übermacht stand, solange sie konnten. Schließlich wurde Erik verwundet, sank zu Boden und verlor das Bewußtsein; Skallagrim hielt seinen Gefährten für tot, erschlug wie rasend drei weitere Männer und starb. Doch Erik erhob sich ein letztes Mal, schleuderte Weißfeuer in die Schlucht, riß Gizur in seine Arme und sprang zusammen mit dem Mann, der Gudruda erschlagen hatte, in den Tod – an derselben Stelle, wo Erik einst Skallagrims Berserkergefährten hinabgeworfen und der abgetrennte Kopf ihm seinen eigenen Untergang vorhergesagt hatte. Und nun lag Erik tot am Grunde der Klamm.
Schwanhild hatte gesehen, wie Erik fiel, und das Herz erstarb ihr in der Brust. Aber noch immer verbot ihr der Stolz, vor anderen Menschen zu weinen.

LI

Schwanhilds Schicksal

Beim ersten Licht des neuen Tages hatte Schwanhild ihre Männer geheißen, den Grund der Schlucht nach Eriks zerschmettertem Körper abzusuchen. Sie befahl ihnen auch, die Leichen all jener einzusammeln, die am Vortag gefallen waren. Es war eine stattliche Anzahl, die man schließlich den Berg hinuntertrug, hinaus an den Strand bei Middalhof.

Schwanhild hatte dort die *Wölfin*, Atlis Drachenschiff, vertauen lassen, auf dem sie von Straumey nach Island gefahren war. Sie ließ die Toten alle auf das Deck bringen, und obenauf Eriks Körper legen, Skallagrim zur Seite und Gizur den Gesetzesmann an seine Füße. Schwanhild verharrte am Ufer und blickte lange auf das Totenschiff. Dann seufzte sie und ging an Bord.

Aus dem Nichts kam plötzlich eine Brise auf und blähte die Segel der *Wölfin*. Steuerlos glitt das Schiff davon. Mit offenen Mündern standen die Menschen am Strand und beobachteten das beklemmende Bild: Schneller als jedes andere Schiff rauschte die *Wölfin* aufs offene Meer hinaus. Schwanhild blickte noch immer auf Erik hinunter und sang das seltsame Schlaflied, das sie auf Straumey für ihn gesungen hatte, dessen Körper nun zerschmettert war. Schwanhild beugte sich über ihn und küßte die kalten Lippen. »Zweimal hast du mich nur geküßt, Erik«, sagte sie, »einmal an meinem Hochzeitstag und einmal in unserer einzigen gemeinsamen Nacht. Nun tat ich's ein drittes und letztes Mal.«

Dunst zog sich um die *Wölfin* zusammen; das Schiff brauste durch die Wogen, und das Wasser wurde lebendig. Schwanhild schaute über die Reling, und die bleichen Gesichter von Ertrunkenen starrten zu ihr empor. Eriks Männer von der *Gudruda* und die Besatzung der *Seemutter*, die mit weißen Klauen nach ihr griffen.

Die *Wölfin* jagte weiter hinein in die Nacht. Ein blauer Schimmer erhellte das Deck. Ringsum war alles finster. Stimmen schallten durch den Wind... *Schwanhild, Schwanhild, nun kommst du zu mir.* Es war Telg, der Junge, den sie am Schattenstein auf Hoy aus seinem Grab gezwungen hatte.

Ingjald und Atli wankten plötzlich über das Deck. Sie wandten sich um, schauten Schwanhild an und lachten. *Schwanhild, du warst unser Tod. Nun wirst du dafür bezahlen.* Sie verschwanden. Schwanhild schmiegte sich an Eriks Körper. Er schlug die toten Augen auf. »Ich hasse dich, Schwanhild. Ich hasse dich über das Grab hinaus. Ich bin jetzt mit Gudruda vereint und glücklich an einem Ort, an den du niemals gelangen wirst.« Erik schloß die Augen wieder. Schwanhild weinte bitterlich.

Erst als sie fühlte, wie etwas am Saum ihres Kleides zupfte, schaute Schwanhild hinab und sah ihre hexenköpfige Vertraute. Schwanhild schrie auf. »Schrei, soviel du magst, Schwanhild«, höhnte die Kröte. »Nun bist du doch zu mir gekommen. Und wir werden zusammenbleiben – Jahr um Jahr – Jahrhundert um Jahrhundert, du und ich. Weißt du, die Toten schlafen niemals. Nicht jene von *unserer* Art.« Die Kröte ließ eine glühende Kohle aufs Deck fallen. »Ich tat's noch einmal, weil *ich* es so wollte.« Die Kohle schwelte und versengte das hölzerne Deck. Schwanhild sah benommen aus. Sie könnte mit Seewasser löschen, das Feuer ersticken, aber wozu? Sie beobachtete, wie das Schiff langsam zu brennen begann.

Bald loderten Flammen auf und züngelten über die Planken. Sie krochen über den Leichenberg. Und die Kröte kicherte. »Daran wirst du dich gewöhnen müssen, Schwanhild, Liebste. Du wirst das oft zu sehn bekommen.«

Mittschiffs stand die *Wölfin* in hellen Flammen; Schwanhild kroch mit Mühe an die Reling. Als sie hinabschaute, sah sie in die bleichen Gesichter ihrer ertrunkenen Opfer. Hinter ihr prasselte das Feuer. Dann loderte der Mast wie eine Fackel auf und stürzte brennend um. Das glimmende Segel flatterte herab und hüllte Schwanhild ein. Sie kämpfte sich darunter hervor und rettete

sich in den Bug. Weit vorn sah Schwanhild in der Dunkelheit zwei tellergroße, glühende Kohlen... *Augen*... War das die...
»Ganz recht«, sagte ihre Vertraute. »Die Große Schlange. Du hattest doch wohl nicht geglaubt, sie hätte schon genug? Sie hat auf *dich* gewartet!«
Schwanhild blickte in das weit aufgerissene Maul, wandte sich schaudernd ab und schritt ins Feuer. Sie legte sich auf Eriks Leichnam, und große Ruhe überkam sie. Ihr Kleid und ihr Haar begannen zu brennen, die Haut ihrer Hände platzte auf, ihre Augäpfel wurden glasig, und sie schrie aus glühenden Lungen. Doch niemand hörte Schwanhild, die Hexe, außer die Toten und ihre Vertraute. Die aber lachte und hüpfte vor Freude. »Bald, bald«, sang die Kröte, »bald werden wir gemeinsam über den Wellen gehen.«
Plötzlich stand das ganze Schiff in Flammen, und so riesig waren Feuerschein und Rauch, daß es die Leute von Middalhof aus sehen konnten und sich wunderten.
Auf der Klippe über dem Wasser bei Middalhof heulte eine alte Wölfin mit angelegten Ohren und kroch mit letzter Kraft in eine Höhle. Ihre Pfoten schmerzten; es war sehr weit gewesen von Finnmark bis nach Island, und sie hatte die ganze Strecke übers Meer umsonst zurückgelegt, denn Schwanhild, die Hexe von Orkney, das Kind ihrer Tochter, war tot...
Und so endet die Geschichte von Erik Hellauge, von Gudruda, die er liebte, und von Schwanhild, die ihn liebte und vor langer, langer Zeit auf Island für ihn tötete und starb.

CUM GRANO SALIS